U1014734

中印经典和当代作品
互译出版项目
CHINA-INDIA TRANSLATION PROJECT

肮脏的边区

雷奴作品选

Maila Anchal

【印】帕尼什瓦尔·那特·雷奴◎著
薛克翘◎译

中国大百科全书出版社

图字：01-2019-7822

图书在版编目（CIP）数据

肮脏的边区：雷奴作品选 /（印）帕尼什瓦尔·那特·雷奴著；薛克翘译. — 北京：中国大百科全书出版社，2020.1

（中印经典和当代作品互译）

ISBN 978-7-5202-0677-8

I. ①肮… II. ①帕… ②薛… Ⅲ. ①中篇小说—小说集—印度—现代 IV. ①I351.45

中国版本图书馆CIP数据核字（2019）第287898号

审　　校　姜景奎
责任编辑　葛漫丁
封面设计　许润泽　叶少勇
责任印制　常晓迪
出版发行　中国大百科全书出版社
地　　址　北京阜成门北大街17号　　**邮政编码**　100037
电　　话　010-88390636
网　　址　http://www.ecph.com.cn
印　　刷　小森印刷（北京）有限公司
开　　本　710 毫米 × 1000 毫米　1/16
印　　张　29.75
字　　数　345 千字
印　　次　2020 年 1 月第 1 版　2020 年 1 月第 1 次印刷
书　　号　ISBN 978-7-5202-0677-8
定　　价　118.00 元

本书如有印装质量问题，可与出版社联系调换

中印经典和当代作品互译出版项目
中方专家组

主　　编　　薛克翘　刘　建　姜景奎

执行主编　　姜景奎

特约编审　　黎跃进　阿妮达·夏尔马（印度）

邓　兵　B.R. 狄伯杰（印度）

石海军　苏林达尔·古马尔(印度)

总序：印度经典的汉译

一、概念界定

何谓经典？经，“织也”，本义为织物的纵线，与“纬”相对，后被引申为典范之作。典，在甲骨文中上面是“册”字，下面是“大”字，本义为重要的文献，例如传说中五帝留下的文献即为“五典”[①]。《尔雅·释言》中有“典，经也”一说，可见早在战国到西汉初，“经”“典”二字已经成为近义词，“经典”也被用作一个双音节词。

先秦诸子的著作中有不少以“经”为名，例如《老子》中有《道经》和《德经》，故也名为《道德经》，《墨子》中亦有《墨经》。汉罢黜百家之后，“经”或者“经典”日益成为儒家权威著作的代称。例如《白虎通》有“五经何谓？谓《易》《尚书》《诗》《礼》《春秋》也”一说，《汉书·孙宝传》有“周公上圣，召公大贤。尚犹有不相说，著于经典，两不相损”一说。然而，由印度传来的佛教打破了儒家对这一术语的垄断。自汉译《四十二章经》以来，“经”便逐

① “典，五帝之书也。”——《说文》

渐成为梵语词 sutra 的标准对应汉译，“经典”也被用以翻译“佛法”（dharma）[①]。随着佛教在中国的传播和发展，类似以“经典”指称佛教权威著作的说法也多了起来。[②] 到了近代，随着西学的传入，“经典”不再局限于儒释道三教，而是用以泛指权威、影响力持久的著作。

来自印度的佛教虽然影响了汉语“经典”一词的语义沿革，但这又可以反过来帮助界定何为印度经典。汉译佛经具体作品的名称多以 sutra 对应“经”，但在一般表述中，“佛经”往往也囊括经、律（vinaya）、论（abhidharma）三藏。例如法显译《摩诃僧祇律》（*Mahasanghika-vinaya*）、玄奘译《瑜伽师地论》（*Yogacarabhumi-sastra*），均被收录在“大藏经”之中，其工作也统称为“译经”。来华译经的西域及印度学者多为佛教徒，故多以佛教典籍为“经典”。不过也有一些非佛教徒印度学者将非佛教著作翻译为汉语，亦多冠以“经”之名，其中不乏相对世俗、与具体宗教义理不太相关的作品，例如《婆罗门天文经》《婆罗门算经》《啰嚩拏说救疗小儿疾病经》（*Ravankumaratantra*）等。如此，仅就译名对应来说，古代汉语所说的“经典”可与 sutra, vinaya, abhidharma, sastra, tantra 等梵语词对应，这也基本囊括了印度古代大多数经典之作。

然而，古代中印文化交流也有一定的局限性，若以现在对经典的理解以及对印度了解的实际情况来看，吠陀、梵书、森林书、奥义书、往世书等古代宗教文献，两大史诗、古典梵语文学著作等文学作品，以及与语法、天文、法律、政治、艺术等相关的专门论著都是印度经典不可或缺的部分。从语言来看，除梵语外，巴利语、波罗克利特语、阿波布朗舍语等古代语言，伯勒杰语、阿沃提语等中世纪语言，印地语、孟加拉语、乌尔都语等现代语言，以及殖民时期被引入印度并在印度生根发芽的英语都在不同的历史时期承载了印度经典的传承。

---

① “又睹诸佛，圣主师子，演说经典，微妙第一。”——《妙法莲华经》卷一《序品》（T09, no. 262, c18-19）

② “佛涅槃后，世界空虚，惟是经典，与众生俱。”——白居易《苏州重玄寺法华院石壁经碑》

二、古代中国对印度经典的汉译

经典翻译，是将他者文明的经典之作译为自己的语言，以资了解、学习，乃至融合、吸纳。这一文化行为首先需要一个作为不同于自己的“他者”客体具有足以令主体倾慕的经典之作，然后需要主体“有意识”地开展翻译工作。印度文明在宗教、哲学、医学、天文等方面的经典之作具有较高的知识水平，在不同时代对中国社会各阶层产生了独特的吸引力。中印文明很早就有了互通记录，有着甚深渊源，在商品贸易、神话传说、天文历法等方面已有学者尝试考证。①随着张骞出使西域，佛教传法僧远来东土，中印之间逐渐建立起“自觉”的往来，古代中国对印度经典的汉译也在汉代以佛经翻译的形式得以展开。

1. 佛教经典汉译

毫无争议，自已佚的《浮屠经》②以来，佛教经典汉译在古代中国对印度经典的翻译中占有主流地位。译经人既有佛教僧人，也有在家居士，既有本土学者，也有西域、印度的传法僧人。仅以《大唐开元释教录》以及《贞元新定释教目录》的统计为例，从东汉永平十年至唐贞元十六年，这 734 年间，先后有 185 名重要的译师翻译了佛经 2 412 部 7 352 卷（见表 1），成为人类历史上少有的翻译壮举。

---

① 季羡林:《中印文化交流史》（北京：新华出版社，1993 年）及薛克翘:《中国印度文化交流史》（北京：昆仑出版社，2008 年）中部分内容均介绍了相关观点。

② 学术界关于第一部汉译佛经的认定，历来观点不一。不少学者认为，《四十二章经》是第一部汉译佛经；但有学者经过考证发现，西汉哀帝元寿元年（公元前 2 年）大月氏使臣伊存口授的《浮屠经》应该是第一部，可惜原本失佚，后世知之甚少。目前，学术界基本倾向于认为《浮屠经》为第一部汉译佛经，并已意识到《浮屠经》在中国佛教史及学术史上的重要地位。参见方广錩:《〈浮屠经〉考》,《法音》，1998 年第 6 期。

表 1　东汉至唐代汉译佛经规模[①]

朝代	年代	历时	重要译师人数	部数	卷数
东汉	永平十年至延康元年	154 年	12	292	395
魏	黄初元年至咸熙二年	46 年	5	12	18
吴	黄武元年至天纪四年	59 年	5	189	417
西晋	泰始元年至建兴四年	52 年	12	333	590
东晋	建武元年至元熙二年	104 年	16	168	468
前秦	皇始元年至太初九年	45 年	6	15	197
后秦	白雀元年至永和三年	34 年	5	94	624
西秦	建义元年至永弘四年	47 年	1	56	110
前凉	永宁元年至咸安六年	76 年	1	4	6
北凉	永安元年至承和七年	39 年	9	82	311
南朝宋	永初元年至升明三年	60 年	22	465	717
南齐	建元元年至中兴二年	24 年	7	12	33
南朝梁	天监元年至太平二年	56 年	8	46	201
北朝魏	皇始元年至东魏武定八年	155 年	12	83	274
北齐	天保元年至承光元年	28 年	2	8	52
北周	闵帝元年至大定元年	25 年	4	14	29
南朝陈	永定元年至祯明三年	33 年	3	40	133
隋	开皇元年至义宁二年	38 年	9	64	301
唐[②]	武德元年至贞元十六年	183 年	46	435	2 476

自东汉以后的约 6 个世纪中，大量佛教经典被译为汉语，其历程与佛教在中国的传播历程基本同步。在这一过程中，涌现出许多重要译师，仅译经 50 部或 100 卷以上的译师就有 16 人（见表 2），其中又以鸠摩罗什、真谛、玄奘、义净、不空做出的贡献最为卓越，故此他们被称为“汉传佛教五大译师”。他们的生平事迹和具体贡献在许多佛教典籍中均有叙述，此不赘述。

① 本表主要依据《大唐开元释教录》整理而成，其中唐代的数据引用的是《贞元新定释教目录》。

② 唐代数据至德宗贞元十六年（800）为止，并不完整。但考虑到贞元年后，大规模译经基本停止，故此数据亦有相当高的参考价值，至贞元十六年，唐代已经译经 435 部 2 476 卷，足以确立其在中国译经史上的地位。

表 2　译经 50 部或 100 卷以上的译师

时代	朝代	人名	译经部数	译经卷数
三国西晋	吴	支谦	88	118
	西晋	竺法护	175	354
东晋十六国	东晋	竺昙无兰	61	63
		瞿昙僧伽提婆	5	118
		佛陀跋陀罗	13	125
	北凉	昙无谶	19	131
	后秦	鸠摩罗什	74	384
南北朝	宋	求那跋陀罗	52	134
	陈	真谛	38	118
	北魏	菩提留支	30	101
隋唐	隋	阇那崛多	39	192
	唐	玄奘	76	1 347
		实叉难陀	19	107
		义净	68	239
		菩提流志	53	110
		不空	111	143

自唐德宗之后，译经事业由于政局等多方面因素影响而受阻，此后又经历了唐武宗和后周世宗两次灭佛，佛教在中国的发展受到冲击。直到 982 年，随着天竺僧人天灾息和施护的到访，北宋朝廷才重开译经院，此时距唐德宗年间已有约两百年，天灾息等僧人不得不借助朝廷的力量重新召集各地梵学僧，培养本土翻译人才。在此后的约半个世纪中，他们总计译出五百余卷佛经。此后，汉地虽有零星译经，却再也不复早年盛况，古代中国对印度经典的汉译逐渐落下帷幕。

2. 非佛教经典汉译

佛教经典汉译占据了古代中国对古代印度经典汉译的主流，除此之外，其他一些印度经典也被译为汉语。这些文献大致可以分为两类：一类是在翻译佛教经典的过程中无意之中被译为汉语的，尤其是佛教文献中所穿插的印度民间故事等。[①] 一类是在翻译佛教经典之外，有意翻译的非佛教经典，例如婆罗门教哲学、天文学、医学著作等，尽管数量无法与佛教经典相提并论，但这些非佛教经典的翻译在一定程度上体现了古代中华文明对古代印度文明的关注开始逐渐由佛教辐射到印度文明的其他领域，不过从译者的宗教信仰以及对经典的选择来看，这类汉译大部分是佛教经典翻译的附属产品。

3. 其他哲学经典汉译

佛教自产生以来，与印度其他思潮之间既有争论，也有共通之处。因而在佛教经典的汉译过程中，中国人也逐渐接触到古代印度的其他哲学。有关这些哲学派别的基本介绍散见于包括佛经、梵语工具书、僧人传记的作品中，例如《百论疏》对吠陀、吠陀支、数论、胜论、瑜伽论，甚至与论释天文、地理、算术、兵法、音乐法、医法的各种学派相关的记载、注释和批判也可以在这些作品中找到。[②] 很有可能出于佛教对数论派和胜论派知识的尊重，以及辨析外道与佛法差别的需要等原因，真谛和玄奘才分别译出了数论派的《金七十论》和胜论派的《胜宗十句义论》。[③] 这两部经典的汉译在一定程度上拓宽了中国知识界对印度哲学的视野，但其翻译在很大程度上受到了佛教对其他哲学派别好恶的影响，依然是在佛教经典汉译的主导思路下完成的。

4. 非哲学经典汉译

除宗教哲学经典外，古代印度的天文学、数学、医学在人类科

① 新文化运动以来，这一领域已有多部论著问世，此不赘述。

② 宫静：《谈汉文佛经中的印度哲学史料——兼谈印度哲学对中国思想的影响》，《南亚研究》，1985 年第 4 期，第 52~59 页。

③《金七十论》译自数论派的主要经典《数论颂》（*Samkhya-karika*），相传为三四世纪自在黑（Isvarakrsna）所作。《胜宗十句义论》的梵文原本已佚，从内容看属于胜论派较早的经典著作。参见黄心川：《印度数论哲学述评——汉译〈金七十论〉与梵文〈数论颂〉对比研究》，《南亚研究》，1983 年第 3 期，第 1~11 页。

学史上也具有重要地位，其中一些著作也被译为汉语。古代印度天文学经典多以佛教经典的形式由传法僧译出。[①] 隋唐时期，天文学著作汉译逐渐出现了由非佛教徒印度天文学家主导的潮流。据《隋书》记载，印度天文著作有《婆罗门天文经》《婆罗门竭伽仙人天文说》《婆罗门天文》。[②] 瞿昙氏（Gautama）、迦叶氏（Kasyapa）和拘摩罗氏（Kumara）三个印度天文学家氏族曾先后任职于唐代天文机构太史阁，其中瞿昙氏的瞿昙悉达翻译了印度天文学经典 *Navagraha-siddhanta*，即《九执历》。[③] 此外，印度的医学、数学、艺术经典也因其实用价值通过不同渠道被介绍到中国，其中一些著作或部分或完整地被译为汉语。

5. 落幕与影响

中国古代的印度经典汉译在唐代达到巅峰，此后逐渐走向低谷，无论是数量还是质量都难以达到唐代的水平。造成这一现象的原因主要有两个方面：一方面，唐代中后期，阿拉伯帝国的崛起以及唐朝与吐蕃关系的恶化阻断了中印之间两条重要的陆路通道：西域道和吐蕃道，之后五代十国以及宋代时期，这两条通道均未能恢复，只有南海道保持畅通。[④] 另一方面，中国宗教哲学的发展和印度佛教的密教化这两种趋势决定了中国对印度佛教经典的需求逐渐下降。在近千年的历程中，佛教由一个依附于黄老信仰的外来宗教逐渐在汉地生根发芽，成为汉地宗教生活不可缺少的一部分，其作为“中国佛教”的独立性日益增强。甚至权威如玄奘，也不能将沿袭至那烂陀寺戒贤大师

---

① 例如安世高译《佛说摩邓女经》、支谦等译《摩登伽经》、竺法护译《舍头谏太子二十八宿经》等。

②《隋书·经籍志》，北京：中华书局，1982 年，第 1019 页。

③ 参见 P.C.Bagchi, *India and China: A Thousand Years of Cultural Relations*. 1981, Calcutta, Saraswat Library, p.212. 此后，依然有传法僧翻译佛教天文学著作的记载，具体参见郭书兰：《印度与东西方古国在天文学上的相互影响》，《南亚研究》，1990 年第 1 期，第 32~39 页。

④ 菩提迦耶出土的多件北宋时期前往印度朝圣的僧人所留下的碑铭证明，宋代依然有僧人前往印度朝圣，且人数不少。法国汉学家沙畹（E. Chavannes）、荷兰汉学家施古德（G. Schlegel）、印度学者师觉月（P. C. Bagchi）等国外学者在这方面均有讨论，具体参见周达甫：《改正法国汉家沙畹对印度出土汉文碑的误释》，《历史研究》，1957 年第 6 期，第 79~82 页。

的“五种姓说”完全嵌入汉地佛教的信仰之中。汉地“伪经”的层出不穷也从某种角度反映了佛教的中国本土化进程。不空等人在中国传播密教虽然形成了风靡一时的“唐密”，但未能持久。究其根本在于汉地佛教的发展受到本土儒家信仰的影响，很难与融合了婆罗门教信仰的佛教密宗契合。此外，本土儒家、道家也在吸纳佛教哲学的基础上有了新的变革。至宋代，三教合一的趋势逐渐显现，源自印度但已本土化的佛教与儒家、道家的融合进一步加深，致使对印度经典的诉求越来越少。由此，义理上的因素使得中国的知识分子不再追求印度佛教的哲学思想；再者，随着佛教在印度的衰落，以及中国佛教自身朝圣体系的建立和完善，前往印度朝圣也失去了意义。

古代中国对古代印度经典的汉译始于佛教，也终于佛教。尽管如此，古代中国对以佛教经典为主的古代印度经典汉译已经在中国历史上烙下了深刻的印记，其影响是持久和多方面的。在这一过程中，译师们开创的汉译传统给后人翻译印度经典留下了巨大财富：

其一，汉译古代印度经典除早期借助西域地方语言外，主要翻译对象都是梵语经典，本土学者和外来学者编写了不少梵汉工具书。其二，一套与古代印度宗教哲学术语对应的意译和音译相结合的汉译体系得以建立。由于佛教经典的流传，很多术语已经成为汉语的常用语，广为人知。其三，除术语对应外，梵语作品译为汉语需要克服语法结构、文学体裁等方面的限制，其实践在一定程度上影响了汉语的一些表达法。[①] 如此等等都为后人继续翻译印度经典提供了便利之处。

更为重要的是，历史上重要的译师摸索出一套大规模翻译经典的方式方法，他们的努力对于后继的翻译工作来说具有很高的参考价值。经过早期的翻译实践，鸠摩罗什译经时便开始确立了译、论、证几道基本程序，并辅之以梵本、胡本对勘和汉字训诂，经总勘方

① 例如汉语中常见的“所 + 动词”构成的被动句就可能源自对佛经的翻译。参见朱庆之《汉译佛典中的‘所 V’式被动句及其来源》（载《古汉语研究》，1995 年第 1 期，第 29~31、45 页）及其他相关著述。

定稿。在后秦朝廷的支持下，鸠摩罗什建立了大规模译场，改变了以往个人翻译的工作方式，配合翻译方法上的完善，大大提高了译经的效率和质量。唐代译场规模更大，翻译实践进一步细化，后世记载的翻译职司包括译主、证义、证文、度语、笔受、缀文、参译、刊定、润文、梵呗等十余种之多。

此外，先人还摸索出一套翻译人才的培养模式，隋代译师彦琮曾以“八备”总结了译师需具备的一系列条件，具体内容为：

一诚心受法，志在益人；二将践胜场，先牢戒足；三文诠三藏，义贯五乘；四傍涉文史，工缀典词，不过鲁拙；五襟抱平恕，器量虚融，不好专执，耽于道术，淡于名利，不欲高衒；六要识梵言；七不坠彼学；八博阅苍雅，粗谙篆隶，不昧此文。[①]

这八备之中，既有对译者宗教信仰、个人品行的要求，也有对梵语、汉语表达的语言技能以及对佛教义理的知识掌握等方面的要求，今天看来，依然有很大的借鉴意义。

三、近现代中国对印度经典的汉译

佛教在印度的衰落及消亡使中印失去了最为核心的交流主题。中国对印度经典的汉译停留在以梵语为主要媒介、以佛教经典为主要对象的时代，自 11 世纪末[②]至 20 世纪初，这一停滞状态持续了数个世纪之久。19 世纪中后期，印度士兵和商人随着欧洲殖民者的战舰再次来到中国，中印之间的交往以一种并不和谐的方式得以恢复。中印孱弱的国力和早已经深藏故纸堆的人文交往传统都不足以阻挡西方诸国强势的物质力量和文化力量，中印人文交往便在这新的格局中，借助西方列强构建起来的“全球化”体系开始复苏。

---

①《释氏要览》卷 2，T54, no. 2127, b21-29。

② 宋神宗元丰五年（1082）废置译经院，佛教经典汉译由此不再。

由于缺乏对印度现代语言和文化的了解，早期对印度经典的译介在语言工具和主题设置两个层面均在一定程度上受制于西方的话语体系。20世纪上半叶中国对泰戈尔作品的译介便是明证。1913年，泰戈尔自己译为英语的诗集《吉檀迦利》以英语文学作品的身份获得诺贝尔文学奖，这在当时的世界文坛引起了轩然大波，对当时正在探索民族出路的中国知识分子来说同样具有很大的震撼力和吸引力。陈独秀在1915年10月15日出版的《青年杂志》上刊载了自己译自《吉檀迦利》的四首《赞歌》，为此后持续了近一个世纪并且至今依然生机勃勃的泰戈尔著作汉译工程拉开了序幕。据刘安武统计，至1949年中华人民共和国成立止，"我国翻译介绍了印度文学作品40种左右（不包括发表在报刊上的散篇）。这40种中占一半的是泰戈尔的作品"。[①] 泰戈尔之所以在中国受到格外关注固然始于西方学术界对他的重视，但他的影响如此之大亦在于他的作品恰好满足了当时中国在文学思想领域的需求。首先，从语言文学来看，泰戈尔的主要创作语言是本土的孟加拉语，而非印度古典梵语。这引起了当时正致力于推广白话文的中国知识分子的广泛关注，并被视为白话文替代古文的成功榜样。[②] 此外，泰戈尔的文学创作，尤其他的散文诗为当时正在摸索之中的汉语诗歌提供了一个重要的参考对象。其次，从思想上来说，泰戈尔的思想与当时作为亚洲国家"先锋"的日本截然相反，为当时正在探索民族出路的中国知识分子提供了另一个标杆。于是，泰戈尔意外地成为中印之间自佛教之后的又一重大交流主题。尽管中国知识分子对其思想和实践的评价并不一致，许多学者依然扎实地以此为契机重启了中国翻译印度经典的进程。当时中国尚未建立起印度现代语言人才培养机制，因此早期

---

① 刘安武:《汉译印度文学》,《中国翻译》, 1991年第6期，第44~46页。

② 胡适向青年听众强调泰戈尔对孟加拉语文学的贡献时说："泰戈尔为印度最伟大之人物，自十二岁起，即以阪格耳（孟加拉）之方言为诗，求文学革命之成功，历五十年而不改其志。今阪格耳之方言，已经泰氏之努力，而成为世界的文学，其革命的精神，实有足为吾青年取法者，故吾人对于其他方面纵不满足于泰戈尔，而于文学革命一段，亦当取法于泰戈尔。"（载《晨报》, 1924年5月11日）

对泰戈尔作品的汉译多转译自英语。凭借译者深厚的文学功底，不少经典译作得以诞生，尤其是冰心、郑振铎等人翻译的泰戈尔诗歌，时至今日依然在中国广为流传。

与泰戈尔一同被引介到中国的还有诸多印度民间故事文学作品。[①]如前文所述，古代翻译印度经典时就有不少印度民间故事被介绍到中国，但多以佛教经典为载体。[②] 近现代以来，印度民间文学以非宗教作品的形式被重新介绍过来。这在很大程度上是因为“中国缺少创作儿童文学的传统”[③]，印度丰富的民间文学正好满足了中国读者的需求。与此同时，印度民间文学与中国文学之间的关系也日益进入中国学者的视野，“中印文学比较研究”这一新的研究领域开始初露端倪，其研究领域最广为人知的课题之一便是《西游记》中孙悟空形象与《罗摩衍那》中哈奴曼形象的渊源，当时许多新文化运动的大家都参与其中，鲁迅、叶德均认为孙悟空形象源于本土神话形象“无支祁”，胡适、陈寅恪、郑振铎则认为孙悟空形象源于哈奴曼。[④]

自西方语言转译印度经典的尝试为增进对印度的认知、重燃中国知识界和民众对印度文化的兴趣起到了积极作用，许多掌握西方语言的汉语作家投身其中，其翻译作品受到读者喜爱。然而，转译的不足也显而易见，因此，对印度经典的系统汉译需要建立一支如古代梵汉翻译团队一样的专业人才队伍。

1942 年，出于抗战需要，民国政府在云南呈贡建立了国立东方语文专科学校，设有印度语科，开始培养现代印度语言人才。1946 年，季羡林自德国学成回国，在北京大学创设东语系；1948 年，金克木加盟东语系。1949 年，国立东方语文专科学校并入北京大学东

---

① 参见刘安武：《汉译印度文学》，《中国翻译》，1991 年第 6 期，第 44~46 页。

② 参见薛克翘：《中国印度文化交流史》，北京：昆仑出版社，2008 年，第 261~265 页。

③ 刘安武：《汉译印度文学》，《中国翻译》，1991 年第 6 期，第 44~46 页。

④ 参见鲁迅：《中国小说史略》，《鲁迅全集》第 9 卷，北京：人民文学出版社，1981 年；鲁迅：《中国小说的历史的变迁》，《鲁迅全集》第 9 卷，北京：人民文学出版社，1981 年、胡适：《〈西游记〉考证》，《胡适文存》第 2 集第 4 卷，上海：亚东图书馆，1924 年；陈寅恪：《〈西游记〉玄奘弟子故事之演变》，《金明馆丛稿二编》，上海：上海古籍出版社，1982 年、郑振铎《〈西游记〉的演化》，《郑振铎全集》第 4 卷，石家庄：花山文艺出版社，1998 年；叶德均：《无支祁传说考》，《戏曲小说丛考》，北京：中华书局，1999 年。

语系。东语系开设梵语－巴利语、印地语、乌尔都语三科印度语言专业，并很快培养出第二代印度语言专业队伍。随之，印度经典得以从原文翻译。第一代学者季羡林、金克木领衔的梵语团队翻译了印度大史诗《罗摩衍那》及以迦梨陀娑为代表的印度古典梵语文学作家的许多作品，如《沙恭达罗》《优哩婆湿》《云使》《伐致呵利三百咏》等，并启动了《摩诃婆罗多》等经典作品的翻译；旅居印度的徐梵澄翻译了《五十奥义书》[①] 及奥罗宾多创作、注释的诸多哲学著作。季羡林、金克木的弟子黄宝生等延续师尊开创的传统，完成了《摩诃婆罗多》、奥义书[②]、《摩奴法论》、古典梵语文论、故事文学作品等一系列著作的翻译。与此同时，由第二代学者刘安武领衔的近现代印度语言团队译介了大量的印地语、乌尔都语、孟加拉语等语言的文学作品，其中尤以对印地语 / 乌尔都语作家普列姆昌德和孟加拉语作家泰戈尔的作品的汉译最为突出。[③] 殷洪元对印度现代语言语法著作的翻译以及金鼎汉对中世纪印度教经典《罗摩功行之湖》的翻译也开拓了新的领域。巫白慧等学者陆续将包括“吠檀多”在内的诸多婆罗门教哲学经典译为汉语。[④] 文献资料是学术研究的基础，这一系列经典汉译成果打破了古代中国对古代印度经典汉译中存在的“佛教主导”的局限，增加了现代视角，并以经典文献为契机，首次较为全面系统地介绍了印度文明，奠定了现代中国印度学研究的基础。由这两代学者编订的《印度古代文学史》《梵语文学史》和

① 参见徐梵澄译：《五十奥义书》，北京：中国社会科学出版社，1995 年。

② 参见黄宝生译：《奥义书》，北京：商务印书馆，2010 年。

③ 刘安武自印地语译出的普列姆昌德作品（集）有《新婚》（贵阳：贵州人民出版社，1982 年）、《如意树》（上海：上海译文出版社，1983 年）、《普列姆昌德短篇小说选》（北京：人民文学出版社，1984 年）、《割草的女人：普列姆昌德短篇小说新集》（长沙：湖南人民出版社，1985 年）等，加之其他学者的译介，普列姆昌德的重要作品几乎全被译为汉语。此后，刘安武又主持编译出版了 24 卷本《泰戈尔全集》（石家庄：河北教育出版社，2000 年），泰戈尔的主要作品均被收录其中。

④ 其中重要的译著成果包括巫白慧译《圣教论》（乔荼波陀著，北京：商务印书馆，1999 年）、姚卫群译《古印度六派哲学经典》（节译六派哲学经典，北京：商务印书馆，2003 年）、孙晶译《示教千则》（商羯罗著，北京：商务印书馆，2012 年）等。

《印度印地语文学史》等著作成为中国现代印度学研究的必读文献。[①]

由于印度文化的独特之处及其在历史上形成的巨大影响力，以现代学术研究的方式开展的印度经典汉译所产生的影响进一步辐射了包括语言、文学、哲学、历史、考古等多个学科领域，并形成了一些跨学科研究领域：

其一，中印文化比较研究。由胡适等老一辈学者开创的中印文学比较取得了新的进展，其中一部分研究形成了中印文化交流史这一新的学术研究领域；另一部分研究成为东方文学研究领域最重要的组成部分，东南亚、西亚等区域文学研究也受益于印度文学研究的开展和所取得的成就。此外，从具体作品到文艺理论的印度文学译介也从整体上进一步拓展了比较文学研究的视野。

其二，佛教研究。现代中国对印度经典汉译的范围不再局限于传统的汉语系佛教传统经典，在许多领域都取得了新的突破。在佛教文献来源方面，开拓了对巴利语系和藏语系佛教的研究。[②] 由于梵语人才的培养，中国学者得以恢复梵汉对勘的学术传统。[③] 对非佛教宗教思想典籍的译介也使得对佛教的认识跳出了佛教自身的范畴，对其与其他宗教思想之间的互动与联系有了更加全面的认识。

其三，语言学研究。对梵语及相关语言的研究推动了梵汉对音，以及对古汉语句法的研究。一些接受了梵语教育的汉语言学学者结合古代语料，尤其是汉译佛经，对古汉语的语音、句法等做出研究。

① 单就印度文学翻译而言，据不完全统计，1950~2005 年，中国翻译印度文学作品（以书记）约 400 余种，其中中印关系交好的 1950~1962 年约有 70 种，关系不好的 1962~1976 年仅有 4 种，关系改善后的 1976~2005 年则有 300 余种。不过，2005 年之后，除黄宝生、薛克翘等少数学者仍笔耕不辍外，其他前辈学人逐渐“离席”，这类汉译工作进入某种冬眠期。

② 相关成果包括郭良鋆译《佛本生故事选》（与黄宝生合译，北京：人民文学出版社，1985 年）、《经集：巴利语佛教经典》（北京：中国社会科学出版社，1998 年），以及段晴等译《汉译巴利三藏·经藏·长部》（上海：中西书局，2012 年）等。

③ 自 2010 年以来，黄宝生主持对勘出版了《入菩提行论》（北京：中国社会科学出版社，2011 年）、《入楞伽经》（北京：中国社会科学出版社，2011 年）、《维摩诘经》（北京：中国社会科学出版社，2011 年）等佛经的梵汉对勘本，叶少勇以梵藏汉三语对勘出版了《中论颂》（上海：中西书局，2011 年）。

四、现状和汉译例解

尽管取得了上述成就，但由于印度文明积累深厚、经典众多，目前亟待翻译的印度经典还有很多。其中，以梵语创作的经典包括四部吠陀本集、梵书、森林书、往世书、《诃利世系》《利论》《牧童歌》等；以南印度语言创作的经典包括桑伽姆文学、《脚镯记》《玛妮梅格莱》《大往世书》《甘班罗摩衍那》等；以波罗克利特语创作的经典包括《波摩传》等；以中世纪北印度地方语言创作的经典包括《地王颂》《赫米尔王颂》《阿底·格兰特》《苏尔诗海》《莲花公主》，以及格比尔、米拉巴伊等人的作品等；以现代印度语言创作的经典包括帕勒登杜、杰辛格尔·普拉萨德、般吉姆·钱德拉·查特吉、萨拉特·钱德拉·查特吉、拉默金德尔·修格尔、默哈德维·沃尔马、阿格叶耶等著名现当代文学家的作品以及迦姆达普拉沙德·古鲁、提兰德尔·沃尔马等人的语言学著作等。此外，20世纪以来，一些印度思想家、政治家、文学家以英语创作的作品也可列入印度现代经典之列，目前中国仅对圣雄甘地、贾瓦哈拉尔·尼赫鲁、辨喜、纳拉扬、安纳德、拉贾·拉奥、奈都夫人等人的个别作品有所译介，大量作品仍然处于有待翻译的名单之中。

这些经典汉译的背后离不开相关学者的努力。进入21世纪以来，中国从事印度经典汉译工作的人员大致有两支队伍：第一支是自20世纪四五十年代以来成型的印度语言专业队伍，其人员构成以高等院校和研究机构从业人员为主，兼有相关外事机构从业人员，他们均接受过系统、专业的印度语言训练。第二支是20世纪初译介包括泰戈尔作品在内印度文学作品的作家和出版业者，随着80年代改革开放以来，越来越多接受过英语教育的人或全职或兼职地参与到印度作品的汉译工作之中。相比第一支队伍，这支队伍的人员构成较为复杂，水平也参差不齐，但在市场经济的推动下，一些能够成为市场热点的著作往往很快就翻译过来，例如两位与印度相关的诺贝尔文学奖得主泰戈尔和奈保尔的作品一版再版，四位印度裔布克奖得主萨尔曼·拉什迪、阿兰达蒂·罗伊、基兰·德塞、阿拉文德·阿迪加的作品也先后译出；此外，由于瑜伽的普及，包括克里希那穆提在内的一些现代宗教家的论著也借由英语转译为汉语。一方面，随着市场化改革的需求，第二支队伍日益蓬勃发展，但其翻译质量往往难以保障。另一方面，由于现行科研体制对从事翻译和研究者的不利状况，第一支队伍也面临着诸多问题。如何在接下来的实践中取长补短，或者说既要尊重市场机制的要求，又要以学术传统克服市场失灵的状况等，这也是需要进一步思考的问题。

应该说，印度经典汉译主要依靠第一支队伍，原文经典翻译比通过其他语言转译更为重要。20 世纪 80 年代以来，这支队伍勤勤恳恳，笔耕不辍，为印度经典汉译做出了巨大贡献，取得了丰硕成果。然而，就现状看，除黄宝生、薛克翘等极少数学人外，这支队伍的第一代和第二代学人已然“离席”，后辈学人虽然已经加入进来，但毕竟年轻，经验不足，加之现行科研体制自身问题的牵制，后续汉译工作亟需动力。好在已有些年轻人在这方面产生了兴趣，其汉译意识很强，对印度梵文原典和中世纪及现当代原典的汉译工作的理解也令人刮目。可以预见，印度经典汉译将会迎来又一个高潮，汉译印度经典的水平也将有新的提升。

从某种角度说，在前文罗列的种种有待翻译的印度经典中，印度中世纪经典尤为重要。中世纪时，随着传统婆罗门教开始融合包括佛教、耆那教等在内的异端信仰与民间的大众化宗教传统，加之伊斯兰教的进入，印度进入了一个新的“百家争鸣”时代。这一时期留下了许多经典之作，它们对后世印度的宗教、社会、文化均产生了重要影响。长期以来，中国对印度中世纪经典的译介几乎一片空白，仅有一部《罗摩功行之湖》和零星的介绍。近年来，笔者组织团队着手翻译印度中世纪经典《苏尔诗海》，并初步总结了以下心得：

第一，经典汉译并非简单的语言转换，除需要精通相关语言外，还需要译者具备与印度文化相关的背景知识，以便能够精准地理解原文含义。例如，在一首描写女子优雅体态的艳情诗中，作者直接以隐喻的修辞手法描述了包括莲花、大象、狮子、湖泊等在内的一系列自然景象和动植物，若不熟悉印度古代文学中一些固定的比喻意象，则很难把握这首诗的含义。[①]由于审美标准不同，被古代印度诗人视为美丽的“象腿”在当今语境中已经成为足以令女子不悦的比喻。此类审美视角需要辅之以例如《沙恭达罗》中豆扇陀国王对沙恭达罗丰乳肥臀之态的称赞才能理解。

第二，古代中国对古代印度经典汉译的传统在很大程度上为现代翻译经典提供了以资可鉴的便利，譬如许多专有词汇在汉语中已有完全对应的词汇可供选择，省去了译者的诸多麻烦。但是，这也要求译者了解相关传统，并能将其中的一些内容为己所用；同时，还应避免由于古代中国对古代印度经典翻译在视角、理解上的偏差所带来的问题。例如，triguna 这一数论哲学的基本概念已由真谛在《金七十论》中译为“三德”，后来的《薄伽梵歌》等哲学经典的汉译也已沿用，新译经典中便不宜音译为“三古纳”之类的新词。此外，由于受佛教信仰的影响，一些读者在看到“三德”时往往容易将之与佛教中所说的法身德、般若德、解脱德等其他概念联系起来，对此需要给出注释加以说明以免误解。

第三，现代中国对现代印度经典的汉译虽然已经取得了不俗的成绩，但由于时间、人员等条件的限制，在翻译体例、内容理解等方面依然存在不少可改进之处。

笔者以《苏尔诗海》中黑天的名号为例予以说明。黑天是印度教大神毗湿奴最重要的化身之一，梵语经典中通常称之为 Krsna，字面义为“黑”，汉语之所以译为“黑天”，很可能是因为汉译佛经将婆罗门教诸神（deva）译为“天”，固在 Krsna 的汉语译名“黑”之后加上了“天”，大约与 Brahma 被译为“梵天”、Indra 被译为“帝释天”，以及 Sri 被译为“吉祥天”等相当。后世对相关经典文

① 参见姜景奎等：《〈苏尔诗海〉六首译赏》，载《北大南亚东南亚研究》（第一卷），北京：中国青年出版社，2013 年，第 261~262 页。

献的介绍都沿用了这一名称。然而，若实际对照各类经典，可以发现毗湿奴名号繁多。[①]中世纪印度语言继承并发扬了这一传统，在伯勒杰语《苏尔诗海》中，黑天的名号有数十种之多，其中仅字面义为“黑”的常见名号就有四个，分别是 Krsna, Syama, Kanha, Kanhaiya。这四个名号之中只有 Krsna 是标准的梵语词，且使用最少，只用于黑天摄政马图拉之后人们对他的尊称；其他三个均为伯勒杰语词，多用于父母家人、玩伴女友对童年和少年黑天的称呼。因此，汉译中如果仅使用天神意义的“黑天”一名就违背了《苏尔诗海》所描述的黑天的成长情境。为此，结合不同名号的使用情状以及北印度农村生活的实际情况，笔者重新翻译了其他三个名号，即将多用于牧女和同伴对少年黑天称呼的 Syama 译为“黑子”，多用于父母和其他长辈对童年黑天称呼的 Kanha 和 Kanhaiya 分别译为“黑黑”和“黑儿”。此外，还有一些名号或表明黑天世俗身份，或描述黑天体态，或宣扬黑天神迹，笔者也重新进行了翻译，例如：nanda-namdana“难陀子”、madhava“摩图裔”等称呼说明了黑天的家族、家庭身份，kesau“美发者”、srimukha“妙口”等以黑天身体的某一部分代指黑天，giridhara“托山者”、manamohana“迷心者”等以黑天在其神迹故事中的表现代指黑天，等等。

结合以上几方面的思考，《苏尔诗海》汉译实际上兼具深入而系统的研究性质，包括四部分：第一，校对后的原文。到目前为止，印度出版了多个《苏尔诗海》版本，各版本虽大同小异，但仍有差异，笔者团队搜集到影响较大的几个主要版本，并进行核对比较，最后确定一种相对科学的原文进行翻译研究。第二，对译。从经典性和文献性出发，尽可能忠实于原文，在体例选择上尽量保持诗词的形态，在内容上尽量逐字对应，特殊情况则以注释说明。第三，释译。从文献性和思想性出发，尽可能客观地阐明原文所表现的文献内容和宗教思想。该部分为散文体，其中补充了原文省略的内容

① 参见葛维钧：《毗湿奴及其一千名号》（载《南亚研究》，2005 年第 1 期，第 48~53 页）及相关著述。

并清楚地展现出情节的发展、人物的心理变化以及作品的思想内涵。第四，注释。给出有关字词及行文的一些背景知识，例如神话传说故事、民间信仰、生活习俗、哲学思想等，以及翻译中需要说明的其他问题。

试以下述例解说明：

【原文】略[①]

【对译】

此众得乐自彼时

听闻诃利[②]你之信，当时即刻便昏厥。

自隐蔽处蛇[③]出现，欣喜尽情吸空气。

鹿[④]心本已忘奔跃，复又撒开四蹄跑。

群鸟大会高高坐，鹦鹉[⑤]言称林中王。

杜鹃[⑥]偕同自家族，咕咕欢呼唱庆歌。

自山洞中狮子[⑦]出，尾巴翘到头顶上。

自密林中象王[⑧]来，周身上下傲慢增。

如若想要施救治，莫亨[⑨]现今别耽搁。

苏尔言，

如若罗陀[⑩]再这般，一众敌人大欢喜。

【释译】

黑天离开牛村很久了，养父难陀、养母耶雪达以及全村的牧人牧女都非常思念他，希望他能回来看看。牧女们对黑天的思念尤为

---

① 由于原文字体涉及较为复杂的排版问题，这里仅呈现该首诗的对译、释译和注释三部分，原文略。本诗为《苏尔诗海》（天城体推广协会版本）第 4 760 首，参见 Dhirendra Varma, *Sursagar Sara Satika*, Sahitya Bhavan Private Ltd., 1986, No. 181, p.334.

② 诃利，原文 Hari，“大神”之义，黑天的名号之一。

③ 此处以蛇代指罗陀的发辫，意在形容发辫柔软纤长、乌黑发亮。

④ 此处以鹿的眼睛代指罗陀的眼睛，意在形容眼睛大而有神、灵动美丽。

⑤ 此处以鹦鹉的鼻子代指罗陀的鼻子，意在形容鼻子又挺又尖、美妙可爱。

⑥ 此处以杜鹃的声音代指罗陀的声音，意在形容声音甜美悠扬、清脆嘹亮。

⑦ 此处以狮子的腰代指罗陀的腰，意在形容腰身纤细柔顺、婀娜灵活。

⑧ 此处以大象的腿代指罗陀的腿，意在形容腿脚步态从容、端庄稳重。

⑨ 莫亨，原文 mohana，黑天的名号之一。

⑩ 罗陀，原文 Radha，黑天最主要的恋人。

强烈，其中又以罗陀最甚。罗陀是黑天的恋人，两人青梅竹马，两小无猜，曾经你欢我爱，形影不离。可是，黑天自离开后就再也没有回来过，甚至连信也没有寄过一封。伤离别，罗陀时刻处于煎熬中。为了教育信奉无形瑜伽之道的乌陀，也为了看望牧区故人，黑天派乌陀来到牛村，表面上让他传授无形瑜伽之道，实则置他于崇尚有形之道的牛村人中间，让他迷途知返。乌陀的到来，打乱了牛村人的生活，一者，牛村人沉浸在思念黑天的离情别绪之中，乌陀破坏了气氛，于表面的宁静之中注入了不宁静。二者，牛村人本以为乌陀会带来黑天给予牛村的好消息，但适得其反，乌陀申明自己是为传授无形的瑜伽之道而来，甚至说是黑天派他来传授的，牛村人对此不解、迷茫。他们崇尚有形，膜拜黑天，难道黑天完全抛弃了他们？他们陷入了更深一层的痛苦之中。三者，对牧区女来说，与黑天离别本就艰难，但心中一直抱有再次见面再次恋爱的期望，乌陀的到来打消了她们的念头，从精神上摧毁了她们。其中，罗陀尤甚，她所遭受的打击要比别人更甚。由此，出现了本诗开头提及的罗陀晕厥以及晕厥之后乌陀"看到"的情况，具体内容是乌陀向黑天口述的：

乌陀对黑天说道："黑天啊，你的恋人罗陀非常思念你，她忍受离别之苦，渴望与你相见。可是，你却让我去向她传授无形的瑜伽之道。唉，她一听到是你让我去的，当即就昏了过去，倒在地上，不省人事。唉，真是凄凉啊！这边罗陀昏迷不醒，那边动物界却出现了一派喜气景象：黑蛇从洞里出来了，它高兴地尽情享受空气；此前，罗陀的又黑又亮的长发辫曾使它羞于见人，认为自己形体丑陋，不得不躲藏起来。已经忘记奔跑的小鹿出来了，它撒开四蹄，愉悦地到处奔跳；此前，罗陀那明亮有神的大眼睛曾使它羞于见人，认为自己的眼睛丑陋，不敢出来乱逛。鹦鹉出来了，它参加群鸟大会，坐在高高的枝丫上，声称自己是林中之王；此前，罗陀又尖又挺的鼻子曾使它羞于见人，认为自己的鼻子丑陋，躲藏起来。杜鹃鸟出来了，它和同族一起，咕咕叫个不停，欢庆胜利；此前，罗陀那甜美悠扬的声音曾使它感到拘束，认为自己的声音难听，不敢开口。狮子从山洞中出来了，他得意扬扬，悠闲自在，尾巴翘到了头顶上；此前，罗陀纤细柔软的腰肢曾使它羞于见人，认为自己的腰肢粗笨僵硬，不敢示人，躲进山洞。大象从茂密的森林里出来了，它一步一昂头，傲慢自大，目中无人，盛气凛然；此前，罗陀稳重美丽的妙腿曾使它自惭形秽，认为自己的腿丑陋不堪，羞于展露，躲进森林。唉，黑天啊，你快救救罗陀吧，如果再不行动，稍后想要施救就来不及了……”

“此众得乐自彼时”是本诗的标题，意思是罗陀晕倒之时，即是众动物高兴之时，它们羞于与罗陀相比，虽然视罗陀为敌，却不敢直面罗陀，纷纷逃遁躲藏。听说罗陀遭到黑天抛弃，晕厥不醒，它们自然高兴，便迫不及待地恢复了原来的自由生活。“如若罗陀再这般，一众敌人大欢喜”，是诗外音，是苏尔达斯的总结性话语。在这首诗里，苏尔达斯主要展现了罗陀的美，但整首诗中没有出现任何对罗陀的溢美之词，没有提到罗陀的名字，更没有提到她的发辫、眼睛、鼻子、声音、腰肢和腿等，甚至没有提到蛇、鹿、鹦鹉、杜鹃鸟、狮子和大象的相关部位，仅以这些动物对罗陀晕厥不醒后的反应进行阐释，这就给听者和读者留下了巨大的想象空间，似形似景，情景交融。这种手法似乎是印度特有的，其审美视角值得深入研究。

上述例解仅为笔者及笔者团队之于印度中世纪经典汉译的一己之见，希望能开拓印度经典汉译与研究的新视角、新路子，以期印度经典在中国能得到更为深入系统的翻译与研究。

五、中印经典及当代作品互译出版项目

2013 年初，笔者与中国大百科全书出版社社长龚莉女士、副总编辑马汝军先生和社科分社社长滕振微先生合作，提出了“中印经

典和当代作品互译出版项目”的动议。该动议得到相关单位的积极回应。2013 年 5 月李克强总理访印期间，国家新闻出版广电总局和印度外交部签署合作文件，决定启动“中印经典和当代作品互译出版项目”，并写入两国发表的联合声明（第 17 条）。2014 年 9 月，习近平主席访问印度，该项目再次被写入两国发表的联合声明（第 11 条）。该项目成为中印两国的重大文化交流项目之一。双方商定，双方各翻译对方的 25 种图书，以 5 年为期。2016 年 5 月，国家新闻出版广电总局印发“关于实施《“十三五”国家重点图书、音像、电子出版物出版规划》的通知”，该项目被列入“‘十三五’国家重点图书出版规划”。在此期间，笔者与薛克翘先生商量组织翻译团队事宜。我们掰着指头算，资深的老辈学人几乎都不能相扰，后辈学人又大多刚刚走上工作岗位，有的还在求学，翻译资质存疑。我俩怎一个愁字了得！然，事情得做，学人得培养。我们决定抓住机遇，大胆启用后辈学人，为国家培养出一支新的汉译团队。因此，除薛克翘、刘建、邓兵等少数几位前辈学人外，我们的翻译成员绝大多数在 40 岁左右，有的还不过 30 岁。两三年的实践证明，我们的决定完全正确。新生代学人知识全面，学习能力强，执行能力更强。从已完成待出版的成果看，薛克翘先生对审读过的一本书的评价最能说明问题：“字里行间，均见功夫。”译文质量是本项目的重中之重。除薛克翘、刘建和笔者外，我们邀请了黎跃进教授、石海军研究员和邓兵教授作为特约编审，约请了尼赫鲁大学的狄伯杰（B. R. Deepak）教授以及德里大学的阿妮达·夏尔马（Anita Sharma）教授和苏林达尔·古马尔（Surinder Kumar）先生作为印方顾问，对译文质量进行全面把关。译者完成翻译后，译稿首先交予编审审校，如遇大问题时向印方顾问咨询，之后返予译者修改。如有必要，修改稿还需经过编审二次审校，译者再次修改。这以后，稿件才会交予出版社编辑进行审读，发现问题再行修改……我们认为，唯如此，译文质量才能得到保障，译者团队才能得到锻炼。

本项目是中印两国的重大文化交流项目之一。因此，印度方面也有相应团队，负责汉译印的工作，由上文提及的狄伯杰教授领衔，由印度国家图书托拉斯负责实施。需要指出的是，双方翻译的作品并非译者自选，而是由双方专家通过充分沟通磋商确定。汉译作品的选定过程是这样的，笔者先拟定了50多种印度图书，这些书抑或是中世纪以来有重要影响的经典巨著，比如《苏尔诗海》《格比尔双行诗集》和《献牛》等，抑或是印度独立以后获得过印度国家级奖项的作家之名作，如默哈德维·沃尔马、毗什摩·萨赫尼、古勒扎尔的代表作等。而后，笔者请相熟的印度学者从中圈定出30种。之后，国家新闻出版广电总局的相关领导、中国大百科全书出版社的龚莉社长和滕振微先生以及笔者本人专赴印度，与印方专家组进行面对面的交流探讨，最终确定了25种汉译印度图书名录。印度团队的印译中国图书名录的选定过程与此类似。具体的汉译书单如下表：

序号	书名	作者	备注
1	苏尔诗海 *Sursagar*	苏尔达斯 Surdas	诗歌
2	格比尔双行诗集 *Kabir Dohavali*	格比尔达斯 Kabirdas	诗歌
3	献牛 *Godan*	普列姆昌德 Premchand	长篇小说
4	帕勒登杜戏剧 *Bharatendu Natakavali*	帕勒登杜 Bharatendu	戏剧
5	普拉萨德作品集 *Prasad Rachna Sanchayan*	杰辛格尔·普拉萨德 Jaishankar Prasad	戏剧、诗歌、短篇小说
6	鹿眼女 *Mriganayani*	沃林达温拉尔·沃尔马 Vrindavanalal Verma	长篇小说
7	献灯 *Deepdan*	拉默古马尔·沃尔马 Ramkumar Verma	独幕剧
8	灯焰 *Dipshikha*	默哈德维·沃尔马 Mahadevi Verma	诗歌
9	谢克尔传 *Shekhar: Ek Jeevani*	阿格叶耶 Ajneya	长篇小说
10	黑暗 *Tamas*	毗什摩·萨赫尼 Bhisham Sahni	长篇小说
11	肮脏的边区 *Maila Anchal*	帕尼什瓦尔·那特·雷奴 Phanishwar Nath Renu	长篇小说
12	幽闭的黑屋 *Andhere Band Kamare*	莫亨·拉盖什 Mohan Rakesh	长篇小说

序号	书名	作者	备注
13	宫廷曲调 *Raag Darbari*	室利拉尔·修格勒 Shrilal Shukla	长篇小说
14	鸟 *Parinde*	尼尔莫勒·沃尔马 Nirmal Verma	短篇小说
15	班迪 *Aapka Bunti*	曼奴·彭达利 Mannu Bhandari	长篇小说
16	一街五十七巷 *Ek Sadak Sattavan Galiyan*	格姆雷什瓦尔 Kamleshwar	长篇小说
17	被抵押的罗库 *Rehan par Ragghu*	加西纳特·辛格 Kashinath Singh	长篇小说
18	印度与中国 *India and China*	师觉月 P. C. Bagchi	学术著作
19	向导 *Guide*	纳拉扬 R. K. Narayan	长篇小说
20	烟 *Dhuan*	古勒扎尔 Gulzar	短篇小说、诗歌
21	那时候 *Sei Samaya*	苏尼尔·贡戈巴泰 Sunil Gangopadhyaya	长篇小说
22	一个婆罗门的葬礼 *Samskara*	阿南特穆尔蒂 U. R. Ananthamurthy	短篇小说
23	芥民 *Chemmeen*	比莱 T. S. Pillai	短篇小说
24	印地语文学史 *Hindi Sahitya ka Itihas*	罗摩金德尔·修格勒 Ramchandra Shukla	学术著作
25	棋王奇着 *The Chessmaster and His Moves*	拉贾·拉奥 Raja Rao	长篇小说

毫无疑问，这些作品均是印度中世纪以后的经典之作，基本上代表了印度现当代文学水准，尤其反映出印地语文学的概貌。我们以为，通过这些文字，中国读者可以大体了解印度现当代文学的基本情况。

就本项目而言，笔者在这里需要表达由衷谢意：

首先，感谢国家新闻出版广电总局的相关领导，没有他们的认可，本项目不可能正式立项。其次，感谢中国大百科全书的前社长龚莉女士、前副总编辑马汝军先生和前社科分社社长滕振微先生，没有他们的奔走，本项目不可能成立。再次，感谢中国大百科全书出版社社长刘国辉先生，社科学术分社社长郭银星女士、副社长王宇女士以及诸位编辑大德，没有他们的付出，本项目不可能实施。感谢另两位主编薛克翘先生和刘建先生，两位前辈不仅担当主编、审校工作，还是主要译者；他们是榜样，也是力量。十分感谢黎跃进和邓兵两位教授，两位是特邀编审，邓兵教授也是译者，他们认真负责的精神令人起敬。感谢印度尼赫鲁大学的狄伯杰教授以及德里大学的阿妮达·夏尔马教授和苏林达尔·古马尔先生，他们的付出为本项目的实施提供了某种保障。特别感谢石海军研究员，他是特邀编审之一，可惜天不假年，他于2017年5月13日凌晨突然辞世，享年仅55岁，天地恸哭，是中国印度文学研究的一大损失！最后，感谢翻译团队的诸位译者，他们是新时代的精英，是中国印度研究领域的后起之秀，他们的成就由读者面前的文字可见一斑。

祝福诸位，祝福所有为本项目的立项和实施有所付出的先生大德们！

自《浮屠经》以来，汉译印度经典已有两千多年的历史。这一人类历史上少有的浩大文化工程背后既有对科学技术的追求，也有对宗教信仰的热忱；既有统治者的意志，也有普通民众的需求。印度经典汉译一方面极大地丰富了中华文化，另一方面也保存和传播了印度文化；既形成了自己的学术传统，又推动了许多相关领域研究的发展。时至今日，在中印关系具有特殊意义的大背景下，继续推进对印度经典的汉译在两国关系层面有助于加深两国之间的认知和了解，构建更为均衡、更为深厚的国际关系，在学术研究层面也有助于推动相关领域研究的继续发展。

姜景奎

北京燕尚园

2017年12月31日

2019年12月25日修订

译者序

一、引言

雷奴（本名帕尼什瓦尔·那特·雷奴）是印度现代著名印地语小说家。他于 1921 年 3 月 4 日出生于印度东北比哈尔邦普尔尼亚县一偏远落后农村的中等农民家庭。少年时代在法尔比斯甘吉读中小学，青年时代在瓦拉纳西和巴加尔普尔读大学。他积极参加了印度 1942 年的民族独立运动，1944 年开始从事写作活动；到 1947 年印度独立之前，已经创作出短篇小说 10 篇。1950 年，雷奴去尼泊尔参加人民武装斗争；1951~1952 年因患肺结核住巴特那医院治疗；1953 年病愈，开始创作长篇小说《肮脏的边区》，小说于 1954 年出版。此后他辛勤耕耘，陆续出版了长篇小说《荒土地的故事》（1957）《长期苦修》（1963）《游行》（1965）《歧路知多少》（1966），以及短篇小说集《民歌》（1959）《第一夜的气味》（1967）《食火者》（1973）等。1976 年他患肾与胆病，因手术无效，于次年 4 月 11 日去世，终年 56 岁。他去世后，他的作品被整理出版的主要有报告文学《债水与财源》（1978）《尼泊尔革命故实》（1978）《野生圣草的气味》（1984）和短篇小说集《五月里一天正午的阳光》（1984）《好人》（1986）等。近年来，除了长篇小说《肮脏的边区》《荒土地的故事》及一些短篇小说选不断再版外，《雷奴全集》《雷奴选集》和《雷奴短篇小说全集》等也都陆续出版了。

《肮脏的边区》是雷奴发表的第一部长篇小说，也是他的代表作。此书最初自费发行，后由德里国莲出版社抢购到版权，很快又出了第二版。不久，俄文译本出现，继而又由印度国家图书托拉斯将它译为多种文字出版（至少有阿萨姆语、乌里雅语、卡纳尔语、马拉提语、孟加拉语、泰卢固语、泰米尔语、旁遮普语和乌尔都语等九种）。此书发表后，影响日大，早已走向全世界。1989年，它已被译为中文，1994年由上海译文出版社出版，当时的题目是《肮脏的裙裾①》。

在这部小说问世30年之际，印度文学评论界有这样的评语："雷奴的小说创作在印地语小说史上有着自己独特的意义。不论从历史的角度还是从艺术成就的角度，其意义都是重大的。雷奴通过长篇小说《肮脏的边区》奠定了边区小说的基础，使边区小说成为印地语小说领域中新的潮流和转折点……《肮脏的边区》第一次多侧面地描绘了独立后的印度生活。它不仅是对农村生活的现实主义反映，而且具有新颖而有力的反映方式。它不仅提出了农村生活中的全部问题，而且在情节结构、人物设置、语言文体等方面都实现了革命性的转折。"② 这段评语简明扼要地肯定了这部小说的思想艺术成就及

① "裙裾"，本指印度女装纱丽的襟或纱丽的边缘，同时又有边区的意思。小说作者把印度称作母亲，又把他所描写的边区土地比喻为印度母亲的纱丽边缘。标题中的"肮脏"也主要是"沾满尘土"的意思。所以，小说的标题本身就是个比喻。关于小说的翻译经过，详见书后的《译后记》。

② 安贾利·提瓦里：《雷奴的文学创作》，新德里，1983年版，第5页。

其在印地语文学史上的地位，也是对这部小说发表30年来有关评论的总结。鉴于这部小说在印度文学史上的地位与影响，我们有必要对它做较为深入的研究。

要想为此书写一个几百字的故事梗概是十分困难的，因为它的“故事情节是与一个名叫玛丽村的村子相关联的，它不是某个人的故事，而是整个村子社会生活的描绘”[①]。小说中的人物多达上百个，着笔较多的有十来个，但没有一个贯穿全书的主人公。即是说，小说不以一两个人的生活遭遇和罗曼史为线索，而是以整个村子的社会生活为对象，以时间先后为序，做多侧面多重点的描写。不过，“土地问题是《肮脏的边区》的轴心问题”[②]。这部小说描写的是一片乡村的土地，描写这片土地上生活的人们以及他们对这片土地的爱。

“边区小说”是印度独立后开始逐渐形成的一个新的印地语小说流派。该派小说以描写“边区”人民生活为己任。所谓“边区”，指地理环境的偏远、远离科学文明的影响和经济上的贫穷落后。[③]其实，此类小说在印度独立前已经出现，只是因为没有这部小说影响大而未得命名。边区小说的创作手法基本上是现实主义的，是普列姆昌德创作传统在新时期的发展和继续。特别是在圣雄甘地领导了一系列民族民主主义运动之后，印度民众觉悟大大提高，印度获得独立。当此之时，作家们身负历史重担，像考古学家一样把目光集中于广大边远农村，在那里开掘民族古老文化的积淀物，并发现和铲除民族性的劣根。这对于一个民族的自我认识有着普遍而深刻的意义，同时也开辟了小说创作的新天地。正如评论家们所说：“边区小说标

---

① 昌德拉巴奴·宋瓦奈:《小说家雷奴》，斋浦尔，1979年版，第33页。

② 苏兰德拉·乔杜里:《帕尼什瓦尔·那特·雷奴》，新德里，1987年版，第87页。

③ 阿德什·萨克赛纳:《印地语边区小说及其创作》，比卡奈尔，1971年版，第22、23页。

志着小说创作发展的新方向，它一方面以民族性的精神为根基，另一方面又被新觉醒和浪漫主义观点所哺育。”[①]

雷奴在《肮脏的边区》初版序中指出，《肮脏的边区》“是一部边区小说”。这就是边区小说派命名的根据。

二、《肮脏的边区》的艺术价值

（一）从小乡村到大印度

正如作者在初版序中所说，“故事的发生地是普尔尼亚。普尔尼亚是比哈尔邦的一个县。它的一面是尼泊尔，另一面是巴基斯坦[②]和西孟加拉，当我们又在南边划出桑塔尔族地区，在西边划出米提拉地区的分界线时，这各种各样的分界线便使它的轮廓完整了”。小说描写的是这一地区中一个落后农村——玛丽村的民众生活。同时，作者选取 1947 年和 1948 年印度独立前后两年的社会大变动作为时代背景。这样，大时代的风风雨雨便使小说的故事情节起伏跌宕，变化莫测。印巴分治、宗教冲突、党派斗争、印度独立和甘地遇刺等一系列印度现代史上的重大历史事件接踵而至，而小小的玛丽村则如影随形，反响强烈，各类人物的命运也在不断变化。

印度独立了，但对于孤陋寡闻的玛丽村民来说，这独立来得多少有些突然，对全印度的下层民众来说恐怕也是如此。人民没有充分的思想准备，在大喜过望之余便发现独立并没有马上给他们带来任何好处，土地仍然被剥夺，依旧是债台高筑、饥肠辘辘、两手空空。国大党没有能力立即控制广大农村的局势，加上组织的严重不纯和各党派间的争权夺利，坏人乘机浑水摸鱼，造成了令人惶惶不

① 阿德什·萨克赛纳：《印地语边区小说及其创作》，比卡奈尔，1971 年版，第 346 页。
② 指当时的东巴基斯坦，即现在的孟加拉国。

可终日的局面。走私贩毒、拐卖妇女、非法拘捕、行贿受贿、偷盗卖淫等恶行都比独立前有过之而无不及。甘地先生最忠实最坚定的信徒巴文达斯从 1930 年起就参加了独立斗争，但他对独立后的现实茫然不解，除了甘地，他不相信任何人。甘地遇难，他更加失去主心骨，只好孤军作战，终于惨死于贪官污吏和走私者的车轮下，真理和正义受到野蛮扼杀。另一名信徒巴尔代沃则变得意志消沉、心胸狭窄，对现实采取了规避态度，出家当了和尚不算，还出于嫉妒而险些将甘地写给巴文达斯的一批重要信件付之一炬。积极上进、富于正义感和同情心的青年加利杰兰由于受到诬陷而被逼得走投无路，最终投入了强盗的行列。大夫普拉祥德是一个大学毕业后自愿到农村治病救人的人道主义者，他逐渐爱上了玛丽村的土地，爱上了这片土地上的人们，成功地研制出防治霍乱和黑热病的特效药，而他真正的成功还在于找到了印度农村社会的真正病根——贫穷和愚昧。然而，正当他决心致力农村社会改造时，独立给他带来的礼物却是横遭搜查、锒铛入狱。大地主维西沃那特辞去了土邦王公税收代理人的职务，但仍然控制着全村人的命运。他老谋深算，贪得无厌，挑起了全村人的大械斗，却又翻手为云，覆手为雨，不仅没因流血事件而受惩罚，反而通过打人命官司巧妙地侵吞了另外几个地主的土地和钱财，一举成为全村的首富。好人结局悲惨，恶人趾高气扬，这种种现象都耐人寻味。

作者从大局出发，把握着印度历史进程的节奏，又立足于局部，对一个村庄的变迁做立体的全方位观照，从而生动有力地反映了时代的风貌，使小说具有了不可低估的历史研究价值。读者不会感到被禁锢在一个狭小的天地里，反而觉得这个小小的天地是与全印度的大世界息息相通、血肉相连的。这样的描写，突出了重点，驾驭了全盘，充分显示了雷奴组织和编排素材的能力，也使边区小说从此具有了一大新的艺术特色。

（二）对白与心理描写——农民意识之流

读者会发现，整部书的叙述都像玛丽村民在谈论和思索村内和村外所发生的大小事件，很少给人以作者站在第三者立场上向读者讲述故事的感觉。作者运用意识流的手法活灵活现地刻画了各种人物的心理活动，用村民的口吻发议论，讲经过，使读者仿佛置身于村民中间，有时甚至觉得自己也是村中一员，亲眼观察各类事件的过程，亲耳聆听村民们的心声，几乎忘却了作者的媒介。

例如，小说上卷第 27 章中讲到大夫普拉祥德的感情变化时有一段心理描写。大夫通过一段时间的医疗工作了解到村民们叫作“心”的东西（指感情），他由这个心联想到人体解剖学的心脏，想到自己刚出生不久即被遗弃的情景，想到母爱，想到自己感情中的病态，想到外部世界的美好，想到为民众造福，想到扬名世界，想到试管婴儿……

然后再搞试管婴儿，不过，这婴儿管谁叫妈妈呢？到那时，“妈妈”这个词大概会是一个可笑的字眼儿。“你知道吗？从前一直是有妈妈的……”一个近乎裸体的姑娘坐在美国一家发面点心铺里，一边品尝一边扭过头来通过荧光屏说，“现在是试管时代，嘻嘻，试管妈妈。”

妈妈，妈妈就是大地，大地母亲……丰收的葱绿！

印度母亲就住在乡村的土地，

田野里是一片迷人的葱绿，

那是母亲沾满尘土的肮脏的裙裾。

肮脏的绿色裙裾！可现在，大地母亲的裙裾是金色的，东风吹动田野里金色的麦穗，像一层层金浪，全村人都在田里……

从这段文字我们看到，作者通过一连串心理活动的描写，真实自然地道出了大夫思想感情的转变。这中间，从大夫犹如梦幻的童年到遥远未来的试管时代，从自己家乡的河流到玛丽村的田野，又从农村的土地到整个印度，大幅度地跨越时空，不仅完全合乎思维逻辑，而且其中贯穿着一个爱字，有母爱，有人们对土地的爱，有大地母亲对她养育子民的爱，有人与人之间的友爱，也隐含着大夫对天真无邪少女葛玛莉的爱。曲折而流畅，幽默又含蓄。

这里描写的是一个知识分子的感情和心理，然而书中占绝大多数的描写却是村民们的议论和心理活动。例如，上卷第 38 章中作者描写了雨季一天夜晚的情景：天空飘过一朵云就下一场雨，雨稍歇，便听到一片蛙鼓，一片虫鸣。村民们都睡不好觉。佃户们在想，明天播种，东家们会不会给稻种？村边桑塔尔人在想，他们的土地被地主们夺去了，他们应如何对付？寺院里的女司库罗其蜜在想，巴尔代沃没有蚊帐，蚊子会不会咬他？葛玛莉在想，大夫的窗子没关，雨会不会打湿他的床？加利杰兰的守寡姑妈在想，加利杰兰会不会和纺织站的女教师……对各类人物的心理活动，作者采取了跳跃性的意识流的写法，用雷鸣蛙鼓和一个农民唱《十二月调》的歌声加以区分并串联起来，既变化多端又井然有序。

再如，下卷第 1 章中有这样一段描写：

得到独立了吗？

“还没有，十五日才能得到。快了，下个礼拜就得到了。德里已经在谈判了，印度教徒到印度斯坦来，穆斯林到巴基斯坦去。”巴文达斯又带来了一条消息，一条崭新的消息！

莫不是像上次第四十条法令那样，带回一张假表格，巴文达斯这次带回的消息又是假的吧？不，真的，大夫先生的无线电广播了，没听见？

“到那天，乡长老爷要请饭。”……

“万岁！万岁！……”

“圣雄甘地万岁！”

寺院方丈也要大请饭。村里要请三个戏班子，还要表演加利杰兰的社会主义歌曲。县里还要来英国乐队呢。什么？连英国乐队都不知道？就是罗德哈特庙会上跳露天舞时吹吹打打的那些玩意儿……

“独立以后穆斯林要到巴基斯坦去？整个割一半去？”

“对，既然印度教徒和穆斯林是兄弟，兄弟分家就是一家一半。”

“是巴文达斯亲眼看见把独立割成两半了，还是光听人这么说？走，问问去。”

巴文达斯说：“哎，独立又不是砍瓜切菜，怎么个割法？”

“那么，独立歌里怎么说‘只要独立的果实不到手……’”

这就是玛丽村人听到独立消息时的反响。这中间，时间、地点和人物都暗暗地发生了转变。作者把这一情景描写得十分生动风趣，像议论，又像联想。由独立消息想到第40号土地法令，由印巴分治想到兄弟分家，又由庆祝独立想到请客吃饭，总之，他们首先想到的是与个人利益紧密相关的事情。这就活画出他们讲求实际、崇尚功利的心态。

玛丽村的农民就是这样，他们一会儿说大夫是神，把全村人从霍乱病魔手中救出，一会儿又说大夫往井里撒药是想叫全村人都软弱无力；一会儿说大夫和葛玛莉是天生的一对，应当结婚，一会儿又说他俩来往太密，伤风败俗；一会儿认为社会党是穷人党，拥护社会党而反对地主，一会儿又站到了地主一边，拿着棍子去为地主卖命，等等。他们的意识就是这样单纯而又复杂，质朴而又狡黠，愚昧落后、顽固保守，而又善良耿直、和气爽快。真让人觉得他们既可悲又可怜，既可气又可笑，既可爱又可恼。

整部小说中流动的就是这样一股意识流，农民心理意识之流。作者运用了意识流的手法，不仅使心理描写变得真实可信，故事发展生动逼真，而且，村里错综复杂的矛盾、纵横交叉的关系也通过这忽东忽西、飘逸不定的思维活动有机地串联起来，无论是新旧矛盾的转换，还是时间、场景和人物的变更，都显得入情入理，不但不给人以零乱无章的感觉，反而使人觉得整部小说环环相扣，浑然一体。

三、《肮脏的边区》的民俗学的价值

小说对玛丽村民的政治经济地位、思想观念和日常习俗从整体上做了较为详细的介绍，因此它具有印度其他小说难以比拟的民俗学价值。宗教活动、巫术迷信、种姓亲族、婚丧嫁娶、衣食住行、岁时节日、歌舞游艺等民俗学研究的主要内容几乎应有尽有，材料之丰富，不亚于一部民俗学调查报告。

（一）社会、民族、种姓、宗法

玛丽村社会虽小，却五脏俱全。全村居民一千余口，分属三大民族和 12 个种姓。除印度斯坦族外，还有近百名桑塔尔人和几个穆斯林。印度斯坦人以种姓为单位分若干族团居住于各自的居住区。其中最有势力的是三大种姓：以老乡长为首的加耶斯特人，以沈克先生为首的拉吉普特人和以凯拉文为首的亚德沃人。婆罗门人数不太多，但地位“高贵”，故对村中事务亦有举足轻重的影响。其他种姓的人根据不同的利害关系分别依附于以上三个大种姓，或为他们的佃农，或为他们的雇工。三大种姓间时有矛盾。例如，拉吉普特人自认为是纯正的刹帝利，不把村中其他人放在眼里，动辄诉诸武力。亚德沃人勃兴之后，公然佩戴标志刹帝利的圣线，自命为正统刹帝利。这引起拉吉普特人的极大不满，双方险些大动干戈。加耶斯特人因与拉吉普特人有旧隙，表示支持亚德沃人；婆罗门人从维护旧秩序出发，表示支持拉吉普特人。在独立前夕，全村人在土地问题上分成两大阵营，有土地的富人为一方，无土地的穷人为一方，旧的种姓制度和宗法观念受到严重挑战。这是民众新觉醒的一个表现。但是，大地主们利用了农民的弱点，将阶级矛盾转为民族矛盾，挑起一场大规模武斗，使少数民族桑塔尔人受到最大损害。

在广大民众看来，种姓制度是祖宗传下的法规，亘古如兹，天经地义，要想改变政治和经济地位，就必须先提高自己的种姓地位。例如小说中的蒲丽娅，出身登特利马·刹帝利家庭，她结婚后跑到城里，同一个拉吉普特人同居，便以为自己成了纯刹帝利，回到娘家，连她母亲碰过的食物都不吃了。

从小说提供的有关素材看，那里的种姓情况大致可归结为以下三点:（1）农村中的种姓制度仍然是严格的，它的观念根深蒂固地盘踞在人们的头脑中;（2）民族独立运动所带来的民主平等新观念是对种姓制度的冲击;（3）一些农民渴望政治经济地位的提高，但他们认不清种姓制度的实质，误把改变种姓名称当作奋斗目标。造成这种局面的原因很多，从大处着眼，也可归结为三条：第一，种姓制度是一个极为复杂的问题，它不仅仅是人们政治经济地位的分界线，而且从一开始就与民族、宗教、宗法等问题搅在一起，难分难解。第二，印度是一个被宗教严密笼罩的国家，印度教理论基石之一便是轮回转世的思想，这是一种特殊的宿命论，是种姓制度的理论基础和生命线。第三，民族独立运动虽然也涉及种姓问题，但其思想武器仍然根植于古老的印度教理论，这就不可能触动种姓制度的根基。印度农村自古以来就有一个叫作“五老会”（潘查耶特）的机构，至今犹然。玛丽村的五老会有自己的特点。第一，它的成员不是五人，而是时多时少，一般由各种姓居住区的头人组成，大大超出五人之数。第二，成员不一定都是族中长者，也可以是有若干追随者的青年。哪怕是外乡人，只要在村中有一定的威信，也是五老会的当然成员。第三，全村有一个大五老会，负责解决全村性事务；每个种姓居住区还有自己小的五老会，负责处理族内事宜。第四，村民都有权参加五老会，会上都有发言权。第五，五老会负责裁决村内的民事纠纷，刑事案件由警察和法院处理。第六，五老会可以惩罚村中犯有过失的人，惩罚主要有体罚和经济惩罚两种，常常都带有侮辱性。第七，五老会指定两名“执棍人”，他们根据五老会的裁决执行体罚。由于上述特点，玛丽村的五老会总是开得很热闹。例如，下卷第 6 章中描写了一次五老会的详情：会议本来是要裁决德特马种姓姑娘罗米娅进寺院当女奴的事，结果争吵起来，话题越扯越远。最后，被牵扯进来的人被罚款五卢比，乱插嘴吵闹的被罚扯耳朵起来坐下五次；罗米娅被允许入寺为奴，但她娘被罚请全族人吃一顿饭。

从书中关于五老会的材料可知：玛丽村的五老会虽然仍沿袭着古代遗制，但权威已远远不及以前；尽管群众已有更多的发言权，五老会依然是强者欺凌弱者的工具；五老会实际上是种姓制度和宗法制度相结合的产物。

（二）宗教、巫术、迷信

玛丽村的宗教情况有以下三个主要特点：

第一，村中宗教活动的中心是寺院。村里人时常到寺院去，不论种姓高低都可以去。村中五老会也经常在那里召开。寺院拥有大量土地和财产，每年都有不少雇工为寺院劳动并从那里领取报酬。寺中僧尼都有，因此常闹男女关系方面的丑闻。方丈为全寺之主，有权决定寺内大小事务，负责布道讲经和收留弟子。寺院实权人物是司库，主管经济财务，也传经布道。该寺僧众属印度教中的毗湿奴派，除崇信大神毗湿奴及其化身罗摩、黑天（克里希纳）外，还崇信真师，读的圣书叫《比杰格》。真师是指中世纪宗教改革运动中的虔诚派圣者们，《比杰格》是圣者的宗教哲理诗集，小说中专指圣者格比尔达斯（Kabirdas）的诗歌总集。

第二，各教派和平共处，相互融合，导致多神崇拜的局面。村中有毗湿奴派信徒，也有人崇拜湿婆和迦利（Kali，又译时母）女神。算命先生焦德克是个婆罗门，常常念“湿婆保佑”，说明他是信奉湿婆的。同时，村边还有一座迦利女神庙，因为这位女神被认为是湿婆大神的妻子，既掌管妇女婚姻及其幸福，又具有降妖伏魔的巨大威力，所以不仅妇女常去庙里膜拜献祭，舞枪弄棒的拉吉普特和亚德沃种姓青年们也时常高呼“迦利圣母万岁”。此外，村边有条河，叫莲花河。莲花河神是位女神。村里人常常祈祷河神保佑全村平安。相传，莲花河女神很善良，谁家如果设宴时缺少器皿，去祈祷献祭后，河边就会出现许多银盘银碗。崇拜河神的现象在许多国家和地区都有，在印度也有十分古老的传统。史诗和往世书中关于恒河女神下凡的神话就是例子。小说中还提到崇拜树神的事例：巴文达斯死后，他的口袋带子挂在一棵树上，有的妇女认为这棵树有灵，认为那带子是别人还愿时挂上去的，于是也来拜树神许愿，这棵树上便接二连三地系上了好几条带子。崇拜树神的现象是古老的生殖崇拜的遗迹。上古人因树木枝繁叶茂、花果累累，便以为它具有极强的生殖能力，崇拜它是为了求得子嗣。这在印度也有相当古老的传统，至少可以追溯到印度河文明时期，摩亨佐·达罗出土的印章中便有崇拜树神的图像。

小说中还有一个值得注意的问题。村里的人虽说都是印度教徒，崇拜印度教各派的神明，但也不排斥伊斯兰教。村边有一座相传为穆斯林圣人吉恩的陵墓。村民们深信圣人吉恩的神灵，说他喜欢谁就可以让谁富有，讨厌谁就会叫谁灾祸不断。亚德沃人的头人凯拉文家连遭不幸，他妻子认为这是他没有在吉恩陵墓上盖亭子而去为社会党人盖办公室所致。葛玛莉也相信吉恩，说大夫普拉祥德是吉恩变的，以此表达她对大夫的崇拜和爱恋。这种印度教徒相信穆斯林的圣人并把爱情和对神的崇拜合而为一的情况是事出有因，绝非偶然，它源于印度中世纪的宗教改革运动。其时，穆斯林已进入印度次大陆，并在那里建立了自己的统治。印度教徒同穆斯林由仇敌化为杂居的友邻，印度教与伊斯兰教也已由对抗转为融合。这就需要这两大宗教都面对现实，相互适应。于是，印度教中的虔诚运动和伊斯兰教中的苏非运动便应运而生。这两大运动都主张以宽容的态度对待异教徒，主张两教信徒和睦相处。在宗教理论上，两大运动都主张通过对神明的虔诚和爱恋以达到与神明合一并最终获得解脱的目的。玛丽村的宗教情况恰恰与此相符，说明这是两大改革运动的遗泽，也是与印度教徒和穆斯林杂居的社会现实相适应的。

第三，印度教为现实政治服务的灵活性。相对地讲，印度教比其他宗教要松散一些，灵活一些。它与其他教派虽然历来有矛盾冲突，但也不能忽视这样的事实：它曾把佛教消化吸收，也曾长期与耆那教、伊斯兰教、基督教等共处。在现实政治生活中，印度教也表现了它的宽怀大度。小说上卷第4章中，寺院方丈赛瓦达斯说夜里真师托梦给他，让他支持村里建防疫站的工作，并说甘地是真师的信徒。女司库罗其蜜也向巴尔代沃布道，叫他坚持真师的道路，坚持圣雄甘地的道路。甘地遇刺后，葛玛莉她娘说甘地是大神下凡，显灵后归天了。村民在庆祝独立时喊口号，既喊甘地万岁也喊印度教大神万岁。加利杰兰的社会党办公室原本是唱颂神曲的地方，社会党人在那里既唱颂神曲也唱社会主义歌曲。巴文达斯和巴尔代沃都是毗湿奴派信徒，但同时也是国大党人，一身兼二任。当然，以上情况可以从多方面分析，但如果从宗教和政治关系角度看，是否可以说印度教在独立运动中起到了积极作用，或者说政治家利用宗教作为政治武器呢？独立运动中，各种政治势力、各种学说都进行了尝试，但最终是甘地的道路取胜，这原因之一就是它扎根于印度古老文化的土壤，吸收并利用这种文化作为自己的思想武器和行动纲领，所以它赢得了民众，赢得了力量。反过来，千百万印度教徒把甘地奉为神明，看作大神下凡，这一方面表现了印度教轮回转世的思想，另一方面也表现了印度教兼收并蓄和适应现实的能力。

巫术与迷信同宗教的关系是十分密切的，既不能与宗教等同也不能截然分开。不能把全部的巫术迷信都纳入宗教范畴，也不能把宗教传统统统斥为巫术迷信。

小说中，大夫普拉祥德的老同学马莫达根据大夫的信件整理出一份报告，叫《草药与乡村巫术》。可见，玛丽村的巫术是很盛行的。寺院女司库罗其蜜懂得一些巫术和咒语，能治一些小病。但比起蒲利娅的丈夫克拉西来，却小巫见大巫。克拉西是个大巫，小说下卷第10章中对他施行巫术有详细描写：蒲利娅病了，浑身流脓，克拉西决定用巫术为她治病。同时，他认为村中闹猴子鬼，所以村里多病多灾。为治病消灾，夜晚，他在牛棚里摆下红花编成的法轮，上系法螺，供上大米和牛奶。轮间置一陶碗，放上油和灯芯。克拉西喝完一小瓶土烧酒，坐在地上，不时把燃着的灯芯往嘴里放，放进时火苗熄灭，拿出后吹口气又重新燃起。他用一根针穿透舌头，生吃了一只鸽子，边敲鼓边唱颂神曲，并要求在场的人和他一起唱：

“啊，圣母啊，今夜黑得吓人，左右两边都有说话的鬼魂。行行好吧，雪山神女和湿婆大神……”

从这些事例中可以看出两个问题：一、玛丽村流行的巫术与宗教关系密切。寺院里施行巫术，克拉西是巫师又是湿婆派信徒。二、巫术与宗教不同，不属正规法事，主要用于治病消灾，镇鬼驱邪。

另外，村子里还有大量迷信行为和迷信传说。如村民们都认为帕瓦蒂她娘是女妖，村民希鲁的儿子死了，算命先生说是女妖作祟，教希鲁如何在半夜从女妖手中夺回孩子。愚蠢的希鲁信以为真，竟然用棍子打死了帕瓦蒂她娘。村民还说村边的树林里有女鬼，穿一身像白鹭羽毛一样洁白的衣服，用蛇鞭打人。巴尔代沃说他亲眼见过鬼，那鬼躲在水牛背后向他要烟抽。除了大夫，全村只有葛玛莉和老乡长不信妖鬼，但他们却信神。随着宗教和迷信而来的是一些关于福祸吉凶征兆的说法及有关的禁忌。如，打喷嚏不吉利，孕妇不能见矮子，新娘头发分缝间抹的朱砂如果流到鼻子上就会受丈夫宠爱，等等。

（三）岁时节日、衣食住行、婚丧嫁娶

小说几乎对一年 12 个月的情况都有描述，也提到了不少节日，着重描写的有四个节日：洒红节、新年、雨季和独立节。

洒红节是印度全国性的大节，在玛丽村更居诸节之首。人们欢度洒红节的情形在小说中有具体生动的描写（上卷第 24 章），我国有关的介绍文章也不少，兹从略。

新年是玛丽村的大节之一，当地人管它叫“西尔瓦”，相当于中国农历的“大年初一”。印历一年 12 个月，每月各有专名；每两个月为一季，一年六季。当地人以印历二月为岁首，称二月初一为西尔瓦，约在公历 4 月中下旬。印度北方普遍把这一天视为节日，称“白萨其”（Baisakhi 或 Vaisakhi）而不是西尔瓦。西尔瓦前一天为除夕，人们提前做好食物，因为初一这天灶上不能点火。村民要在这天起大早去几十里外的河里打鱼。寺院和大地主家都要在这一天建立新账本，礼拜毗湿奴神，祈求新年发财，同时还要请客吃饭，请婆罗门讲述毗湿奴的故事。

印历五六月为雨季，农民非常重视，因为他们靠天吃饭。每当雨季来临之前，总是要进行求雨活动。当天空出现几片云彩时，家家户户都是一片“下雨吧，下雨吧”的祈求声。妇女们为讨老天爷喜欢，要连续几夜表演《贾特洁丁》舞和各种小节目。小说上卷第 37 章、第 38 两章中关于雨季的描写别有风情。

印度独立了，玛丽村民同全国人民一样，又增加了一个节日。他们按照古老的方式来庆祝这个新节日：把大象装点起来，塑造一个印度母亲像安放在大象背上，再让一年轻女子手执拂尘立在塑像旁。人们敲锣打鼓，高呼口号，载歌载舞。

衣着方面，玛丽村民与印度其他地区居民没有多大差别。值得一提的是妇女的首饰，头、耳、鼻、项、臂、腕、指、踝、足等处都有装饰物，名目繁多。如上卷第34章、下卷第4章中对蒲利娅和葛玛莉所戴首饰的罗列，都很具体，有些很难译为汉语。桑塔尔妇女在穿戴方面独具特色，除各种首饰外，她们还喜欢把鲜花编在辫子上。

村民饮食除印度北方居民常见的以外，小说中还提到几种地方风味。上卷第32章中提到农民用棕榈树花酿的棕酒，有甜的，有又甜又酸的，有驱寒的，有解热的，也有治头晕症的，各有名称。印历正二月傍晚，村民们在棕林里花三个安那就能买一罐棕酒。一年来的争执都在酒桌上化解，在那里快乐，也在那里伤心。那里既有姑娘小伙见面订婚，也有不轨分子谋划如何拐走别人的老婆。桑塔尔人酿马桦树花酒和五味酒，他们喝不惯当地人酿的土烧，但当地人却喜欢喝他们酿的酒。

当地农民多用竹子和稻草盖房，据说“这是一门很大的学问”（下卷第9章）。这种草房可以盖得很漂亮，但有很大的弱点：遇到大风容易被掀翻，连雨天容易漏雨，遇到火星容易起火。玛丽村远离铁路线，出入村的主要交通工具是牛车。牛车有两轮的也有四轮的。四轮牛车很讲究，牛也有很漂亮的装饰物（下卷第9章）。

玛丽村的种姓制度虽严，但男女关系却比较混乱，常常打破种姓界限。高种姓男子找低种姓女子偷情，已婚男子找寡妇作乐，青年男女婚前同居等都时有发生。童婚问题值得注意。当时习俗，不少小孩在六七岁时即由父母包办举行正式婚礼，婚后女孩仍住娘家，长大成人后再举行一次叫“高纳”（圆房）的仪式，女子才正式到婆家。若男子在高纳前死去，女子便成为寡妇，不得再嫁。书中提到两例，一是老乡长家女仆赛比娅童年守寡，终身未嫁；二是新乡长哈尔高利在举行高纳前武斗致死，16 岁的妻子哭得死去活来。

按当地习俗，小孩出生后第 12 天为命名日，要举行仪式并设宴庆祝。村中妇女三五成群地前来祝贺，敲鼓唱《祝福歌》，祝孩子健康长寿、英俊富贵、才华超群。

印度教徒一般实行火葬，穆斯林死后土葬。小说中多次提到死人事件，最主要的有四起：第一起是甘地遇刺，举国哀悼，玛丽村也举行送葬和哀悼仪式。人们用竹子扎一个担架式的灵床，装饰以各色花朵，唱《送葬歌》到莲花河边火化。村里大部分人都参加了这一仪式，场面大而悲愤（下卷第 19 章）。第二起是武斗中死了若干人，第三起是希鲁打死帕瓦蒂她娘，都抬到河边火化，描写不具体。第四起是老方丈正常死亡，实行的是土葬，原因不详。

（四）歌舞游艺、口头文学

小说中这方面的材料最多，下面只能拣主要的略做介绍。

玛丽村人像其他地方的印度人一样酷爱歌舞。他们的歌很多，大致可分为三类：一是宗教歌曲；二是当时独立斗争的流行歌曲；三是民歌。宗教歌曲一般都是颂神曲，多种多样，在不同场合唱不同的曲子。例如，寺院里每天都要唱《比杰格》圣书中的诗句，边敲鼓边唱，肃穆而单调；甘地遇刺的消息传来时，巴尔代沃和罗其蜜领唱叫《巴占》的颂神曲，全村人合唱，悲怆而凄凉；加利杰兰的社会党办公室原来是唱颂神曲的地方，一天，他们唱起了叫《纳尔迪》的颂神曲："暮色茫茫，香蕉树旁，克里希纳，笛声悠扬，黄衫卷发，英俊少年郎。"气氛欢快。

独立斗争的歌曲也不少，但只有少数积极分子会唱，其中有些歌是从外地传来的，有的是在民歌曲调基础上填新词。最有特色的要数民歌。根据小说中资料，民歌主要有两种：一是与季节有关的民歌，如《十二月调》《正月歌》《腊月歌》等。季节性民歌多与生产劳动相关联。如《正月歌》是人们割麦子时唱的，《十二月调》是人们在水田里劳动时唱的。《秋千歌》也可算作季节性民歌，有歌词为证："雨季五月天啊，家家户户荡秋千。"第二类是与节日和红白喜事有关的民歌，如《结婚歌》《洒红歌》《送葬歌》《祝福歌》等。书中常引用大段歌词，此举二例：下卷第 4 章中人们庆祝独立时唱起了《迎亲歌》，意思是他们像迎接新年一样迎来了独立：

迎亲队打扮得像月亮一样，
打扮起二十万匹马十万头大象，
四十人步行簇拥着新郎新娘……

《大嫂歌》表现的是小叔子爱上嫂子的心曲（上卷第 14 章）：

青春热血在沸腾，
叫俺日夜不安宁；
俺的大嫂是美人，
不知啥时能过门？

印度舞蹈自古与音乐、戏剧结合在一起，小说中描绘的情景也是如此。其中提到的舞蹈（戏剧）有《激昂之死》《比忽》《比达巴特》和《贾特洁丁》等。《激昂之死》是根据《摩诃婆罗多》中的故事改编的民间舞剧。《比忽》是流行于阿萨姆一带的民间舞蹈。《比达巴特》是根据中世纪印地语诗人维德亚伯迪的叙事长诗改编的歌舞剧。书中对《贾特洁丁》的描写最详细，也最有地方特色（上卷第37章）：贾特是许多牛羊的主人，妻子洁丁美丽聪慧。洁丁因与公公拌嘴而跑回娘家，贾特到处找她。贾特怀疑有钱人家看中了洁丁而扣留她，便挨家挨户搜寻："先生，老爷，请把门打开，让我找找洁丁……先生，我美丽的洁丁，苗条得像修竹一样。先生，我洁白的洁丁，像月亮里的银光。"这个舞剧在求雨时表演，所有角色都由女人扮演。表演时只有女人能看，如果成年男子胆敢偷看，官司一定要打到五老会上。表演《贾特洁丁》的同时还穿插一些小节目。最后还要表演耕地，道具是真牛真犁。妇女们边耕边点着村中头面人物的名字骂："维西沃那特呀，你这坏家伙，快拿水给我喝，我要渴死了。""沈克呀，你这坏蛋，拿水来呀！"事后，被骂的人会很高兴，因为这说明他们在村子里有威信，而未被骂到的人则感到沮丧。《贾特洁丁》的内容纯属爱情故事，本与求雨无关，在雨季来临前表演，与其说是为讨老天爷喜欢，倒不如说是妇女们忙里偷闲，自相娱乐。

桑塔尔人比村里人更喜欢歌舞，他们的居住区里鼓声不断，歌声连绵（上卷第35章）：

金子和银子都发光，
俺心爱的人像金子一样。
看到手上的金戒指，
就想起俺心上人的模样。

桑塔尔妇女的舞蹈十分迷人，村里人都喜欢看，因为她们的身段优美，服饰奇特，别有一番情调。

民间说唱很受村民欢迎，因为他们中只有极少数人识字。这些民间说唱的内容很丰富，有取自史诗《罗摩衍那》和《摩诃婆罗多》的故事，有中世纪爱情叙事诗中的故事，也有当地长期流传下来的民间故事。

雷奴写这部小说用的是印地语，但中间穿插了大量的土语，有迈提利方言、孟加拉土话等。还使用了大量俗语、谚语、古语、成语、谜语等，有力地表现了不同人物的性格和地方特色。例如："三个安那一壶酒，敢叫汽车倒着走。"（上卷第 2 章）"冬月天不亮，老虎也冻僵。"（上卷第 4 章）"螃蟹偏说自己走得正""筛子满身洞，却说针上有个孔"（上卷第 11 章）。"大家一起干，成败不丢脸。"（上卷第 23 章）"阎王爷的鬼差肯拖延，乡长却从来不宽限。"（上卷第 26 章）"使针眼里钻过大象。"（上卷第 36 章，喻极大的难题）"五个指头都插在黄油里。"（下卷第 16 章，喻全力捞油水）"哪边有月亮就朝哪边敬礼。"（下卷第 13 章，喻随风倒、趋炎附势）"孕妇的肚子瞒不过接生婆。"（下卷第 18 章，意思是不能对行家说假话）"一颗小星落屋顶，普尔尼亚化灰烬。"（上卷第 16 章，谜语"火"）等，不胜枚举。

在竞技、游艺及手工艺方面也有不少材料，如摔跤、打嘎儿、打猎、赛诗、做花瓶、编花篮、制扇子、画壁画、织毛衣等。

总之，小说《肮脏的边区》具有十分重要的民俗学价值：

第一，为民俗学研究提供了极为丰富的资料，上面列举的只是一小部分。

第二，这些民俗材料是真实可信的。《肮脏的边区》虽然是一部小说，其中有许多虚构的东西，但民俗方面的内容确是真实可信的。为什么？理由如下：（1）雷奴写的是自己家乡的事，书中许多人物都有现实生活中的模特儿。[①] 他写这部书时，多数时间居住在自己乡下的家里。[②] 写书前他就搜集了许多民俗方面的资料，他的笔记本里记了许多这方面的东西。[③]（2）小说中的民俗资料可以得到其他有关资料的印证，同时，许多习俗至今还在当地流行。因本文篇幅有限，恕不一一考证。

第三，这部小说记录了社会大变动时期的民俗事项，为研究印度独立前后民俗变迁提供了宝贵资料。民俗是一个历史的范畴，是民族文化的历史积淀。同时它又是一面镜子，随着社会景观的变化而变化，社会动荡愈烈民俗演变也愈大。因此，这部小说提供的资料有助于分清当地民俗发展进程的历史层次。

四、结语

总之，《肮脏的边区》的艺术成就和文学地位大体可归纳为以下几点：一、小说展示了印度独立前后东北农村社会变革与民众生活的画卷，丰富多彩，有声有色。二、作者成功地运用了意识流的写作手法，使小说具有新颖独特的艺术魅力。三、语言生动活泼，有浓厚的乡土气息和幽默感。四、小说具有很高的民俗学价值。五、它是普列姆昌德现实主义传统的继续，又为边区小说流派的形成奠定了基础。

小说尚有若干不足之处：一、对同一人物或事件的叙述，前后文偶有不契合处，显得不够划一。二、由于多侧面多重点的描写，使某些主要人物个性不够突出。三、全书前半部分显得铺张和松散。

---

① 1988 年 4 月号印地文《恒河》文学月刊第 54 页。
② 同上第 42 页，雷奴第二个妻子帕德玛的回忆录。
③ 同上第 45 页，雷奴第三个妻子拉提卡的回忆录。

四、结尾一章以理想代替现实，冲淡了悲剧气氛，且缺乏真实感。

附记：本文最初发表于第 3 辑《南亚东南亚评论》（北京大学出版社 1989 年），此次作为译本序发表，做了少量修改：纠正了几个错误，增加了几句话。

目　录

情人歌

宝石匠发现一块落在泥土里的玉石，眼睛里闪出一道平时少见的亮光——肮脏的地方有好看的东西！

“五小钱”[①]米尔丹基亚[②]在看到牧童莫赫纳之后，从嘴里迸出：“肮脏的地方有好看的东西！”

那就是在田野、空场地、园林和牛群中的牧童莫赫纳，好看！

米尔丹基亚浑浊的眼睛潮湿了。

莫赫纳笑了，问：“你的手指头是演《情人歌》[③]敲鼓敲弯了，是吧？”

“哎！”老米尔丹基亚奇怪地说，“《情人歌》？……是啊……不，你怎么……你从哪儿听说的？儿……”

他想叫他“儿子”，半截打住了。一次，在波勒曼普尔，遇到一

---

① 五小钱，Panchkaudi，本意是五个贝壳，这里是小说男主人公的外号，意思是挣不到几个钱的人。

② 米尔丹基亚，Mirdangiya，意思是鼓手，这里成了男主人公的名字。

③《情人歌》，根据 13 世纪诗人维迪耶波蒂 12 首诗歌编成的歌集，描述的是少年黑天和牧女罗陀的恋情。

个婆罗门的小孩，他喜欢地叫他儿子。结果全村的孩子们把他围起来，要打他。“一个外乡人，管婆罗门家的孩子叫儿子？围住他，打这个老杂种！……把他的鼓给砸了！”

米尔丹基亚赔着笑脸说：“是是，这回就饶了我吧，大爷们，从今以后我就叫你们爹。”

那些孩子都高兴了。一个两三岁的光屁股小孩，他抬起小孩的下巴，说：“我说的对吗，爹？”

那些孩子都哈哈大笑。

不过，自打发生那件事以后，他再也不敢叫哪个男孩儿子了。这次见到莫赫纳，他不由自主地想叫他儿子。

“敲鼓的事是谁告诉你的，儿子？”

十一二岁的莫赫纳也知道，“五小钱”是个半疯，谁也纠缠不起，他扭头看了看在远处空场地上吃草的牛。

米尔丹基亚正在往莲花镇的老爷、先生们那里去。在莲花镇的南杜老爷家里，米尔丹基亚至今还能听到几句中听的话。除了给他准备一两顿饭食，有时候来这里他还能听到些趣闻逸事。他到这一带已经两年了，世界的变化真是快。……今天早晨，淑芭·蜜斯拉的小儿子说得很清楚：“米尔丹基亚，你这是活着呢还是在受罪？”

是啊，他过的也算是个日子？简直就是屈辱。那么，受罪也得有个限度吧。从十五岁开始，他的脖子上就挂着鼓，一个村子一个村子地转，就是乞讨。……右手弯曲的指头敲鼓已经敲不到点子上了。哪里是演奏，现在简直连“叮，嗒，叮，嗒”几下都感到困难了。还有，抽了讨来的大麻叶子，嗓子也变味了。敲鼓的时候总得卖力气地唱维迪耶波蒂歌吧，声音“沙耶，沙耶”的，就像从破风箱里出来的一样。

在十五到二十年前，人们对维迪耶波蒂这个名字还有些需求。不管是结婚典礼还是宗教仪式上，每逢喜庆活动，总是要把维达波特[①]表演班子叫来。“五小钱”米尔丹基亚的表演班子在萨哈尔萨县和普尔尼亚县[②]赚足了名声，谁不知道他“五小钱”米尔丹基亚？都知道，他就是个半疯。村里的老人说：“唉，‘五小钱’米尔丹基亚也有过好时光啊。”

在那段日子里，也有像莫赫纳这样的男孩子，长得好看，招人喜欢，声音好听。叫他唱一段《情人歌》：“唱一段吧，米尔丹基亚。”

“要听《情人歌》吗？好，我来唱。你先告诉我，是谁……”

“哎——，莫赫纳，牛跑了！”一个牧人在叫，“哎，莫赫纳，克尔木会扒了你的皮！”

“啊，天啊！”莫赫纳跑了。昨天克尔木就狠狠揍了他一顿。

绿油油的黄麻苗子散发着清香，一次次地吸引着那两头牛，又甜又酸的黄麻苗。

“五小钱”笑着说：“我就在这树荫底下坐着，你赶了牛就回来，不是要听《情人歌》吗？”

莫赫纳走了，连头也没回。

《情人歌》！

表演维达波特的人要唱《情人歌》。一次，萨哈尔萨县的焦根达尔·查把维迪耶波蒂的12首诗歌印出来了，《情人歌》这个小册子在庙会上卖得很火。跳维达波特舞的人就唱这个《情人歌》，把它唱得家喻户晓。

“五小钱”米尔丹基亚坐在田头的番石榴树荫下，等待着莫赫

① 维达波特，根据维迪耶波蒂诗歌编成的民间歌舞。
② 萨哈尔萨县和普尔尼亚县，均在比哈尔邦东北部。

纳。……印历三月[①]的中午，这会儿在田里劳作的人们也不唱歌了。……难道没过几天，连布谷鸟都忘了布谷布谷地叫？这大中午的，悄没声地干活怎么行！直到五年前，人们的心里还留有热情。那时候，第一场雨里，潮湿的大地上，绿油油的庄稼苗散发出一种特殊的香气。到了烤人的中午，多汁的树枝也像蜡一样快被融化了。人们唱着比尔哈[②]、《洒红歌》、勒格尼[③]。在田间劳作的人们唱歌也是讲究时宜的。蒙蒙细雨中，唱《十二月调》歌；明亮的阳光下，唱比尔哈、洒红节歌和勒格尼：

哈呀哎——

拉犁耕地的短工哥儿们哎，

挥锄锄地的长工哥儿们哎，

嗨，过路人问起来，老婆生气已离开……

有人因为与老婆分离而痛苦，他用伤心的声音问田间劳作的长工和短工们：他老婆生气出走了，有谁看见她打这儿经过？

现在，度过这枯燥的正午，好像谁都无话可说。

鹞鹰在天空中盘旋，发出颤抖的声音：叮……咦……叮—嘿—克！

米尔丹基亚骂了一句："混账！"

莫赫纳跑远了，却把他给撩拨起来了。他焦急地等待着，他在想，是不是要跑到莫赫纳跟前去。他一次次向远处的牛群张望，都望不见莫赫纳。眼前模糊一片！

他在自己的口袋里摸，发现有杧果，有爆米花。他有点饿了。但想起莫赫纳的干嘴唇，他又不饿了。

---

① 印历三月，相当于公历 5 月、6 月间。
② 比尔哈，一种民歌，其歌词通常为古老的双行诗。
③ 勒格尼，一种流行于当地农村的民歌。

他几乎用了一生的大部分时间，在寻找莫赫纳这样长相俊秀、身材匀称的男孩子。……在维达波特歌舞方面，考察寻找到一个“男主角”，可不是闹着玩的。高种姓的家庭里都很罕见，而小种姓人家更是永远也生不出莫赫纳这样男孩，长着女儿脸，俊秀。这就像下凡转世一样，可遇而不可求。

迈提拉[①]地方的婆罗门、卡耶斯特[②]和拉吉普特人那里，演出维达波特的人是非常体面的。男主角要说迈提利语[③]，听到他嘴里说出纯正的迈提利方言，人们才满意。所以，每一个演出班子的台柱子——男主角，都需要一个村一个村地寻访。这样的男孩子经过化装打扮以后，一出场就要让观众眼前一亮，他们会议论纷纷。

“真像个婆罗门女儿，是吧？”

“像摩杜康老爷的女儿一样……”

“瞧！如花似玉的小脸蛋儿！”

“五小钱”是个有才能的人。在别的演出班子里，男主角和鼓手都是各擅其位的。而“五小钱”既是男主角，又是鼓手，一身兼二任。脖子上挂着鼓，又要唱又要跳。新入行的男孩肯下功夫的话，只要一个礼拜就能学会登台演出的舞蹈。学习跳舞和歌唱对他来说绝不是什么难事。跟着鼓的节拍，男孩们的脚会自动跳出节奏来。同孩子们那些死心眼的父母打交道才是一件伤脑筋的营生。让孩子使用纯正的迈提利语，就更需要甜言蜜语地哄着他了：

“克斯那甘海亚[④]也跳舞。跳舞是一种技能。……哎，说‘起逃’

---

① 迈提拉，指古代密提拉国地区，在今比哈尔邦北部一带。
② 卡耶斯特，为人写文书的种姓。
③ 迈提利语，迈提拉地区的方言，为印地语的一支。
④ 克斯那，克里希那的方言发音。甘海亚，少年克里希那的别名。

或者说‘四桥’[1]。小偷，比强盗和流浪汉好，把这些人各自的‘鸡能’表现出来，让大家喜欢，这样俺们才能够生存下去。”

一次，他不得不偷一个小男孩……那是很久以前的事情了。他被好一顿打，以至于……那都是很久以前的事情了。

以前归以前，事情还是对的。

“你的手指头是演唱《情人歌》敲鼓敲弯了，是吗？”

不知道什么时候莫赫纳回来了。

米尔丹基亚的脸上又闪出了光亮。他盯着莫赫纳看……这个好孩子显得很憔悴，正在慢慢地枯萎下去。他红红的嘴唇上有抽土烟的黑色痕迹。而且几乎可以肯定，他的脾有病。

米尔丹基亚也是一名印医。作为一群孩子的父亲，他取得了家庭医生的资格。过节期间吃的那些东西，不管是新鲜的还是陈腐的，其反应都是很不好的。米尔丹基亚身边总是带着几种助消化的药和奎宁片，总是让孩子们拿热水送姜黄粉。把白胡椒、黑胡椒、姜等和黄油一起炒过，再和蜂蜜一起喂服，早晚两次。……要喝热水！

米尔丹基亚从口袋里拿出爆米花和杧果，说：“啊，热水！你有脾大的病症，要喝热水。”

“你是怎么知道的？法比斯甘季的大夫先生也说我有脾大的病。可是药……”

不用再说了。米尔丹基亚知道，莫赫纳这样的孩子，脾大病是到死也治不好的，何必再问他为什么不吃药呢？

“我妈也说，吃姜黄粉，同时喝热水，脾病就会化掉。”

米尔丹基亚笑着说：“你妈真是了不起。”

---

① “起逃”，“乞讨”一词的变声；“四桥”，“十窍”一词的变音。都是维迪耶波蒂诗歌里迈提利方言的发音。

他把爆米花和杧果放到干香蕉叶上，慈爱地说："来吧，吃一把。"

"不，我不饿。"

可莫赫纳的眼睛却不时地显露出欲望，恨不得一下子把爆米花和杧果都吞下去。……饥饿，有病，上天啊！

"来，儿子，吃吧。……不是想听《情人歌》吗？"

除了妈妈，到今天为止，别人谁都不曾这样摆上吃的，疼爱地叫他来吃。可是，要是让别的牧童看见，会告诉妈妈的。……乞讨来的食物！

"不，我不饿。"

米尔丹基亚无话可说了，他的眼睛再次湿润了。米尔丹基亚曾经伺候过数十个莫赫纳这样的男孩子，也许他对自己的孩子都没有这样慈爱过。

自己的孩子，哼……自己的，别人的？现在，都是自己的，也都是别人的。

"莫赫纳。"

"会让别人瞧见的。"

"那又怎么样？"

"会告诉我妈。你是干乞讨的，对吧？"

"谁干乞讨？"这个天真孩子的话，无端地给了米尔丹基亚的自尊心一击，隐蔽在他内心深处盘曲着睡眠的蛇猛醒了，吐着芯子，发出呼呼的声音。"嘿，小舅子！抽他的嘴巴，看他……"

"哎，你怎么骂人？"莫赫纳胆怯地质问。

他站起来，疯子有什么可信的？

天空中飞翔的鹞鹰又叫了：叮……咦……叮—叮—格！

“莫赫纳！”米尔丹基亚的声音变得严厉了。

莫赫纳走开一些，站住了。

“是谁告诉你的，我乞讨？我敲鼓，我唱诗，让大家高兴，靠这个养活我自己。……你说得对，这是乞讨来的食物，这就是乞讨的结果。……我不给你了。你坐下，我给你唱《情人歌》。”

米尔丹基亚的脸色在慢慢地变。……在天空盘旋的鹞鹰落到了树枝上——叮……叮……嘀嘀克！

莫赫纳害怕了。一步，两步，跑——，他跑起来了。

跑出去丈把远，他叫道：“是女巫的箭把你的手指射弯的！干吗撒谎说是演唱《情人歌》时敲鼓……”

“哎，这孩子是谁？这个莫赫纳是什么人？……兰帕提娅也说过，是女巫的箭射的。”

“莫赫纳！”

莫赫纳边走边喊了一句：“苦瓜！”是啊，莫赫纳连这个也知道，这是故意激怒米尔丹基亚的话。……这个莫赫纳是什么人？

米尔丹基亚吃惊不小，他的心里怀着无名的恐惧。他开始瑟瑟发抖。他要到莲花镇去的热情也烟消云散了。……早晨，淑芭·蜜斯拉的小儿子说得对。

眼泪开始从他的眼睛里往下流。

临走时，莫赫纳还刺了他一下。他的多数徒弟都是这样对待他的。他们一个个都在学会了跳舞之后“突”的一声飞走了，还要找个借口，这些他都记得。

宋马甚至骂他：“还做师父呢，贼！”

兰帕提娅用手指着天，说：“哎，太阳神！你要做证，米尔丹基亚用甜言蜜语毁了我的一切。我心里从来没有鬼。太阳神啊，把这个挨门挨户讨饭的狗撕成碎片吧！”

米尔丹基亚抖动着弯曲的手指，长叹一声。兰帕提娅？师父焦丹的女儿兰帕提娅！那一天，他加入师父焦丹歌舞班子的时候，兰帕提娅刚刚十二岁。守童寡[①]的兰帕提娅开始懂得身份地位了。她在干活的时候嘟囔道：“年轻的恋人罗陀，不在乎任何阻隔。”[②]……米尔丹基亚去学男主角的歌舞，师父把鼓给他挂上。……接受师父八年教导后，当师父向亲生儿子般的“五小钱”提起兰帕提娅婚事的时候，米尔丹基亚懵了，连跳舞的节拍都忘了。他向焦丹师父隐瞒了自己的种姓出身。他爱兰帕提娅是假的。他离开了师父的歌舞班子，连夜逃跑了。他来到村子里，组建了自己的班子，靠教授孩子们糊口。……但是，他再也没能当上男主角。师父焦丹去世以后，一次，在玫瑰园庙会上，他见到了兰帕提娅。她是特意来会他的。“五小钱”明确地回答说：“你是来圆谎的吧？为什么不到莲花镇南杜先生身边去？把我当傻子耍？南杜先生的马在半夜十二点……”兰帕提娅叫道：“小五子！住嘴！”

就在那天晚上，他演奏《情人歌》的时候，手指弯曲了。他的手在鼓上加速地敲起快节奏。男主角出场的时候跳乱了一拍半，他的脑袋嗡地一下。快节奏完后，他威胁男主角：“小舅子！我打你个鼻青脸肿！”……《情人歌》的第一个环节中断了，米尔丹基亚费了很大的劲儿才把节奏调整过来。蒙鼓的干皮子老化了，右边的鼓面开始爆裂了，随着节拍的进展，他的手指也变弯曲了。手指是假弯曲！从此，“五小钱”的歌舞班子永远地散伙了。……渐渐的，维迪耶波蒂歌舞就从这个地区消失了。现在，甚至已经没有人再提起

---

① 童寡，旧时印度有童婚制，小丈夫去世，女童便成了寡妇。

② 这是维迪耶波蒂诗中的两句。

维迪耶波蒂了。……阳光和水离开了，“五小钱”的身体在凉爽的晚间集会上恢复了元气。……在虚度的一生中，鼓的作用很大。鼓是这个可怜人的唯一支撑！

在一个时期里，他挂着鼓乞讨。叮——嗒！叮——嗒！

他拿起一个杧果吸起汁来。……可是，可是……可是那个莫赫纳是怎么知道女巫的箭的？

听到手指弯曲的消息，兰帕提娅跑来了。她抓起那个手指哭了几个小时：“啊，丁格尔[①]，是谁做出这样敌对的举动？让他倒霉吧。老天啊，把我的话收回吧，那些都是气头上的话。不，不，小五子，我什么都没做，一定是那个女巫的箭射的。”

米尔丹基亚擦了擦眼睛，向西沉的太阳方向看去。……把这个鼓贴在胸前，兰帕提娅度过了多少个夜晚……他把鼓贴在自己胸前。

树枝上站着的鹞鹰飞起来了，对自己的伴侣说了点儿什么：叮，叮，嘿克！

“小——舅子！”他骂了鹞鹰一句，捏了点儿烟叶放到嘴里，手指就在鼓面上敲击起来——迪里那给，迪里那给，迪里那给——叮——嗒！

在鼓面上他敲不出节奏，节拍中断了。

阿—给—嗨—哎—哎—哈—啊啊—嗬—哈！

前面，野枣丛的另一边传来了唱《情人歌》的歌声，不知是谁在唱，好听的声音，好像在盛大集会上唱的：

清新的—沃林达—林[②]，

清新的—树木—成荫，

① 丁格尔，太阳神。

② 沃林达林，少年黑天与牧女们嬉戏的园林。

开放的—花朵—沁人心……

米尔丹基亚的全身突然热流滚滚。他的手指自动地在鼓面上跳动起来。牛群开始向下午的阴凉地集中过来了。

田间劳作的人们说：“疯子！找个地方就坐下敲。”

“好些日子才回来。”

“俺们寻思他死到什么地方了。”

《情人歌》的好听声音传来，却变得不合拍了。米尔丹基亚的疯劲儿突然上来，起身跑了。是谁在野枣丛的那边？谁唱的《情人歌》这么地道？……在这个年月，《情人歌》的爱好者……米尔丹基亚躲在树丛后看，莫赫纳正在专心地准备唱《情人歌》的另一首。嘟囔完了，他清了清嗓子。好像罗陀来到莫赫纳的嗓子里！多好的安排啊！

河水—流淌，眼泪—不干！

啊哟，茅屋冲走，漂到岸边！

莫赫纳唱着，别的什么都不知道。随着鼓声，他摇晃着身子。米尔丹基亚的眼睛盯着看，他的手指简直就要像陀螺一样舞动起来。……四十岁的半疯，在多少年之后，又忘情地跳起舞来。……跳跳停停，他用变了味的嗓子把不同首诗连缀起来，“沙耶，沙耶”的。

迪里那给——叮——嗒！

莫赫纳一半红一半黑的嘴唇上绽出了笑意。唱完一首之后，他说：“咦！弯曲的手指还能那么灵活？”

莫赫纳喘着粗气。他胸前的骨头一起一伏！

“……啊！”米尔丹基亚一屁股就坐到地上，说：“太棒了！太棒了！跟谁学的？你是从哪儿学来的？你的师父是谁？”

莫赫纳笑着回答："我上哪儿学去？我妈天天都唱。……早晨的，我记住了不少。可现在不是时候。"

"是的，儿子，节拍不对千万不能唱。现有的东西，一切都会走调。……还要注意时间合不合适。来，吃杧果吧。"

莫赫纳毫不犹豫地拿起一个杧果吸起来。

"再来一个。"

莫赫纳一连吃了三个杧果。在米尔丹基亚的特别要求下，他又吃了两把爆米花。

"好了，这回告诉我吧，莫赫纳，你的父母是做什么的？"

"我没有爹，只有一个妈。她在那些先生老爷们家帮工磨面。"

"你也做工？在谁家？"

"在莲花镇南杜老爷家。"

"在南杜老爷家？"

莫赫纳说，他的家在萨哈尔萨县，三年前，他们整个村子都被柯西河给淹没了，他妈就带着他到莫莫哈尔来了，来到了莲花镇。

"你妈妈的舅舅住在莲花镇？"

米尔丹基亚默默地看着太阳的方向……南杜老爷——莫赫纳——莫赫纳的妈妈！

"女巫的事是你妈说的？"

"是。"

"还有一回，在萨姆德沃·查家里的圣线授予仪式上，你夺下了吉里达尔歌舞班子人的鼓。他们敲乱了节奏，是吧？"

米尔丹基亚的灰色胡子好像一下子全变白了。他控制住自己的情绪，问："你爸爸叫什么名字？"

“阿焦塔·达斯。”

“阿焦塔·达斯？”

那个老阿焦塔·达斯，嘴里没有话，眼里没有光，在歌舞班子里搬运包袱，干活没有工钱，可怜人啊！

“你妈真了不起。”米尔丹基亚长长地叹了口气，从口袋里拿出一个小钱包，打开红的黄的几层布，拿出一个纸包。

莫赫纳认出来了：“草票？是什么，草票？”

“是，是钞票。”

“是多少卢比的？五卢比，嗯，十卢比？让我摸摸，从哪儿弄来的？”莫赫纳一口气问下来，“都是十卢比一张的吗？”

“是的，总共是四十卢比。”米尔丹基亚向四周瞧了瞧，然后小声说，“莫赫纳，儿子，拿去给法比斯甘季的大夫，让他开药。……别吃甜的酸的，一定要喝热水。”

“为什么要给我钱？”

“快收起来，别让人瞧见。”

莫赫纳也向四周瞧了瞧，他嘴上的黑斑颜色更深了。

米尔丹基亚说：“你还抽土烟？要当心啦。”

他站起身。

莫赫纳接过钱。

“好好藏在口袋里，别告诉你妈。”

“嗯，还有，这不是乞讨来的钱。儿子，这是我挣来的钱，挣的……”

米尔丹基亚抬腿要走。

“我妈在田里割草。去看看吧。”莫赫纳央求道。

米尔丹基亚停住了，想了想，说：“不了，莫赫纳，有你这样的好孩子，你妈就是王后，我是挨门挨户乞讨的大乞丐，要饭的，叫花子……买药剩下的钱，要买牛奶喝。”

莫赫纳的大眼睛，就像莲花镇南杜老爷的眼睛一样。

“哎！莫赫纳！牛哪儿去了？”

“兴许是你妈在叫你。”

“是，你怎么知道？”

“哎！莫赫纳！嗨！”

一头母牛用相似的声音在叫它的犊子。

牛群回家的时间到了。莫赫纳知道，妈妈是过来赶牛的，随便喊他几声，他不用作声。

“走吧。”米尔丹基亚说，“妈妈喊你了，走吧。……从现在起，我不再唱维迪耶波蒂的诗了，不唱《情人歌》了，要唱《无形歌》[①]。瞧，我的手指好像直过来了。这年月，还有谁能唱纯正的《情人歌》？”

啊，惴惴的心，惴惴的心，

到公婆家去，美人，

是的，美人，

火烧火燎，娘家待不安稳……

米尔丹基亚唱着《无形歌》躲进了野枣丛。她顺着田间小道，穿过野枣树林走来了。

“瞧，一个人站在这里干什么？是谁在敲鼓来着？”莫赫纳他妈头上顶着一捆草站住了。

“‘五小钱’米尔丹基亚。”

① 无形，指“梵”。梵是印度教吠檀多哲学中的宇宙最高本体，被认为是无形的、无属性、不可描述的。《无形歌》当为中世纪印度教虔诚派无形支派信徒创作的诗歌。

“嗯？他来了？是他？”他妈把草捆扔到地上，问。

“我在他的伴奏下唱了《情人歌》。他说，这年月，还有谁能唱纯正的《情人歌》？……他的手指这会儿就快好了。”

妈妈欣喜地把有病的莫赫纳搂到胸前。

“可你却总是怨恨他，一大堆抱怨——不讲诚信的人，背叛师门的人，撒谎的人！”

“是不是的，都不能和这种人来往。再见到他要小心点儿。和这样挨家挨户乞讨的人来往，自己要吃亏的。……走，把草抬起来。”

莫赫纳抬着草捆，说：“不管怎么样，跟有本事的人唱《情人歌》……”

“闭嘴！别提《情人歌》。”

妈妈很奇怪！生起气来像只母老虎，而高兴的时候像头母牛，还把他搂在胸前。真是喜怒无常。

远处，传来鼓声：叮——嗒！叮——嗒！

莫赫纳的妈妈在田间坑坑洼洼的土坎上走，绊了一下，险些摔倒，草捆滚到地上，散开了。莫赫纳吊着个脸跟在后头，说：“妈，怎么啦？”

“没什么。”

叮——嗒！叮——嗒！

莫赫纳的妈妈在田埂上坐下。印历三月的黄昏前常刮东风，渐渐地，越刮越大。风中夹杂着泥土的芳香。

叮——嗒！叮——嗒！

“他说了，像你这样的好孩子？”莫赫纳他妈不能再往下说了。

“儿子，米尔丹基亚还说了些什么？”莫赫纳他妈不能再往下说了。

“骗子，背信弃义！”莫赫纳他妈擦着眼泪说，“别和这种人来往。”

莫赫纳默默地站着。

（1955年）

红桃皇后

“比尔朱他娘，不去看跳舞了？”

比尔朱他娘煮了红薯，坐在自家院子里，打心眼里生气。七岁的男孩比尔朱没有吃上红薯反而吃了两巴掌，在院子里打滚，弄得浑身是土。金比娅的头上也盘旋着女鬼，半个院子的阳光都退走了，去萨胡阿银的店铺买红糖，到现在还没回来，快到点灯的时候了，不信她今天就回不来了。公山羊的身上有牛虻，它动不动就要蹦跶几下。比尔朱他娘把心里的怨气撒到公山羊身上。……房后的辣椒苗长得茂盛。除了公山羊谁会把它当成早餐。为了打公山羊，她举起了小土块，这时候传来邻居做黄油的普娅的喊声：“比尔朱他娘，不去看跳舞了？”

“比尔朱他娘要不是前面有丈夫走，后头有车子跟，就不去，普娅！”

比尔朱他娘一肚子火泄了，尖利的话刺进了普娅的身体。比尔朱他娘把手里的土块扔到一边，说：“可怜的山羊让牛虻闹得够呛。

啊——哈，啊吔，啊吔！唠唠唠，啊吔，啊吔！”

比尔朱躺在地上，趁机打了山羊一棍子。他娘突然想到，何不过去就用那个棍子把纠缠比尔朱的鬼赶走？可是，听到站在楝树旁边汲水妇女们的笑声，她站住了。有人说：“住手，你爹把你养成了好动手的毛病，动不动就跟别人动手，住手！”

做黄油的老妇普娅在楝树旁，从弯曲的腰间放下水罐，打了水在往回走。汲水的妇女中，有人为比尔朱他娘信口开河的话挺身而出：“瞧瞧比尔朱他娘，几百斤黄麻的钱怎么啦，脚就放不到地上了。你们评判一下，她自己八天前就在村里走街串巷地说了，‘嗯，这回比尔朱他爹说了，要让俺们坐上牛车去看巴尔拉姆镇的歌舞。俺们家现在有黄牛，要花一千块再买个车’。俺现在要说，看跳舞的人一切都准备得差不多了，准备饭和水。俺就是要说话，说错了让俺烂嘴。听到了吧，比尔朱他娘是怎么回答的？”

做黄油的女人普娅把没有牙的嘴唇一撇，不太清楚地说：“哦，是，是，比尔朱他娘说，前面有丈夫走，后头有车子跟，要不就不去看跳舞。”

詹基家的普多胡不怕比尔朱他娘。她亮开嗓子说：“普娅啊，用土地丈量调解部门[①]长官的话说，即使穿着印花镶边纱丽，要是你献上的礼物是茄子，那也要从你名下的土地继承文书上扣除两三英亩[②]地。然后，你家现在还有一两千斤的黄麻，就能买上一对儿黄牛。然后才能前面有丈夫走，后头有一百个轮子跟着转悠呢。”

---

① 土地丈量调解部门，英文 Survey Settlement，与下文的“土地丈量营”同，指 20 世纪 50 年代初期印度政府实行土地改革时设立的专门机构。通过这次改革，印度有部分佃农获得了“永佃权”，也有少数佃农买到土地，成为“自耕农”，从而摆脱了地主的剥削。小说中比尔朱的父亲就属于后者。

② 1 英亩约为 4 046 平方米。

詹基家的普多胡嘴茬子硬。她是火车站旁边的闺女，刚刚圆房[1]的新媳妇，才过来三个月，已经和库尔玛街[2]上那些善于吵架的婆婆们交锋一两回了。她的公公詹基是坐过牢的盗窃犯，三级罪犯。她的男人是库尔玛街上有名的舞枪弄棒的好手。所以，这个詹基家的普多胡总是到处去磨蹭自己的犄角。

詹基家的普多胡亮着嗓门说的话，就像弹弓射出的石子一样，啪啪啪地响着，传到比尔朱他娘的院子里。比尔朱他娘想出了反击的话，但在心里掂量一下后，就没有说。……谁肯把东西往牛粪堆里扔？

舌头上的味道只能往肚子里咽，比尔朱他娘开始喊她的女儿金比娅："哎——，金比娅——，今天回来，把你的头扭下来扔到炉子里！一天天的没个正形儿。村子里现在来了惹是生非的电影歌手，什么帕图莉雅、普多胡[3]，都来了。你这会儿不知坐在哪里学唱《奏乐别捻线》[4]呢，骚——货——！哎——金比娅——！"

詹基家的普多胡尝出了比尔朱他娘话里的滋味，把水罐抱在腰间，扭捏作态，说道："走，大姐，走！这条街上住的是红桃皇后！没听说吗，晌午和晚上，电灯泡都闪闪发光！"

听了"电灯泡都闪闪发光"的话，不知为什么，大伙儿都哈哈大笑起来。普娅缺了牙的嘴里冒出一句甜蜜的骂人话："坏蛋的姥姥！"

比尔朱他娘的眼睛像被谁用手电的强光晃了一下。……闪闪发光的电灯泡！三年前，土地丈量营建立之后，村里的那些爱眼红的妇女们就编了个故事到处讲：金比娅她娘的院子里，电灯泡整夜都

---

① 圆房，gauna，印度旧时流行童婚，幼时定亲结婚，长大正式过门，叫作圆房。
② 库尔玛街，即小说主人公所处的街区。
③ 普多胡，可能是 20 世纪 50 年代初期印度电影歌手的名字，与小说中詹基家的普多胡同名。
④《奏乐别捻线》，可能是当时流行的电影插曲的名字。

在闪闪发光。金比娅她娘的院子里，尖头皮鞋的脚印像马蹄印一样。……羡慕吧，眼红吧，嫉妒吧！那些眼红的妇女们看了金比娅她娘院子里晒干的黄麻，像银子一样白花花的，再看看自家场院里枯黄的稻草捆，她们就像被压扁了的茄子一样。

金比娅端着个盛着红糖的陶碗回来了，还不停地用手指蘸着糖吃。在吃了她娘一耳光后，哭着说："你干吗打人？嗯—嗯—嗯，和萨胡阿银讨价还价来着，嗯—嗯—嗯。"

"和萨胡阿银讨价还价个姥姥！萨胡阿银的店就那么一家，人家是稳坐着收钱！你说，骚货，再去听《奏乐别捻线》，就踹断你的脖子！跟那些金发女郎们学坏了！"

比尔朱他娘住了嘴，估摸着自己说话的声音已经清清楚楚地传到了詹基家的小屋里了。

比尔朱已经忘记了发生过的事，站起来拍拍身上的土，眼睛贪婪地盯着陶碗里的红糖渣儿。……要是跟姐姐一起去铺子买红糖，姐姐肯定会给他蘸儿口吃。他刚刚贪恋着红薯来着，红薯没得到，反而挨了……

"哎，娘，给点儿红糖吧。"比尔朱张开手，"娘，给点儿吧，一丁点儿。"

"干吗一丁点儿？我把陶碗丢到房后去了，去舔吧。不做甜饼了。……一副吃甜饼的嘴。"比尔朱他娘把煮熟的红薯端到还在哭泣的金比娅面前，"把皮剥掉，不然现在……"

十岁的金比娅知道，剥红薯皮的时候，她娘至少会揪住她的头发十二次，摇晃她，哪怕挑出一点点毛病，都会骂她："干吗那么叉开腿坐着，不要脸的！"金比娅知道她娘的暴脾气。

比尔朱趁机讨好地说："娘，俺也剥红薯皮？"

“不！”娘斥责他说，“剥一个能吃三个。去跟西杜的媳妇说，借了小铁锅，说好用一个小时，到现在都不还回来。快去！”

比尔朱吊着个脸往外走，一边走还一边看几眼红薯和红糖。金比娅从浓密的头发间瞄着娘，偷偷地把一个红薯丢给比尔朱。比尔朱跑了。

“太阳下山了，到了点灯的时辰，车到现在……”

金比娅插话说：“菜户街的人都不肯租车，娘，爹爹说了，‘跟你娘说一声，把什么都准备好。我到穆斯林街去租江老爷的车’。”

比尔朱他娘一听这话，脸色就变了。她觉得愿望一下子就破灭了。菜户街的人谁都不肯租车，这就算找过车了。既然本村人的眼睛里没有泪水[①]，又怎么指望得上外村穆斯林江老爷的车？还是不受人待见啊。那么，剥了红薯皮又有什么用？那就别费劲了……这是逞英雄跳舞给人看，让俺们坐着牛车去看歌舞。坐上了牛车，尽情地看了歌舞……等走着去的人都到了，那歌舞可能就快结束了。

比尔朱头上顶着小铁锅回来了：“看，姐，陆军帽子！在上面打十棍子都没事。”

金比娅默默地坐着，什么也没说，连一点微笑都没有。比尔朱明白了，娘的火气到现在还没有全消。

比尔朱他娘把公山羊从屋子里赶出来，嘴里嘟囔着：“昨天俺刚把几个小钱交给你这个无底洞，罗刹鬼！跟什么东西都打交道。金比娅，把山羊拴上，脖子上的铃铛解下来。老是叮当叮当的，听了就烦。”

听说“叮当叮当”这个话，比尔朱想起了街上走的牛车：“刚刚地主街的牛车正在去看跳舞的路上。牛铃声叮叮当当的，你们没

① 眼睛里没有泪水，意思是不知羞耻，这里有缺德的意思。

听……”

“少啰唆！”金比娅边解山羊脖子上的铃铛边说。

“金比娅，往炉子里泼水！你爹来了就说你坐空中飞车去看了歌舞。俺没有看歌舞的福分。……谁也别惹俺！俺心里烦。”

比尔朱来到小屋外的门廊上，小声问：“姐，怎么，歌舞里还会有飞车飞？”

金比娅坐到草席上，披上破被单，暗示比尔朱悄悄坐到她身边，不然会白白挨顿打。

比尔朱分得姐姐破被单的一角，手抱双膝贴在姐姐身边。他已经学会在寒冷的冬天里这样双手抱腿把下巴放到膝盖上坐着。他把嘴凑到金比娅的耳边，说：“咱们不去看跳舞了？村子里连个鸟都没有了，全都走了。”

金比娅现在是一丁点儿希望都没有了。太白星也快落下了，爹爹到现在还没有把车弄回来。……她娘从一个月前就说，巴尔拉姆普尔演出歌舞那天，她要做糖饼，金比娅穿带花的纱丽，比尔朱穿西装裤，坐上车……

金比娅的眼睛湿了，一滴泪水流下来。

比尔朱也很难受，他内心在许愿，要把茄秧上长出的第一个茄子献给罗望子树上的圣人，那茄秧是他亲手栽的。……爹爹快把车弄回来吧，圣人保佑！

屋子里，比尔朱他娘躺在席子上翻来覆去。唉，之前就不该对任何事情抱有希望，对任何事情都一样。上天把希望打破了。她第一个要问上天的是，这是犯了什么错，要给这样的恶果？天啊！老天自己知道，她对每个神明都发了誓愿，谁都没有漏掉。丈量土地那会儿，为了土地而发的誓愿……也都是对的呀。供奉大雄圣人的甜面饼倒是剩下了。啊，天神啊！……原谅俺的错误吧，大雄圣人！比尔朱他娘发誓要加倍地供奉……

比尔朱他娘的心里一阵阵想起詹基家普多胡的话，闪闪发光的灯泡！……盗窃犯家的闺女普多胡，没门儿！比尔朱他爹得到了五英亩地，村子里那些平时称兄道弟的人就像眼睛里进了沙子。见他的田里种上了黄麻，村里人就嫉妒得像炸了肺。刨开土地，种下黄麻；那绿苗就像春天的乌云一样涌起来。一分耕耘一分收获！这么多贪婪的眼睛怎么能忍受这样的收获！本来应该有 1 200 斤黄麻，可是到了春季作物收购人员那里，到秤上一称，就变成了 800 斤……

这事有什么可眼红的？比尔朱他爹事前就在库尔玛街上一个人一个人地劝解过，说："一辈子当雇工，你就当下去。就要开始丈量土地了，咬咬牙，受点苦，就能得到几英亩地了。"可是，到了丈量土地的时候，村子里没有哪一个当家的男人敢在地主老爷面前咳嗽一声。……比尔朱他爹也不得不承受压力。地主老爷发怒了，像马戏团的老虎一样暴跳如雷。他的大儿子威胁说要烧掉他们家的房子。……最后，地主老爷派他小儿子来了，叫比尔朱他娘"舅妈"，说："这块地是老爷以我的名义买的，地里的收成是供我上学的开销。"还说了很多话。一个小屁孩，很善于迷惑人。地主的儿子嘛……

"金比娅，比尔朱睡了吗？比尔朱过来，到屋里来！你也来，金比娅！要是有好心人来，但愿今天就来一回。"

金比娅和比尔朱进屋去了。

"把煤油灯灭了，你爹回来叫你也别吭声。把竹帘放下来。"

好心人啊，好心人！看看这个男人的嘴脸！要不是比尔朱他娘白天晚上地坚持，土地就被拿走了。他每天都捧着脑袋坐在那里想：

“比尔朱他娘，俺不买土地了，当个雇工就不错了。”比尔朱他娘早想明白了，回答道：“别说了，要是你的心不坚定也没有办法。妻子和土地是强者的，不然就是别人的……”

她冲着比尔朱他爹发了大脾气，一直发脾气。……比尔朱他娘的命不济，偏偏遇上了这么个笨蛋男人，家门口的汉子。这个男人给过什么幸福快乐？她就像套在压榨机上的黄牛一样，受苦受累一辈子，丈夫连个一毛钱的甜面圈都没给她买过。从收购员那里拿了黄麻的钱，连家都没回就到牛市上去了。钞票是什么样，连让比尔朱他娘看一眼都没有过。黄牛买回来了。从那天起他就在村子里到处宣传说，比尔朱他娘这回要坐牛车去看歌舞了。……靠别人家的车去看歌舞！

最后，她生自己的气，她自己也不是盏省油的灯。让她的舌头烧掉！在那种不合适的时候，从她的嘴里说出了坐牛车去看跳舞的话，老天爷知道。然后，今天从早晨到中午，她十八回找机会提起坐牛车去看跳舞的话题。……这回瞧吧，自己跳舞让人看个够。跳得好，好！破被单下做着毛披肩的梦！……明天早晨，去打水的时候，长舌头的娼妇们会嘲笑，一直嘲笑下去。……她们都嫉妒她，啊，连老天爷也跟着丢人！……都是两个孩子的娘了，脾气一点儿也没改。她家的男人听她的。她用椰子油当头油抹。她有自己的土地。在这个村子里，别人连一粒尘土那么大的地都没有，能不嫉妒吗？在三英亩地里种了水稻，秋后收获。避开人们有毒的目光，还能怎么样？

外面传来了牛铃声。三个人都警醒了，竖起耳朵听着。

“俺们家的牛铃，是吧，金比娅？”

金比娅和比尔朱几乎是同时说：“是，是！”

“别出声！”比尔朱他娘小声说，“大概还有车，没有听见吱吱扭扭的声音吗？”

“是，是！”二人同时说。

“别说话！没有车。金比娅，你悄悄去茅房那边瞅一眼，赶紧回来，要悄悄地过去。”

金比娅像猫一样放轻了脚步，到茅房那边，从墙洞向外看了一眼就回来了。“是的，娘，还有车。”

比尔朱急忙坐起来，他娘抓住他的手让他趴下：“别说话。”

金比娅也钻进破衣服下面。

外面有牛车走动的声音。比尔朱他爹在大声地驱赶黄牛：“杭，杭！到家了！要回家都急疯了！”

比尔朱他娘猜想，肯定是到穆斯林村去抽大麻了，这嗓音听上去就觉得不对劲儿。

“金比娅——！”院子外面，她爹在说话，“给牛弄些草，金比娅！”

屋子里谁也没有回答。金比娅她爹来到院子里一看，没有亮光，没有点灯，炉子里也没有火。……怎么回事？看歌舞等不及了，步行去了？

比尔朱想咳嗽，嗓子眼儿里痒得很，他全力在压，可还是没有压住，他咳嗽了足足五分钟。

“比尔朱！儿子，比尔贾莫汉！”比尔朱他爹宠爱的喊声。“你娘生气睡着了？……哎，现在人们正往那边去呢。”

比尔朱他娘心里想强硬地回答，就说不去看歌舞了，把车还回去！

“金比娅！怎么不起来？去，把五穗盒子拿来。”五穗盒子是一个装稻穗的小盒子，金比娅把它放到屋外的门廊上以后，她爹说："点上灯！"

比尔朱他娘起来了，来到门廊上："深更半夜的，把车弄回来有啥用？这会儿歌舞都要散场了。"

在煤油灯的光线下，一看到稻穗的颜色，比尔朱他娘心里所有的杂念都清除了。稻子的颜色从她的眼睛开始，融进了每一个毛孔。

"歌舞现在还没有开始呢。刚才，巴尔拉姆普尔一个老爷的车从莫汉普尔的别墅旅馆出来，去接法官大人。这是今年最后一场歌舞。……在茅房里找个地方把五穗盒子放起来，这是咱们田里的。"

"咱们田里的？"比尔朱他娘兴奋地说，"稻子熟了？"

"没有，再有十天，进入九月，整个田里的稻穗就会变红，都会垂下来。俺往穆斯林街区去的时候，看见咱们家田里的水稻，眼睛就被吸引住了。说实在的，在装进五穗盒子的时候俺的手都在发抖。"

比尔朱把一个稻穗上的粒子扯下来放进嘴里。他娘轻轻地责备他："瞧你，偷偷摸摸地。……因为有那些跟咱们作对的人，任何敬神祷告都是必不可少的。"

"怎么啦，责备他干吗？"

"你没看见，尝鲜之前就把稻子给亵渎了。"

"哦，那些人，全都原谅了。这些人就是一些叽叽喳喳的鸟。"

"两个人提前尝鲜了，新粮食会长不好的。"

紧接着金比娅也扯下两粒稻子放进嘴里，用牙咬："啊，娘，多么甜的大米呀！"

"还有香味呢，是吧，姐？"比尔朱又把一粒稻子填进嘴里。

"面饼啥的都准备好了吗？"比尔朱他爹笑着问。

"没有。"比尔朱他娘用生气的口气说，"去的时间地点都没定，怎么烙饼？”

“好啊，真有你们的！……有牛的人，难道就找不来车子？有车的人说不定什么时候也会用到牛的。……回头问问穆斯林街区的人。……来，快点烙饼吧。”

“不会晚吗？”

“哎，你一眨眼儿的工夫就烙出一篮子饼来，这几张饼能费多少时间。”

这会儿，比尔朱他娘的嘴上挂上了笑容。她偷眼瞧过去，比尔朱他爹正盯着她看呢。要不是金比娅和比尔朱在场，这会儿两个人早就会把心里话一股脑儿地说出来了。金比娅和比尔朱互相对视着，脸上闪着兴奋的光：“娘白白生了一场气。”

“金比娅，到外面去喊做黄油的普娅。”

“哎，普娅，听见了吗？俺娘叫你！”

普娅没有立即回答，嘴里嘟囔的话也能听得很清楚：“啊，现在叫普娅干吗？全村就一个普娅，既没有丈夫又没有车子。”

“哎，普娅，”比尔朱他娘笑着说，“你之前是生俺气了吧？过来瞧瞧，丈夫和车子都来了，深更半夜才回来。来普娅，俺不会做甜饼。”

普娅连咳带喘地过来了：“就在两三个小时之前，天还亮着，俺问，去看歌舞吗？说是，俺老早就在这儿把炉子火点着了。”

比尔朱他娘让普娅看炉子，说：“家里没有什么粮食了，有一只山羊和一些锅碗瓢盆。俺放了一些烟叶在这里，够抽一整夜的。普娅，你带水烟袋过来了吧？”

普娅有了烟叶，别说一夜了，就是五夜，都能坐在那里不睡觉。普娅在黑暗中用手摸索着，估摸着烟叶的数量。啊呀，那么多烟叶，比尔朱他娘可真大方！还有一个人，就是萨胡阿银。天知道，玫瑰园庙会那天晚上，她放下鸦片丸一样的豌豆大的一团烟叶就走了，还说是一盒烟叶。

比尔朱他娘点火生炉子，金比娅把红薯揉碎做成团，比尔朱又把小铁锅扣到头上让他爹看："陆军帽子，在上面打十棍子都没事。"

所有人都笑了。比尔朱他娘笑着说："壁龛里还有几个红薯，金比娅，拿给比尔朱吃吧。可怜见的，从傍晚到现在……"

"娘，可别说他可怜，没撑着就是了。"金比娅开始喋喋不休了，"你哪儿知道，他老先生为什么把头钻到被单底下。"

"嘿嘿嘿。"

比尔朱掉了乳牙，牙缝里漏风，说："俺躲在暗处，吃了五个红薯！哈哈哈！"

大家又都大笑起来。比尔朱他娘为了安慰普娅的心情，故意问："有好几两红糖，放一半进去？"

普娅高兴了，说："红薯本来就是甜的，放那么多干吗？"

两头黄牛吃完草料以后，互相舔舐着。比尔朱他娘也做好了准备。金比娅穿上了带斑点的花纱丽，比尔朱的西裤缺少扣子，就用一条亚麻绳系上。

比尔朱他娘从院子里出来，向村里的方向侧耳细听："啊，这么长时间，难道步行去看歌舞的人都没动身？"

十五的月亮升到头上了。比尔朱他娘今天第一次在头发分缝间别上了真正美人卡子。比尔朱他爹怎么了？也不去套车，两眼盯着她看，好像歌舞里红槟榔包……

坐到车上，比尔朱他娘的身体里产生了一阵莫名的冲动。她抓住赶牛的竹竿，说："车上还有很多地方，把车赶到右边街上。"

当牛跑起来的时候，车轮吱吱响，车子哐当哐当前进的时候，比尔朱高兴得不亦乐乎：“像飞船一样，飞起来，爹！”

车子来到房后，比尔朱他娘说：“去问问詹基，他家的普多胡看歌舞走了没有？”

当车子停到詹基家的茅草房旁时，就清楚地听到屋子里传来哭声。比尔朱他爹问：“哎，詹基兄弟，院子里怎么有女人的哭声？”

詹基怒气冲冲地瞪着眼睛，说：“你问起来了，表演队在巴尔拉姆普尔还没有回来，普多胡怎么去看歌舞？盼着盼着，那边村子里的妇女全都走了。”

“哎哟，金发女郎，哭哪门子！”比尔朱他娘喊道，“快换衣服，来，整个车都在这里！可怜的，快来！”

拉达的女儿苏娜丽从旁边的小屋里出来，说：“婶子，车里有地方吗？俺也去。”

竹丛那边是勒雷那·克瓦斯的家。他的媳妇也没走。戴着镀金的脚链亮闪闪地过来了。

“来来！凡是没走的，都上来，快！”

詹基家的普多胡、勒雷那的媳妇和拉达的女儿苏娜丽，都来到车子跟前，黄牛蹬了一下后蹄，比尔朱他爹粗鲁地骂了句：“小舅子的！尥蹶子，是想把普多胡腿踢瘸？”

大家都笑了。比尔朱他爹看见两个戴面纱的普多胡[①]笑弯了腰，就想起了自家田里低垂的稻穗。

詹基家的普多胡三个月前才圆房，从圆房时穿的彩色纱丽和抹了朱砂的头发分缝间飘出浓浓的香气。比尔朱他娘想起了自己圆房时的情景。……她从布包里拿出三大张甜饼，说：“来，吃吧，一个

① 两个普多胡，根据上下文，另一个当指勒雷那的媳妇。

接一个，吃吧。到庆祝大会那儿再去喝公家机井的水。”

车子到了村外，从稻田边经过。月光，印历八月①的月光！已经可以闻到田里水稻扬花时飘来的稻香。竹林里，杜迪草②大概已经开花了。詹基家的普多胡点上一支土烟送到比尔朱他娘面前。比尔朱他娘突然想起来了，金比娅、苏娜丽、勒雷那的媳妇和詹基家的普多胡，四个人都是村里喜欢唱电影歌曲的。……太棒了！

牛车从稻田间穿过。车上满是新婚纱丽磨蹭出的沙沙声。比尔朱他娘头发分缝上的发卡在月光下闪亮。

“好，现在唱个电影歌曲儿吧，金比娅。……怕啥？什么地方忘了不打紧，你旁边坐着大师呢。”

两个普多胡还没怎么样，金比娅和苏娜丽都咳了一声清了嗓子。

比尔朱他爹赶着牛，说：“走，兄弟，再卖点力气！……唱吧，金比娅，不然俺就叫牛慢点走。”

詹基家的普多胡凑到金比娅耳边，拨开面纱，说了点什么。然后，金比娅就轻轻地唱起来：“月亮的光辉……”

比尔朱他娘把比尔朱抱到怀里，她也想跟着一起唱。她朝詹基家的普多胡看去，她的嘴在动，正在低声附和着。多么可爱的普多胡啊！圆房时的纱丽散发出一种薰衣草的香味儿。她说得对，比尔朱他娘是皇后，红桃皇后。这倒不是什么坏话。她真是红桃皇后！

比尔朱他娘把两只眼睛的目光尽力向鼻子集中，想瞧瞧自己的样子，红色的纱丽，闪烁的镶边，头顶发卡上的月亮……现在，比尔朱他娘的心里非常满足，她困了。

（1957年1月）

---

① 印历八月，相当于公历10月、11月间。

② 杜迪草，duddhi，一种草本植物，茎上有节，节上有叶对生。

第一夜的气味

呐赫……格尔马睡不着了。

在坚固的新砖房里他从来都睡不着。由于石灰和洋漆的气味，他的太阳穴附近总是又疼又痒的。旧铁路线上的旧车站不管有多旧，都能睡着觉。……瞧，鼻子里又沙沙的，像有什么东西在爬行……

格尔马开始打喷嚏了，喷嚏声在新房子里震荡。

"格尔马，睡不着？"巴布[1]在行军床上翻身，问。

格尔马用毛巾擦着鼻子，说："俺早就知道，在这个地方睡不着觉，巴布。"

"我也睡不着。"巴布点上一支烟，说，"到一个新地方，头一天晚上我都睡不着。"

格尔马想问，巴布也觉得这坚固的房子里有石灰味？太阳穴周围也疼吗？可是巴布哼起歌来了。一条狗闲逛，从信号房那边过来了，到走廊旁边停了下来。格尔马悄悄地盯着狗，看它想干什么。

① 巴布，babu，有老爷、先生等意思，通常是对公职人员、公司职员等的尊称。

那狗朝巴布的小床那边仰起头，在空气中闻了闻，又往前走了。格尔马觉得，这肯定是一条经常被人痛打的狗，坏蛋！……不，它只是闻了闻，又转向格尔马这边来了，闻着空气，然后朝行李房那边快速跑去。

巴布问道："你的名字是叫格尔马，还是格尔马昌德，还是格尔木？"

在一起待了七天，到今天半夜时分，巴布才敞开心扉，提出这个还算得上问题的问题。

"巴布，俺的名字就叫格尔马。别人有一千张嘴，就能叫出一千个名字。尼塔耶巴布叫俺科尔马，高士巴布叫俺格利马，辛格先生整天叫俺卡马，阿斯加尔巴布一直叫俺格尔摩，高兴了还开玩笑说：'嗨，我的格尔摩[①]！'巴布，名字算什么，想怎么叫就怎么叫，一千个叫法。"

"你家在桑塔尔地区，还是在兰契[②]千亩园那边？"

对于这个问题，格尔马感到有点不安。回答这种问题的时候，他总觉得自己的处境就像云游四海的瑜伽士一样。"家？人在哪里，家就在哪里。爹娘，老天爷！"但是，不能这样跟巴布说。

这个巴布也真有两下子，能根据名字的意思猜测出家在桑塔尔地区还是在兰契千亩园那边，还能推测出在某个村子里？大概是格尔马节那天出生的，所以起名叫格尔马。再通过额头、两颊、嘴唇和体型的观察也能……

巴布看样子挺有学问，而格尔马对自己却完全不了解。巴布根据名字和长相就能说出一切。这么多天以来，总算遇到了一位真正

① 格尔摩，karam，这里一语双关，兼有"命运"的意思。
② 兰契，原为比哈尔邦南部一城市，现为贾坎德邦首府。

的巴布，就像戈巴尔巴布一样。

格尔马说：“巴布，戈巴尔巴布也这么说来着。这个格尔马的名字，就是戈巴尔巴布给起的。”

格尔马开始讲述戈巴尔巴布的故事：“戈巴尔巴布说：‘从阿萨姆返回的装卸工车皮里，你在一个货物间里躺着，没有清单，没有标签，就是一件无主的货物！’”

这边，巴布困劲儿上来了，开始用鼻音哼哼着说话，戈巴尔巴布的故事不得不半途而废。

狗又转悠过来了。这是印历八月，那狗疲惫不堪地慢慢走来，喘着粗气。怎么，你也要在这儿睡觉？嗯，这坏蛋身上的气味都散发到这边来了，滚吧！滚吧！

巴布醒了，问：“嗯？你的戈巴尔巴布，后来呢？”

狗到走廊下面去了，又转过身来看，发出咕咕的声音，然后低声地哼哼了两声，到行李房里去了，扳道工在行李房里睡觉。

“巴布，睡着了？”

是的，巴布的困劲儿又上来了。巴布的鼻子里发出了均匀而柔和的呼噜声。……而扳道工那边，好像正在锯木头。……戈巴尔巴布的鼻音很有旋律……阿斯加尔巴布的鼾声很响亮，辛格先生的鼾声很稳沉，还有萨胡巴布，说梦话：“哎，让我下去，没赶上车！”

电报铃声，车站的钟声，火车引导员的哨声，火车头的汽笛声，轮船的汽笛声……成千的哨子、钟、汽笛，奏鸣着！

在经过一千次，一万次的努力之后，格尔马都没能离开火车的铁轨。他挣扎，呐喊，可是他仍然在原地，就像被固定住了似的。哐当哐当的火车头压断了脖子和脚开走了。……铁路的一边是他的脑袋滚在那里，另一边是他的两只脚散落着。他急忙把自己的断脚收拾起来！哦，这原来是安东尼大人扔下的两只鞋，胶皮的靴子！……他的头怎么啦？……去，去他的！慢慢地，鼻子、耳朵都在撕咬着……

“格尔马！”

去，去他的！

“起来，格尔马，去煮茶！”

格尔马一骨碌坐起来。……呀，天亮了。让火车通过之后，扳道工手里摆弄着一根藤条正朝这边走来。……混账！还有这样的梦，难道？十二年里，格尔马第一次做这样奇怪的梦。

十二年里，格尔马一天也没有远离过铁路线，也从来没做过这样恐怖的“事故梦”。

格尔马不是铁路公司的员工。但只要他想，就能得到一个装卸工、车厢勤杂工、扳道工或者供水工的工作。“钻进”铁路公司很容易，可是心里不情愿，有谁来说服他的心？对于铁路公司的蓝制服和有火车头标志的扣子，他从来没有感兴趣过。

别说铁路公司的工作了，其实格尔马什么正经的工作都没有干过。通常，人们询问过名字、家乡之类的问题之后，就会问职业方面的问题，格尔马会回答：“跟巴布住在一起。”一毛钱报酬也没有的工作，不足为外人道。

格尔马连续五年一直跟戈巴尔巴布在一起。其后，跟了多少巴布，需要好好数一下才能说出来。不过，有一件事，除了“地区调度巴布”，他从没有和任何“站长巴布”在一起过。……站长巴布是一个火车站的常设职务，是带家属一起住的。

走了，戈巴尔巴布！那么好的巴布，如今到哪儿找去？格尔马的父母、兄弟姐妹、家庭情况等，这些只有戈巴尔巴布一个人问过。……格尔马是没有登记标签的无主货物。戈巴尔巴布把他从铁路医院要出来，留在自己身边，走到哪儿带到那儿，他吃什么，格尔马也吃什么。……可是，人的想法，怎么说呢？他放弃了地区调度官的工作，去做了一名站长。然后，某一天就结婚了。……鲍玛，戈巴尔巴布的家属，天啊！那是一个女人吗？就是个活生生的女魔头！……白天，戈巴尔巴布还能正常度过，一到傍晚，他的魂儿就像小鸟一样在黑暗中飞旋。……半夜，有时候有特别列车通过，巴布就得出来，好像去美国机车那里，让人往锅炉里加煤。格尔马睡在“宿舍”外的走廊里。三个月来，晚上经常睡不好觉。鲍玛大声吵闹，巴布瓮声瓮气地说话。紧接着就是哭叫、谩骂和殴打。巴布从屋子里逃出来，那个女人还要追上去揪住他的头发。……于是，格尔马想出了一个办法。每到这个时候，他就起来去敲门，说：“巴布，有紧急电话。”有多少天，都是格尔马救了巴布的命。……有一天，鲍玛叫道：“哎！把那个小杂种弄走，他是个贼，小偷！”

从那以后，一看到某个车站的家属宿舍，格尔马的心里就响起一个尖利的叫声：“贼！杂种！”不仅仅是家属宿舍，就连妇女候车室、妇女车厢、妇女……凡是与妇女有关的，都会让格尔马恶心。

仅仅一年，就把戈巴尔巴布连骨头带肉给吞食了，那个女人！像花朵一样的好青年，戈巴尔巴布！……格尔马有生以来第一次号啕大哭。

地区调度官巴布就好比游方僧或流水，在总部待上二十四小时，某某车站的站长病了，调动报告到了。立刻动身吧！……地区调度官巴布的行李永远处于待命状态，少则一个礼拜，多则三个来月，不能固定待在一个地方，调度官巴布就是这样。一个木箱里装着他的全部家当，今天到这里，明天到那里。从帕尼帕拉到巴德岗，从库来塔到劳塔拉，然后到总部，格提哈尔。

戈巴尔巴布把格尔马托付给了高士巴布：“非常朴实的人，巴布，好好对待他。”但是，格尔马跟高士巴布在一起一个多月就受不了了。高士巴布有个习惯，有事没事总骂人，而且骂得很难听，娘的姐姐的那么骂。除此以外，高士巴布没有别的毛病，完全把他当作自己人。……现在也能见到高士巴布，见面先骂一句才说话：“哎呀……他娘的，格尔马，最近跟谁在一起呢？”

并没有人用娘和姐姐这种脏话骂高士巴布，不然，听了娘和姐姐的骂人话，他作为男人也会热血沸腾的。到今天为止，格尔马没有听见过任何一个好人骂这么难听的粗话。

拉姆巴布的所有习惯都还正常。但是，他是个很好色的人。他到了火车站以后，就找那些扳道工、搬运工、杂务工等单独谈话，嘀嘀咕咕。晚上，他要么到货物仓库那边去，要么去妇女候车室，要么去女厕所……嗤、嗤……凡是他去的地方，都是闲逛：“怎么？这些货物不会中上邪术吧？”……最后，用格尔马的话说，那些“货物”就成了他的机会。去年，在焦格巴尼铁路线上，一个尼泊尔人用短剑把他剁成了两块。挥霍“货物”吧，身败名裂。

辛格先生是个很虔诚的人。他的口袋里总是装着罗摩、悉多和罗奇曼那的小雕像，每天清晨四点钟沐浴，然后摇响礼拜的铃铛。另一边，电话的铃声响了。……他的口袋放在哪个房间，不沐浴谁都不能踏入那个房间。有谁能够受得了这样的约束？有谁能一天里沐浴十回洗脚一千回？何况还是在冬天里？只要一碰上他，“哎，哎，哎！你碰上了，是吧？”这样碰不得的人，对铁路公司有什么用？辛格先生的工作终于维持不下去了。

萨胡巴布是个非常想得开的人，但又是一个酒鬼。一天中午，他喝了一瓶酒，指挥一列货车通过，结果撞了车。格尔马记得，当听到事故发生的消息时，萨胡巴布又喝了一瓶酒。最后，医生诊断他脑袋出了毛病。

不过，虽然经过了那次事故，格尔马在夜间也没有做过这样可怕的梦。

嗯呐……一大早的，跟巴布讲这些不吉利的事，格尔马觉得不好。因为现在已经一下子“钻进”了铁路的工作。

嗯呐……格尔马现在还不十分了解巴布的脾气。相处了大约一个礼拜，巴布昨天晚上才敞开心扉问了格尔马两个问题。所以，格尔马也在早晨敞开心扉开始说自己做梦的事。他把茶碗摆放到巴布面前，然后笑着说：“嘿嘿，巴布，夜里俺做了个很怪、很怪的梦。火车头哐当哐当……俺的身子粘在铁道上不能动……头在这边，两只脚在铁轨的那边……安东尼大人丢下的一双鞋……胶皮的靴子……”

“去，一大早说什么头和脚的话？你是抽了大麻烟还是咋的？”

格尔马给巴布说了梦里的事后，就觉得不合适了。

格尔马站起来，对着壁龛里的镜子照自己的脸。他说了句“很怪、很怪”，再看，嘁，他的嘴唇像鹧鸪的嘴一样……

“咋的，格尔马？变成什么啦？”

供水工？供水工是个好人。他是格尔马的老相识了，曾在好几个车站上有过交往。不过，他好像也做过扳道工的工作。遇到事情总是笑，不说话。

“格尔马，巴布是什么种姓？”

“干吗？孟加拉人。”

“老兄，孟加拉人里也分好多种姓。”

“供水工先生，这个俺就不知道了。不过，他可是个很有学问的人。从你名字的意思里，从你的脸型上，就能说出一切。……瞧，运菜车的铃声响了，车上有俺的青菜。”

供水工边走边说：“扣下点青菜，格尔马！”

家，在哪里？什么种姓？首饰匠渡口[①]的醉酒巴巴[②]教给的答案，不在所有地方流行：“哪里有赫利[③]崇拜，哪里就有赫利存在。”可是，赫利大神也有种姓。……哎，今天这个牵引车头怎么给拨到这条线上来了？像桑塔尔人的小竹笛一样的哨子：笛——！

瞧，混账！还是没有一个旅客从这列车上下来。为什么要花那么多费用在这里建一个车站，格尔马实在不明白。有效益？得了，站名就叫阿姆德普拉[④]——没有收益！七天里剪过两张票，从车上一共下来过五个人，其中还有两个人没有票。……自从上次订了十五包茄子，已经过了多日。那个老头给了十五包茄子，事情就成了。……那个卖茄子的老头说话有点怪，想和格尔马套近乎。家在哪里呀？什么种姓啊？家里有些什么人啦？……格尔马对所有问题都回答说“只有天知道！”老头笑了。……笑得很怪。

牵引车头！笛——！

格尔马在首饰匠渡口站也待过，第一次是三个月，第二次是一个月。……不管是首饰匠渡口站还是阿姆德普拉站，都是偏僻小站。

来到一个新地方，一个新站，格尔马都要到周围的村子里转悠一圈两圈，不然就有一种说不出来的别扭，就好像待在黑洞里一样。……在预警信号灯的那边，田野向远方伸展开，那青黑色的森

---

① 首饰匠渡口，Maniharighat，一个火车站名。
② 巴巴，Baba，对出家人的尊称。
③ 赫利，Hari，大神毗湿奴的名号之一。
④ 阿姆德普拉，Amadpura，与“没有收益（amadni nadarad）”发音有相近之处。

林，那独立挺拔的棕榈树……今天，在伺候完巴布吃饭和喝水之后，格尔马要外出，这样坐着待着，他肚子里的米饭也不会省下。……如果不到乡下人家，不到田地里转转走走，他怎能学会爬树，又怎能学会游泳？

勒克帕提亚[①]站的站名起得太勉强了。车站上连一个卖面饼的小铺子都没有，周围几十里也不见一个村庄。可是，车站东边的两个池塘，格尔马怎能忘记呢？那水像镜子一样光亮。在拜萨克月[②]的中午，水到脖子那么深，在里面泡上几个钟头，多惬意呀，那滋味真是不可言传！

可是，迦达姆普拉站真是名副其实的，从车站到村子里有几千株迦达姆树[③]。人们吃迦达姆花做的酱已经有很久了。

瓦里斯甘季站就在镇子的中央。有很大的货物仓库，无数成捆的黄麻、一麻袋一麻袋的稻谷，还有堆积如山的煤、水泥、石灰。总是有成千上万的人，格尔马记不住任何一张脸。但是，他却时常想起，北边紧挨着车站的那个空场地上支起帐篷居住的人们，他们靠养驴为生，属于摩揭陀的多姆人[④]。……那些穿着褶裙的女人，手臂上戴着大大的臂钏，耳朵上戴着耳坠……那些光着身子的小孩……那些戴着大耳环的男人……还有他们的鸡，他们的狗。

波特纳哈车站的周围建起了成千上万的房子。有人可以证明，五年前，中午时分，波特纳哈车站上就已经嘈杂声一片了。

多少地方，多少人，格尔马都记得。……宋波尔沙的杧果，卡卢切克的鱼，颇多塔尔的酸奶，库西亚尔村的甘蔗……

---

① 勒克帕提亚，Lakhapatiya，百万富翁的意思。

② 拜萨克月，Baisakh，印历二月，相当于公历 4 月、5 月间，属印度北方气温最高的季节。

③ 迦达姆树，kadam，来自梵文 kadamba，古译迦丹波，乌檀。

④ 多姆人，Doma，比哈尔邦北部一带居住的一个最低种姓。

不过，最让他难忘的是首饰匠渡口站。一边是陆地，一边是河水；这边有火车，那边有航船；这边有田野、村庄和平原，那边有萨希布甘季－卡吉洛提亚的苍翠山峦。绿水，白沙……三个，一个，是四个！整整四个月，四个三十天，格尔马都到恒河里沐浴。前生四辈子的罪孽都应该洗干净了。哪里有这么好听的车站名——首饰匠。……供品牺牲？当渔民们把鱼从船上卸下来的时候，格尔马的眼睛被闪耀得眯缝起来了。

夜晚，那边的船开动了，突突突地响。这边火车哐当哐当地开向格提哈尔方向。阿朱萨赫的店铺打烊了，而醉酒巴巴的小团体开始聚会。

醉酒巴巴是搬运工家庭出身，在首饰匠渡口做苦力的活。一次，由于内心超脱，头发胡须都留得长长的，就变成了巴巴。他敲起小鼓，唱起了尼尔滚[①]。巴巴说："各渡口的水喝遍，一看，全部淡然，只有恒河水甜……"巴巴抽上一烟袋大麻，能讲五个故事，全都是吠陀往世书的故事。格尔马的那几句有知识的话，全都是在首饰匠渡口学的，在好人当中学的，他从来没有沾上过大麻烟。……今天巴布说他"是抽了大麻烟还是咋的"，这让他想起了醉酒巴巴。巴巴说："每一个地方都有自己的香味和臭味。"……这个阿姆德普拉的气味，弄得格尔马不想吃不想喝了。

要不是因为醉酒巴巴，格尔马绝对不会想起首饰匠渡口的。

格尔马再一次对着壁龛里的镜子照了自己的脸。他半闭着眼，露出牙笑着，竭力学着醉酒巴巴的样子，说："沉醉吧！……永远睁着眼睛，竖起耳朵。大地在说话，树木也认识自己人。什么时候看

① 尼尔滚，Nirgun，比哈尔邦北部的一种民歌。其内容主要由印度中世纪无形虔诚派诗人的诗歌演变而来。

到庄稼唱歌跳舞？什么时候听到朔日夜间的哭泣？咳咳——，沉醉吧！”

格尔马哪里知道，巴布已经站在他的身后，正在看他出洋相。巴布奇怪地问：“你醒着，站着，也会做梦？……还说不抽大麻？”

他的确是站着做梦来着。醉酒巴巴的脸像榕树一样大，他醉醺醺的笑声在天空中震响，大麻烟弥漫起来。恒河的波浪涌来。远处，轮船的突突声传来，突！突！突！

巴布说：“端上饭菜吧，我看看都做了些什么。带着你真不容易。”

巴布咽下了第一口饭菜，端详着格尔马的脸，说：“不过，饭菜做得还真不错。”

吃着吃着，巴布的心情完全变了，又像晚上那样敞开心扉说话了：“是谁教给你做饭的？戈巴尔巴布的老婆？”

戈巴尔巴布的老婆？那个鲍玛？他说：“鲍玛的脾气酸透了，听了她的话，连小锅里的鲜牛奶都会变酸。她能教别人什么？又粗又笨的女人！”

“那么，这个话是谁教给你的？”

格尔马想起了醉酒巴巴的教导：“巴布，谁能教？城市教会了警察局[①]。”

“你的媳妇会很安逸。”

巴布的心情如果像这样保持正常的话，格尔马以后就可以把醉酒巴巴的全部故事讲给他听了。

“巴布，今天俺想请个假。”

“请假？为什么？到哪儿去？”

---

① 意思是在实践中学习。

格尔马举起手，指着一个方向，说：“到那边去转转。”

扳道工喊道：“格尔马，告诉巴布，接电话！”

你的媳妇会很安逸。……格尔马的媳妇？瓦里斯甘季站……摩揭陀的多姆人的帐篷……感情奔放的小女孩……鼻子上戴着鼻环……鼻子和鼻环上沾着黑色的脏东西……黄牙上涂着黑粉！

格尔马未能将自己亲手做的哈尔瓦①和普利②给那个女孩吃。一天，格尔马把她带进一间库房，可是，他浑身冒汗，一点胆量都没有了。……要是这个女孩叫起来：“你干吗偷偷摸摸地给俺东西吃？啊，娘啊！”

尽管巴布说了无数次，他的家可能在桑塔尔地区或者在兰契那边，但格尔马的心里不能接受这样的说法。他曾经两度在首饰匠渡口待过，那边的萨希布甘季－卡吉洛提亚的山峦从来没有吸引过他，而一听到瓦里斯甘季、迦达姆普拉、卡卢切克、勒克帕提亚的名字，他的内心就为之一震。熟悉的和不熟悉的人们，有多少张脸组成的群像！有多少事情发生，苦的和乐的！田野场院，花草树木，河流池塘，飞禽走兽，都一股脑儿地来到格尔马的面前。

七天来，那片青翠的树林和棕榈树一直在召唤着他。树林上空盘旋的鹞鹰为啥飞过来召唤着格尔马？为啥？

穿过了铁道的围栏，那条狗还不回去，格尔马呵斥道：“你去哪儿，萨苏尔？你到那里汪汪一叫，鸡飞狗跳。去，回去！回去！”

狗站住了，在那里看着格尔马。格尔马沿着稻田间的小道往前

---

① 哈尔瓦，halva，印度一种常见的甜食，通常由粗面粉、绿豆粉、酸奶、白糖加少许蔬菜做成。

② 普利，puri，印度一种常见面食，用面粉做成双层薄饼在油里煎，夹层间的热气令饼鼓起即成。

走着。稻穗含苞，现在还没有长出来。……格尔马想起了总部乔杜里先生怀孕的妻子，听说女医生给她透视了，一看，说："怀上了双胞胎！"

今天，是个黄道吉日。田里现在还灌着水。……鱼？

看到水里的那些鱼，格尔马的身子不由自主地缩紧了。他屏住呼吸默默地站在那里。然后，他慢慢地走上了田埂。鱼群跳动，镜面一样平静的水面突然抖动起来。……格尔马想干吗？……挨着那边的田埂堵出一个小坝，把水排出来不就……

咳，咳——咳，咳！坏蛋！树林里的豺狗，往哪儿走？再蹦一下！哎，有刺就扎到格尔马？格尔马可不是新猎物。

八条茫古尔和一条嘎尔伊[①]，全都是黑色的鱼！格提哈尔的市场上，这鱼的价钱至少要三个卢比才能买到。格尔马用手巾把鱼兜住。他从来没有像现在这样心满意足过，他的收获太丰硕了！

一个上了年纪的人在找水牛："哎，小兄弟，在那边看见一头水牛没有？"

水牛的主人向格尔马要一支比利[②]，他感到吃惊：这叫啥人，不抽比利，也不嚼烟叶。他生气地盘问道："到这边来干吗？村里有你什么人？带着鱼上哪儿去？"

棕榈树已经倒退到后面了。格尔马看见了，村子就在眼前。村子里好像来了耍把戏的，孩子们都往那边跑。就是，耍狗熊的人。格尔马一听那小鼓的声音就知道了。

村子里的第一股气味，气味的第一个气流！

村子里的第一个人，一个老头正在给卷心菜浇水。头发都白了，

① 茫古尔，mangur，嘎尔伊，garayi，两种鱼的名称。
② 比利，bidi，一种用树叶子卷的土烟。

但在浇水时，他的胳膊显示出青年人的力量。……啊，这就是那个老头，那天跟他订购茄子来着，还想和格尔马亲切地攀谈呢，刨根问底：“是没有父母还是丢开父母跑出来了？”……这不，他也认出了格尔马。

“哎呀，小老弟？干吗来了？”

“随便转转。您家就在这个村？”

老头笑了，浓密的胡子开了花，就像电报员萨多巴布的父亲一样笑着。

一个穿着红色纱丽的女孩拿着装好了的水烟袋来了，还不停地吹着烟袋里的火。吹火的时候，她的两颊圆鼓鼓的。看见了格尔马，她停住了。接着，她跨过菜地的篱笆。老头说：“走吧，丫头，我们这就到门前去。”

老头洗了手和脚，从田里出来：“走吧。”

女孩问：“爹，这是什么人？”

“耍狗熊的。”

“去他的！”

格尔马不好意思了。难道他的脸型长相就像个耍狗熊的人？老头问道：“你是调度官的仆人，对吧？”

“不，俺不是仆人。就那么和他在一起住。”

“就那么？一起住？多少工钱？”

“一起住要什么工钱？”

老头忘记了抽水烟，说：“嗯？不拿工钱的跟班？”

老头把脸冲着院子那边说：“萨尔斯提娅，叫你妈上这儿来，有个了不起的人。”

老太太本来站在茅厕篱笆后面，立刻过来了。老头说：“瞧瞧这个白干活不挣钱的年轻人，出苦力就为填饱肚子。哎，对了，还有衣服？这种人就叫作一人吃饱全家不饿的男人。”

院子里传来细细的笑声。……要狗熊的大概正在邻居家上演，伴随小鼓的节奏，狗熊也许正挥着熊掌，昂着头，啪嗒啪嗒地跳舞。“好的，笨家伙，跳得真好。现在表演一个蠢女人怀抱小孩，打盹儿睡觉……好的，笨家伙！”

一群人的笑声。

“你叫什么名字？格尔马？好，名字倒很有学问。可是，工作呢？工作就差点儿劲儿？”

格尔马不好意思地把话头岔开：“您这地里的茄子可真棒，简直就像奶油一样。”老头笑了。

老太太的笑让格尔马的身体恢复了元气。她说：“让可怜的孩子喘口气，从一开始就在追问。”

“鱼？带给你巴布的？”

“不，是随便在路上捉的。”

“萨尔斯提娅她娘，给客人做些炒米，做鱼吃！……今天你也尝尝别人的手艺，吃别人做的鱼。”

在吃的时候，格尔马听到，有人问：“哎，萨尔斯提娅她娘，哪里来的客人？”

“格提哈尔来的。”

“谁呀？”

“本家亲戚。”

“你的本家亲戚啥时候到格提哈尔去了？”

“前不久。”

然后是一个笑声，好几个笑声。……萨尔斯提娅吹水烟袋的时候，两颊鼓得圆圆的。……老太太用慈爱的声音说："好的，小伙子，人怎么在电线里说话？你给俺好好解说解说。"

临走的时候，老太太低声说："那老家伙的话，你别在意。自从年轻的儿子走了，他就这样胡说八道了。心里有伤口。"

"哪一天再来啊！"

"就把这里当成你的家！"

往回走的时候，格尔马觉得有三双眼睛盯着他的后脊梁。不是目光，是预警信号灯，进站信号灯，还有道岔信号灯，红红的圆圆的光柱！

在格尔马捉鱼的田埂上，盘踞着一条觅食的大蛇，呼呼地逃走了。……可怕！狗到现在还在那里蹲着等他，见到他，摇头摆尾地很兴奋。来到铁道篱笆的里边，格尔马感到老头把他耍了。值三个卢比的肥肥胖胖的鱼，用一把炒米和几句不甜不酸的话就……

格尔马把鱼的事咽到肚子里。可是，巴布是知道一切的先知先觉，两尺开外就说了："格尔马，你的身上有生鱼味。拿鱼回来了？"

格尔马有什么可说的？他这是一生中第一次背叛了一位巴布。巴布要是看到鱼，一定会手舞足蹈起来。

十五天转眼就过去了。

现在，火车站的站长巴布乘夜车来了，带着家眷。寂静了十五天的家属宿舍现在热闹了起来。格尔马将和自己的巴布一起乘坐早晨的火车返回总部。然后，也许是首饰匠渡口站？

呐赫，格尔马今天晚上也睡不着了。不，现在已经闻不出洋漆和石灰的味道了。巴布睡得正香。这个巴布，真的像戈巴尔巴布一样，对任何地方都没有一点特殊感情，没有一点留恋。……格尔马该怎么办？他从来没有像现在这样纠结。……“哪一天再来啊”，“把这里当成你的家”，“本家亲戚”，“一个人吃饱全家不饿的男人”！

突然，格尔马感觉到一股奇怪的气味，他起来了，这气味是从哪儿来的？他慢慢走过月台，一边闻着一边悄悄地往前走。他的脚刚一放到铁道上，所有的信号灯都亮了，进站信号灯、预警信号灯、道岔信号灯，哨声吹得山响！家属宿舍那边传来一个女人的叫声，“贼！小偷！”他跑了，一个火车头紧随在他的身后开过来。摩揭陀多姆人的女孩？他躲进了帐篷。萨尔斯提娅在哈哈大笑。她浓密的头发，身上没有洗澡的气味充满了格尔马的鼻息。他害怕了，把头藏到萨尔斯提娅的怀里，不，是藏到她老娘的怀里。火车和轮船一起发出开动的轰轰声……信号灯的红色光柱……

“格尔马，起来！格尔马，把行李搬出去！”

格尔马沉浸在气味的海洋当中。他起来，穿好上衣，把巴布的箱子提到外面。供水工说了句“有啥不对的请原谅”。格尔马在沉思。

火车来了，巴布上车坐下了。格尔马把箱子放上去。……他要坐到仆人等级的座位上。巴布问：“所有东西都拿上来？没有落下什么？”……没有，没有落下什么。……火车的汽笛响了。格尔马看到，月台上蹲着的狗看着他，在汪汪叫着。那狗很不安。

“巴布。”

“什么？”

“俺不走了。”格尔马从正在开动的车上下来，脚刚着地就绊了一下，但他支撑着没摔倒。

（1964 年 11 月）

自　证

甘帕特把煮熟的土豆从米饭锅里拿出来，正在剥皮。外面不知是谁咳嗽了一声，传递出自己到来的信息。不是信息，是警示。甘帕特问："谁呀？"

"谁在里面？甘帕特？这边的办公室怎么黑着灯？请拿个灯过来。"

甘帕特感到奇怪，巴尔拉姆同志什么时候从巴特那回来了？同志们现在都没有从群众集会上回来，巴尔拉姆是什么时候回来的？是怎么回来的？

他用盘子把土豆篮子盖上，拿着油灯来到外面。

"红色敬礼！同志，请问，群众集会上有什么好消息？"

看到巴尔拉姆吊着的脸，甘帕特兴高采烈的情绪一下子凉了下来。巴尔拉姆的脸色不好，甘帕特的心跳加快了。……看样子情况不妙。

"请稍微开一下办公室。"

甘帕特心想，稍微开一下算啥？俺可以全部打开。为什么要鼻子不是鼻子脸不是脸地说话？不知为什么，同志们去了一趟巴特那，回来就变了个样。

他把那间被称为办公室的茅屋门打开了。关闭了好几天，房子里发出一股霉味。那灯噼啪地响了两三下，灯光抖动起来。

巴尔拉姆的脸色变得更难看了，说："灯里添的是油还是水？为什么不买个灯罩？"

甘帕特想起了米饭。他不能吃凉米饭，一吃就反胃。他把厨房里的烛灯点上，说："同志，您问起灯油和灯罩的问题，得先让俺吃了饭再回答。您先喝点茶？俺给您上水。炉子里有火，纸口袋里有叶子，还有薄皮柠檬。"

甘帕特把黑黑的铝锅放到炉子上，点上火，开始剥土豆皮。……土豆泥和热米饭，对甘帕特来说，世界上没有比这更好的东西了。库丝蜜时常说："土豆泥的饕餮男！"甘帕特就笑着回敬道："大丈夫[①]的饕餮女！"当时，巴尔拉姆会咳嗽一下以示提醒。如果当时库丝蜜在里面，甘帕特的脸就会红，他会无端地指责库丝蜜："不用心做事就别做。你也像你儿子一样偷懒。"库丝蜜笑着，从面纱后面回答说……

在做土豆泥的时候，甘帕特想起了今天报纸上的消息："我们的战士把敌人的坦克炸成了泥土……"

他把油、洋葱、辣椒和切碎的香菜叶拌到土豆泥里，做成团子。当把米饭盛进锃亮的铜盘子里时，热气的香味使他的身心无比受用。米饭的这种诱人的香气，他在三十年代才第一次感受到，当时是在志愿者营里。从那时至今，不知道在多少修道院、营地、群众集会、

---

① 丈夫，bhatar，与土豆泥（bharta）的发音有相似处。

大会和监狱的集体食堂里，甘帕特不知用过了多少树叶盘子[①]。但是，这样的香味，不是在任何地方任何时候都能闻得到的。

心满意足地吃饱了饭之后，甘帕特把用过的盘子和调料罐擦洗干净，早晨库丝蜜过来会用细土擦拭一遍。他喊道："修比特·拉尔，把米饭拿走！"

甘帕特从木箱里拿出杯子，为巴尔拉姆先生准备好了柠檬茶。然后，捏了一些炒熟的小茴香放进嘴里，手里端着茶杯来到办公室的屋子里。甘帕特除了喜欢嚼小茴香，没有别的嗜好，不抽烟，也不嚼槟榔包和烟叶。

喝了一口茶之后，巴尔拉姆那难看的脸色变了一些。他把纸张放进皮包，问道："您怎么自己做饭？修比特他娘怎么不做？"

甘帕特知道这是话里有话：一个月给修比特三个卢比，给他娘库丝蜜五个卢比，是干什么用的？

巴尔拉姆又提出一个问题："那么，还有，这里多少会收到一点会费，还是……"

甘帕特打了个嗝，说："这不正说呢，同志……"

巴尔拉姆打断他的话，说："瞧，您为什么总是这样，每句话都加上个同志？"

"对同志说话不称呼同志称呼啥？何况又没有什么新鲜事。从三十年代那会儿，有了党的地位，从那时起，同志……"

"别说那时候的事了，最近谁都不那么叫了。人们听了您的话会笑话的，这样下去。"

"这有什么可笑的呢？"

"算了，不争论了好不好？有谁能争论过您？好，您刚才是要说

---

① 树叶盘子，pattal，用树叶压制成的一次性器皿。

会费的事？”

“说什么来着，过去的六个月，萨胡店铺的欠款不断增加，已经增加到二百五十了。县里群众大会那会儿，火车站的马尔瓦拉人欠款到期也没有还。收获黄麻的时候，有希望收到会费。可是，闹饥荒的时候，有谁会去讨要会费，又有谁会缴纳？现在是收水稻的季节，而所有的同志们又整月地逍遥法外。”

巴尔拉姆很吃惊：“逍遥法外？谁逍遥法外？”

甘帕特笑着说：“这个逍遥法外不是那个逍遥法外。意思是说，现在所有的同志都在这个地区以外。”

巴尔拉姆先生严肃起来了，站起身，说：“甘帕特先生，您说的对，现在大家都要逍遥法外。”

“啥意思？”

“啥意思，您好好琢磨一下。那全部的‘哈伊来维尔[①]’和‘理论的战斗’的话，您怎么理解？”

甘帕特是否能理解，这要在揣摩了一个人的内心意图以后才能真正理解。巴尔拉姆先生的话里，他觉得有一种特别的意味，好像加在土豆泥里的油，有坏味？

哈伊来维尔！巴尔拉姆先生没有学习过英文，那有啥关系？几百个英文词的意思还是懂的。经常说“开辟他累死他”“布尔乔亚”“扑牢来他立业特”“酷乐克”“里艾克神那里”“甘地亚伊特”“比斯”“巴尔提－利特雷切尔”[②]，等等，还有不少词汇。

不仅是巴尔拉姆，所有的新同志都不认为甘帕特是个没有钱的人。现在，要是吉雅乌丁或者塞兰达尔先生还在的话，这些从群众

① 哈伊来维尔，英文 high level，意思是高水平。

② 以上八个词的意思分别是资本家、资产阶级、无产阶级、富农、反动派、甘地追随者、和平、党的文学。

大会或者什么会议回来的人，还能这样吊着个脸、皱着个眉说话，然后就回到家里挨着老婆睡觉？作为办公室秘书的巴尔拉姆先生自从圆房以后，每到太阳落山之前就关上办公室的门往家里跑。

这边，甘帕特多年以来就感觉到，不祥的阴云正从四面八方汇集而来。任何人的内心对任何事情都没有热情。到头来，甘帕特的党也染上了这个病？这回县里的代表大会上，他要开诚布公地提出这个问题。

他知道，他一旦站起来提出问题，那些刚刚加入的新同志们就会窃窃私语，然后就笑起来，就会假装咳嗽，并且会有人叫起来："甘帕特同志！这个问题等到'卡尔切拉尔－普洛格拉姆'[①]的时候到'斯台集'[②]上再提吧。"

"哄！斯台集上！斯台集……"

没有必要双手合十请求什么，甘帕特的一切都是清清楚楚的。三十五年前，是他最先站到雅利安社的大会舞台上，敲着小鼓唱起了《解放不可接触者之歌》。

想起那个大会，就想起了波尔芭提雅。谁喝了她手上端的水，谁的种姓就会被解除。甘帕特落入了情网，亲吻了这个"低种姓家庭"的女孩子波尔芭提雅的嘴。他真的把生米做成熟饭了，他将失掉一切，但他绝不放弃波尔芭提雅。除了种姓社会之外，家里人也给了甘帕特各种各样的折磨。甘帕特无奈，向雅利安社的部长递交了申请书。但就在这时，波尔芭提雅的父亲却带着全家逃离了村子。

甘帕特没有再回自己的家和自己的村子。他断绝了与父母、兄弟姊妹、家族、乡村社会——这所有的亲情关系，开始投身到国家

---

① 英文 cultural program，意思是文化节目。
② 英文 stage，即舞台。

的工作中。只要哪里有集会，甘帕特就会第一个打起小鼓唱起歌：“印度教徒们，心里好好想想，仇恨自己兄弟……”

20世纪30年代，由于唱这首歌，他获罪被捕入狱，吃尽苦头。就在那次坐牢期间，夏尔马先生做了好事，使他成为同志了。

夏尔马先生用刮胡子的“刀片”给他割出了一个“吉祥点”，还把他的圣带[①]摘下来掖进裤子里。并且说：“从今天起，你就是甘帕特同志。不是什么辛格了，只是同志。”

记得，巴文达斯和朱尼达斯曾经合起伙来谴责甘帕特，但他丝毫没有动摇。他为了激怒巴文达斯，学着夏尔马先生的样子提出问题：“巴文达斯先生，摇纺车和喝羊奶怎么能够获得自治？请您解释解释。”

从监狱出来以后，有好几年的时间，甘帕特一直是全县唯一的“党的同志”。一年里，甘帕特经常来到比哈尔邦的几个“农民战线”和“工人阵线”，在劳动者的斗争中予以积极配合。喊口号，静坐，敲鼓唱歌……夏尔马先生教给他的《国际歌》替代了《解放不可接触者之歌》：“太阳正在升起，红红的太阳……醒来吧农民兄弟，醒来！醒来吧，工人兄弟，醒来……”[②]

甘帕特是毗湿奴派父母的儿子，一出生就属于毗湿奴派，人们把这个叫作“胎里达斯”[③]。因此，夏尔马先生考验了他，他也经受住了考验。……不仅是鸡蛋，他毫无抵触、毫不犹豫地吃下了一整只烧鸡。夏尔马先生说：“好样的！同志！你是天生的革命者！”

那些学校里不及格的毛孩子们怎么会理解同志的称呼指的是什么人？……那时的县党部办公室里有七名同志，其中两个穿印度裤，

---

① 圣带，janeu，高种姓人佩戴的标志物。
② 这段歌词大约是《国际歌》印地文翻译的一种。
③ 胎里达斯，garbhadas，意思是在娘胎里就是大神毗湿奴的奴仆。

三个穿半西服裤，还有一个穿围裤。大家都热心工作，友爱相处，一周七天都喝面茶[①]。……现在这些同志倒好，群众集会的时候专门和树叶盘子闹革命：“这是怎么回事？吃饭的时候，有人吃酥油煎甜饼，有人吃清炒面片？不公平！残忍！”

今天，你叫某个同志做开会的宣传动员，如果没有吉普车和大喇叭，他立刻就会说：“难道俺是打冲锋的？”为了自己党的大会做宣传动员，他们会感到害羞。肩上扛起党旗游行，他们会觉得没有颜面。甘帕特独自一人敲着鼓，通知和动员：“兄弟们！为消除国家的贫困，为结束资本主义，建立工农政权，今天下午四点钟……”

如果没有甘帕特，村里的这个“红色农民净修院[②]”就永远开放不了。在这个血腥的地区有几个有名的地主恶霸，政党的工作人员吓得连咳嗽一声都不敢。有三个柴明达在光天化日之下打死人藏起尸首，党组织通过决议，要在他们的八百英亩土地上开展“抗租斗争”，但是大家都悄无声息地坐着等了好几个月，没有一个勇敢的同志往前迈出一步，也没有革命农民主动站出来。于是，甘帕特决心出头。……柴明达的士兵打他，以为他死了，把他抛尸荒野。但甘帕特九死一生，又活过来了。在医院里，他醒来就喊起了口号：“抗租运动万岁！比森普尔的农民万岁！”如果那天不是甘帕特受伤入院，事情就不会闹到“抗租委员会”去。……在赢得八百英亩土地的免费耕种权后，比森普尔的农民凑出两英亩土地，开设了这个净修院。尽管这样，还有不少人说三道四，甚至“谴责”。

净修院开放的时候，全县的同志们就在印历八月初带着大麻袋小口袋赶来了，为稻租而来。某人的妹妹要结婚需要帮助，某人为

---

① 面茶，sattu，一种大麦面和鹰嘴豆面的混合物，可煮成面糊糊喝。

② 净修院，ashram，原本是修道院、净修林的意思，这里实际上是党员和农民活动的场所。而这个“红色农民净修院”则相当于一个地区党支部的所在地。

了补足“家庭开支”。甘帕特承担了自己所在区的耻辱，维护了党员同志们的尊严。

在全县范围内，这仅仅是个区，在全国立法院的选举中，这个区的党员赢得了一个候选人的名额，全靠这个净修院的威信。

油灯噼啪几下，灭了。甘帕特的心里突然响起了尼尔滚的一句歌词：你将枉生于世，蠢材！

甘帕特在梦里见到，有贼人把党的办公室里的箱子扛跑了。他试图大声地喊：抓，抓——！贼，贼，贼——！

甘帕特的梦不是假的，很快就得到了证实。

早晨，昌德利卡先生来了，说了一个极坏的消息：“党分裂成两半了！”

甘帕特觉得，昌德利卡同志嘴里说出来的话，如同晴天霹雳。文件、党费账本、收据凭证、图章，全部不翼而飞了。甘帕特说：“昨天晚上，巴尔拉姆同志来过……”

没等甘帕特把话说完，昌德利卡同志就狠狠地打了他一个嘴巴。他非常恼火，想说话，但昌德利卡同志叫道：“把您安排在这里到底有什么用？仅仅是为了收党费养你的肚子吗？您不知道巴尔拉姆是个分裂分子吗？和那些叛逆分子是一伙的吗？嗯？”

“不知道，”甘帕特显得很单纯，直接地回答道，“谁是叛逆分子，谁是分裂分子，俺哪儿知道？”

“您是叛徒，”昌德利卡抬起手指，比画手枪射击的样子，说：“您背叛了党，您是骗子！”

一句句锋芒毕露的谩骂深深地刺痛了甘帕特的心。周围的人，全村的人，男男女女都聚拢过来了。……“叛徒，骗子！”……一顿训斥！

昌德利卡同志走的时候警告说："以后，不管这件事的结果怎样，我现在先把您开除了。走吧。"

昌德利卡同志刚走，巴尔拉姆就带着他的新同志来了。甘帕特眼睛里的泪水流了下来。

巴尔拉姆说："甘帕特同志，不要哭。要勇敢地面对这种专制主义者。小资产阶级的儿子们把党当成了他们的柴明达制度。"

甘帕特用嘶哑的声音说："巴尔拉姆同志，您为什么要做这种事？要是知道您来拿党的办公室的东西，俺无论如何也……"

这回不是巴尔拉姆，而是阿卡卢·摩赫多半疯的儿子苏迪尔·摩赫多出来说话了："甘帕特先生，您是躲在暗处占便宜，还以为别人不知道。党的办公室，可不是为了白天晚上跟寡妇谈情说爱设立的。"

这回甘帕特的脸丢大了，在普通群众中颜面扫地。苏迪尔·摩赫多使他在大庭广众中变得赤身裸体。他是叛徒，骗子，又加上作风败坏。现在，还有什么好看的好听的！

巴尔拉姆临走的时候给他一捆红色的传单，说："今天就要把这些传单散发到市场、火车站等所有地方去，懂吗？"

甘帕特走进自己的茅屋里，像被锯断了的树一样倒在床铺上。他全身每个毛孔里都装满了谩骂和屈辱。他摸索着拿起一张传单来看，党的几个大头头在提醒人民："以工人农民的名义，拿起武器来，向资本家们豢养的控制党的骗子手们……"

他再也看不下去了。谩骂、污蔑！全部都是乱七八糟的内容！

甘帕特的肝火旺盛起来，他的胃病也要加剧了。是的，他开始恶心了。

谁是真的？谁是假的？是朱尔格雷同志还是雅达夫同志？朱尔

格雷同志去年来主持邦的农民大会时，雅达夫在致欢迎词时极力地赞扬他。……都是假的！而这个传单里，朱尔格雷把比哈尔邦的党说成是叛国者的组织。

甘帕特决定，他要去巴特那，要去德里。要和各个地方大大小小的同志们会见、谈话、哭诉和申辩，讲述人民困苦的处境，打起鼓唱起歌："弟兄，不要争斗到法庭……"

雅达夫先生和朱尔格雷先生在中央党部办公室前面打起来了。拿着刀剑相互攻击，甘帕特站到他们中间："和平，冷静！"可是二人的刀剑架到甘帕特的脖子上了。

甘帕特的眼前出现了十五年前看的话剧中的一幕，接着就消失了。他的身体开始一阵阵地发抖。在得了疟疾发烧之前就是这样颤抖，这颤抖在折磨着他的身体。

甘帕特用毯子蒙住身体，呕吐了，捏了一些小茴香放到嘴里，躺下了。颤抖过后，高烧伴随着胃疼。他开始说胡话了。这是1940年以后，国家根除了疟疾之后，甘帕特第一次病倒。这中间连头都没有疼过。他的嘴里第一次哼出了可怜的声音："娘啊，儿——。波尔芭提——。"

他看见夏尔马先生来了，手里拿着红苹果和橘子。他挤出果汁，对甘帕特说："喝吧，同志，心会凉爽下来。"甘帕特喝了一口，他的嗓子起了火。呛人的毒药！

波尔芭提雅来了，坐在床尾，开始给他搓脚。可是，甘帕特的哥哥和父亲拿着长矛一起来了，用眼睛瞪着他。

巴加尔普尔，缫丝工人联盟的罢工，甘帕特打着鼓走在游行队伍的前头："全世界的工人，团结……"

警察施放催泪瓦斯。骑兵们纵马践踏罢工者，用马鞭抽打他们，扬起一阵尘土，走了。

甘帕特在监狱的一个小囚室里躺着，头上缠着绷带。波尔芭提雅——，波尔芭提雅——，波尔芭提雅，放开——！

七天之后，高烧退下去了。医院的大夫竭尽全力给予治疗。库丝蜜说："大夫先生都是两针两针地一齐打。"而甘帕特曾经反对的正是这个大夫。根据巴尔拉姆的吩咐，他印了传单到医院里散发："把比森普尔医院的残暴医生解雇！"

不仅仅是发了七天烧，甘帕特感到，三十五年来发的高烧，今天全退了。在这么长的日子里，他一直在一条黑暗的地道里行走——毫无意义，毫无用处，徒劳无功。

库丝蜜带来了热牛奶，里面还放了爆大米花。"大夫先生说了，病号饭里应该有黑鱼。俺叫修比特去了，傍晚就能弄回来几斤鱼。"

库丝蜜又说："七天里，村里的孩子们来看过，问过病情。可是没有一个同志来望上一眼。昨天，巴尔拉姆先生来了，说'把甘帕特弄回家去，把党的办公室腾出来，他已经被开除了'。"

一贯同家庭、种姓、宗教、社会、政府，以及各种不公和残暴勇敢做斗争的甘帕特，今天，像角斗场上败下阵来的大力士一样躺在那里。所有人都在他的后背踹上一脚，骂上一句，走开了。……三十五年来，他像出家人一样独身生活，控制自己的口舌和欲念，做公共事业，没有拿过别人的一根稻草，没有滥用过党的一分钱。他爱党和党旗，超过了爱父母、兄弟姐妹、村里乡亲，也超过了波尔芭提雅。这些，全都是无用的。

甘帕特觉得，月亮和太阳都是有裂痕的。世界上的东西似乎今天都分成了两个部分。每个人都分成两块，两副嘴脸，心也是裂开的。

到今天为止，他对那些资本家、封建主义者和战争贩子的话一律充耳不闻，司空见惯，但是今天，这些话却一次次地涌上心头：

“甘帕特，你们的领导人，就是你们的党，把种姓和宗教说成是鸦片。可是你们的领导人为什么不让自己的子女和种姓以外的人结婚？拉姆拉甘·夏尔马同志的儿子结婚，一个订婚仪式就花费了五万卢比。你们领导人的子女在大吉岭和台拉登上学。你们书记的老婆为了当国大党的部长而从事种姓的派别活动。你们的台风先生，同工厂主合起伙来往工人脖子上捅刀子……”

甘帕特的眼前浮现出那些领导同志的图像，一幅接一幅：朱尔格雷先生、雅达夫先生、戈帕尔先生、辛哈先生、塔库尔先生、台风先生。所有这些图像都异口同声地说：“我们在错误的道路上。”

从一个黑暗的地道里出来，甘帕特昏倒了。他蜡黄的脸上，饭粒挂在胡子上。……三十五年里，一直朝着错误的方向走，不知道他犯了多少错误，不知道引导多少人迷失了方向。

要是波尔芭提雅没有堕胎，他的后代如今该三十五岁了。如果是个儿子，现在他的年龄就和巴尔拉姆一样大了。

他欺骗了波尔芭提雅，这是第一个错误。他到现在都在吞食这个恶果。

在过去的五年中，库丝蜜一直对他怀有爱意。甘帕特心里明明白白，却还要装作不知道的样子。可是，寡妇库丝蜜始终像个童贞女人那样纯情，目不转睛地看着他的脸。即便如此，阿卡卢·摩赫多的醉鬼儿子还要加以非难，说“跟寡妇谈情说爱”。

库丝蜜找来了理发匠巴尔塔。理发的时候，库丝蜜说：“把胡子剃去吧。喝牛奶汤水的时候太麻烦。”

吃了土豆泥和热米饭，嘴里就不那么苦涩了。再捏一撮小茴香放到嘴里，他对着镜子看自己的脸，不由得大吃一惊。他的脸变得长长的，就像那头瘦马的脸。记得那是三十五年前的事，屠夫马利克用绳子拴住了它的两个后蹄，把它扔掉了。它躺在地上呼噜呼噜喘气，抖动着腿。一群乌鸦不知道在它身上啄出多少伤口。但波尔芭提雅拿着镰刀跑来了，割断了捆在它蹄子上的绳子，快要死了的马坐了起来，低下头。然后慢慢地嗅着地……

甘帕特慢慢地伸开双脚。

外面传来昌德利卡同志的声音。一个缠着红布缠头的士兵探头往院子里张望，说："看门的先生在这儿，在席子上伸着腿躺着。"

看见警察局长和士兵，甘帕特虚弱的身体变得有力了，浑身的血管里仿佛开始汩汩作响。他看了昌德利卡一眼。局长先生说："你看，甘帕特先生，你是净修院的看门人吧？"

"请不要你你地说话。俺谁的看门人都不是。"

局长看着昌德利卡。

昌德利卡先生说："你瞧，甘帕特，局长大人到净修院来是执行144条法令的。你……"

甘帕特这会儿已经调整好了，用充满底气的大无畏声音说道："这个净修院是什么地方？这是我的家，我的土地。这不是集体财产，也不是哪个党派的活动场所。"

警察士兵向院子里张望着，像在看着什么。甘帕特叫道："哎，士兵先生，那边是妇女的住所，您东张西望地看什么？工作的责任变得重大了？"

局长问："你，哦，您有什么证据吗？"

"证据？什么样的证据？书面的还是口头的？证词？……修比特他娘，把俺的小包拿过来！"

修比特他娘即库丝蜜，她放下面纱来到外面。甘帕特从小包里拿出自己的书和文件，说："《马克思主义常识》《工农歌曲》《残酷的柴明达主义》、白吉瓦拉的著名决议、特伦甘纳的红色转折、英雄电影歌曲、《国家的敌人》、共和……这个，书面证明，拿去看吧。还需要证词？那就请问问村里的孩子们。"

局长大人把皱皱巴巴的文件纸页弄平整了，从头到尾地看了一遍。然后笑了，看着昌德利卡，说："他说的对，土地财产都是以他的名义登记的。"

昌德利卡先生不由得叫了起来："没有信誉的家伙！想侵吞公众所得？你走着瞧！"

甘帕特站了起来，说："不要提什么公众，昌德利卡，公众不是瞎子，一切都看在眼里，记在心上，为了自己的私利分裂党的家伙！"

库丝蜜在屋里说道："跟这种人费口舌有什么必要？大夫先生不是说了吗，'打仗伤性命，坐着费精神'。"

可是，甘帕特还在高喊口号："革命万岁！打倒分裂主义！不劳而获的人是党的敌人！"

在聚集的人群中立刻兴起一阵激愤，人们开始跟着甘帕特喊起了口号。局长很快地走了出去，用英语跟昌德利卡说了几句话。

士兵惊慌地说："我的爷，这是他们党员的内部斗争，再待在这儿，事情就麻烦了。"

局长和昌德利卡走后，聚在一起的人们发出了胜利的呼喊。"喊吧，带着感情来一遍：甘帕特先生——胜利！农民领袖——甘帕特！工人领袖——甘帕特！甘帕特——万岁！谁跟俺们碰——粉碎！"

三十五年了，甘帕特第一次听到有人喊自己“胜利”和“万岁”的口号，不禁心潮澎湃。

在人的喧闹声和鸟的啼鸣声中，有人开始演讲了：“弟兄们！这一回，在乡村五老会的选举中，在村头头的选举中，这些穿长衫的、穿长裤的先生们的把戏，见鬼去吧！今天晚上，要在这里举办热烈的‘农民荣耀’……”

在人们散去之后，又剩下他一个人了。他从茅屋里向外喊道：“修比特他娘，过来一下！”

库丝蜜进来了。她看见甘帕特的脸感到害怕了：莫不是又发烧了？她用手去摸甘帕特的额头，甘帕特抓住库丝蜜的手腕，嘴唇哆嗦着，让库丝蜜的脸靠近他的嘴巴，用颤抖的声音说：“库丝蜜……可是，这是罪过，不公平。公众的财产，党的土地……净修院里……这是罪过，很重的罪过！”

库丝蜜闻到小茴香的气味，很喜欢。她很自豪地说道：“什么罪过？昌德利卡先生用党费在普尔尼亚县城为自己建了砖房。拉姆拉甘先生从地主那里收了贿赂，破坏了穷苦佃农的案子。所以……”

“库丝蜜，不管别人干啥，俺不能有罪恶行为。你想俺……你想俺活下去，就把俺带到你的茅屋里去。”

库丝蜜踌躇了一下，看着甘帕特含泪的眼睛和发红的脸，然后说：“那，这个净修院呢？”

“俺要把土地还给大家。这是十个人为正义而捐献的东西，俺独自享受这片土地，心里永远不会得到安逸。而且，现在俺不能再做公众事业了，党已经分裂了……”

他像孩子一样抽噎着哭了起来。

库丝蜜用她那脏兮兮的纱丽襟为甘帕特擦眼泪，说：“别哭了。”

甘帕特把库丝蜜搂到胸前。……啊，三十五年后，女人胸前的热流第一次像风暴一样传递进他的身体。他把嘴探过去，要亲吻库丝蜜发黑的嘴唇，但他停住了。

“不行，库丝蜜，在这儿不行。不能在这儿，走，回自己家。俺没有权利在这儿再待上一分一秒钟了。”

库丝蜜站了起来，抓起甘帕特的手拉他起来，说：“走。”

“娘，娘！瞧俺弄回来多少鱼！”

修比特把装鱼的竹篮子放到面前。那些黑黑的鱼活蹦乱跳的。

库丝蜜说：“鱼的兆头，吉祥。”

甘帕特笑了。

库丝蜜对自己的独生子修比特说：“儿子，你扶着叔叔先走，俺收拾了铺盖就来。”

修比特看着娘的脸，说：“上哪儿？”

甘帕特说：“孩子，你心里想上哪儿就上哪儿。”

甘帕特又转身看了一眼，褪了色的党旗还在风中哗啦哗啦地飘动。他觉得，他自己就是党旗，他扶着修比特的肩头走着……

（1965年1月）

光　亮

我将见到法蒂玛迪，却完全没有想到，会这样见到她。所以，把“巴特那市场”当成梦境，心情失落地在鞋店前站了一会儿。……两个妇女，从头到脚蒙着长披纱，身边带着一个九或十岁像洋娃娃一样面目俊秀的小女孩。小女孩问了两遍：“姨在问，您什么时候来的巴特那？”

店铺老板数着零钱，对我说：“她在问您呢。”

小女孩笑了。披纱里面也笑出了声——熟悉的笑声！小女孩是因为她姨的话而笑的，说：“姨，我是您的法蒂玛迪。”

现在，黑褐色的披纱里法蒂玛迪那熟悉的声音清晰地传出来：“听说你在德里或者孟买住。”

“我最近十年都住在巴特那。”

“怪事，住在巴特那怎么从来都没见到过？”

“那您……”好长时间我才醒过神儿来。

披纱里面的法蒂玛迪打断我的话：“别说我，说说你自己，结婚了？”

她惊奇地看着我，说：“看见巴克尔甘季街的‘智慧客栈’了吧？我就住在那儿。哪天带着媳妇来？明天就来吧，早晨八点。”

小女孩说："明天早晨八点要到哈米达阿姨家。"

"哦，哦……后天来！"

我嘴里突然说出一句："敬礼！"

"祝你快乐！"

我们从来不用乌尔都语说"敬礼"，而是用梵文词，她也总是说"祝你快乐"这句祝福的话。不过，从来没见过法蒂玛迪这样从头到脚地蒙着，即便在那些需要避开一些人目光的日子里也没有过。

一夜都睡不着，一闭上眼睛，那黑褐色长披纱蒙着的影子就来到跟前。……一双迷人的眼睛！我费了九牛二虎之力也不能移开面纱看看法蒂玛迪的脸，只能无可奈何地睁着两眼。

看到自己丈夫翻来覆去睡不着，听到他不时地叹气，任何一个家庭主妇都会引起警觉的。可是，作为小说家的妻子，她知道，丈夫在编小说的时候总是这样无缘无故、焦躁不安地叹气和翻来覆去。所以她睡得很香甜。

那一夜我没有睡着。问妻子："我曾经和你说过法蒂玛迪的事情吗？"

"没有啊？谁是法蒂玛迪？"

"一个小说的法蒂玛迪。"我转移了话题，翻了个身。

小说的法蒂玛迪！奇怪的是，为什么直到今天都没有和妻子说过法蒂玛迪的事。……不，这没什么可奇怪的。我是故意不和她说有关法蒂玛迪任何事情的，因为她是一个顽固的印度教徒的女儿，一个印度教徒大会[①]成员的妹妹。担心她听了以后会信口说出什么，会说："荒唐！"

---

① 印度教徒大会，Hindu-Sabha，1915年成立的一个激进的印度教教派组织。全称Hindu Mahasabha，又译印度教大斋会。

不荒唐，而是非同寻常！

二十六年前，人们就说过，变态！半疯！

我很幸运，能够近距离地看到这个非同寻常的女人。

记得，1930 年的一次大会，小学校后院人头攒动，塔库尔花园的平台上坐着几个头戴甘地帽的人，一个十来岁的小姑娘正在“讲演”。看到她穿着紧腿长裤和印式上衣，感到很惊奇。听说，她是宋普尔地方毛拉维先生的女儿。毛拉维先生从“不合作”的时候起就穿土布衣服，摇纺车。小姑娘穿着白色的上衣和紧腿裤站在那里，肩上还扛着个三色旗！

1934 年大地震之后，第二次看到她。看起来她这四年里长大了许多。圣雄甘地来地震灾区视察。讲台上，一眼就能认出站在甘地先生旁边的小姑娘。……请愿大会上高声朗诵《古兰经》的小姑娘，毛拉维先生的女儿，前两年在监狱中服刑，刚刚出来。据说，在逮捕她的时候，警察用棍子把她打伤了，打得很厉害。

1937 年是第三次，这是第一次有机会近距离看到她。小学校的操场上，国大党举行了县政治代表大会。那是国大党部长工作会议召开的日子，因此代表们被安排住在学校里。学校的积极分子和国大党服务团的志愿者一起工作。服务团的 GOC① 第一次把毛拉维的女儿叫作法蒂玛迪。在那次大会上，阿吉马巴迪教授演讲时，穆斯林联盟② 有人试图闹事，法蒂玛迪奔上讲台，清脆的声音在大会的棚子中回响：“叛徒！羞耻！”

还有 1943 年，在五个月的日日夜夜里，我有机会和她相处。贝拿勒斯、勒克瑙、阿拉哈巴德和戈拉克普尔的街巷里，法蒂玛迪带

① GOC，General Officer Commanding 的缩写，总指挥。
② 穆斯林联盟，全名 All India Muslim League，1906 年成立的民族主义组织。

着“独立小队”为革命行动募捐，她的形象一个接一个地来到眼前……在她被捕的时候，她回击警官粗鲁的谩骂时，她的脸上显现出闪电般的光亮。1947 年，印度教徒、穆斯林间发生暴乱，她同暴徒搏斗的时候，她的脸上也显现出闪电般的光亮。这一切，都被黑褐色的长披纱遮盖住了？这是怎么了？

我想把遮在她脸上的面纱一条条地扯去，我想看法蒂玛迪的脸，她却叫了起来，用双手捂住脸：“不，不！奥朱！阿吉特，不要看我的脸……”

从梦中醒来，我默默地躺了好长时间。全印广播电台的开始曲响了起来。突然，心里产生了一个想法：改变广播电台开始曲旋律的《风潮》为什么至今还没有出现？这倒是清真寺里纯正的领诵经文的音调。……在小提琴上跳动的乃玛孜的呼唤。

登上“智慧客栈”的楼梯时，我感到这座旧楼的每块砖都在奇怪地盯着我看。

“来找谁？”

“法蒂玛迪。”

“谁？”

“法蒂玛迪。”

问话人似乎很奇怪，像一个木偶似的站在那里。然后就嘟囔着说：“法蒂玛迪？”

洋娃娃似的俊秀小女孩笑着来了，先问候“萨拉姆”，然后说：“我姨问，为什么没把媳妇带来？”

我明白了，法蒂玛迪今天也不会在我面前现身。今天仍然要通过这个小女孩在中间传话。

那边，好几个房间的门被用力关上，声音不大的收音机也都突然没了声音。空气中是一些嘁嘁喳喳的窃窃私语。

“听说你写小说？”问题来自竹帘的后面。

看着地面铺的破旧地毯，我回答：“是的，现在把说假话的习惯变成了职业……”

大笑。听到这笑声，“智慧客栈”的好几个窗户吱呀吱呀地打开了。房间里，炒洋葱的味儿很浓。这味儿让我想起了最近发生的一件事：N.C.C.[①]营地的厨房里发生了一起投毒事件，由于发现了一个小瓶，那个“投毒凶手”穆斯林青年被捕，叫什么名字来着？

洋娃娃似的俊秀女孩名叫娜格玛。她端来一杯茶。我想说假话，但没有说出来。接过茶杯，我问：“那，法蒂玛迪，您这么长时间……我的意思是……您到什么地方去了？”

她回答说：“什么时候带媳妇来？”

我闭上眼睛把茶喝了。我明白，法蒂玛迪不想回答我的问题。我现在有些怀疑，这位女士不是我们的法蒂玛迪，而是另外的人。

我从椅子上站起来，娜格玛用盘子端来槟榔包[②]。这回我真的说谎了：“我不吃槟榔包。”

走的时候，我鼓足了勇气说：“请原谅，我觉得，您不是我们的那个法蒂玛迪……”

“你的感觉是对的，阿齐兹[③]。”

阿齐兹？我又吃惊了。回忆起来，法蒂玛迪从来不叫我阿齐兹，而是叫阿吉特[④]。我默默地站着，帘子的背后又发出了大笑声。

---

① N.C.C.，National Cadet Corps，军校学生训练团“国民学兵团”的缩写。
② 用蒟酱叶包上槟榔碎块和石灰，在口中咀嚼的一种嗜好品。
③ 阿齐兹，Aziz，来自阿拉伯语的词汇，意思是亲爱的。
④ 阿吉特，Ajit，意思是不可战胜的，来自梵文的词汇。

从“智慧客栈”的楼梯往下走的时候，我觉得，这座旧楼的每块砖都在充满厌恶地怒视着我。……我在努力地想那个青年的名字，他在一千名军校学生的食物中下了毒。

“阿莫吉迪亚饭店”前面的墙上贴了一条标语，用粗粗的乌尔都文字母写着：“打倒民族主义穆斯林代表大会！谨防叛徒！”

看了这幅夹杂着仇恨的标语，一位毛拉那生气地嘟囔着说：“这些弹棉花人的儿子不弹棉花了，开始弹民族了。民族主义者的崽子！”

我开始恶心。坐到人力车上，我用手摸脉搏，心脏跳得厉害，全身被汗水湿透了。茶的味道不是有点酸吗……右边是总医院，左边是警察分局，我在想，先往哪边去才对。

可是，当车夫问的时候，我回答说：“到拉金德拉区去。”

在一个小说讨论会上，人们在争论“新小说”“非小说”“当今小说”“未来小说”，默默地听了长达四个小时之后，我仍然没有勇气回家。在这种情况下，我得到恒河边上或者某个酒吧坐着寻找自己。可是，当车夫问的时候，我回答说：“到拉金德拉区去。”

到“圆圈市场”附近，同以往一样，老远就能看见自己家的套房了。看到自己家房间里的灯光，我的头嗡地一下问自己：现在要往哪里去?

心里一横：不管怎样，请求原谅，找个什么借口分手。

走在台阶上，仿佛全世界的烦恼都笼罩在我的身上。我去敲门，脸上挂着全世界的烦恼。可是，门开了，却发现妻子的脸上满是欢喜的光彩。她没有注意到我阴沉沮丧的脸色，兴高采烈地说：“你猜谁来了？”

没容我说话，娜格玛就来问好了。妻子说：“瞧，我们都说笑三个小时了。你去哪儿啦？你也是的，从来没跟我说过。”

“没说过什么？”我问。

“就是没说过你不是印度教徒，是个穆斯林呗。”房间里传来的声音。

我看见，法蒂玛迪坐在房间里，整个房间亮堂堂的。长披纱放在地板上，不是披纱，是破布条。

“这是怎么回事？是谁……”

妻子说：“还有谁，你的好闺女瑙蜜呗，不解下面纱就汪汪地叫。等揭下面纱放下，又抓又咬，才肯罢休。”

“它现在在哪儿？”

原来，它躲在法蒂玛迪的怀里的衣襟下面，淘气鬼。做错事之后就这样装出可怜相。

“不从怀里下来还不要紧，还咕咕地发怒。”娜格玛说。

十九或二十年后，再看法蒂玛迪，样子一点没变。只是眼角上出现了几条新的皱纹。

妻子不时地发出笑声，开始讲故事：“拴上瑙蜜后我去开门，她说：‘阿齐兹在家吗？’我说：‘谁是阿齐兹？没有阿齐兹，只有阿吉特。’她说：‘哦，是，是，听说他把自己名字的一个字母换了，变成了一名印度教徒，还和一个可怜的印度教姑娘结了婚。’我很奇怪。”

“好吧，嫂夫人到现在还蒙在鼓里，阿齐兹，为什么？这样损害别人的宗教，不是叛教又是什么？可是她接受了你，接受了一个骗子。成了偶像崇拜者以后，你也选择了自己的神，却是一个留胡子的人，这个人读了‘名言’[1]之后……”

---

① 名言，kalma，详见下注。

看到她指着室利·罗摩克里希那[1]——最高境界苦行者之神的塑像，我们大家都哈哈笑了。

笑的声浪过后，我问："好吧，现在说说吧，此前您在哪里，现在又在哪里？"

"此前在坟墓里，现在还在坟墓里。"

妻子去了厨房。我觉得，现在提这个问题不大合适。

法蒂玛迪问："你原来是怎么想的？以为我去了巴基斯坦，对吗？"

"为什么放弃自己的政治活动？"

"你为什么要问我这个问题？为什么从来不去问问你的那些贵族子弟们？他们一夜之间都变成了'爱国者'，钻进了国大党的阵营，居心阴险。你为什么不去问问你的那些领导人？他们昨天还公开谩骂甘地、尼赫鲁和帕台尔，焚烧国旗，助长教派集团的气焰。他们排挤掉那些为国家殊死搏斗的人，就像扔掉牛奶里的苍蝇。你为什么不向自己问这些问题？"法蒂玛迪的脸红了，我高兴了。

我插话道："可是您这样保持沉默……"

"沉默？"她像一头母狮子一样吼道，"这些暴徒对我实施了多少暴行，你怎么会知道？……还有，我谁的门没有敲过？可是，从德里到巴特那，那些先生老爷们都劝我学聪明些，建议我结婚生孩子。最后，甚至吓唬我……啊，别提了，阿齐兹。"

法蒂玛迪的喉咙堵塞，说不出话来。妻子不知道什么时候过来站在那里，跟我说："你也是个怪人。"

瑙蜜本来躲在那里蹲着，现在也在嗅着法蒂玛迪的脸，发出咕

① 室利·罗摩克里希那，Shri Ramakrishna，1836 ~ 1886，印度近代著名改革家，主张消除各宗教间的分歧，建立"人类宗教"。其著作为《罗摩克里希那名言》（或译《罗摩克里希那福音》）。

咕的声音。

“人们到现在也没有清醒过来。他们，只在意自己的位子，国家进不进地狱，对他们来说算什么？”法蒂玛迪的话里带着深深的痛苦，“你……你，写小说是吗？记得，独立以前，那些进步主义作家们的诗歌和小说里，充满了印度教徒和穆斯林团结友好的话语，以及‘人性’的呼唤，等等。可是独立以后，他们的那些话语不仅不说了，而且转变了。向民众发誓效忠的人们在目不转睛地观察，而教派主义的巨蛇却吞食了整个国家。”

妻子插话说：“法蒂玛迪，饭都要凉了。”

市政厅里，“民族主义穆斯林代表大会”的准备工作正在大肆进行着。代表们从全国各个角落前来的消息正在刊登出来。与此同时，也有用红色大字标题刊登出反对这次代表大会的消息。每天双方都刊登出数百人署名的声明。反对者们的说法是，没有“非民族主义者”，所有的穆斯林都是民族主义者。而宣称自己是民族主义者的人们则公开说，旧的穆斯林联盟成员的心和脑袋里都中了教派主义的毒，根本不能相信他们。……很多日子以来没有参加政治集会了，但这一次，我把它理解为自己的“责任”，前来参加这一大会。可是，看到眼前的景象，我就在人行道上停下来了。

市政厅前面的马路上，双方有数千人站在那里喊口号。谩骂、口号，还不时有大小石块雨点般洒落。

警察士兵默默地列队站着，因为游行者的行动路线是由“名门望族穆斯林”领袖的少爷们和大官的儿子们指挥的。我感到，我们又回到了1947年。空气中又是同样的疯狂，同样的口号，同样的景象和同样的面孔！

“抓住！抓住！异教徒崽子跑了！”

“打！打！”

“这是个杂种！打这个小舅子！”

“狗崽子们！”

“打！”

现在，每一个代表都被抓出来打。狂热的风潮迅速扩大。口号声和叫骂声甚嚣尘上，落石如雨，对抗越来越激烈了。

“圣雄甘地胜利！”

一个清脆嘹亮的声音！刹那间一切都停止了。人们看到，在伊斯兰社团大厅的入口处——阿卜杜尔·巴利大门前面，站着一名妇女，正在喊口号。

法蒂玛迪？我不敢相信自己的眼睛。定睛一看，就是法蒂玛迪。

“这个妇女是谁？”

“印度教徒？”

“哎，不是。不认识？这就是那条母狗……”

“法蒂玛？小姨子！从哪儿又出来了？”

“母狗！”

一群疯子聚集起来，一边下流地谩骂着，一边向法蒂玛迪扑过来，法蒂玛迪笑着站在那里。转眼之间，这群野兽就把她打倒在地，开始揪住头发拖她。两边站着的人群在鼓掌叫好。当一个警察小队赶到的时候，他们已经扒掉了法蒂玛迪的所有衣服。……我实在看不下去了。

几天之后，我们俩鼓足了勇气来到医院看望法蒂玛迪。

遇见娜格玛站在小房间的门边。一见到我们，她就痛哭起来。

“那些野兽们拿瓶子里的硫酸泼法蒂玛迪的脸，脸都烧黑了。一只眼已经烧坏了。……一只手臂骨折了。”

听到脚步声，法蒂玛迪的嘴唇动了动，大概是在努力微笑。然后用很低的声音说：“去，傻小子，来这里是为了哭吗？……要看到光亮。嫂子，明天，牛奶麦片粥……叫什么来着，最好吃的……做了拿来。把瑙蜜也带来。”

总会见到法蒂玛迪的，但像这样见到她，是我们从来没有想象到的。

（1966 年 8 月）

肮脏的边区[1]

初版序

此书名为《肮脏的边区》，是一部边区小说。故事的发生地是普尔尼亚。普尔尼亚是比哈尔邦的一个县。它的一面是尼泊尔，另一面是巴基斯坦[2]和西孟加拉，当我们又在南边划出桑塔尔族地区，在西边划出米提拉地区的分界线时，这各种各样的分界线便使它的轮廓完整了。

这里面有花也有刺，有红粉[3]也有尘埃，有檀香也有污秽，有美也有丑……我不能回避其中任何一个。

我带着这部小说的全部优劣站到了文学之门的门槛上，不知这样做是好是坏。无论如何，我的良心并无缺憾。

帕尼什瓦尔·那特·雷奴

1954 年 8 月 9 日于巴特那

---

① 本篇小说由薛克翘、刘国楠合译。

② 指 1972 年以前的东巴基斯坦，今之孟加拉国。

③ 红粉，指洒红节用的红色粉末，代表吉祥。

上卷

一

一条消息像闪电一般，迅速在村子里扩散。

“一些‘莫来特力’[①]抓走了杰太鲁，还拿走了罗宾·拉尔家井台上的水桶。”

这个村子即使在1942年人民运动那会儿，也没有发生过兵荒马乱的事情，运动的浪潮也不曾波及这里。不过，当时全县其他地方发生事情的各种传言，这里倒是有所耳闻：什么白人士兵在莫格拉西火车站抢走了粮店老板的女儿，锡克兵和白人士兵为这事打起来，开了枪；什么陶勒巴甲村被整个儿包围了，还放了火，连个小孩都没能逃出来；什么人们的尸体像火里烧烤的鱼一样，在村里停放了好几个月，因为有大兵看守，连乌鸦也不让去吃，等等。据说这些事都是牟沙哈鲁的老丈人亲眼看见的，牟沙哈鲁的老丈人有个侄子是法尔比斯老爷家的厨师，他还能说谎吗？唉，整整四年过去了，今天灾难该轮到咱们村了。救救我们吧，加利圣母！救救我们吧，拉尔辛赫大圣！

其实，这都是牛倌巷[②]的“牺牲品”[③]搬弄的是非。

比兰吉·达斯壮着胆子，从院子里出来，朝四下里看了看，然后向东家巷跑去。乡长[④]维西沃那特·普拉萨德听到消息后，也吃了一惊，问道：“罗宾从哪儿弄来的水桶？准是偷人家的。这些混蛋，像这样偷下去，早晚要败坏咱们村子的名声。”

---

① “莫来特力”，英文词 military 的音变，这里是军人的意思。

② 牛倌，以养牛为业的一个种姓；“巷”，村中同种姓人的聚居地。

③ 牺牲品，指小说的主人公之一巴尔代沃。

④ 土邦王公的代理人，负责全村税收。

消息从东家巷又传到了拉吉普特巷，说是加耶斯特巷的维西沃那特·普拉萨德和德特马巷的比兰吉被军队的人抓走了。塔古尔·拉摩格拉巴尔·沈克听到这个消息后幸灾乐祸地说："这就是他平日逼税的下场，他准是侵吞了土邦王公的租税，现在该轮到这小子尝尝蹲大牢的滋味了！"

亚德沃巷的人一听到这消息便把那个绰号叫"牺牲品"的巴尔代沃扣了起来。大伙儿嚷着："别叫他跑了，用绳子把他捆得结结实实的。早就说过，他总有一天会给全村招来杀身之祸。"

乡长维西沃那特·普拉萨德带了两斤酥油、十斤上等大米、一只山羊作为礼物，提心吊胆地给那些带枪的人送过去。同他一块儿去的还有比兰吉。他对比兰吉说："你算算看，整整五十卢比的礼物，这笔钱，你得在一个星期之内从你们的巷子和罗宾他们的巷子收齐。哼，就凭你们这些人……"

带枪的人们都聚集在公馆的花园里。维西沃那特·普拉萨德来到花园附近，从衣兜里掏出一顶黄帽子往头上一戴，面对加利圣母庙默默祈祷："救救我们吧，加利圣母！"祈祷完毕，他便向花园里走去。他发现花园里停着两辆牛车，牛正在吃草；带枪的人们把毯子铺在地上，正坐在上面吃爆米花。嗯？杰太鲁也坐在毯子上吃爆米花！

"您好，长官。"乡长说。

比兰吉把顶在头上的东西放下来，深深鞠了一躬，说："长官好！"旁边的山羊也咩咩地叫了起来。

"嗯，这是什么？你是谁？"一位大腹便便的长官问道。

"长官，小人是米纳普尔县巴尔班加土邦王公属下的乡长。"维西沃那特·普拉萨德答道。"噢，你是乡长？太好了。我们是地区管理委员会的。这里要建一座疟疾防疫站，上级有命令，防疫站就建在这个园子里。马丁老爷早把这块地方捐给地区管理委员会了。”

乡长先生再次向长官行了礼，然后坐下来。比兰吉仍然双手合十地站在一旁。这时，拉吉普特巷的拉摩格拉巴尔·沈克走进了公馆的花园。他看见花园里有人摆弄着测量用的尺子，在丈量花园两边的土地。一位戴草帽的长官正同乡长先生愉快地交谈。

突然，一群亚德沃巷的人押着五花大绑的巴尔代沃大叫大嚷地闯了进来。押解的人使劲拽住巴尔代沃腰上的绳子，唯恐他逃跑。这大概是因为抓住搞独立运动的潜逃分子，政府有赏的缘故。据说赏钱有几千卢比哩！但是长官一见到被绑的人，便怒不可遏，大声呵斥道：“这是怎么回事？为什么把他绑来？他干了什么坏事？”

“长官，他就是闹独立运动的潜逃犯巴尔代沃。他坐过两年牢，是金南巴蒂村人，不是我们村的。这次是到姨妈家来走亲戚的。身上穿着印度土布，嘴里还喊‘印度万岁’。”押解的人答道。

“那干吗绑他？”长官问。

“呀，这不是巴尔代沃先生吗！”长官手下的人认出了巴尔代沃。“先生，这是巴尔代沃，国大党罗摩克里希纳修道院的工作人员，是位了不起的英雄啊！”

于是，巴尔代沃立即被松了绑。接着他便以“印度万岁”为致敬语，分别同长官和左右的人打了招呼。长官笑着说：“你们村要建疟疾防疫站，不久就要来大医生了。地区管理委员会还要给防疫站盖房子，不过这些事还得诸位多帮忙。”

乡长先生看完了田亩册和地图后，对长官说道：“长官，面积是一英亩五分地。”

站在一旁的塔古尔·拉摩格拉巴尔·沈克一直没有机会向长官

问好，让维西沃那特·普拉萨德在长官面前出了风头。他平生头一次恨自己不识字。有学问确实了不起呀。其实这也无关紧要，因为老天爷除了赐给他一个人的躯壳外，还让他出生在高等种姓人家，就凭这一点，他结识了不少家道阔绰的老爷太太、达官贵人与社会名流。这时，他见到机会便立刻凑上去，向长官问好，大声说道："长官万岁！长官为了黎民百姓，不辞辛苦，远道而来，我们却没有为您效劳。今天见到长官是我的福气，长官，小人名叫拉摩格拉巴尔·沈克，父亲叫格利布·奈瓦吉·沈克，属拉吉普特种姓，祖居拉吉普达那的格尔崩代尔，现住玛丽村。"

"沈克先生，我们不需要你效劳，我们正在为大家筹办一个疟疾防疫站，请各位协助，这就是最大的效劳。"长官含笑答道。

在他们谈话时，亚德沃巷的人趁人们不注意，一个个都溜之大吉了。他们生怕长官追问无故捆绑巴尔代沃的原因。

长官要走了，临走时冲着大伙儿说道："地区管理委员会的建筑工人七天之内就到，你们先把竹竿、稻草、麻绳和必需的东西都准备好。你是管田亩税务的乡长，巴尔代沃先生是党的工作人员，还有沈克先生，请你们大伙儿帮帮忙。"

在场的人都双手合十，鞠躬表示遵命。长官领着一群人走了。山羊咩咩地叫个不停。巴尔代沃跟在牛车后边，一直把长官送到村外。

巴尔代沃回来告诉乡长和沈克说："地区管理委员会的这位孟加拉官员原先是个政府职员，名叫波尔夫罗·班纳吉。他手下的那个工作人员叫季登，原先是国大党党部的职员。"

二

在普尔尼亚县，有许多村庄和小镇至今仍在村名或镇名前冠以“蓝靛老爷”这样累赘的字眼。那座静卧在荆棘丛中的蓝靛公馆废墟，至今还能使过往行人回想起被遗忘了的蓝靛时代。年轻小伙子领着新娶的媳妇回家路过这里时，总要对车夫说：“请把车赶慢一点，新娘想看看蓝靛老爷的公馆。瞧，这就是马丁老爷的公馆，那儿是熬蓝靛的池子。”于是，新娘就轻轻地掀起车帘，微微地撩起面纱，好奇地向外窥探。然而新娘见到的却是茂密的野枣丛和一堆堆残垣断壁，哪儿有公馆的影子？尽管如此，新郎脸上仍然流露出一股引以为荣的神情，似乎在说，你瞧，老爷的公馆就在我们村旁，洋人老爷和太太也在这里住过。

香客们在恒河沐浴后乘牛车回来时，也总会在这里停留片刻，姑娘和孩子们从车上下来，怀着虔诚的心情，默默地朝废墟走去。有时，老太太们还随便在树林里寻找野生草药……

玛丽村就是这样一个有着悠久历史的村庄。它坐落在罗德哈特火车站以东十四英里的地方，到那里去要渡过古老的科西河。科西河两岸有一大片茂密的棕榈林和野枣林，本地人管它叫“那瓦比·达尔班纳”，意思是那瓦布[①]培育的棕榈林。但是究竟是哪一位那瓦布培育的呢，这可说不准。每年从二月到四月，附近的农民和羊倌们总要到这片棕榈林里来享受一下那种所谓的“那瓦布式”的生活——“三个安那一壶酒，敢叫汽车倒着走”。就是说，喝醉了酒连汽车也不放在眼里。过了棕榈树林，便是一望无垠的大平原。这个大平原辽阔，坦荡，从尼泊尔的山麓一直绵延到恒河岸边，有几

① 穆斯林统治时期的省长。

十万英亩的土地，是一片荒凉的不毛之地，像一块不能生育的妇女的裙幅。这一大片土地上，只有很少几处生长了一点沙漠植物和酸枣丛。从那瓦比·达尔班纳再往前走几里地，就可以望见东边有一片黑森森的树林，那就是玛丽村公馆的所在地。

大约距今三十五年前，W. G. 马丁在这里破土兴建公馆的时候，曾经向附近村庄击鼓宣布："从今以后，本村改名为玛丽村。"玛丽是马丁新娶的太太，她住在加尔各答。据说后来有一次，一个农民失口说出了这个村子的旧村名，竟招来了一场大祸，被老爷狠狠地抽了五十鞭子。如今没有谁再提起这个村子的旧名了，不知是遗忘了呢，还是至今仍然心有余悸。村名更换以后，马丁老爷让地区管理委员会在罗德哈特车站和玛丽村之间修筑了一条公路，还在村里设了一个邮局，安排妥当后老爷才到加尔各答把新娶的玛丽太太接来。如果村里最老的老人白洛的母亲还在世的话，她准会对你说："啊，老爷的太太真是一位美人，漂亮得像因陀罗[①]身边的仙女！"

但是马丁老爷的理想未能完全实现。他的玛丽来到玛丽村刚刚一个星期，就患了疟疾病，这时马丁才意识到在设邮局之前应该先开个药房。玛丽服了奎宁以后，三天没有退烧，马丁便骑马朝罗德哈特飞驰而去。当他赶到罗德哈特火车站时，开往普尔尼亚的火车已经在十分钟前出发了。马丁毫不迟疑，又驰马朝普尔尼亚奔去。从罗德哈特到普尔尼亚足足有二十四英里的路程。现在无论你问玛丽村的哪一个人，他都会详细告诉你马丁的那匹神马的故事。他们说，那天马丁快马加鞭赶到普尔尼亚政府医官公馆时，火车还没有开到普尔尼亚的车站哩！

当马丁的神马和政府医官的车子赶到玛丽村时，疟疾早已夺去

① 传说中的天神之王。

了玛丽太太的生命。美丽的玛丽，经受不住病痛的煎熬，竟跳进机井旁边的泥坑，拼命地往她那金丝般的卷发上抹污泥，抹着抹着就断了气。

安葬了玛丽之后，为了在玛丽村开设一个药房，马丁立刻前往普尔尼亚拜会政府医官、地区行政官、地区管理委员会主席以及卫生局的官员。他费了九牛二虎之力，还把自己的土地也交了公，最后官员们总算同意第二年在玛丽村开设一间药房。但是，就在此时，德国的科学家弹指之间就结束了整个蓝靛时代。他们利用煤炭制造蓝靛的方法试验成功了。为监督蓝靛生产而建造的公馆自然也就没有存在的必要了。老爷开始变卖公馆，购置地产，有许多人转而做起了生意。马丁的一切事业被迫中止，他改建玛丽村的计划也烟消云散了。后来，可怜的马丁精神失常了。他疯疯癫癫，整天夹着一卷废纸，在普尔尼亚的办公室里转来转去，对来访的每一个人说："政府已经下指示要在玛丽村开设一间药房，明年就可以开张营业。"听说他在巴特那和德里奔波了一阵之后，有一次垂头丧气地回到玛丽村，扑倒在太太的坟头上，整整哭了一天，嘴里还不断地说着："亲爱的，医生不来了。"后来，他的疯病愈加重了，官员们将他送到冈盖去治疗，最后死在冈盖的疯人院里了。

玛丽的孤坟至今犹存，安静地卧在公馆花园的英国花丛中。当年公馆的房屋已全部坍塌，熬蓝靛的池子也已经残破不堪，菩提树、洋槐树和一些叫不出名的野树却连成一片，长成了郁郁葱葱的树林。杧果园现在归乡长所有，所以收拾得整整齐齐、干干净净，但是公馆的树林里，大白天都能听到豺狼的嗥叫，谁也不敢到那里去。人们把这片树林叫作鬼林。据说有一次，德特马巷的南德拉尔到树林里去拉砖头，手刚往砖头堆里一伸，就没有了。这时忽然从林子里跑出一个女鬼，用蛇鞭狠抽了南德拉尔一顿，当即就把他打瘫在地。那个女鬼像鹭鸶一样，浑身雪白雪白的。

玛丽村是个大村庄，村子里住着十二个种姓的人。村东有一条河，叫莲花河，雨季到来时，河里才涨满水。其他季节只有一些大水湾。水湾里鱼儿游弋，荷花盛开。每逢九月十五月儿圆的日子，四乡的人们就来到河滩上，在河里洗圣水浴。从早到晚，人山人海，拥挤不堪。卖糖果食品和杂货的老板们，也都从罗德哈特车站赶到这儿来做生意。村里还流传着关于莲花河女神显灵的种种神话，说是如果谁家办喜事或宴请宾客需要杯盘碗盏的话，那么，家里的主人就先沐浴净身，然后将衣服缠在脖子上，这时只要用槟榔邀请莲花河女神，河水便会咕咕地冒水泡，就像搅动蓝靛池子里往外冒水泡一样，接着河岸上便会出现一大堆银盘、银碟、银碗和银杯。这时，主人便可以把这些器皿清点一下，拿回去用。待宴席完毕，再如数奉还给莲花河女神。但是人心叵测，一次，竟有一家主人把几个碟子藏起来没还，得，从那天起，莲花河女神就停止出借器皿了。那个借东西不还的人家呢，从此就彻底地断子绝孙了！对那个坏心眼儿的人，村里有两种说法，拉吉普特巷的人说他是加耶斯特人，加耶斯特巷的人则说他是拉吉普特人。

拉吉普特人和加耶斯特人，祖祖辈辈有隔阂，一直闹纠纷。婆罗门因为人数少，所以常常充当第三者的角色。不久前，亚德沃种姓的人也兴旺起来，竟然戴起了圣线[①]。拉吉普特人不承认他们属于刹帝利种姓，经常指桑骂槐地中伤亚德沃人，逼得亚德沃人终于向他们公开挑战。事情发展到了剑拔弩张的地步，双方都做好了决一死战的准备。加耶斯特巷的头人兼乡长维西沃那特·普拉萨德向亚

① 圣线，高种姓人佩戴的标志物。

德沃人保证说，如果打起官司来，他将竭尽全力为亚德沃人辩护。法院的律师巴森多先生也说，政府已经承认亚德沃人属于拉吉普特种姓，还说，这场官司要是打起来一定很热闹。婆罗门巷的祭司则对拉吉普特人说："每当我们的宗教面临厄运时，总是你们挺身而出，奋起捍卫。如今世道不公，拉吉普特人应当起来勇敢地拯救我们的宗教。"但是，事态并没有继续恶化。一场捍卫宗教的圣战不知怎的就偃旗息鼓了。如今，婆罗门巷的算命先生还说，正是由于当初拉吉普特人保持了缄默，结果现在所有种姓的人都戴起了圣线。我们还从来没听说过有杂种刹帝利呢！善哉，善哉！

现在村里有三个大种姓：加耶斯特、拉吉普特和亚德沃。婆罗门仍属第二种势力。村里其他种姓的人根据不同的利害关系，分别依附于前面的三大种姓。

加耶斯特巷的头人维西沃那特·普拉萨德是乡长，这是他家三代祖传的职业。乡长正是靠着这个美差得以发迹，成了拥有一千英亩土地的大地主。村里其他种姓的人因此称加耶斯特巷为东家巷，拉吉普特巷的人则称它为盖特巷[①]。

塔古尔·拉摩格拉巴尔·沈克是拉吉普特巷的头人。他祖父在金巴沃蒂王后的土邦里当过兵，维西沃那特·普拉萨德的祖父当时是税务员。传说金巴沃蒂王后和巴尔班加王公打官司的时候，维西沃那特·普拉萨德的爷爷倒向了巴尔班加王公一边，巴尔班加土邦的人因为弄到了王后的全部机密文件，致使王后的官司打输了。她在去加西之前写了个字据，把剩下的三百英亩田产统统送给了塔古尔·拉摩格拉巴尔·沈克的祖父。塔古尔·拉摩格拉巴尔·沈克却说，因为有一次，他祖父单枪匹马把王后从土匪手里救了出来，王

① 表示轻蔑。

后为了奖励他，才把土地赐给了他。加耶斯特巷的人把拉吉普特巷叫作“大兵巷”。

亚德沃是个新兴的部族。人们说，在十年前还看见过他们的头人凯拉文·辛哈·亚德沃在放牛呢，他是靠卖牛奶黄油才攒下了一大笔钱的。这件事在四里八乡传开后，凯拉文发愁了，于是他一连几个月，一个劲儿往乡长家里跑，还给地区长官送礼，请士兵们吃黄油，喝牛奶，最后才在莲花河岸上弄到了五十英亩土地。现在他有一百五十英亩田地。他的大儿子沙加尔迪布·阿尔利亚住在白尔迦奇的外祖父家里，在那里念高中。人们说凯拉文·辛哈·亚德沃是个暴发户，现在谁也不敢把亚德沃·刹帝利巷称作牛倌巷①了。因为在亚德沃巷里，人们一年到头，每天下午都在练摔跤②。皮匠肖班每天下午四点开始擂鼓，“咚咚咚，咚咚咚”，震撼人心的鼓声一响，亚德沃巷无论老人、青年还是小孩，都随着鼓点练蹲立和摔跤的架势。

全玛丽村只有十人读过书，其实，他们的学问很少，仅仅能签个名或记个账而已。新近上学的约有十五人。

玛丽村主要出产水稻、黄麻和豌豆。春季作物的收成有时也不坏。

三

地区管理委员会的技工都到了，巴尔代沃喜出望外。长官老爷曾经当着乡长和拉摩格拉巴尔·沈克的面亲口说过：“你是党的工作人员。”这是大家都亲耳听到的。世界上钱有什么了不起？乡长和

① 牧族的社会地位比刹帝利低。
② 摔跤练武是刹帝利人干的。

沈克先生虽然有钱，可他们哪有我巴尔代沃的荣誉呢？那次绑架事件后，亚德沃巷的人当天就来向他赔礼道歉了。他们哀求说：“巴尔代沃兄弟，你是有学问的人，我们都是些斗大的字不识一升的蠢货。你是见过大世面的人，同大人物打过交道，我们都是些没出过门、鼠目寸光的人。请你原谅我们的错误吧！”

当天，凯拉文·辛哈·亚德沃就邀请巴尔代沃搬到他家去住，辛哈说：“什么种姓不种姓，什么种族的荣誉不荣誉的，还不都攥在你们这些人手里？你难道是外人吗？你的姨妈兴许还是我的婶子呢，咱俩算是表兄弟。”

凯拉文的妻子也亲自登门造访。她对巴尔代沃的老姨妈说：“我家就是你家，我家没个老人，没有老人的家能算得上家吗？我一个人哪干得完那么多活儿？又要挤牛奶、做酥油，又要拌牛粪、拉柴火，哪里照顾得过来？”

巴尔代沃的老姨妈一夜之间就变了个人，昨天她还是挨门挨户帮人舂米磨面的下等人，今天竟被村里的女东家请到家里去当了女主人！

巴尔代沃整天在村中每一条巷子里挨家挨户地转悠，宣传修建疟疾防疫站的事。他冲着人们大声说：“地区管理委员会派的技工都来了，明天就要动工修防疫站。疟疾是被蚊子咬了以后得的传染病，只要吃一些奎宁，再叮也不会得这种病。夜里也不用点艾蒿熏蚊虫，蚊虫再多也不怕，叮就叮吧！”人们站在德特马巷孟哈古达斯的垃圾堆旁边，好奇地听着巴尔代沃的宣传，待在家里的妇女们也都戴着面纱躲在篱笆后面偷偷地听。

波利亚巷、登特利马·刹帝利巷、雅度·刹帝利巷、戈罗德·刹帝利巷、古姆·刹帝利巷、阿马迭·婆罗门巷、特奴克塔利·刹帝利巷、古西瓦哈·刹帝利巷和雷达斯巷的人都答应说:“我们可以把别的活儿暂时放下,花七天的工夫来帮助修建防疫站。不过请你向东家说说,叫他在这七天里别派我们到地里干活,也别派我们干其他杂务。建个防疫站费不了多少工夫,不就是盖一间医务室,一间医生住房,一间厨房和一间机动房吗,七天时间足够了。”可特奴克塔利巷的特奴克塔尔却提出了一个新问题,他说:“不过,不干地里的活儿,东家不给工钱。一两天不给倒也不打紧,能对付过去,七天不给,这日子可就难过了。德特马和杜沙特巷的人倒没啥关系,他们的老婆能到莲花河的水坑里去捉鱼,半天捉二十多斤,换个七八十斤稻子回来。还可以到东家的草垛边去刨老鼠洞,挖出些稻谷来。再不然,她们还可以去公馆旁边的树林挖山芋,拿到罗德哈特市场去卖给戈迪哈尔工厂的工人,四个安那二十斤,一会儿就能卖完。可其他人就困难了。”

巴尔代沃失望地问:“那你说怎么办呢?”

特奴克拉尔早想好了法子,说:“有一个办法,只要东家肯给半天工钱,我们就能维持。”

巴尔代沃一边琢磨着特奴克拉尔的建议,一边往东家巷走。他想,维西沃那特是会同意这个意见的,沈克会不会同意就很难说,因为大兵巷的比尔朱昨天告诉他说:“沈克先生不会给防疫站提供任何帮助,沈克先生说防疫站的头儿是维西沃那特和巴尔代沃。”

婆罗门巷是没有什么指望的,自从那天他们听说要建立防疫站的消息以后,就编造了许多稀奇古怪的谣言,到处散布。他们反对医生和英国的西药。他们的算命先生甚至说疾病都是医生传播的,医生用针把病毒注射到谁的身上,谁就会永远虚弱下去。还说,霍乱流行的时候,医生把一种药洒到井里,结果害得整片整片的村子都得了霍乱，人死得一个不剩。这里流行的黑热病也是医生带来的，他们把东部阿萨姆邦病人的血抽出来放在瓶子里，带到这儿。黑热病现已蔓延到每家每户了。还有，西药里掺母牛[①]血……

巴尔代沃在帕戈曼·帕戈德的店铺前碰到了维西沃那特先生。维西沃那特一听特奴克拉尔的建议就大发雷霆，他说："你说的是特奴克塔利巷的那个特奴克塔尔吗？这家伙自以为了不起，说什么话他都要加一个什么'不过''但是'之类的词儿，我看，巴尔代沃，你也太老实了，你怎么不问问他，难道修防疫站就只是对东家们有好处吗？"

帕戈曼·帕戈德嘴里总是嚼着槟榔，说话时也像嚼着什么似的："这活儿有十个人就行够了，干吗要大家都去？你说呢？"

帕戈德的店铺里平时总有四五个人坐着闲聊天，这时听到乡长维西沃那特说话的声音，又过来三四个人，其中有个名叫苏莫里达斯的。苏莫里达斯虽然饶舌，可有时候也能说出几句切中要害的话来。他一到，就说："哎，乡长先生，你不知道，特奴克拉尔并不是打心眼里愿意这样说的，这里头还有名堂呢。你过来，我单独跟你说。"乡长和苏莫里达斯走到离店铺几步远的地方停下，神秘地嘀咕起来。铺子里坐着的人见他们那么诡秘，不高兴地骂道："这就叫老奸巨猾，干什么都鬼鬼祟祟的。"

帕戈德瞥了说话人一眼，制止道："小点声。"

乡长先生同苏莫里达斯密谈以后，回到铺子里，态度完全改变了。他向巴尔代沃说："好吧，巴尔代沃，你去对德特马巷和波利亚巷的人讲，就说我同意捐献五十卢比。那天我给官员送的礼，你是亲眼见到的，还有比兰吉也在场。你再到大兵巷去走一趟，看他

① 母牛是印度教的崇拜物之一。

们还能说我什么。不管别人怎么做，反正该尽的义务我是一定要尽的。”

巴尔代沃来到沈克先生门前时，沈克先生已经骑在马背上了，也许他是要去戈迪哈尔。巴尔代沃心想，人家要出门，误了人家的事不好，所以他什么也没说。沈克先生的家门口坐着六七个人，可谁也没请巴尔代沃坐一坐，倒是巴尔代沃向他们说了一声“印度万岁”表示问候。西沃辛卡的儿子哈尔高利冲着巴尔代沃发问道：“喂，巴尔代沃头头，近来可好？”

“托你们的福，一切都好。少爷，你是什么时候从学校回来的？”巴尔代沃在旁边一个空着的芦苇凳上坐下。

“听说你的领袖事业干得很不错嘛。”

“少爷，俺是穷人，能做什么领袖？不过是你们的仆人罢了。”

“你已经当上了领袖，可你们国大党机关的碗碟现在让谁洗呢？”哈尔高利突然发怒了，“哼，都想去加西圣地成仙呀，也得留下几个人舔盘子吧？进了一趟监狱就变成潘迪特·贾马哈拉尔[①]了！你过去在国大党机关里只不过是个扫地的，现在却到这里来摆领袖的架势，真是山中无老虎，猴子称霸王！”

“少爷，你别弄脏了自己的嘴巴，你是有学识的人，俺是目不识丁的文盲，有不对的地方请你指教。”

“你给我滚开，贪得无厌的东西！你从地区管理委员会那里得到修建防疫站的许可，弄到一笔钱，竟不声不响地揣进了自己的腰包，现在又想来糊弄大伙，叫大伙给你白干活儿。你是个强盗，起来，给我滚！”

哈尔高利气急败坏地站了起来，要上去揍巴尔代沃，坐在旁边

① 即贾瓦哈拉尔·尼赫鲁。

的人赶快拦住他，直说“算了，算了”。巴尔代沃仍坐着不动，只是说:“打吧，打了我能消气，你就打好了。”

听到吵嚷声，人们蜂拥而来，大家对哈尔高利这种轻狂放肆的行为都很不满，西沃辛卡先生也来了，他听了也很不高兴，训斥儿子道:“摆威风也好，扫地也好，关你屁事？你干吗发火？”然后转过脸来对巴尔代沃说:“算了，巴尔代沃，别见怪，你就当这是开玩笑好了，他是你的小兄弟嘛。”

“西沃辛卡大叔，少爷刚才不干不净地骂了俺一遍，还扬言要打俺，俺可没说一句难听的话，不信你问问大伙。圣雄甘地教导说……”

这时，楝树上一只乌鸦“呱”地叫了起来，划破了这短暂的宁静。

哈尔高利气得浑身发抖。心想，这帮人都是孬种，一个钟头以前还在拼命指责巴尔代沃，说要煞煞巴尔代沃的威风，可这会儿却站到巴尔代沃一边，甚至连父亲也给巴尔代沃捧场，让一个放牛的混充领袖摆起威风来了。

“牛倌巷的人带着一帮闹事的人过来了。”一个男孩气喘吁吁地跑过来报信。人们不约而同地翘首望去，只见村北头黑压压的一片，人声鼎沸，震耳欲聋，吓得拴在木桩上的牛竖起了耳朵，村外草地上的羊群咩咩地叫着朝村里奔，狗也汪汪地狂吠起来。究竟发生了什么事？

“啊！孩子呀！啊，高利儿啊！儿呀快回院子里来！牛倌巷的加利杰兰疯了！”

哈尔高利的母亲一边捶胸一边号哭着冲了出来，她拽住哈尔高利，把儿子拉进了院里。小孩子们都吓哭了。

“出了什么事？”

“快把长矛拿出来！”

“我那根带恒河图案的木棍放哪儿去了？”

“把箭拿出来！”

“哎呀，这到底是怎么回事？怎么带了那么大一帮闹事的人来……”

谁也不能回答谁的问题，谁也没有空去回答谁的问题。整个村子闹哄哄的，像搅乱了的蜂窝。哈尔高利的母亲这时又来叫老头子赶快进院子去，她拼命地嚷：“牛倌巷的罗迪老东西过来了，整个牛倌巷像开了锅……他们说哈尔高利用鞋底子打了巴尔代沃。古古鲁的儿子加利杰兰还发了誓，说他一定要喝哈尔高利的血。快进院子吧，高利他爹！”

“喂，”巴尔代沃喊道，“大伙儿不要害怕，我去看看，他们不了解情况，我去解释一下。”说完就冲着来人的方向跑去。

亚德沃人一见到巴尔代沃就高兴地呼起口号来：

“让我们亲切地齐声高呼大英雄万岁！”

“万岁！万岁！万岁！”

“啊！和平！和平！和平！”

“停！别喊了，听巴尔代沃讲话。”不知是谁喊了一句，人们立即安静下来。

“亲爱的兄弟们，你们今天搞的这种运动是不对的，不能听到风就是雨。你们想一想，这能说是聪明人干的事吗？你们这是搞暴力主义，这不是印度母亲所希望的，不是甘地的道路，你们这样做，我要绝食……”

巴尔代沃先生真不愧是个学识渊博的人，什么运动啦，绝食啦，还有什么来着？噢，暴力主义啦，谁能懂？学问家的话不是人人都能懂得的……

“绝什么食？”

“怎样绝食？”

加利杰兰说：“我们要斋戒，不是要绝食，巴尔代沃。”巴尔代沃把他叫到面前，说：“加利杰兰，你是一个很勇敢的青年，但是感情冲动的时候要善于克制自己，保持冷静。我很高兴，不过我应当斋戒。”人们七嘴八舌地议论开了：

“真的，今天要不是巴尔代沃及时赶到，那加利杰兰说不定真会来个白刀子进去，红刀子出来。哈尔高利，他还是个嘴上没毛的娃娃！他在学校才认了几个字，就自以为是个王爷了。”

“呸，他念个啥书呀！尽挨剋，比我的沙克尔迪布还低两级呢。纯粹是个孬货，今年又留级了，他爹想去买通老师，结果老师生气了，说：‘你还不快滚，我叫你也留一级。’”

“哎呀，他念个屁书，听说他还在拉尔巴格庙会上骗人，挨揍算是及格。”

“骗人挨揍？”

“这个宝贝吹牛撒谎倒是没人比得过。怎么，骗人挨揍你不懂？哈哈，哈哈，嘿嘿，嘿嘿，骗人挨揍。”

咚咚锵，咚咚锵！

“走哇，摔跤场的锣鼓响了！”

四

“善哉！善哉！”寺院的方丈总是天不亮起来，一起来就喊：“喂，拉摩达斯！该起床了！快去叫罗其蜜也起来。善哉！不叫你，你从来不会自己醒。拉摩达斯！哎，拉摩达斯！”

拉摩达斯一面揉着惺忪的睡眼一面慢腾腾地爬起来，然后踱到门外，仰首望天，先看看启明星，再找北斗星。心里埋怨，天这么黑，方丈今天起得也太早了。俗话说，二月天不亮，老虎也冻僵，真不假。他嘟囔道：“方丈，天还早着呢。”

“天还早又怎么样？偶尔一天，起早点就起早点吧。不要再睡了，往火塘里添点柴火，去把罗其蜜叫醒。喂，告诉你，我昨天晚上做了一个好梦。”

罗其蜜起床后，来到方丈面前，向方丈请了早安，然后揉着眼睛朝井边走去。

罗其蜜现在的一举一动，处处都流露出一个虔诚教徒的善良、端庄和安于本分的神态。这是方丈的恩赐。可这个拉摩达斯呢，天知道他的举止言行什么时候才能改变？他从小就同和尚生活在一起，也没能改变过来，真可谓禀性难移。瞧他，挺着个大肚子，就知道不要命地吃，根本不懂什么叫虔诚。要说优点，倒也有两条：对人服侍周到，敲鼓举世无双。“哎，拉摩达斯，你又睡了？把水罐打满。”方丈嚷道。

醒来吧可敬的师尊。
我们向你致敬！
醒来吧可敬的师尊。
咚咚咚，咚咚咚！（寺院的鼓声响着）
睁开你的慧眼吧，
黑夜已逝去，清晨已来临，
虚幻吓得已发抖，

邪念已经逃遁。

醒来吧可敬的师尊，

……

二月的清晨，春寒料峭。寺院里传出了无形派歌词[①]的晨歌，这歌声在寂寥的晨空回荡。年迈的方丈自己先唱了第一行诗。他满口的牙齿已经脱落，因而吐字不真，唱词听起来模糊不清。嗓子的颤动又常使曲子走调，实在没有一点动人的地方。其实，他那长期患气管炎的虚弱身体，又哪有劲儿来唱呢？但是，罗其蜜弥补了他的不足。五年前唱晨歌时，罗其蜜的两只眼睛还老发涩，总打瞌睡，可现在却迥然不同了。当方丈唱完第一行诗时，她好不容易才忍住了笑。"邪念已经逃遁"，噢，现在已经没有那种邪念了，罗其蜜心里想着。她的歌声是那样的甜蜜、悠扬，感情是那样的真挚、纯朴，虽然方丈粗犷沙哑的破锣嗓子和她婉转动听的音色很不协调，也没有能影响这晨歌旋律的和谐，歌声像涓涓细流汩汩流淌。方丈粗哑的嗓音反倒更加衬托出罗其蜜音色的圆润和缠绵，这就像用一只唢呐给另一只唢呐伴奏一样，呜里哇啦，呜里哇啦！

拉摩达斯的羯鼓声在寂静的晨空中激起了阵阵声浪，鼓上系的小铃铛发出清脆悦耳的碰击声，犹如一头小鹿在欢跳，在奔跑。当当当！叮令令！

唱过晨歌之后，接着唱《比杰格》[②]的诗："罗摩拉切切琴音信手弹……葛杰兰泰然临场舞蹁跹。罗摩拉切切琴音信手弹……"

听经的时候到了，这儿每天唱完晨歌便开始听经，寺院里的和

---

① 无形派歌词，指中世纪无形虔诚派的诗歌，该派的代表人物为15世纪的格比尔达斯。

② 中世纪印地语虔诚派诗人格比尔达斯写的一种诗，此处指格比尔教派经典的注释。

尚、客僧以及司库等，只要一听完悠扬的晨歌便立即起来。唱晨歌和《比杰格》时，按规定是可参加也可不参加的，但是听经，人人都得参加。每天听经时，寺院的司库要点名清查人数，如果谁不到，就扣谁的口粮，方丈还要向在场的和尚和弟子们布道、答疑，照亮教徒心中无知的黑暗。

真师堪为好向导，
信徒聆听他布道。
…………

讲经完毕，司库罗其蜜就开始点名清查人数。她说："从拉尼甘吉来的三位师父已经在这里待了七天，什么时候走，这得听从方丈的安排。白拉寺来的一位师父现在发高烧了，想要吃西米，可是粮店里没有……"

罗其蜜的全名叫女司库罗其蜜·达生。她很讨厌每天这时没完没了地唠叨，把人们听经以后心灵得到净化的感情全给破坏掉了。但是有什么办法呢？这是庙里的规矩呀，只要稍微马虎一点，这些和尚就会在一个月内把寺院给毁了。外边来的客僧，按规定只能住四天，但是……

"罗其蜜，"方丈叫了一声，接着说，"就这样吧。今天来的人，我们统统管吃管喝，因为昨晚真师给我托了个好梦。请各位师父就座。"

人们又往火塘里添了些劈柴，所有的和尚围着火塘坐了一个圈。罗其蜜的座位紧挨着方丈的坐垫。大家都兴致勃勃地看着方丈，等着听他说梦。

“昨晚半夜时分，我在梦中看见真师来到我的座位旁边，我赶紧起身向他叩拜，他非常慈祥地对我说：‘赛瓦达斯，他是一个双目失明的盲人，可你却有一双非凡的眼睛，我是化装以后到这儿来的，你还能认出我来，可见你的慧眼有着洞察一切的神光。你不知道你们村里现在正在行善事吗？甘地是我的忠实信徒，他正在你们村修建一所防疫站，这是件积德行善的好事，你要在全村摆筵席，请大家吃饭。’说完话他就不见了，我也醒了。跟真师分别之后，我像掉了魂似的，心慌意乱，坐卧不安，最后我默念了天师的真言，心情才渐渐平静下来。正是：‘成家立业非明智，离愁烈火难脱身。’”方丈做梦的消息不胫而走，很快传遍了全村。

巴尔代沃和哈尔高利的争吵以及亚德沃人的突然袭击，又给村里的派别斗争增添了新的矛盾。算命先生说：“亚德沃人一再舞枪弄棒，显示武力，这对拉吉普特人来说是奇耻大辱。如不回击，还不如跳河淹死的好。应该上刑事法院去告他们一状，叫他们知道点厉害。但是沈克先生又害怕去警察局和刑事法庭，说什么打官司事事都得挨骂，步步需要送礼，希望得到法律和法庭的庇护，是怯懦的表现。他还说：“不是不报，时候未到，时候一到，一切都报，要耐心等待。如果只是亚德沃人的问题，倒也算不了什么，问题是加耶斯特人也掺和进来了。这些加耶斯特人就是死了，也是有力量的，何况坏事又是哈尔高利干的。把别人从我的门口轰走，或者在我的门口打人，这是不对的。”

“咚咚咚，咚咚咚”，震耳的鼓声敲起来了。这些亚德沃人正午时分就纷纷把黄牛、水牛赶到加利圣母庙的大榕树旁，围成一圈，准备练武。还给了敲鼓的皮匠肖班一条新围裤和新背心。在巴尔代沃绝食那天下午，他们还在凯拉文的门前举行了祈祷活动，唱了颂歌。“提倡用纺车的圣雄甘地，愿你福如东海，寿比南山！”这《独立颂歌》是巴尔代沃教的。唱完颂歌以后，巴尔代沃喝了一碗刚刚挤出的水牛奶，算是停止绝食。他说今后只要有人再搞暴力主义，他还要绝食，而且要绝食两天，不是一天。拉哈森的儿子孙拉唱的《独立颂歌》最好，不信，下次巴尔代沃再斋戒绝食时你听听看。现在他又开始学别的歌了。令人奇怪的是，在大兵巷，白天也能听见猫头鹰叫，于是乡长先生就穿凿附会地说：“拉吉普特人现在不行了，被人打得落花流水了！加利杰兰才是真正的英雄。”

防疫站很快修建起来，只剩下墙还没有抹泥。比尔沙·芒奇说：“今天桑塔尔人住区的妇女都得来抹泥，桑塔尔妇女抹的墙比楼房的墙还好，这是毫无疑问的。”

下星期六医生就该来了，巴尔代沃先生已经从地区管理委员会把医生用的全部家什都搬来了。委员会的主席让巴尔代沃在清单上签了字。一听主席先生的名字就知道他准是亚德沃种姓的人①，如果是其他种姓的人，怎么会起这个名字呢？你上乡长老爷家去瞧瞧，医生用的椅子、凳子、铁桶、木桶，还有一口大箱子，装满了药品，就像罗德哈特举行庙会一样，琳琅满目，应有尽有。听说防疫站还要安装水管子呢！

这个礼拜六方丈请全村人吃饭，他要请大家吃油煎饼和炸面圈儿，全村的男女老少，穷人富人毫无例外都请来。谁叫他做了个美梦呢！

亚德沃巷的克什奴说：“方丈请客是为了赎罪。当和尚的养情妇，算什么和尚？别看他表面上道貌岸然，实际上是一肚子男盗女娼！你说什么？不是情妇是女奴？你骗人去吧，我在寺院里干了整整五

① 英语“主席”一词与印地语“牧人”一词谐音。

年，寺院里的事，有谁比我更清楚？别人看没看见不说，头上还有老天爷，他会看见的。方丈把罗其蜜接到寺院的时候，她还是个不懂事的小姑娘，那时，这个天真稚嫩的孩子，只穿了一件衣服。唉，一个小女孩，哪里对付得了五十岁的老秃鹰？罗其蜜每天晚上呜呜地哭，哭得人撕心裂肺，我简直就没法睡觉，只好起来，牵着水牛到野地里去放。罗其蜜每天早晨到牛圈取牛奶时，我都见她眼睛肿得像核桃一样大，我问她夜里为什么哭，她睁大眼睛直勾勾地望着我，什么也不说，像死了妈妈的小牛犊一样发呆。还有，寺院里那个拉摩达斯也是个下流坯。你瞧着吧，这个狗东西眼睛也要瞎的。有一次方丈到普尔尼亚去了四天，我想，这下罗其蜜该可以睡四个晚上的好觉了。你猜怎么着，真是在劫难逃，罗其蜜刚脱了虎口又进了狼窝。后来罗其蜜害了一场大病，差点把命送了。不过，造了孽，总归有报应。拉摩达斯得了羊角风，方丈呢，瞎了两只眼，彻底完蛋。到如今还欠着我三年的工钱，现在请全村吃饭，我看他们就不是正经和尚。”

原先人们都认为方丈赛瓦达斯精通所有的宗教经典，是整个地区修行有道的长老。那时，人们一进寺院就以为到了圣地，虔诚无邪地朝拜，甚至把自己的一切都置之度外。从方丈把罗其蜜收为弟子以后，人们的态度立刻变了。为了罗其蜜的事，赛瓦达斯方丈和巴苏莫迪亚寺院的方丈之间还闹过许多矛盾，打了不少官司。巴苏莫迪亚寺院的方丈说，罗其蜜的父亲是他的师兄，所以罗其蜜的父亲死了以后罗其蜜应该归他所有。赛瓦达斯的理由是，罗其蜜的父亲生前所在的寺院属玛丽村寺院管辖，所以他有权拥有罗其蜜。最后根据法律，罗其蜜终于给了赛瓦达斯。赛瓦达斯的辩护律师当时曾对赛瓦达斯说：“方丈，你要教孩子读书识字，然后给她找个婆家，把她嫁出去。”方丈向辩护律师保证说：“律师先生，孩子在我身边，我会像对待自己的女儿一样待她的。”可是人心隔肚皮呀，谁能料到，他刚把年幼的罗其蜜领回寺院就让她当女奴。罗其蜜现在已经长成一个大姑娘了，可惜赛瓦达斯长老早就双眼失明。如果他两眼不瞎，看到罗其蜜今天洋溢着青春活力的诱人身姿，还不知会着迷到什么地步呢！现在很多人都不理赛瓦达斯了。因为他道德败坏，是个表里不一的伪君子。他不是脱俗超尘的虔诚教徒，而是一个心术不正的老色鬼！

自从赛瓦达斯宣布要请全村的人吃油煎饼、炸面圈儿、酸牛奶和糖果以后，大家对他的看法又有所改变。人们想：不管怎么说，他到底还是和尚！过去有谁像这样请过客呢？就说乡长老爷吧，为了表示孝顺父亲请客吃饭，给本家本姓亲戚朋友吃白米细面，给外姓人吃馊牛奶和残羹剩饭！沈克先生为了孝顺岳母，请客吃饭，给本家本姓人吃油煎饼和甜食，给外姓人吃的也是坏东西。去年，凯拉文为了显示对他妈妈的孝心，请客人吃的是什么就甭提了，这是大伙儿亲眼看到的。像方丈这样慷慨解囊请全村男女老少一起吃饭的事过去有谁做过？白糖不好买呀，帕戈曼·帕戈德老板说：“黑市上一袋白糖要一百卢比，请一次客要用两袋白糖，两袋白糖就是二百卢比！”

登特利马巷、戈罗德巷和波利亚巷的大多数人从来还没有尝过油煎饼和炸面圈的滋味。有一次比兰吉到法院去做证时，乡长老爷曾请他吃过一顿油煎饼和炸面圈，结果不知怎么的，全村都嚷开了，说是比兰吉吃了乡长的剩饭。在戴圣符的时候，来了一个本族族长，为这事罚比兰吉顶了七个钟头的槟榔水罐。头上先放五个槟榔果，槟榔果上再放满满一罐水。要是稍微一晃，洒出一点水来，马上就得挨一扫帚。乡长也没法子救比兰吉，因为这是别人族里的事，他不便多问。最后比兰吉拿出五卢比的罚款，又给族长送了两条围裤才算没事了。可是这么一折腾，那油煎饼和炸面圈的味道也忘得一干二净了！

“吉文达斯！”

“啊，巴尔代沃先生来了。你好，巴尔代沃先生。”

“不要说‘你好’，应该说‘印度万岁’。喂，这个巷有多少人？算一算告诉我，男人女人小孩加在一起。怎么，你不会算？比兰吉在哪儿？”

巴尔代沃在为赛瓦达斯方丈张罗请客的事。他要到各家各户去统计人数，这真是个复杂的工作，单单是波利亚巷就有一百四十四人，不，是八十七人。德特马巷有一百人，杜沙特巷四十人，高耶利巷一百二十三人。亚德沃巷的人数由加利杰兰统计，不必去管他。天知道大兵巷的人会不会故意挑刺儿。婆罗门人已经断然拒绝赴宴，只好给他们另做安排，不然，他们是绝不会参加集体吃饭的。如果婆罗门人不来参加，那又算得上什么宴会呢？这事得告诉方丈，请他自己去说服他们。好在婆罗门没有多少，总共不过十户。

方丈听了巴尔代沃的意见以后说：“善哉，善哉！给婆罗门人另外安排吧，巴尔代沃，给他们另外安排有什么不好？要不就在寺院里宴请他们。”

这时罗其蜜走了过来，说：“大兵巷的人也不来参加，赫布兰的儿子说他们不愿意同放牛的坐在一起，叫把他们的面粉、酥油、白糖单独分出来，让他们自己做。”

“善哉！这又添了新麻烦。这么一来，亚德沃人恐怕也要说他们不愿意同特奴克人在一起吃饭了。”方丈说道。

“赫布兰还说，要是由巴尔代沃负责安排这次宴会的话，就得不欢而散。”罗其蜜接着说。

“善哉！善哉！”方丈叹息道。

“方丈，如果大家都反对俺来张罗这件事，那俺心甘情愿地……”

“啊呀，这怎么行哩。方丈，照我看，这次宴会如果不让巴尔代沃先生来安排，非搞糟了不可。这些人的根底我都清楚，知道他们想干什么。”罗其蜜补充说。听了罗其蜜的话，巴尔代沃第一次鼓起了勇气，抬起头来看了她一眼。当他的眼光落到罗其蜜的脸上时，罗其蜜那双水灵灵的大眼睛立刻使他神魂颠倒，也许巴尔代沃的样子也已映入罗其蜜的眼帘。

五

全村各个巷子的头人在寺院里召开了一次五老会。巴尔代沃本以为这是一个长篇演说的好机会，但是，没料到会场上人声嘈杂，吵闹不休，简直像普尔尼亚法院旁边的商店一样热闹。大家争先恐后地发言，有的索性七嘴八舌地一起讲，话题越扯越远，真正重要的问题却被搁置在一边，整个会场像开了锅。沈克先生大叫大嚷地说：“那天要是我在家，准叫它血流成河。”加利杰兰也是个憋不住话的人，他说：“好哇，在自己家门口侮辱一个好人，这难道是正派人干的事吗？”

乡长先生说：“防疫站是为了大伙儿的利益才修的，不光是对我们有好处。再说，这事是长官老爷叫我去帮忙，又不是我自己争着要当头的，你说呢，凯拉文兄弟，是这么回事吧？”

这时，老算命先生开始发言，他预言道：“照我看，不管你们相信不相信，咱们村总有一天会乌鸦秃鹰满天飞的，唉，兆头不好啊！咱村的天星陨落了，总有一天要发生大规模的流血事件，到时候，会招来警察满村转。至于这个防疫站，我们现在虽然还说不上以后会怎样，不过，大伙儿瞧着吧，有一天他们在井里洒上药，村里霍乱病流行起来，那时候就该明白了。”

巴尔代沃想站起来长篇大论地演讲一番，但是罗其蜜先站起来了，她双手合十说：“各位头人！”

“罗其蜜！”瞎子方丈慌忙伸出两只手一边乱摸一边喊道，“罗其蜜，你给我住嘴！”

罗其蜜不理他，继续说道：“刚才算命先生说得对，村里的兆头不好。不论是哪儿，如果人们为了芝麻大点的事争吵不休，不出事才怪呢。村里发生了这样的事情，照我看，全得怪各位头人没有尽到责任。真师说：‘哪里有团结，哪里是天堂。’如果一个人生来不为别人的利益着想，而是只贪图自己的私利，那么世上还有比这更大的罪恶吗？谁妨碍公共利益谁就不配做人。你们都是知书达理的人，都知道损害公德的人是什么人。总之，我的意见是，大家都应该放弃种姓偏见，团结起来，一块儿办好公共福利事业。助人为乐，其乐无穷，这是大家知道的。好了，我恳求各位头人忘掉彼此间的仇恨，使全村团结起来，这样，真师就会保佑我们的村庄四季平安。我的话完了，请各位头人三思。”

罗其蜜说完坐下，她脸颊绯红，前额上沁出晶莹的汗珠，显得十分激动。像谁施了魔法似的，霎时间，五老会上鸦雀无声。刚才急于发言的巴尔代沃也凉了半截，因为他既不知道这两句格言，也没有读过经典或往世书。过去蹲监狱时，乔杜里先生倒是教他读过书，可惜只读到第三部分“老驴驮着大包盐，累得腿弯气难喘”，乔杜里先生便被转移到别的监狱去了。打乔杜里先生转走那天起，巴尔代沃的学习就中断了。不过今天他一定要发表演说。他朝罗其蜜看了一眼，如醉如痴地站了起来，说道："亲爱的兄弟们！"

巴尔代沃的话音刚落，亚德沃巷的青年们便高声呼喊起来："让我们亲切地高呼：圣雄甘地万岁！"

巴尔代沃接着说道："亲爱的兄弟们！方才女司库罗其蜜说得很对，不过要说怪谁的话，首先要怪我，因为我的关系村里才闹了纠纷。我不是学者，没读过什么经典，也没念过往世书，只不过是大家的一名公仆。我这个穷人，是个无知的蠢汉，由于圣雄甘地的召唤和祖国前途对我的激励，使我心里产生了愿为大家服务的思想，我已经发誓要为国家服务。你们都知道，现在当了部长的杰孟戈尔先生，他连自己的名字都不会写，出身低贱，又穷又笨，但是他有为大家服务的热情，所以圣雄甘地就让他当了部长。圣雄甘地说，同情别人疾苦的人，才称得上是毗湿奴教徒。过去搞运动时，白人士兵逮住我，把我打得昏了过去，醒来后，我要水喝，他们就往我嘴里撒尿……"

巴尔代沃一开始演说，会场上就闹哄哄的，拉吉普特巷的人更是肆无忌惮地高谈阔论。可是，当巴尔代沃说到人家往他嘴里撒尿这样耸人听闻的事时，整个会场上顿时鸦雀无声。巴尔代沃解开了衬衣扣子，大声说："你们要是不相信，请看看我这脊背！"说着就袒露出脊背来。

"我的天哪！这背上给打得像金钱豹一样，真可怜。"有人同情地说。

"请大伙儿看看，"亚德沃巷的一个青年嚷道，"我们喊甘地万岁的时候，你们有的人耳朵里像抹了辣椒面一样难受，那好，你们看看他吧。”

“唉，兄弟，这都是靠圣雄给我的力量，不然的话，谁能忍受得了？俗话说：百炼成钢嘛。”巴尔代沃越说越激动，“不过，兄弟们，遭严刑拷打时，我仍然不停地高呼着印度母亲和圣雄的名字。当兵的听了，往我指甲盖里打针，我咬紧牙关，没叫一声苦。最后他们没有办法了，只好把我关进监狱。你们知道，闹独立的人管蹲监狱叫什么？他们说：‘我们不是蹲监狱，是到老丈人家去了一趟。’在监狱里，英国政府想尽办法折磨我们，他们在米饭里放虫子，让我们把野草和树叶当菜吃。为了表示对这种非人待遇的抗议，我们进行了绝食斗争。亲爱的兄弟们，一连五天连口水也不喝呀。后来县长和法院院长都来了，不但答应了我们的全部要求，还给我们送来了牛奶和甜点心。可我们告诉他们说：‘把这些牛奶和甜点心拿去给你们的孩子吃吧，我们只要吃好大米就行了。’亲爱的兄弟们，我们一旦发誓要为国家服务，那就永远不能放弃。瞎子不怕警棍，你们如果不让我在这个村里为大家服务，那我就回金南巴蒂村去。那里有福利院，家家户户纺线，男人女人都念书。圣雄甘地、贾瓦哈拉尔、拉金德拉[1]和别的领袖每年都要到那里去一次，乔杜里先生多次给我捎信来说：‘巴尔代沃，你回家乡来吧。’我告诉他说：‘乔杜里先生，你是我的老师，你的话我不敢违抗，不过，我的家乡现在已经进步了，我要在那些如今还落后的地方为大家服务，我要让玛丽村像金南巴蒂村一样先进。’我还要亲自打扫全村，清除村里的垃圾，这些活儿过去我们都干过。圣雄甘地也经常打扫垃圾。什么地方清洁卫生搞得好，什么地方的人干净，心也圣洁。你们瞧瞧老爷住的地方，那里的花草树木都是干干净净的，你看人家公馆花园里的菩提树，

① 拉金德拉·普拉萨德（1884—1963），印度独立后的第一任总统。

像一只白鹭鸶一样漂亮。但是如果你们不需要我，那我就离开这里，你们要是不相信我，就请哪位识字的念念这封信，看里面写了些什么。这是一封两年前的信，是用打字机打的。”

谁念呢？幸好村里上过学会念英文的学生都在家。“喂，你念念！”凯拉文对他的儿子沙克尔迪布说，“去，念给大家听听。”但是沙克尔迪布很害羞，不敢念。

“哈尔高利呢？去念呀！”

最后，巴斯万巷拉摩金德尔的侄子梅瓦拉尔站了起来，他从巴尔代沃手里接过信，开始读起来。

“大声点，把嗓子清一清，干吗发颤啊！”人们喊道。

“致巴尔代沃·辛哈先生：阁下，国大党人将于 1945 年 12 月 8 日在普尔尼亚的义务招待所召开特别会议，商讨筹建克斯杜尔巴纪念碑临时基金会事宜。比哈尔邦前首席部长亦将莅临。此次会议，请阁下务必参加。西瓦纳特·乔杜里敬上。”

“把意思也解释一下，梅瓦拉尔。”

“得了，得了，还解释个啥，打字机打的信还要解释？”

“连乔杜里先生都事事征求巴尔代沃的意见，这么重要的大人物住在咱们村，真是全村人的福气。咱们村今后一定会大变样子，一定会。还是听沈克先生说吧。”

这时，人们又七嘴八舌地嚷开了。“巴尔代沃！你若是离开这里，那将是玛丽村的最大不幸，是玛丽村的耻辱。村里发生纠纷是常有的事，两个罐子放在一起还会磕磕碰碰的呢。你的工作是促进村里的团结，帮助村子发展，谁要给你找麻烦，谁就是缺德。你既然立志要为国家服务，你就有义务把那些调皮捣蛋惹是生非的家伙引向正路，圣人在《罗摩功行之湖》[1]里早就说应当把那些坏家伙引上正道。巴尔代沃，你不要离开我们村，乡长先生和我是好兄弟，我们从小就一起长大。有时候闹点别扭，可是事情过去了又照样和好。乡长兄弟，有人打算搞臭我们两个家族的声誉，说什么加耶斯特和拉吉普特勾结起来毁了金巴沃蒂王后的土邦。让他说去吧，兄弟，来吧，我们索性就再一次联合起来吧。”沈克先生发表完冗长的演讲，踌躇满志，环顾四周，等着人们的反响。

会场上立刻爆发出阵阵笑声，有的笑得捧着便便大腹，有的笑得站立不稳，前仰后合。人们赞叹道：“沈克先生真是个直筒子，有啥说啥，是个地地道道的男子汉。”

沈克过去拉着乡长的手，把他扶起来，两人紧紧拥抱在一起。

会场上响起了震耳的口号声：“让我们亲切地高呼：圣雄甘地万岁！”

“万岁！万岁！万万岁！”

前两天的紧张气氛使人感到那盛在碗里的油煎饼和炸面圈恐怕要吃不到嘴了。可现在好了，问题解决了，又可以开会了。听说宴请那天还要唱颂歌跳舞。更夫阿戈木原先说什么来着？他说不许挂圣雄甘地的旗帜？现在该他挨板子了。告诉他，叫他去问问他那个当所长的外公，现在究竟是谁家的天下？大伙儿一绝食，连爵士、大官、县长都惧怕三分！

整个会场上只有两个人对群众的团结心怀不满，沈克先生耍了滑头，把凯拉文放在一边没理睬。这一点，谁也没有觉察到，可是凯拉文心里明白。会上沈克先生根本没有提过凯拉文的名字。你瞧瞧，乡长先生像条变色龙，转眼间就变了一副面孔。本来是同亚德

① 印度中世纪著名诗人杜尔西达斯的名著，据史诗《罗摩衍那》改写的长诗。

沃人闹纠纷，可沈克拥抱的却是乡长。别以为六十四岁的凯拉文是个未更世事的毛孩子，这个把戏他全看在眼里了。巴尔代沃在那里天南海北夸夸其谈，但是这一点他却不明白，为什么沈克先生要和乡长拥抱？讲团结应该同亚德沃巷的头人讲嘛。独立又怎么样？种姓歧视还是没有消除。像这样恭恭敬敬地招待巴尔代沃，叫他住在村里，管吃管喝，到了关键时刻全白搭！

算命先生一瞧凯拉文的脸色，心里全都明白了，知道刚才的事在凯拉文的厚脸皮上发生了作用，他搭讪道："凯拉文先生！沙克尔迪布少爷的生辰八字是不是从加西算好拿回来了？能不能让我也看看？迄今为止，经我算过生辰八字的都很应验，加西的算命先生还没有能挑出毛病来的。"

"明天上午请你到我家来，焦德克大叔。你有好些日子没上我家来了。沙克尔迪布在学校里还学了梵文，请你来考考他，看他有学梵文的天分没有。"

五老会从中午开始，一直到傍晚才散。村里人难得上一次五老会，只有在这个时候全村才能聚会。

明天就是举行正式宴会的日子，一大早就得把防疫站前面的地面打扫干净，用竹篱笆圈起来，挂上布幔装饰一番。做甜食的，必须清早就到，现在是昼短夜长，收拾收拾就天黑了。主席先生嘱咐巴尔代沃，叫他派四辆牛车到火车站去接医生。明天早上让大家都到防疫站集合，然后给每人分配工作。负责安排这样大规模的宴请活动，可不是闹着玩的。

大家陆续向方丈行了礼，告辞走了。方丈把巴尔代沃留下，对他说："巴尔代沃先生，请你留一下。现在最好把各项开支再算一算，明天就没有工夫了。你先坐一坐，读一会儿《比杰格》，我上完厕所就来。喂，拉摩达斯，把水罐给我灌满水！”

巴尔代沃坐在火塘旁边翻阅《比杰格》：

诗歌告诉贪财人，金钱渺渺无处寻。

声音告诉世上人，生命奥秘难辨明。

这时，罗其蜜点上灯，放在巴尔代沃面前，巴尔代沃这才看清楚书上的字：“和尚啊，人间满目尽狂人。”罗其蜜身上散发着诱人的馨香。一般说，女人身上只有姜黄味儿，洋葱、大蒜味和香灰味儿。开五老会时，罗其蜜就坐在巴尔代沃身边，巴尔代沃却一直嗅到一股像拉摩那加庙会时从杜尔迦女神庙里飘来的香气，一种令人陶醉的圣洁的香气。

六

夜里，巴尔代沃辗转反侧，难以成眠。

他从寺院回来时已经很晚，到家以后，听说凯拉文病了，躺在院子里睡觉。他想，凡是在院子里睡觉，那就是真的得病了。不知是感冒发烧，还是头疼。一个没有老婆的人是不会睡在院子里的，那些在院子里睡觉的，无非是想享受老婆用手轻轻捶背捶腿的清福。吃晚饭的时候，巴尔代沃才从嫂子嘴里打听到凯拉文是肚子出了毛病，当家里人替他涂上油揉肚子的时候，只听到肚子里咕噜咕噜直叫。

嫂子今晚也闷闷不乐。她不像往常那样，晚饭后坐下来同巴尔代沃聊天，而是独自坐在灶边吧嗒吧嗒地抽烟。巴尔代沃先给她讲了会儿过去监狱里的事，本打算再把今天五老会的情况说给她听，但是一见势头不妙，也就收住话题，睡觉去了。

巴尔代沃翻来覆去怎么也睡不着。一会儿觉得监狱里用过的那条毛毯扎得慌，一会儿觉得土布围裙太脏了，脱下又太冷。眼前老是萦绕着罗其蜜的影子，从寺院回来的时候，罗其蜜对他说："今天就在这里吃供品吧，巴尔代沃先生。"

吃供品？再闻一闻罗其蜜身上的香味？巴尔代沃又想起了自己的妈妈。过去，村里人都管巴尔代沃叫"杜尔瓦"，就是孤儿的意思，妈妈听了很生气，说："孩子死了父亲不能算孤儿，父亲死了，儿子叫遗子，母亲也死了，孩子才叫孤儿，我的巴尔代沃是遗子，不是孤儿！"想到此时，他忽然感到仿佛母亲刚刚用手轻轻地抚摸过他的后背。

母亲过世以后，巴尔代沃在阿乔迪家放了好几年水牛。一想起阿乔迪，巴尔代沃就不寒而栗。那个老家伙，一副凶相，他的老婆更坏，成天像狐狸似的嗷嗷叫。巴尔代沃每天放牛回家都要替阿乔迪按摩，按得指头生疼，困得眼皮直打架也不敢睡觉，只要一打盹儿，"啪"的一巴掌就打在头上了。老东西的手指特别硬，打得又重。巴尔代沃自小就挨打，耳光、藤条、棍子的滋味都尝过，可都没有老东西的手掌打得疼，也许是长着老茧的手打人更厉害。不过他们的女儿鲁布莫蒂倒是一个心肠软得像蜡一样的姑娘。说也奇怪，铁石心肠的父母怎么会生出一个心地如此善良的女儿？真叫人不可思议。两个老东西晚上都睡不着觉，天不亮就叫巴尔代沃去放牛。每天五更，屋外榕树上倒霉的猫头鹰一叫唤，屋里的老东西就开始吼叫，他的声音像猫头鹰一样："哎，杜尔瓦！天亮了，快起来放牛去！"可鲁布莫蒂从来不叫他杜尔瓦，她给巴尔代沃取了一个简短的名字，叫巴利。这家的水牛每天上午挤十几斤奶，傍晚又挤八九斤，可是那个吝啬的老太婆连一杯牛奶也舍不得给他喝。鲁布莫蒂每天总是偷偷地在巴尔代沃的饭碗里搀些牛奶皮。老两口攒下的钱最后全给土匪抢走了。最近，巴尔代沃又见到了鲁布莫蒂，她是过了很久才从婆家回来的，已经有了三个孩子，大女儿的长相和她一模一样，笑起来也像她那样甜。

巴尔代沃又想起了马叶吉①。马叶吉是拉摩克宋先生的妻子。第一次在金南巴蒂开会时，拉摩克宋、拉摩克宋的妻子、乔杜里和代瓦利都参加了。当然，拉摩克宋的相貌很英俊，有一双大大的眼睛。他讲话犹如虎啸一般。听说他在法院发言辩护时，法官如果胆敢反对他的意见，那么，法院的旧房顶就会被他的声音震得直往下掉土。但是当他一听到圣雄甘地的教导之后，一天之内便抛弃了一切，带着妻子到村村寨寨做宣传鼓动工作去了。马叶吉的脚都磨破了，鲜血直淌，通红通红的！看到马叶吉的痛苦，听了拉摩克宋的演讲，还有代瓦利的歌声，巴尔代沃总是激动不已。谁能阻挡住这心灵的召唤？巴尔代沃感到似乎有一股巨大的力量在激励着自己。“啊，恒河、朱木那河的浪涛似泪水长流，印度沉沦了，印度母亲两眼泪涟涟！”马叶吉脚上的皮已经磨破，印度母亲正在哭泣。巴尔代沃当即走到拉摩克宋面前说：“请把我的名字写上，我也要参加独立运动。”那天会上一共有三个人报了名：巴尔代沃、巴文达斯和琼尼古桑伊。乔杜里先生把巴尔代沃带到了县党部。马叶吉经常上县党部去，从来没有看见她生过气，她一开口就笑眯眯的。有一次，巴尔代沃从农村回来发高烧，浑身像火炭，头疼得要炸开，昏迷不醒。他睡了一觉，夜里睁开眼，感到身上松快多了。“怎么样，好些了吗，巴尔代沃兄弟？”巴尔代沃问了一声“谁呀？是巴文吗？”

---

① 马叶吉不是人名，而是一种敬称，相当于“阿妈”。

转过头来一看，发现是马叶吉坐在旁边的椅子上。“好一些了吗？既然发烧了，干吗还去乡下？你好好睡觉吧。”马叶吉又把手放在巴尔代沃的前额上说，“烧已经退了。”巴尔代沃迷迷糊糊又睡着了。第二天，巴文达斯对巴尔代沃说：“马叶吉一听说你发烧了，她就马上带着我赶到党部来。她用体温表给你量体温，一看体温表就大声说：‘快拿水来，用扇子给他扇风。’从那时起，她就一刻不停地在你前额上换湿布冷敷，一直折腾到深夜十二点。”可是，老天爷也真不长眼睛，偏偏要把好人召回去。三年后，拉摩克宋突然发高烧，一天就死了，啊，天啊！安葬那天谁都不敢看马叶吉一眼。那天，马叶吉的神情就像歌词里唱的：“啊，恒河、朱木那河的浪涛似泪水长流，印度沉沦了，印度母亲两眼泪涟涟！”确实，大家都倒了霉，遭了难。安葬那天，县党部便改名为拉摩克宋净修院。安葬的翌日，马叶吉就到加西朝圣去了。上车前大家在行触脚礼向她告别时，她忽然哇哇地痛哭起来，完全像个农村妇女。现在也不知道马叶吉到哪里去了。

一滴滴热泪从巴尔代沃的眼眶里涌出来，滴在手背上，他思念着母亲、鲁布莫蒂、马叶吉和罗其蜜。罗其蜜也能像马叶吉一样，在大庭广众之中讲话。他仿佛看到罗其蜜正在发表演讲……

那是一个群众大会。人山人海，一眼望不到边。人们推倒竹篱，向讲台前涌来。讲台上，巴尔代沃旁边坐着罗其蜜，罗其蜜的两只脚也磨破了皮，鲜血滴答滴答直往讲台的白地单上流。罗其蜜在讲话。那是谁？是哈尔高利？噢，是哈尔高利走过来了。他要给罗其蜜献花环，罗其蜜不愿意戴，她把花环接过来给巴尔代沃戴上。花环是用小黄花做的，每一朵小黄花都散发出罗其蜜身上的香味。人群继续向讲台涌来，哈尔高利走在最前面，他要抓住罗其蜜。巴尔代沃想大声嚷叫，但是怎么也喊不出来。人群骚动了，一片喧嚣声。巴尔代沃使出平生的力气，大声喊道：“哈尔高利先生……”

“圣雄甘地万岁！”

“万岁！”

巴尔代沃被一阵口号声惊醒，他愕然坐起，揉揉两眼，走出屋外。已经是早晨了。加利杰兰集合好全村青年，正领着大伙儿边喊口号边朝寺院走去。好啊，加利杰兰，好样儿的，真是个能干的人。他这计划是什么时候搞的？也许就是昨天晚上才制定的。看来玛丽村也一定会像金南巴蒂一样闻名全国。刚才做的梦呢？

“凯拉文兄，病好了吗？”巴尔代沃关心地问道。凯拉文反问他道：“你昨晚什么时候回来的？在哪儿耽搁了？是在大兵巷吧？加耶斯特人和拉吉普特人既然已经和好，现在还有啥事干？咱们已经独立了。不过，巴尔代沃兄弟，我是个有啥说啥的直性子，你对加利杰兰可得留点神，他身上有许许多多的优点，这些你都知道，可以后他要制造混乱，我可不能担保，可别把事情往亚德沃巷的头人身上推。我说兄弟，加耶斯特人和拉吉普特人就叫人放心吗？”

凯拉文将会在谁身上发泄自己内心的不满，这一点还难以预料。牛倌拿来了挤牛奶用的罐子，凯拉文至今还是自己动手挤牛奶，按照他的说法，水牛的奶头经了几个人的手以后，就不出奶了。他对牛倌大发雷霆：“混账！水牛奶子还没有胀，你就嚷着要挤奶，难道现在已经开始发油炸饼和炸面圈了？你嘴里流口水了？啊，你好，焦德克大叔。”

算命先生焦德克把婆罗门圣线挂在耳朵上，手里拎着一个水罐，正朝水井那边走。凯拉文把他叫住，说：“请过这边来，我叫人给你打水去。”

焦德克说："凯拉文，村子已经独立，这你都看到了。好啊，往后，你走着瞧吧。村里的娃娃们现在都很神气，不知天高地厚，这叫作'贱民到河上，得财便猖狂'，我舅舅家在西莫尔巴尼，那里也是这个样子。我说的还是十一二年前的事，舅舅的大儿子要举行戴圣线仪式，我去了他家一趟。大清早起来一看，全村的娃娃就像今天这样，手里举着旗子，嘴里喊着'英格拉斯—仁达巴克'[1]，满村转来转去。我问舅舅是怎么回事，舅舅告诉我说，村里的年轻人都参加了'整治'（政治），英格拉斯—仁达巴克的意思就是我们都是活老虎。他们在学校里，要搞国大党人的代瓦利食盐法。他们在一个很大的灶上安上一口大缸，缸里装满稀泥和水，再用大火熬，这时，他们又是唱歌，又是挥舞旗子。我向他们打听：'喂，兄弟，这是在干什么？'他们回答说：'在制定食盐法呀。'我也站在一边看热闹。正在这时，忽然人群大乱，原来是警官来了。一个戴着大遮阳帽的人和四五名包着红头布的警察从学校的院子里出来了。人们见真老虎来了，立刻朝四面八方逃跑，你推我搡，挤倒了不少人，哪里还顾得上什么旗子和英格拉斯—仁达巴克？警官把代瓦利逮去了，然后又在全村挨家挨户搜查了一遍。村里的活老虎都钻进洞里不敢露面。听说现在国大党得了政权以后，'整治'（政治）时髦起来，他们又变成了活老虎。这回见到警官嚷叫的声音比过去更大。得，嚷吧，老弟，现在是你们的天下，警官也只好忍气吞声。上一次搞运动的时候，活老虎们情绪一激动，就把牛车棚给烧了，把克拉利酒店给抢了。得，第二天来了满满两卡车的白人士兵，在村里乱抢乱夺，放火烧房，不到一个钟头就把村子焚烧殆尽，还逮捕了五十个人，有两个被打得昏死过去，一个被捅了一刀。就这么几个无名小

---

① 乌尔都语"革命万岁"，当地人讹读，成了"教室里有活老虎"。

卒能斗得过白人英雄？高头大马都给水冲走了，小马驹子还能过河？英国老爷们现在又大意了，这些人就又蹦蹦跳跳地活跃起来。这次英国人要再发火，那可要连人带头……”

巴尔代沃听到这里再也忍耐不住了，说道：“不，焦德克大叔，现在不会那样了。上一次运动，政府的确给吓得有点惊慌失措，你刚才说到西莫尔巴尼的事，你最近到那里去过吗？哦，没去过，不了解那里的情况。请你再到那里去看看，那里现在有医院、学校、女子学校、纺纱中心、图书馆，家家都有人受初等教育。你们知道西瓦南德吧？他的儿子拉马南德和我一起坐过牢，人家现在要当大官了，一点不假。”

凯拉文只好去挤牛奶，没有工夫跟巴尔代沃争论。村里仍然响着口号声：“圣雄甘地万岁！”

七

大家把比亚鲁团团围住，七嘴八舌地问道：“你是医生的用人吧？医生什么时候来？”“你的名字叫什么？是什么种姓？可别姓杜沙特，姓戈罗德吧！”“你怎么不戴圣线？”

巴尔代沃从人群中把比亚鲁领出来，然后对大伙儿说：“兄弟们，难道你们从来没有见过人吗？去吧，去吧，都干活儿去吧！”

巴尔代沃喜欢在每一个人的名字前后加上“先生”这个称呼。拉摩克宋净修院的领袖们称呼别人时，也都喜欢这样。什么“司机先生”啦、“承包商先生”啦，还有什么“哈里真[①]先生”啦。

巴尔代沃盘问了半天，才弄清楚比亚鲁确实是来给医生当用人

① 哈里真，对印度最低种姓的尊称，意思是天民。

的。罗德哈特火车站不是有个顺势疗法的医生吗？比亚鲁曾经在他那里干过五年活儿，后来那位先生回老家去了，比亚鲁就失业了，最近听说玛丽村要来个医生，于是他就来给新医生当用人。

比亚鲁吃过米面做的点心以后，对巴尔代沃说："医生用的东西在哪儿？我得把桌椅放好，把药柜子揩干净，水盆边要放一只桶、一块肥皂和一条毛巾，医生一到这儿就得洗手。"

比亚鲁真像个在医生身边干了多年活儿的老用人。他把桌椅摆好，在铁三脚架上放上一只水盆，把一只铝桶放在铁架中间的空档里。水盆上面接上水管，水就咕咕地从管子里流了出来。接着他从箱子里拿出毛巾，搭在架子上，这毛巾就像阉过的山羊肚子内皮一样，毛茸茸的。肥皂呢？没有肥皂。嗐，不是洗衣服用的肥皂，是乌鸦牌香皂，帕戈曼的铺子里哪有这种货？这种香皂只有戈迪哈尔才有。乡长先生的女儿葛玛莉一用乌鸦牌香皂洗澡，全村都能闻到香味。乡长先生答应从他女儿葛玛莉那儿要一块来。比亚鲁来得正是时候，不然谁能安排得这么周到？时候不早了，医生也快要到了。乡长先生说："今天早晨启明星还没出来就把医生的牛车派出去了，跟车去的还有更夫阿戈木。"

整个村子弥漫着炸面食的油香，就同赶庙会时闻到的那种香味一样。做甜食的人从大清早开始，就在乡长先生的院子里不停地煎油饼，炸面圈。煎好的油饼堆成了山，村里的孩子们一大早就跑来守在那里。拉吉普特巷和加耶斯特巷的孩子们不许别的巷子的孩子往前靠，说："滚开，别过来碰脏了油饼！"

沈克先生亲自去把凯拉文拉了过来，然后对乡长说："乡长先生！你瞧，他的肚子坏了，还没吃宴席就绝食了。唉，老兄，像女人一样赌气有什么好处？你说，乡长先生，我说的对不对？打是打，闹是闹，打完闹完一拥抱。赌气又何苦呢？我是从巴尔代沃那儿知道他生气了，进去一看，原来是多嘴的乌鸦往他耳朵里灌咒语把他给灌糊涂了。唉，巴尔代沃！你听着，医生来了，请他先给我们这位老兄看看，就说他已经怀孕八个月了……”

“哈哈哈……”

凯拉文说：“沈克先生，你在孩子们面前也跟我开玩笑？得了，放开手吧。瞧，大家不是都来了吗？缺我一个，碍什么事？”

沈克先生是个很风趣的人，今天从早晨起，就不停地说笑话，想着法儿逗大家乐。他听说凯拉文赌气，便去把凯拉文拖来。算命先生焦德克说牙疼没有来。他晓得现在的医生会装石头假牙，便跟医生打招呼给焦德克装一副。嗯，在迈提拉地区的庙会上相亲，姑娘们不是也要扒开你的嘴，摇一摇牙，看看活动不活动嘛！

蓦地，人们嚷起来了：“医生来了。”

“医生来了？在哪儿？”

“从巴奇亚利巷那边过来了五辆牛车，更夫阿戈木在前面跑着，医生戴着一顶大帽子。”

“阿戈木到了，肩上扛的是什么？是大箱子吗？”

大家都不约而同地放下手里的活，纷纷迎了上去。“医生来了，医生来了。”

“闪开道！”阿戈木喊着，“医生说了，轻点放，别碰坏了，是无线电。”

巴尔代沃兴奋地说：“是收音机，是收音机！今后大家可以收听孟买和加尔各答的音乐，圣雄甘地的消息。黄麻的价钱，也可从这里边收听到。你一碰它的线，它就会生气地说‘笨蛋’，你不洗脸往它旁边一坐，它立刻就会说‘今天没洗脸吧？’。”

“胡说八道！”不知谁说了一句。

医生走过来了。人们都双手合十地肃立着，医生也微笑着双手合十还礼。巴尔代沃说了一声“印度万岁”，向医生致意。加利杰兰近来也会鹦鹉学舌地说一声“印度万岁”。比亚鲁赶忙把一把椅子搬进帷幕圈里放好，并从医生手里接过帽子。医生脸色红润，容光焕发，洋溢着青春的热情。怎么不长胡子呢？胡子都剃光了。

巴尔代沃双手合十，向医生问道：“一路平安吧？我们一切都准备好了，你先吃饭。我来介绍一下，这位名叫维西沃那特·普拉萨德，是乡长；这位是拉摩格拉巴尔·沈克先生，他是大兵……不，是拉吉普特巷的头人；这位是凯拉文·辛哈·亚德沃，是亚德沃巷的头人；这位是加利杰兰，他是个勇敢的青年；这几位都是学生。过来呀，先生们！你们都过来和医生聊聊。本村寺院的方丈为了庆祝防疫站的建立，今天特地宴请全村。”

医生双手合十，再一次向大家致意，说：“大家先吃吧，我待会儿再吃。”

比亚鲁真是个伺候医生的行家，瞧，医生下车头一件事果然就是洗手。

方丈、女司库罗其蜜、拉摩达斯以及另外两个和尚从寺院过来了。一个和尚走在方丈乘坐的车子前头，不停地吹唢呐，呜嘟嘟嘟！呜嘟嘟嘟！村里的狗听到唢呐声，也此起彼伏地狂叫起来。出生不久的小狗刚会叫，声音很难听，使人心烦。宴会就要开始了，按惯例，得在神龛上供几张油煎饼，然后再往房后的树林里扔两张，这是给住在树林里的大小神仙和妖怪们吃的。接着是和尚、婆罗门开始吃饭。巴尔代沃极力劝医生吃一点，好说歹说，医生执意不吃。还是比亚鲁说得对，当医生的，都不吃做甜食的厨师做的油煎饼和炸面圈。比亚鲁正在安有水管的灶上给医生做米饭。大家都盼着快点吃完，好听无线电里的音乐。怎么，今天听不了歌曲了？对，兄弟，还要拉电线呢，哪能这么快。再说，戈迪哈尔火车站的火车的响声和工厂里的吵闹声很大，无线电的声音恐怕也传不到这里来。

“万岁！万岁！”口号声响起来了。

各个巷子的人都按巷子分开，坐成一排，每人在自己身旁放上一张芭蕉叶，准备给待在家里的妇女们带些点心回去，多少不限。

吃饭时，大家串通好故意逗牛倌巷的罗迪老汉生气。罗迪老汉是走乡串巷卖酸牛奶的，举止行动，说话声调都像女人，头巾和衣服往下一滑，他就害羞，赶忙整理好。跟男人说话也脸红，女人们在他面前倒是无所顾忌，连面纱也不戴。每次赶集或者赶集回家，他总是跟女人走在一起。这时大家逗他说：“罗迪老爹，你的那份饭得带回家去吃，瞧，拉尔京已经给你盛好了。”

“去，去，烂舌头的。拿老人开心也不知害臊？我问你们，在家里你们也敢跟你奶奶、姥姥这样开玩笑吗？咱们村的孩子现在都学坏了，这全怪沈克先生，哪儿的老人行为不端正，哪儿的年轻人就不学好。我说的话你们听了记着！对，听了……”

方丈向来不吃晚饭，他对医生说：“善哉！医生，你一个月收入多少？二百卢比？对，你在这里工作还会有额外收入，真正的收入是额外收入。你来这里很好。甘地先生就是下凡的天神。医生，跟你说说我的眼病吧。大概是五年前，有一天，我的双眼忽然失明了，有两个月的时间，眼睛一直又红又肿，消不下去，后来给普尔尼亚的外科医生送了五十卢比，请他给我治治，他治了很长时间也没有一点效果。现在你来了，我就好比有了家庭医生。”

罗其蜜目不转睛地注视着医生，心想，多英俊的男子啊！他一定不会安心留在这个村子里，不管工作多好，工作毕竟是工作，他心里恐怕老是要挂念家庭，惦记妻子儿女。不过，过些日子把妻子儿女都接来，也许就会安心了。她不觉脱口向医生问道：“你家里还有什么人呀，医生？”

“嗯，”医生结结巴巴地说，“嗯，什么人也没有，我从小父母就去世了。”

罗其蜜意识到自己提的问题很不合适，可她也不明白为什么要问这样的问题。啊！他家里什么人也没有。“罗其蜜，去叫拉摩达斯来。”方丈嘱咐道。于是罗其蜜向医生说：“好吧，医生，我走了。吃了饭你也休息一下，有空时请到寺院来玩。真师说过，和好人勤来往，心中污秽一扫光。”

罗其蜜双手合十行礼告别。

婆罗门巷的人向巴尔代沃打听说：“医生的用人出身杜沙特种姓，那么医生是什么种姓？他为什么吃杜沙特人做的饭？”

“让我们亲切地高呼，圣雄甘地万岁！”突然爆发的口号声打断了他们的谈话。

宴请结束了，人人兴高采烈，酒足饭饱。凡是没分到食物的人，明天可以来补领，因为今天是医生到来的头一个晚上，所以巴尔代沃、阿戈木、比兰吉决定都在防疫站过夜。

八

罗其蜜在这个世界上已经没有亲人了。

“是啊，我再也没有亲人了。”罗其蜜无限感慨地想着，“我的心为什么这样软？为什么一见到医生就动感情？这太不好了，真师啊，你给我力量吧。”

她现在除了真师，再没有别的亲人了。她并不怀念母亲，但是巴斯拉哈寺院旁边那间茅屋的影子却时时萦绕在她的心中。记得小时候每天早晨爹爹都让她骑在肩上，带她到寺院去。拉摩古桑伊方丈是多喜欢她呀，见了面，总是说："来了，罗其蜜！吃冰糖吗？喝茶吗？"这时，司库便端出茶和甜米粉团子来，放在面前叫她吃。爹爹就坐在一旁给方丈捻大麻烟。爹爹和方丈一块抽烟，他们一袋接一袋地抽，直抽得方丈两眼发红，有时爹爹也抽得浑身哆嗦。于是司库便会端来酸牛奶，放在爹爹面前，说："吃点酸牛奶，拉摩杰兰兄弟，吃了就不醉了。"方丈很器重爹爹。爹爹没有什么事干，成天坐在方丈的火塘旁边，给方丈捻大麻烟叶，装烟袋。还经常在寺院里同方丈一起吃饭。

村里霍乱流行的时候，方丈对爹爹说："拉摩杰兰，你搬到院里来住吧。"那时方丈的烟袋从没有凉过。一天，不知怎么搞的，烟袋里的火星掉在圣书上，方丈的书被烧了一个洞。方丈哭着说："拉摩杰兰，真师会震怒的，事情不妙，我要受惩罚了。"果然，第二天，庙里的一个和尚就拉肚子了。第三天这个和尚便一命呜呼，接着方丈也病了。爹爹竭尽全力日夜守候在方丈身旁，但无济于事，方丈也离开了人间。方丈弥留之际对爹爹说："拉摩杰兰，好孩子，你让我抽最后一袋大麻烟吧！"爹爹装好烟到火塘里取火时，突然头晕目眩，感到恶心，吐了一火塘，结果，方丈当天下午咽气，爹爹第二天清早也归了天。罗其蜜站在远处看了爹爹最后一眼，因为司库说："不应该太靠近死人。"

"罗其蜜！喂，罗其蜜！"方丈大声喊道。

"来了！"罗其蜜一肚子不高兴地从床上坐了起来。心想：哼，那天他不是对着圣书发过誓，说以后不再大声喊叫，怎么今天又吼起来了？唉，真师啊，你什么时候才来召我回去？快召我回去吧，真师！快把我召回到你的身边去吧！

“罗其蜜！”方丈又叫了。

“方丈，请你安静一点好吗，心里多想一想真师吧，对虚幻的东西……”

“一切都是转瞬即逝，罗其蜜，不过，你再到我这里来一回吧。”

瞎子抓人，就像鳄鱼咬人一样，力大无比。罗其蜜被瞎子方丈抓得紧紧的，什么也挣脱不了，瞎子的一双手简直不像手，倒像是铁匠用的钳子。方丈缺牙的嘴里冒出臭气，一直喷到罗其蜜脸上，嘴角流着口水。“方丈，方丈，你听我说，拉摩达斯就睡在火塘旁边。方丈，你？”罗其蜜忽然发现方丈神色不对，转身冲着拉摩达斯喊道：“喂，拉摩达斯，快起来呀，快来看看方丈怎么了？”

真师终于把方丈召回去了。

清晨，全村的人都涌到寺院里来，七嘴八舌地说，方丈是个修炼有术的人，想死就死。昨天晚上还请村里老人孩子吃油饼，没想到半夜就升了天，这种死法，一般人是求之不得的。他恐怕是个得了道的圣人。

拉摩达斯说：“方丈回到寺院在垫子上坐禅时，我看见他身上闪出一道金光。我想去替他把蚊帐放下，他示意我不要过去，我就坐在火塘旁边看着他。不一会儿，忽然看见他身上金光闪射，他变得像个婴儿。身上的光照得我睁不开眼睛，我只好躺在火塘旁边。女司库喊我时，我才睁开眼。”罗其蜜却什么也没说。

寺院的和尚们连安葬的规矩都不懂。唉，他们以为剃了头发，拿个钵就算是个和尚了。拉摩达斯生气地说：“杰兰达斯，要先念《比杰格》，再填土，还要给所有死去的和尚坟上添点新土，你怎么连这点规矩都不懂？”

和尚们开始念经了：

脱罗网，失迷幻，
良师有福离苦难。
人间烦恼今何在，
心如明镜照普天。
我向真师来膜拜，
光头伏在莲花瓣[①]。

念完经，拉摩达斯先抓起一把土撒在盖着方丈尸体的白布上，接着罗其蜜也抓了一把土撒上，再放上一个花圈，然后在场的和尚每人拿一把锄头，开始往坟坑里填土。杰兰达斯这时才冲着拉摩达斯说：“连方丈在内，我一共掩埋过十个和尚了，难道还不知道怎么填土？”

掩埋好方丈以后，村里唱颂歌的人合唱道：

精心饲养鹦鹉鸟，
黄油牛奶喂得饱。
一旦飞到树林里，
鸟笼空空地上倒。

拉摩达斯也敲起他的小羯鼓，放声唱道：

① 莲花瓣，比喻脚。

忽然出现的白天鹅，
你到哪儿去做窝？
江河湖塘任你住，
啊呀我的好罗摩。
（叮咚咚，叮咚咚……）
天城飞来的白天鹅，
人城之中去做窝，
专在人身觅住处，
啊呀我的好罗摩。

“万岁！真师万岁！方丈万岁！僧侣万岁！”人群中发出阵阵口号声。

寺院凄凉了。方丈去了，罗其蜜生平第一次认识到方丈存在的价值。他两眼瞎了，什么都看不见，如果没有拉摩达斯搀扶，他就寸步难行。但是他活着的时候，寺院似乎很充实，现在他死了，寺院里一片死寂，像是一切生命都停止了活动。

玻璃做成水晶宫，
宫里没有照明灯。
天鹅一只飞上天，
宫中无伴心里空。

不管怎么说，在这个世界上没有谁比方丈更爱罗其蜜。方丈在年轻时，由于真师的恩惠，战胜了魔鬼的引诱，一直保住了童身，可是到了老年，也许因为身体的各个器官松弛老化的缘故吧，他经不住魔鬼一次又一次强烈的诱惑，这位一生远色寡欲的长老也被魔力征服，堕入情网而不能自拔。这不能怪方丈不好，而怨他的命运不佳。要是没有我罗其蜜的存在，方丈是不会背离真师指引的道路的。所以，如果要怪罪的话，只能怪罪我破坏了一个静修者清洁的操守，真是在劫难逃啊！唉，现在还有谁能了解我呢？谁也没有了。

“方丈啊，方丈！你丢下我一个人上哪儿去了呀？师父啊，请你饶恕我这个女奴的罪孽吧！你在世时我没有能很好地侍奉你，使你心满意足，你死的时候，我又没能给你带来安宁。天啊！饶恕我吧！”

罗其蜜再也忍耐不住，眼泪夺眶而出，仿佛一生中汇集的泪水此刻都倾泻出来了。

“印度万岁，女司库。”巴尔代沃忽然走了进来。

“托真师的福。巴尔代沃先生，请坐。”罗其蜜回答说。

巴尔代沃来的时候，一路上准备了许多安慰罗其蜜的话和诗句、谚语，但是现在忘得一干二净。看到罗其蜜，使他忽然想起了马叶吉的样子，“啊，恒河、朱木那河水像眼泪流淌。”

巴尔代沃心中事先筑好的那座安慰罗其蜜的堤坝，在罗其蜜泉涌般的泪水冲击下坍塌了。他的眼眶里也充满了泪水，瞧，才十二月就发起大水来了。巴尔代沃强忍住感情的冲动，说道：“女司库，别难过，其实世上一切都是上天玩的把戏，生死荣辱，毁誉命运都掌握在造物主的手里。今天天还没亮，我就跟医生一块出门了，我带着医生去参观整个村子，我们从南边桑塔尔人住区直到杜沙特巷，每一个巷的前前后后都走遍了，一直到十点钟才知道方丈病故。医生听了也感到很难过。他现在回防疫站去了，其他巷子等明天再去看。今天还要派人到罗德哈特集市去敲鼓宣传，告诉大家防疫站已经开业了。我刚把皮匠肖班派去，就到你这儿来了。”

罗其蜜早停止了哭泣，巴尔代沃今天来得正是时候。方丈是很喜欢巴尔代沃的，只相处了六七天，就对巴尔代沃很熟悉了。俗话说：卢比一敲就能听出真假，人一说话就能知道正邪。方丈常说：“巴尔代沃是个思想纯正的人，很有教养。”

除了巴尔代沃，方丈从没有这样夸奖过任何人。寺院里每天有各式各样的僧侣来来往往，方丈天天都忘不了告诉罗其蜜一句话：“罗其蜜，这些人都是不可靠的，他们是些走南闯北云游四方的僧人，同他们多打交道可没有好处。”那些年轻的和尚，只要一听他们走路的脚步声，方丈就能知道这个人的秉性。他的双眼虽已失明，却仍敏锐地了解外界的一切。去年有一天，方丈讲经时，一个陌生的年轻和尚跟大家坐在一起。这个年轻和尚要去布拉哈切特拉朝圣，夜里路过这里就住了下来。听经时，他的两眼滴溜溜地直转，死盯着罗其蜜。方丈当时正在朗诵真师经文，他忽然中断了朗诵，厉声问道：“喂，这位青年！喂，先生，请注意听经。为什么两只眼睛老盯着罗其蜜的苗条身子？泥塑的身体都是假的，只有真师的话才永存！”那个和尚吓得连早饭都没有吃就溜走了。但是方丈对巴尔代沃却十分信任。他总是对罗其蜜说：“这样的人才是真正的出家人呢，罗其蜜！”

罗其蜜一看到巴尔代沃，心中的悲痛就消去了一大半。巴尔代沃说：“能见到方丈这样的人，是三生有幸，我见到了，只是没有机会侍奉他，我的运气也……”

“巴尔代沃，你是寺院奴隶？”罗其蜜打断他的话突然问道。

“是，我妈妈也是寺院的女奴，鱼肉都不沾。”

“这么说你是胎生奴隶了，那为什么不戴串珠？”

巴尔代沃笑了笑说："女司库，真正的信仰在心里，串珠不过是装饰。"

罗其蜜要是听到别的和尚说串珠是装饰早就发火了。但是罗其蜜今天听到巴尔代沃这样说时，却心平气和地说："串珠不能说是一种装饰品，巴尔代沃，串珠好比是衣服，你想想看，你身上穿的是土布衣服。那些穿细布和洋布衣服的人，虽然心里也赞成圣雄的道路，可你会以为他们是主张独立的人吗？"

要回答罗其蜜这个问题并不容易。巴尔代沃感到，每次同罗其蜜谈话，总会得到一些新的启示。

"既然你这么说，那我就戴串珠吧。"

"请谁给你戴？"

"你呀。"

罗其蜜扑哧一声笑了。这一笑，使刚才的悲伤严肃气氛变得轻松起来。罗其蜜心中想道："多老实的人呀，这个巴尔代沃。他要拜我为师，做我的弟子呢。"

罗其蜜对巴尔代沃说："不，巴尔代沃，我要请阿贾尔给你戴串珠，他住在加西。现在，我把自己的圣书给你，你每天读它，你就会心明眼亮，变得更加圣洁。"

圣书，这本薄薄的小书，一切知识的宝库。巴尔代沃的心突突直跳。罗其蜜说："这经书全是手抄的，那次从加西来了一个学生，他非常用心地给我抄了这本书，每一个字都像是一颗珍珠。"

罗其蜜用过的经书也散发出她身上的那种特殊的香味，这是一种醉人的香味。这本经书的每一页，罗其蜜的手指头都摸过。真是："世人读破万卷书，未见一位成专家。'爱'字你若念一遍，便是学者冠天下。"

其实，只要看罗其蜜一眼，心灵就会变得圣洁起来。

九

医生的名字叫普拉祥德·古马尔。种姓呢？不知道。村里人知道他的名字以后总要打听他是什么种姓，普拉祥德生来还很少遇到过这种情况。来到了这儿，无论是谁，见了他就要问他什么种姓。普拉祥德有时干脆回答他们：“种姓？医生呗！”

“医生？医生也算是种姓？您是孟加拉人还是比哈尔人？”

“我是印度斯坦人。”医生回答道。

在这里，种姓可是件非同小可的事。就是不赞成种姓制度的人也得有个姓氏，光说是印度教徒是远远不够的。你若是婆罗门，得说明是哪一种婆罗门，姓什么，还得申明先人老祖是谁。城里人就从不问种姓，其实他们说的种姓也靠不住。可是在乡下却不同，不知道你什么种姓，连一口水也不让你喝。

大家都以为普拉祥德隐瞒了自己的种姓。其实呢，他真不知道自己是什么种姓。如果他知道，他会大大方方地告诉别人。他并不是完全不承认种姓等级的，假如自己真是婆罗门出身，他会感到无比光彩的。记得在印度教大学入学报到那天，填表的时候，普拉祥德就碰到过这个难题。那天晚上他在床上翻腾了一夜。因为他在表格上填写了如下字样：“种姓：婆罗门。宗教：印度教。姓氏：班纳吉。父名：阿尼尔·古马尔。本人名：普拉祥德·古马尔。”这些全是他临时诌出来的。在填表时，他想，也许那位倒霉的真阿尼尔·古马尔·班纳吉医生还在尼泊尔草原的某个村子里同他的妻子一起酣睡呢！那位医生做梦也不会想到他还有一个名叫普拉祥德·古马尔的儿子，而且这个儿子还在印度教大学注册表上填写自己的名字。不过普拉祥德是知道他的所谓父亲阿尼尔·古马尔医生的，因为他填表报考高中那天，阿尼尔医生这个名字就曾经填补过他的表格上父亲一栏的空白。普拉祥德从小就听说过关于自己出身的故事。甚至连家里的女用人，花园里的花匠，毗邻的糖果商都知道。那时，人们总是在一旁指着他说："瞧，这不就是乌巴蒂亚从科西河捡来的那个孩子吗？一个孟加拉女医生把他养了这么大。"人们听完这番话，脸上总要流露出惊讶的神情，随之掠过一丝怜悯的神色。人们总好像在看一个绝了后的死尸似的看着普拉祥德·古马尔。对这一切，普拉祥德早已习以为常了。

普拉祥德出生在一个无名氏的家里。他的妈妈在他呱呱落地之后就被迫把他送人了。

当初，被尼泊尔政府驱逐出境的乌巴蒂亚一家正住在沙哈尔沙地区的模范村里，一天，乌巴蒂亚正划着一只船，在洪水中搭救落水的人，突然，他发现在乱树丛中漂浮着一只大缸，还是一只崭新的瓦缸。他的妻子感到很诧异，叫他把船划过去看看缸里究竟装的是什么东西。乌巴蒂亚把船划了过去，船帮激起了阵阵水波，大缸颠簸了几下，一条水蛇从缸里伸出头来，嘴里呼呼地吐着蛇信，少顷，水蛇从容地从缸里爬了出来，潜入水中无影无踪了，这时缸里忽然传出一个初生婴儿的啼哭声，就好像母亲不再轻轻拍抚，婴儿就哭起来一样。这就是普拉祥德出生的故事。对此，众说纷纭，结果以讹传讹，越说越离奇，就真假难辨了。

模范村里住着一个苦命的女子，名叫史乃梅。她的丈夫阿尼尔·古马吉·班纳吉医生遗弃了她，同一个尼泊尔姑娘结了婚。史乃梅仍旧住在乌巴蒂亚的模范村里，把自己的爱全部倾注在小鹿、小兔、小孔雀和小猴子身上，成天厮守着大小不同的笼子度日。那天，当乌巴蒂亚夫妇把一个婴儿放在她的怀里时，她高兴得跳了起来，大声说道：“乌巴蒂亚啊，乌巴蒂亚，你真是个好人！”打那天开始，普拉祥德便成了史乃梅的宝贝儿子。过了一些日子，尼泊尔政府撤销了对乌巴蒂亚一家的驱逐令，并且把他们全家连同家禽家畜统统召回到尼泊尔去了。史乃梅和普拉祥德也算是乌巴蒂亚家的成员，便一同到了尼泊尔。乌巴蒂亚返回尼泊尔以后，在尼泊尔平原的维拉特城办起了一所模范学校，史乃梅应聘做了该校的缝纫课教师。

普拉祥德在史乃梅温馨的母爱中渐渐长大。但是，如果没有乌巴蒂亚一家那如同阳光雨露般的关怀和抚育，普拉祥德的才能是不可能超出拉拉琴听听音乐这样的水平的。乌巴蒂亚的长子是比哈尔大学的毕业生，二儿子是台拉登一所著名美国学校的学生，唯一的女儿在加尔各答的桑地尼克坦[①]读书。每逢假期，兄妹们都回到故乡，妹妹教大伙儿纺线，大哥喜欢用泰戈尔创作的曲子演唱净修院的颂神诗。二哥则热衷于讨论服务队的操练口令使用印地语是否科学的问题。普拉祥德就是在这样的家庭环境的陶冶下长大成人的。

普拉祥德在印度教大学念完理科以后又考入了巴特那医学院。住在加西城里一个小胡同里的妈妈希望普拉祥德将来能做个医生，但是还没等到儿子当上医生，她就在没有任何人知道的情况下突然失踪了。过了很久以后，普拉祥德意外地收到了一张从拉哈尔寄来的汇款通知单，汇款单上还附了几句诚恳的祝词。汇款人的名字竟是史乃梅·乔波拉夫人。普拉祥德的母亲生下他以后，就把儿子交给了科西河，让他在科西河女神的怀抱中经受命运的考验，而这位养母却又把他交付给了大众的海洋，让他在社会的风浪中锻炼成长。

1942 年普拉祥德在医学院获得医学博士学位以后，当上了住院

---

① 桑地尼克坦，泰戈尔创办的国际大学所在地。

外科医生。这时全国爆发了群众运动，住在尼泊尔的乌巴蒂亚全家都被捕了。英国政府知道乌巴蒂亚一家不但暗地里帮助潜逃的印度领袖，而且还积极参加秘密运动。乌巴蒂亚的二儿子是比哈尔邦社会党的干部，早已被捕。普拉祥德也被看作乌巴蒂亚家的一名成员，当然难逃法网，也被捕了。他在监狱里有机会接触到各个党派的领袖和干部，各党各派的人都很喜欢他。1946 年国大党人组阁以后，普拉祥德出狱了。他很想到普尔尼亚县的某个村子里去住下来，实地考察一下疟疾和黑热病这两种严重的流行病。有一天，他来到卫生部长官邸，要求政府对他的计划给予资助。部长先生听完他的陈述以后说："可是，政府打算派你到国外去深造，奖学金都……"

"部长先生，我不想到国外去深造。"他打断了部长的话，打开一张普尔尼亚和沙哈尔沙的地图说，"我想到这张地图上所标的某个地区去安家落户。您瞧，这里是沙哈尔沙的一片灾区，科西河每年都要泛滥，给老百姓带来无穷的灾难；这里是普尔尼亚的东部地区，疟疾和黑热病每年从这里夺走了成千上万的生命。"

部长先生很了解普拉祥德的性格，他明白在这个问题上要想说服普拉祥德改变主意是徒劳的，不过问题是……

普拉祥德继续说："我的决心已经定了，请您把我派到一个防疫站去工作吧。"

"派你到疟疾防疫站去？可你是医学博士啊，到疟疾防疫站去工作只要有医学硕士的水平就够了。"部长回答说。

普拉祥德说："在没有进行实地考察研究之前，我什么都不是，我的文凭不过是一张废纸，有什么用？"

部长先生费了很大劲，翻阅了大量文件，又给普尔尼亚地区管理委员会的主席写了许多信，才查清马丁先生捐赠的那几英亩地。

在二十一二年前，部长先生曾经在普尔尼亚地区做过律师，他亲眼见过那位疯疯癫癫的马丁先生。最后，经过同中央政府的一番交涉之后，在普尔尼亚县玛丽村开办疟疾防疫站的事终于正式见报了。

普拉祥德要去防疫站工作的消息传开以后，在医学院的领导、教师和学生中引起了不同的反响。著名的外科医生巴特瓦尔坦说："真是愚蠢透顶。"内科主任那耶克医生说："总有一天他会后悔莫及的。"药剂师支持那耶克医生的意见说："靠一时的感情冲动办事也算是一种病症，明白吗？"但是院长先生却很高兴，他对普拉祥德说："我原来就希望你这样做，预祝你成功。什么时候需要我的帮助，尽管写信给我。"普拉祥德听了院长的话，感动得说不出话来。马德拉斯的医学杂志还专门发了社论，对普拉祥德表示祝贺。

普拉祥德出发到普尔尼亚那天，轮船起航前五分钟，他看见一个姑娘从堤岸上急匆匆地跑来，却看不清姑娘的模样，心想，该不会是马莫达吧？很快，他认出来了，是的，正是她。马莫达一跑到他面前就说："你怎么这样粗心，这么大的事一直也不告诉我。不过，你做得对，你真行！你的行动我很佩服，你真是个了不起的人。我刚从贝拿勒斯赶来，一到这里，俊妮就把你的信给我看了。"接着她打开手帕，拿出一朵鲜花和几片绿叶，在普拉祥德的头上放一下，说："这花和叶子是敬过神的供物，送给你，希望你把它常常带在身边，愿大神保佑你平平安安，万事如意。记住，一到那边就给我写信。"

十

普拉祥德正在埋头写信。他写道：

"马莫达，你叫我一到这里就给你写信，看我到达这里已经一个星期了才写信给你，你不会怪罪我吧？你的大神在我到这里之前就给我派来了一个使者，他叫比亚鲁，是一个名副其实的神使，因此你不必为我担心，七天中他已经对我发过两次脾气了。‘说起来还是个医生呢，可就是不懂得不按时吃饭喝水对身体健康多么有害。’这是他生气时老爱唠叨的一句话，就凭这句话，你大概就可以了解比亚鲁是个什么样的人了。”

“对我来说，这儿简直是一个新的世界，你可以说它是一个地地道道的农村。村里的更夫每星期都要到警察局去报一次到，他能帮我取信和送信。”

“我的工作已经开始了。每天早晨七点钟病人就排成长龙，等待治病。目前我正在进行取血化验的普查工作。听比亚鲁说，这里连乌鸦也患疟疾！”

“这儿的水坑和池塘到处都覆盖着青葱的荷叶，人们说，待到开花的季节，连小水沟里也盛开着荷花和睡莲。你可不能认为这儿的人都是些贪图安逸游手好闲的惰民。我还化验水坑里的水。这儿的土地似乎一年四季都是潮湿的。”

“村里的人都很直率憨厚，如果直率憨厚是指愚昧、无知和迷信的话，那么他们可以说是真正直率憨厚的人。至于说到人情世故，处世为人，那么我敢断定像你我这样的人如果来到这里，就可能每天被他们欺骗四五回，而且令人佩服的是，你上了当仍然会觉得他们是那么单纯可爱。这仅仅是我七天来的点滴感受，也许以后的事会证明我的看法是错误的。这块位于迈提拉和孟加拉之间的地区确实叫人着迷。这儿的妇女一般说来还算漂亮，身体也很健壮。”

正当普拉祥德的信写到此处，门外忽然有人喊：

“大夫！”

“谁？”普拉祥德问。

“我，维西沃那特·普拉沙德。”门外的声音回答。

“请进，请进，有什么事吗？”普拉祥德连忙应道。

“大夫，请您上我家去一趟，我的女儿昏过去了。”

“昏过去了？多大年纪？过去昏迷过吗？”

“昏迷过两三次。年纪嘛，有十六七岁。请您快点……”

“走吧。”

一间门窗关得紧紧的小屋，床上躺着一个姑娘，她身上盖着一床蓝色的薄被，一张白脸庞露在被子外面，满头黑发蓬松地散在枕头上，两眼紧闭。屋里点着一盏昏暗的油灯，油烟弥漫。医生叫人把窗户打开，然后用手电筒照了照姑娘的脸。她看出姑娘的气色正常，又听了听呼吸，呼吸也平稳，再摸摸脉，脉搏也没有问题。医生翻开姑娘的眼皮，他看见一双像莲花瓣一样秀丽迷人的眼睛！肚子呢？“会不会是泻肚？”他问道。没有任何人回答。戴着面纱的妇女们站在一旁看热闹。这时都把头凑在一起低声地嘀咕开了。一个中年妇女走上前来，她是姑娘的母亲，说道：“她不拉肚子，大夫。”家里的女用人不戴面纱，她说：“大夫，您用皮管子听听呀。”这里的人把听诊器叫作皮管子，他们认为医生用皮管子就可以听出病人身体内的病症，真的，连病人吃了什么，在肚子里消化了没有，医生都能听出来。

“要打针吗，大夫？”

“要打。”

在医生准备针药时，姑娘忽然睁开双眼喊道：“针？不，我不打针，妈妈，我不打针……”

医生把脸凑过去说：“好，不打针就不打针。你好些了吗？……

好了，就好，你刚才为什么昏过去了？嗯，怕？怕什么？后来呢？后来就感到天旋地转了，对吗？现在怎么样？不害怕了吧？我一会儿就给你送药来，吃了药就不会害怕了。”

“药？我不吃药，妈妈，我不吃药。”

“瞧，针也不打，药也不吃，那好，我给你甜药吃。”

大家听说吃甜药，都忍不住扑哧一声笑了。姑娘红润的嘴唇上也掠过一丝笑意，眉毛往上一挑，似乎在责备医生说：“去去，药还会有甜的？”

医生从屋里走出来，对姑娘的爸爸乡长先生说：“没事儿，不用担心，我回头就送药来。你女儿这次昏迷了多长时间？”

“大约有一个钟头。我请算命先生来过，给她画了一道符，还驱了邪。大夫，她可是我的命根子，她是我的女儿又是我的儿子。”

“你放心吧，她会好的。”普拉祥德回答。

普拉祥德带着乡长先生家的仆人回防疫站去取药。到了防疫站，普拉祥德想了想究竟该开什么药，甜药？对，开混合祛风药水或溴酸盐。

“喂，你叫什么名字？”普拉祥德问乡长先生家的仆人。

“你问我的名字？我叫兰吉德。”

“你在乡长先生家干了多长时间？”

“干了好多年了。从小就在他家干活。大夫，您有烟吗？给我一支抽抽。”

“比亚鲁，你给兰吉德一支烟。”

比亚鲁拿来烟和火柴递给了兰吉德。兰吉德点着烟，一边抽一边絮絮叨叨地说：“大夫，乡长老爷一生就这么一个宝贝女儿。他求过多少神，许过多少愿，后来莲花河女神总算显了灵，满足了他的心愿，赐给了他一个女儿，不过……”

兰吉德弹了一下烟灰，不再往下说了。医生发现兰吉德在“不过”上面停住了，就问道：“不过什么？你说下去呀。”

“好，我接着说。您不知道，大夫，有三家人家来提过亲。头一家聘礼都定了，可就在送聘礼那天，男方家的妈突然死了。第二家刚说成，他们家的房子着火了。最后一家正在说，男的就出了事，调动了工作。现在再没有谁愿意娶她了。就是要一千卢比，两千卢比，哪怕五千卢比的陪嫁，乡长老爷都愿意出，可是……最后来了个老头儿，要娶葛玛莉做二房。打那天起，葛玛莉就开始犯病了。大伙儿都说是莲花河女神不想叫葛玛莉嫁人，因为莲花河女神自己就是一个老处女，要是葛玛莉不出嫁，她不就有伴儿了吗？大夫，不管怎么样，您得想办法让葛玛莉平静下来，您要多少报酬，乡长老爷都会给你的。”

“兰吉德，这是三瓶药，都是甜药，吃了以后，你们的葛玛莉就会好的。明天早晨你再来把病情告诉我。好吧，就这样。”

“三瓶药！那她现在能吃点什么呢，大夫？”

“现在？现在先吃面饼，喝牛奶。”

“兰吉德！”一个人气喘吁吁地边喊边跑了过来。

“谁呀？拉摩代尔，什么事？”兰吉德问道。

“葛玛莉又昏迷过去了，乡长老爷说，请大夫再去一趟。”拉摩代尔说。

医生看了看表，已经九点十分，再过一会儿新闻广播的时间就到了。他想了想说：“兰吉德，你把那个盒子带上。”

“收音机？”

“对，收音机可以治你们家葛玛莉的病。”

葛玛莉像先前一样仰面躺在床上，昏迷不醒，两眼紧紧地闭着，头发散乱不堪。医生这回知道给她治病的秘诀了。他从药箱里取出了药瓶和打针用具。

“我不打针，我不打针。”葛玛莉又惊叫着苏醒了。

“你的病不打针就好不了。”医生装着针头说。

“请您给我药吃，医生，我不打针。”她哀求道。

“又害怕了？”

“嗯。”

“兰吉德，药在哪儿？拿过来。把盒子也拿过来放在这儿。”普拉祥德又对葛玛莉说：“好，现在你吃药吧。对，就这么吃，怎么样？甜吗？”

医生打开轻便收音机，调好波段，收音机里立刻传来广播员的声音：“各位听众，这里是全印广播电台，现在是晚上九点十五分，请听印地语新闻广播……”

“妈，我害怕。”葛玛莉喊起来。

“别怕，听下去。”医生沉稳地说。

“妈，扶我起来。”

“别起来，好好躺着。”

这时，收音机里又传来广播员的声音：“下面请听沙维达代维唱的一首迈提利民歌。”收音机里传出了动人的歌声：

妈妈听我诉衷情，
女儿不愿嫁老翁。

“哈，妈呀，你听这里面在唱结婚歌呢！”葛玛莉咯咯地笑了，

“‘妈妈听我诉衷情，女儿不愿意嫁老翁。’真有意思。”

戴着面纱的妇女们挤满了整个屋子和院子，她们是来看热闹的。溴酸盐见了神效，葛玛莉的双眼终于显出了困倦的神色。

医生回到防疫站，静下来继续完成他那封没有写完的信。因为更夫阿戈木明天又要去签到，早晨五点钟他就会来取信的，等到七点钟，病人又会排成长龙等着瞧病，所以得连夜把信写完。他继续写道：“信没有写完就去给一个病人看病了，这位病人患的是一种奇怪的病，病历更有意思，你的西拉如果在你身边的话，她听了一定会觉得有意思极了，她会说，这是什么歇斯底里呀，精神抑郁呀，性情乖僻呀，失恋呀，等等。你如果见到她，就告诉她，说我已经用我的轻便收音机把那位姑娘的注意力吸引到别的方面去了……”

十一

登特利马巷里，人们正在讲苏兰加和沙达布利吉的恋爱故事，热闹非凡，就连孟哈古达斯家的垃圾堆旁都挤满了人。

手中不握锋利刀，
身边没挎羽毛箭。

（故事中）一个女子对她的女友说：“啊，妹子，你无箭来又无刀。”

手中不握锋利刀，
靠啥来把路人劫？
他的心肠狠似铁。

听到这里，那被沙达布利吉迷住心窍的女人便说：

婆婆死，妹子亡，
大哥小姑上天堂。
全家老少都死绝，
爱情把我手脚绑。

说完她就跑到沙达布利吉身边，给他喝水，亲亲热热地谈情说爱去了。

心上人，听我言，
请在这儿住一晚。

从普尔尼亚车站新来了一位客人，他是在铁路上工作的。登特利马巷的人说，他叫克拉西。克拉西是政府职工，他挥一下红旗，火车就得停住。不停行吗？火车见了红旗非停不可。不信，你披块红布去试试看，火车马上就停下来，不过红布就会被没收。克拉西先生是个本事很大的人，他精通巫术，敬奉车轮，会降魔伏鬼，把妖怪钉在树上。他还会给那些不能生育儿女的人画符咒，唱摇篮曲、《王子获胜歌》，以及苏兰加和沙达布利吉的情歌。他的嗓音可尖哪。闹独立运动时，克拉西给上司打了个报告，说茄子园村一个地主的儿子破坏了铁路，结果地主的儿子被处了绞刑，连高等法院和伦敦都改变不了那个判决。可是孟哈古达斯是个死心眼的人，克拉西先生为了要跟他守寡的女儿蒲利娅订婚，到处奔走，整整跑了一年。

克拉西先生每一次来这儿都带一大包尼泊尔大麻烟叶，请登特利马巷的族老们抽，还唱苏兰加和沙达布利吉的歌给大伙儿听，为村里的病人驱鬼去邪。可是孟哈古达斯死活也不答应这门亲事。再说，克拉西先生还放债，他愿意出二十卢比的现款，请本族人吃一顿晚饭。这就不错了，还要求什么呢？官家的人，身边有积蓄，出去朝圣，坐车又不用买车票。

罗摩秋·达斯的老婆是登特利马巷妇女的头儿，那些赶集的妇女，给东家插秧割稻的女工，全都属她领导，她敢跟拉吉普特巷、婆罗门巷和东家巷所有的老爷太太当面顶嘴，她会笑着回答老爷们的挑逗，而且抓住机会还敢挥舞拳头，跟他们大干一场。有一次她揭了沈克先生的老底：“哼，人老了反倒骚起来了，头发都白了，心倒变年轻了。沈克先生，请你不要惹我开口。”大家都害怕她，不知道她什么时候会揭什么老底，所以大家都捧着她，全村的年轻姑娘都握在她的手心里，一个也不例外。克拉西先生这次从红园庙会给她买来了一对真银手镯，白花花直耀眼，给她的时候说：“姨妈，求你无论如何也要想法子把我和蒲利娅的亲事给办成。”

眼前有位美姑娘，
丝绸被单铺在床，
手拿槟榔叫我尝。

克拉西先生今天放开嗓门，尽情地歌唱，他觉得自己今天仿佛就是爱情故事中的那个男主角沙达布利吉。但是他的蒲利娅却没有要求他住下来，孟哈古达斯先生也没有同意他和蒲利娅订婚。“眼前有位美姑娘，丝绸被单铺在床……”他只能唱给自己听。

对这门婚事，蒲利娅自己有什么办法呢？父母健在，她哪能做主。心急如焚，人变得越来越憔悴，难以启齿呀。如果真的开了口，别人会怎么说呢？只有罗摩秋·达斯的老婆理解蒲利娅那颗火热的心。那天蒲利娅对她说过：“大婶，你得向迦利女神起誓，不把我的话对别人说。克拉西先生折腾了这么多日子，可我爹连一句明确的话都不讲，到底还要人家跑多久？要是不成，人家还可以到别处去找嘛，难道世界上别的地方就再没有登特利马种姓的姑娘？要是哪一天出了事，到那时叫我爹去求爷爷告奶奶吧，把脚后跟弯过来顶在肚子上受刑吧。”

想起你那迷人面，
柔肠好似利箭穿。

蒲利娅那颗被克拉西爱情之箭射中的心焦急不安，怎么办呢？谁又能封得住罗摩秋·达斯老婆的嘴。这时她正在对蒲利娅的母亲说：“我说蒲利娅她娘，你们这些人，一不顾体面，二不懂规矩，靠女儿挣钱过日子能靠到什么时候？凡事总有个限度，我同意年轻守寡的女儿像头奶牛一样伺候父母，不过也不能把奶牛的血都挤干了呀。”

蒲利娅的娘一听这话就火了：“对呀，对呀，儿女像螃蟹，偏说自己走得直！筛子本来满身洞，反说针上有个孔！瞧你手上这副闪光的镯子，克拉西就差往你头上抹朱砂了。[①]”蒲利娅的妈妈自从看见罗摩秋·达斯老婆手上那副银镯子以后，气就不打一处来。对孟哈古达斯发火也没有用，这事只怪克拉西没长脑子，你把镯子给

① 男人往女人头发分缝间抹朱砂，表示男的娶了她。

罗摩秋·达斯的老婆，让她从中牵线，她是迦利女神吗？人家就听她的？

罗摩秋·达斯的老婆一看蒲利娅的娘翻了脸，也就回敬道：“说话小心点，你这个老鸨，不然我就翻脸了。克拉西是我姐姐的儿子，你拿我姐姐的儿子骂人？你骂不到我，当心骂到自己头上。你跟你亲侄子私奔，还来骂我呢，真不害臊，不要脸！贱货！忘了你在五老会上背上挨的那一顿扫帚把子？你还常和牛倌巷的克尔鲁在水牛棚里通宵鬼混，谁不知道？你有脸说我？”

“你这个沈克先生的情妇。你忘了在沈克的果园里吃杧果的味道了？难道整夜整夜地在棕榈树林里鬼混的是我？有人生出个和沈克一模一样的女儿，这事谁不知道？”

女人们的争吵并没有影响孟哈古达斯家垃圾堆旁边的那群听苏兰加和沙达布利吉故事的人。男人如果注意女人的争吵，那可就热闹了。女人们吵两句嘴有什么关系？刚刚还在吵架，互相对骂，挥着拳头，扯破嗓门揭对方老底，唇枪舌剑骂得对方狗血喷头，叫着迦利女神的名字诅咒发誓，祈求神给对方降麻风病，让对方烂脸掉胳膊，可是一转眼的工夫，什么事都没有了，又和好如初。互相拿过来对方的烟袋，咕噜咕噜地抽，你给我青菜，我给你红薯，还说：“这是我孩子昨天傍晚趁天黑从东家的地里偷来的，要是给东家看见了，背上准要揭去一层皮！”

女人们争吵，平时总是两个妇女先吵，把附近妇女的事都牵扯进来，于是参加吵架的人数就越来越多。吵架并不妨碍她们的工作，她们可以边吵边干活儿，到了全村的妇女都参加进来的时候，就谁也不听谁的了，只是各骂各的。不过蒲利娅今天没有参加吵架，她一直站在篱笆后面听苏兰加和沙达布利吉的故事。克拉西先生的嗓子真好听，到底是懂巫术的能人。蒲利娅听歌和故事听出了神，忘记沙哈代沃从傍晚就一直待在公馆的花园里，挨着蚊虫叮咬，急切地等候她去呢。克拉西的嗓子真甜！

吵架声平息了，罗摩秋·达斯的老婆从屋里走出来。

“大婶。”蒲利娅喊道。

“什么事？说吧，是不是要去和沙哈代沃幽会？”

“不，大婶，我给你说件事，你得对迦利女神起誓，不对别人说。你对迦利女神起誓，让克拉西住在你家院子里吧。”

苏兰加和沙达布利吉的故事讲完了。吵闹声也在节骨眼儿上暂告平息。沙哈代沃在花园里等待蒲利娅，蚊子不停地吸着他的血。他暗暗诅咒：该死的克拉西，说话不算数的小婊子。算了，明天再说吧。

村子里万籁俱寂，罗摩秋·达斯老婆的院子里，苏兰加（蒲利娅）正在同沙达布利吉（克拉西）低声谈话。“现在还不能跟你走，等我爹真不同意订婚，我再跟你一起逃走。”蒲利娅说。

“怎么才能使他同意呢？听说有一个什么沙哈代沃……”克拉西说。

“这全部是假话。你去找巴尔代沃先生说说，请他帮帮忙。”

“哪个巴尔代沃？是从普尔尼亚净修院来的那个吗？”

“是的，大家都听他的话。老爷和太太们都尊敬他。还有，你以后见了人不要伏地膜拜了，要说‘印度万岁’。”

“不过这个巴尔代沃大概很不喜欢我，他把我的名字列在叛国者的名单上了。”

“给妈妈买来一副鼻环来，要真铜的。”

十二

阿贾尔这几天正在穆扎法普尔县的布波利寺院参加宴会。但是，他很快就要来玛丽村寺院了。他来的任务是主持新方丈就任仪式，送被单，点吉祥志。和尚拉罗辛达斯事先来报信，告诉寺院的僧侣和附近的老爷太太们，阿贾尔就要来了。

拉摩达斯要做方丈了，因为他是老方丈唯一的弟子。拉摩达斯想，如果他不会打羯鼓，也许今天还在同白拉哈地主家的水牛打交道呢。十五年前的一天，老方丈被他的鼓声迷住了，当天晚上他就和老方丈一起逃到了玛丽村寺院。十五年后的今天，拉摩达斯时来运转了。啊，真师保佑。

按照规定，新方丈要当着全村各族头人的面在委任书上写下保证：一生独居，以维护真师圣地的纯洁；不饮酒；不勾引女奴和妇人，等等。然后由阿贾尔在委任书上签字，把委任书授予新上任的方丈。接着举行送被单和点吉祥志的仪式，还要在前额涂酸牛奶，头顶上放些青草和稻谷。仪式完毕，新方丈便成了这方圆三千多英亩土地的唯一主人。

拉罗辛达斯本来是来报信的，但是在玛丽村寺院里住了一夜之后，却被“方丈”这美差迷住了心窍。他想：三千多英亩土地的地主，还有一处杧果园，四五十英亩的香蕉林，每一株树上都挂着上千只香蕉，是千子蕉啊。还有四十头母牛，四头古吉拉特种母水牛。这些且不论，最诱人的宝贝还是那件无价之宝罗其蜜。罗其蜜也说老方丈只有一个弟子，就是拉摩达斯，按照教规，只有拉摩达斯有权当新方丈。拉摩达斯是个什么东西，一头笨头笨脑的蠢猪。啊，真师！这太不公平了。无论如何不能让拉摩达斯当方丈，就凭他那副长得像麝香鼠似的尊容，也不能做方丈！不，绝对不能。可罗其蜜……真是一个下凡的天仙！

罗其蜜不知从拉罗辛达斯的眼光里窥探到了什么，她即使见到了拉罗辛达斯的影子也要躲得远远的。晚上睡觉把房门关得紧紧的，上好门闩以后，还要顶上一只大石臼。拉罗辛达斯也许患有尿频病，一晚上总要起来十一二次，每一次从睡在火塘旁边拉摩达斯身边经过时，拉摩达斯总要问一声“谁？”，拉罗辛达斯一次也不回答。昨天晚上，拉罗辛达斯生气地回答说：“还没当方丈就瞎了狗眼吗？你没长眼睛？真是有其师必有其徒。”拉摩达斯只好忍气吞声。早晨听经的时候，罗其蜜突然发火了，她对拉罗辛达斯说：“昨晚你为什么讲那些难听的话？什么‘没当方丈就瞎了狗眼’？什么‘有其师……’，有耳不听辱师语，我不能听人骂我师父。你把拉摩达斯当作什么人了？他是本院当权的方丈，他每天有权收留二十几个像你这样的无赖游方和尚。你连话都不会说，好吧，等阿贾尔来了咱们再算账。”

拉摩达斯也说了几句批评拉罗辛达斯的话：“昨晚的事，我饶了你，以后再胡说八道，我就让你回老家去。你要放明白点。”

这女司库可是个头号坏蛋，从第二天她就开始作弄人了。豆菜碗里只有水，没有菜，土豆泥也只给一次，问她要点酥油，她说豆菜已经用酥油炒过。香蕉只拿到市场上去卖，不给人吃，牛奶里掺上水叫你喝。过去早饭给吃酸牛奶和油煎饼，从第二天起，就只给吃油煎饼了。

“无赖游方和尚？”小婊子，胆子倒不小。敢说我是无赖游方和尚，好哇，等着瞧吧。

看来罗其蜜并不晓得我拉罗辛达斯，是啊，她怎么会认识我呢？我从来没有来过呀。不要说我，就是整个布波利寺院的和尚过去也没有一个人来过这里。连寺里的女背水工宋英迪娅也没来过这里呀，也可能那次她寻找她女儿罗蒂娅时到过这里。对……罗蒂娅。哈，第一次看到罗蒂娅时，我的心情也和这次见到罗其蜜一样，脸上总是热辣辣的，不过罗蒂娅很放荡，一引诱就上钩。罗其蜜可是个老手，是钟鼓楼上的麻雀，见过大阵势的，是多年的老猫，吃过无数耗子。当初要是不把罗蒂娅送到民间剧团去，那罗蒂娅是逃不脱我的手掌心的，因为民间剧团的老板看上了罗蒂娅，所以只好忍痛割爱了。剧团的风琴手和鼓手也不给罗蒂娅一点儿空闲时候，一会儿叫她排练旧舞，一会儿又叫她学新舞。罗蒂娅小妮子真是条驯服的母狗，很快就变了。

拉罗辛达斯摸摸头上的伤疤，然后用围巾把头包起来，骂道："混账鼓手，不偏不正，正好在头顶上打人一棍子！"

那次拉罗辛达斯回到寺院时，被方丈用木屐打了一顿。方丈当时已经饿了七天，哪里有劲离开寺院到其他地方去？只好等拉罗辛达斯回来。拉罗辛达斯头上带着伤，伏在方丈的脚上。方丈心肠软，拉罗辛达斯又是他唯一的弟子，所以饶恕了他。方丈如果死了，本该拉罗辛达斯接任布波利寺院的方丈职务，但是由于拉摩波兰·高耶利出了坏主意，改变了他的前途。拉摩波兰·高耶利对拉罗辛达斯说："拉罗辛达斯，贩卖尼泊尔大麻烟叶能赚大钱。在尼泊尔，大麻烟叶四个安那一公斤。买十个卢比的大麻烟叶，回来能赚四百卢比。等布拉哈切特拉庙会时，你去走一趟。"

这样一来，方丈死的时候，他正好在监狱里，结果方丈弥留之际，只能匆匆把吉乌德达斯收为弟子，让吉乌德达斯当了方丈，要不然，他现在也是个一院之长呢。他今天如果是个方丈，罗其蜜就不会骂他是无赖游方和尚了，而且还会请他伸出两脚，把他的十个脚趾头洗得干干净净，然后虔诚地把他的洗脚水喝下去。

“拉摩达斯！”拉罗辛达斯喊道。

“哎，不要叫我拉摩达斯，应该叫我管事师父。”

“告诉女司库，就说拉罗辛达斯今天要走了。”

“走就走吧。”

“你去告诉女司库……”

“别这样你呀你呀地乱叫，还有什么要跟女司库说的，女司库昨天就把你的路费交给我了。”拉摩达斯从口袋里掏出一张五卢比的钞票，扔在拉罗辛达斯面前。

“我想问问，女司库为什么侮辱我的人格？为什么说我是到处流浪的无赖？为什么辱骂我们的阿贾尔师父？”

“骂过，怎么没骂过？你说祈祷和告别时阿贾尔才是师父，别的场合他算什么？今天你才叫阿贾尔师父，可昨天你还叫他师兄呢，这不是辱骂是什么？”

这时，罗其蜜从里面冲了出来说：“生在这世界上你也得讲两句真话吧，可敬的和尚老爷，做和尚的本分可不是说谎，哼！”

“你哼什么？你……你说没说过我是到处流浪的无赖？”

“拉摩达斯，”罗其蜜吼叫起来，“你用绳子套住他脖子给我拖出门去，他不是和尚，是个魔鬼，他给色魔缠住了。你问问他，今天早晨我洗澡的时候，他为什么在竹篱墙上戳个窟窿偷看？流氓！”

罗其蜜怒气未消地进里屋去了。

拉摩达斯站起来，两手卡住拉罗辛达斯的脖子，猛地推了一把。拉罗辛达斯一个跟斗倒在石级上，鼻孔里直往外流血。

“印度万岁，拉摩达斯，怎么了？出了什么事？”巴尔代沃看到流血，心里害怕了。

“没有什么，这里来了个西部和尚，他连一点规矩都不懂，还和女司库争吵。”

“那干吗打架？什么事都应该和平解决，不应当搞暴力主义。”

“拉摩达斯，请巴尔代沃进来。”罗其蜜在里屋大声说。

拉罗辛达斯擦着鼻子上的血迹，他看到，这个穿着土布衣服的巴尔代沃往寺院里走，一直走进罗其蜜的房间去。“印度万岁，巴尔代沃！”屋里传来罗其蜜的声音。

也许这个穿土布衣服的人和罗其蜜正坐在一个垫子上，坐得那么近，身子挨着身子，好个不要脸的。

十三

村里的兆头不好。

这不光是算命先生焦德克说的，村里有威望的人也都看出村里的兆头不好。

政府地区长官把乡长先生叫去，私下对他说：“你回去写个呈文，把那些哪怕只拖欠一年税的人，统统告一状。再塞几个钱，让法院按通告第五条第二款办事，把没收的土地和拍卖办法公布出去。你不必带差人去看土地，只需坐在法院里，把村里低种姓人叫来，让他们按个手印，填几张收据，表示他们已经在村里敲过鼓，公开认可了。再在村里安排几个证人，由政府给他们报酬。这些国大党人很难捉摸，谁知道会搞什么花样。”

沈克先生独自琢磨着村子里最近发生的事情：他最不能容忍的是亚德沃巷的流氓们竟然昂头挺胸地走起路来。焦德克先生说得对，他说亚德沃人屡次挥舞棍棒长矛，气焰越来越嚣张，现在他们在路上见到你，连“叩头”两个字都不说了。那个克尔鲁，有时在路上碰见你，干脆就说一声“你好”，故意来气你，听了叫人心里直冒火。可我沈克有什么办法呢？拉吉普特巷的年轻人，现在也逐渐和牛倌们混在一起了，每天傍晚都去唱颂歌。哈尔高利说得好，如果这种情况继续下去，五年以后，牛倌们还会来娶婆罗门家的姑娘呢。看来只好请哈尔高利所说的黑帽党的人来了。

寺院宴请那天，沈克先生硬把生气的凯拉文从家里拖了出来，但是凯拉文心里一直闷闷不乐。焦德克大叔天天过来，他说沙加尔迪布命中注定十八岁要离开父母。现在沙加尔迪布快满十六岁了，他母亲成天为他的婚事操心，也许迦利女神不会让他实现把儿子培养成律师的夙愿。孩子结婚以后还念什么书呢？要离开父母？真可怜。

焦德克先生十八岁的新娘子耿吉拉瓦莉，每天吃过饭以后就肚子疼，去年一年，她总是吃完饭就捂住肚子睡觉，今年疼得更厉害。请医生看一看，开点药？不行，不行。一请医生看，医生就要按肚子，看舌头，翻眼皮，问大便小便，也许还要验血。这几天，她老说医生一针就把高耶利巷的小金巴给报销了，说小金巴害的也是她这种肚子疼的病。要想说服女人是很困难的。所有的女人都一样，她们只要认定了一个理，就死抓住不放。焦德克先生已经先后娶过四房妻子了，有过同四个老婆相处的体会。第一个老婆喜欢赶庙会，每次庙会都不放过。一有庙会，焦德克一连几十天，天天得去给普拉曼说好话，求他帮忙，因为他老婆要坐普拉曼的牛车。普拉曼亲自赶车送焦德克的老婆到庙会去，从来没有要过一分钱。最后他老婆竟死在庙会上，因为那年霍乱病十分猖獗。第二个老婆有抽旱烟的习惯。婆罗门怎么能抽烟？但是焦德克有什么办法？女人固执呀。她生病的时候，有好几天焦德克不得不亲自给她装烟袋，让她抽。后来她旧病复发，终于咳嗽死了。第三个老婆也有一个癖好，总喜欢跟村里的青年人在一起说笑。现在的老婆耿吉拉瓦莉呢，就是死也不吃医生的药。焦德克只有一个儿子，叫罗摩·那罗衍，是个游手好闲的不肖子孙，喜欢跳比达巴特舞，老和德特马·巴斯万人混在一起，整个婆罗门种姓的人都说他的坏话，没有任何人愿意把女儿嫁给他。焦德克有什么办法？只怪自己手相不好，虽然手上一条纹路直通到食指，可是手心星座中第十格却是土星[①]。给儿子讲过多次，叫他称自己的名字为拉摩·那罗衍·米斯拉，可是他不听，仍然和村里的庄稼汉一样，把自己的名字叫成纳摩拉兰。焦德克想，这回干脆让拉摩·那罗衍陪耿吉拉瓦莉上医院去一天吧，如果把医生请到家里来，还得交出诊费。

拉罗辛达斯跑遍了全村，告诉各族头人，阿贾尔就要来了。他还吹嘘自己今后就是玛丽村寺院的方丈，应当给他送被单，点吉祥志。他说，老方丈的女奴或者情妇罗其蜜，在寺院的事务中是没有任何发言权的。那个拉摩达斯不过是个牛倌，一个蠢货，是没有能力掌管这样大的寺院的。他说自己是一位得过学位的学士，能用英文朗诵《比杰格》，因此他才留了个洋式头，穿了这件无领长衫和围裤，胡子剪去半截，留下半截。他还保证，今后要在寺院里开办一所学校，为村里人谋福利。最后说道，大家都是聪明人，你们自己可以想一想嘛，是不是罗其蜜这个娼妇毁了寺院，破坏了和尚的道德，这件事大家可以自己想一想嘛。

登特利马巷召开了族老会，决定登特利马巷的任何妇女，今后不准到老爷们的场院里去干活。如果老爷太太们傍晚到本巷来，不

① 印度人认为土星是灾星。

能进任何一家的里屋。干活挣到的粮食，拿回来以后，大家匀着吃，额外收入不算在内。诺凯和吴吉德·达斯被指定为执棍人，今后看到谁行为不轨，他们有权用竹条揭任何人脊背上的皮。

登特利马人做出这个决定以后，戈罗德·刹帝利、古姆·刹帝利、波利亚·刹帝利、特奴克塔利和古西瓦哈·刹帝利巷的族老们，都做出了同样的规定，谁要违章，不但需要重新佩戴圣线，而且要举行仪式当众忏悔。瞧着吧，看哪一位老爷在傍晚或深夜还敢到桑塔尔人住区去溜达。看他们还有胆量来调戏咱们的妇女不？桑塔尔人的箭头上可是涂有毒汁的！

西沃辛卡昨天夜里给古姆巷的青年丢了大脸了。秋布利·穆生马德的家不是在村边吗？他家旁边是大兵巷的一片竹林。可是西沃辛卡哪里知道青年们早已在竹林里埋伏好了，他一去秋布利·穆生马德家，就被抓住了。结果秋布利·穆生马德被罚款十卢比。不管怎么说，反正得交，否则就不准他喝水抽烟。要不，让他拿西沃辛卡的钱去交吧。大伙早已商定了，这次得从庙会上买点汽油回来，不点汽油灯的族老会有啥意思？可是点汽油灯的钱还差二十卢比。于是只好找一天在竹林里蹲上个把钟头，让蚊子叮也得忍着点，不这样，有什么办法弄钱呢？

加利杰兰的摔跤场上近来十分热闹，傍晚，那里唱颂歌时，更是热闹。新买来了一架风琴，还从庙会上买了一个甘戈迪利亚鼓，鼓声一响，动人肺腑。

巴尔代沃喜欢唱颂歌，不喜欢摔跤和摔跤场，因为身体练得壮实了，就会热衷于搞暴力主义。真正的力量是智慧，圣雄甘地就是靠智慧的力量战胜英国人的。甘地身上的肉还没有一只鸟儿身上的肉多。国大党的其他领袖也都瘦得像猴儿。

但是加利杰兰摔跤场上的活动并没有停止。鼓声使得练摔跤的年轻人一个个热血沸腾。

咚咚咚！咚咚咚！

这意思就是："来来来！来来来！"

大家都来到了摔跤场，撩起围衣和短裤，然后抓一把土，往头上一抹，喊一声"上呀"，便走到场中。加利杰兰喊了一声"阿里"也来到场中。金巴沃蒂庙会上比赛摔跤时，旁遮普的大力士们就是这样大喊一声"阿里"进入场地的。

这时肖班开始变换鼓声。

咚咚，咚！咚咚，咚！

意思就是："来呀，摔！来呀，摔！"

场上大力士们各显神通，勾脚抱腿抓胳臂，各种招数都使出来了，谁也不让对方碰着自己的手臂。有人正伺机抓住对方，瞧，抓住了……

咚咚咚咚！咚咚咚咚！

意思是："紧抓不放！紧抓不放！"

咚咚咚，咚！咚咚咚，咚！

意思是："举起来，摔！举起来，摔！"

咚咚咚咚，咚！咚咚咚咚，咚！

意思是："好啊好啊，好！英雄干得好！"

摔是摔倒在地上了，可要真正按住对方就不是那么容易做到的事了。摔倒的人用手拼命撑住他，他懂得用什么办法来对付对手的高招。

咚咚，咚咚咚！

意思是："使招，快脱身！"

好啊，英雄！对方的高招失算了，英雄脱身了。然后鼓声又变成了咚咚，咚！咚咚，咚！“来呀，摔！来呀，摔！”

随着每一通鼓声的响起，只听得一阵阵的喊声：“使招”“勾腿”“解招”“摔倒”。

如果在庙里敬神，这鼓点可完全是另外一种敲法，鼓声也很低沉平稳：咚咚，咚咚！

圣母万岁！圣母万岁！

保佑全村吉祥平安吧，圣母！

十四

青春热血在沸腾，
叫俺日夜不安宁；
俺的大嫂是美人，
不知啥时能过门？

一辆大车在柏油马路上缓缓行驶，赶车的一边赶着马车，一边唱着《大嫂歌》。

“驾，驾！快走，往右。美人儿，马见了都不想走啰。”

双手染得黄又黄[①]，
心上人儿到俺家；
大嫂真是美人儿，
可别回去见妈妈。

---

① 印度妇女在结婚时，要把手心和脚心涂成黄色。

车夫的歌声传出了小叔子内心的隐痛，使这支情歌听起来是那么动人心弦。葛玛莉坐在车上，车夫的歌声勾起了姑娘的联想。大嫂子？葛玛莉可没有，让我对谁去倾诉自己的心曲呢？歌里大嫂子的小叔子终于成了家，可葛玛莉呢，到现在还没有尝过恋爱的滋味。她继续读着《幸福海》的故事。故事的作者苏克代沃写道："啊，国王，一天，克里希纳坐在玉兰树上，正在吹笛子……"接着是克里希纳把牧女们晒在河边的衣服偷偷藏起来的情景，读到这里，葛玛莉有些触景生情了，她郁郁不乐地把书合上了。

比亚鲁一大早就到她家来过。比亚鲁是个多么和善的好人呀。要是有人问他："比亚鲁，你今天又做什么好吃的了？大夫今天是按时吃饭了呢，还是又带着药瓶子躺在床上了？"比亚鲁便会像平时一样笑着回答说："唉，小妹子，干吗问这个，他这个人的行踪我可一点也摸不准，每天都说：'比亚鲁，今天早点做饭。'可是他总是在夜里十一点和白天两点钟吃饭。他吃饭一点不挑拣，给他做什么，他就吃什么。说到药瓶子，你刚才是提到药瓶子了吧，小妹子？唉，从昨天起，他就和蚊子、臭虫、跳蚤打上了交道。今天他又关照桑塔尔人乔格亚·芒奇捉四只兔子和十二只耗子送来，说捉到了要给奖赏。"

全村的妇女都喜欢比亚鲁，全村的妇女不是他的舅母、姨妈、外婆，就是他的奶奶、大婶。他把村里的年轻姑娘或媳妇统统都叫小妹子。

葛玛莉最怕大夫微笑。他每次到村里来都是满面笑容，真可怕，是的，真可怕。你不怕吗？还觉得好玩，是吗？你看他，脖子上总挂着个皮管子，满村转，真有意思，是吗？你以为他把皮管子往人家胸膛上和背上一按就能知道人家心里的病吗？得了吧，全是骗人，假的，这么多天过去了，他还不知道我心里的事情，没有了解到我的病症呢。葛玛莉心里自问自答地说。要么就是你明明知道我的心思，却故意装出一副不知道的样子。从你脸上的笑容我看得出来，你好像是知道的。好吧，医生，你老实告诉我，你为什么总是笑个没完？你为什么到我们村来专门气我？不，不，你要是不来，我恐怕早就疯了。你没来以前，我天天做梦，梦见我掉进莲花河的洪水里，被大水冲走了，各种各样又粗又长的大蛇都扑过来咬我。你来了以后，我这个快要淹死的人得救了。那天，你翻开我的眼皮看，把皮管子放在我的背上听，想听出我心里在想什么。你责备我，我却感到很惬意，你用打针来吓唬我，气我，可我觉得很亲切。你说你要给我甜药吃，给就是了，干吗还要问人家？难道你的话语还不够甜吗？你得每天到我这儿来一次，你要是不来，我心里就会感到不安。大兵巷的古苏蜜总是说医生也问过她是不是需要吃甜药，我才不相信呢。医生不会是这样的人，准是古苏蜜在撒谎，医生的甜药，别人肯定是吃不到的。医生啊，你可得小心，古苏蜜是个诡计多端的姑娘，好多人都被她搞得身败名裂了。哈尔高利本是她的姨表兄，但是……唉，算了。讲这些干什么，听了又有什么用呢？她的婆家在法尔比斯甘李，男人在马尔瓦里当兵，通宵站岗放哨，可古苏蜜呢，却老去看电影……

葛玛莉又翻开了《幸福海》，苏克代沃写道："啊，国王，有一天，耶休莫蒂把牧女们叫到面前。"

"葛玛莉！"

"什么事，妈？"

"别看书了，大夫不是不准你看书吗？快把药喝了。我要把你的书锁在箱子里，要不然怎么说你都不听。"

“人家看一会儿又怎么了，妈？”

“你听话，看一会儿会怎么样，你去问大夫好了。”

“问大夫？妈，你知道你的大夫是个什么东西吗？他是一个泥菩萨！”

妈妈放声大笑起来，说：“你这个淘气鬼，就会胡说八道。好吧，你等着瞧，今天大夫来了有你的好看。”

葛玛莉是父母的心肝宝贝，乡长先生办事从来也没有违背过女儿的意愿；母亲呢，甚至不等她开口就会满足她的要求。父亲亲自教她读了《罗摩衍那》《摩诃婆罗多》《那罗和达摩衍蒂》《沙维德利和莎蒂亚万》《巴拉瓦蒂和孟戈尔》《湿婆往世书》。现在葛玛莉天天虔诚地敬奉湿婆神：“啊，造福人类成人之美的湿婆神！啊，忠厚善良的湿婆神！啊，我的一尊泥塑的大菩萨！”

“大夫，葛玛莉说你是一尊泥塑的大……”

“妈，不准你说。”葛玛莉撒娇地扑在母亲怀里，用手捂住妈妈的嘴，说，“妈，你问问你的大夫，他养兔子干什么？”

医生没有回答，只是微微一笑，然后板着面孔严肃地说：“以后得打针了，药已经治好了昏厥症，可是精神病得……”

大家哈哈大笑起来。所谓大家，也就是指乡长先生、葛玛莉的妈妈和比亚鲁。葛玛莉顿时羞得满脸绯红：“我今天不让人给我量血压了，不，绝对不量了，他说得对，我有精神病。”

“迪迪，”乡长喜欢叫女儿迪迪，“来，量一量，别耽搁医生的时间。”

量血压的时候，医生严肃地看血压计，葛玛莉斜着眼偷偷地瞅着医生，心里想，好哇，你说我有精神病，是谁让我得的精神病？

村子里只有乡长先生经常喝茶，而且品尝的是上等名茶。医生每天都过来陪他一起喝，因为葛玛莉的妈妈再三邀请，他才答应了。

乡长先生说医生现在成了他的知己，医生也把乡长先生看成了至交。普拉祥德从乡长先生嘴里常常可以听到本县、本村和各家各户许许多多的奇闻逸事。乡长先生告诉他，巴尔班加王公的总管德弗先生现在完全变成一个地道的印度人了。他穿一件印度无领长衫，缠一条围裤，有时前额还涂上香灰。巴尔班加王公的王子被他控制在手心里。只要他的女儿还活着，王子就甭想把他搞掉。

王太后金巴沃蒂是穆斯哈尔尼族人。王公蒲巴德还有个外国籍的王后，这位王后给他生了两个儿子。王公蒲巴德讲究奢华排场，还是个赛马能手，他的马每年在加尔各答赛马会上总是稳操胜券。即使在今天，他还养着二十二匹好马呢！他那奢侈豪华的生活别人望尘莫及。逢年过节，他就要从贝拿勒斯、阿拉哈巴德和勒克瑙请来大批歌舞伎，家里一连举行三天三夜的歌舞会，一分钟也不停。连招待客人的酒都是从巴黎运来的名酒，那才真够得上一个王公的气派呢！巴尔班加人可就吝啬多了，可以说都是一毛不拔的铁公鸡。还有，本县有个最大的地主，名叫波拉，他有三万英亩土地。罗胡阿地方的古鲁文西也是个大地主，可他的事很是出奇。他是个乐善好施的慈善家，支援战争的捐款数他出得最多，给国大党捐款，又是他捐得最多，真称得上好人，君子！可你知道他这样慷慨解囊最终得到了什么报应吗？人们反而给他编造了很多谣言，说他私造钱币。其实造钱币的不是他，而是他在科西河和恒河两岸的几千英亩的土地。这些土地既不需要犁耕锄耙，又不需要水肥管理，洪水退了的时候，只要在松软的湿土上撒下黄豆、三角豆、豌豆、油菜、绿豆的种子就行了，如果说需要花费什么劳动的话，就是播种播种。被科西河和恒河的洪水冲洗过的这片宝地会非常慷慨地把粮食送到他的谷仓里。县里国大党的大头儿叫维西沃那特·乔杜里，对了，你是知道这个人的，他也是一个大地主。你知道西斯先生吗？他原先是普尔尼亚县法院的律师，人家现在可是老资格了，他辩护的案件，就是高等法院的名律师也驳不倒。一般的辩护他根本不愿意参与，不过他从来不沾刑事法庭的边儿。有一次，王公蒲巴德愿意出一万卢比请他给一件杀人案辩护，但他没有去，他不愿意违背自己的誓言。他坐在自己家里，看了看材料，只在一处划掉了一句话，在另一处添了一个字，你猜怎么着？王公蒲巴德的官司居然打赢了。如今啊，再也出不了那样的人才啰。

“爸爸！”

“迪迪，什么事？”

“大夫今天在咱们家吃饭。”葛玛莉说。

“你想让比亚鲁发火吗？”乡长先生反问道。

“我已经对比亚鲁说过了。”

“既然这样，那么医生，你看呢？我不敢冒昧开口，可是我的迪迪说了，如果你看得起，那就……”

“不是看得起看不起的问题，是……”

“不吃辣椒和调料，只吃煮过的东西，对吗？”葛玛莉打断他的话说。

医生心里明白，葛玛莉的病在日益发展，如果西拉在场，她一定会插上一句，会说病已经到了感情亢奋或精神失常的转折关头。

十五

人们都认为苏莫里达斯是个说谎大王，但是关键时刻他的嘴里也能冒出几句叫人吃惊的真话来。近来他得了个雅号——“无线电”。

事情不管是大是小，只要是新发生的，无线电马上就会把它传到千家万户。无线电是乡长家供养的证人，他现在老了，他为乡长做了一辈子伪证。乡长出门讨债收租，他总是跟在乡长身边。要驱逐谁，安排谁，或者谁家为土地同别人闹了纠纷，都得先找他商量，不能先找乡长说。遇到这种情况，他总是把找上门来的百姓叫到没人的地方，说：“乡长攥在我的手心里，你给不给我送槟榔，随你的便，我无所谓，不过乡长所需要的东西，你可得……”

那些不值钱的小东西，乡长自己怎么好意思开口向百姓要呢？比如葫芦、黄瓜、茄子、苦瓜、肉鸽、生姜、辣椒、白菜、萝卜、菜籽油，都是苏莫里达斯主动提出的。这些都是他给自己要的。不过他在接受这些东西的时候，总是把送东西的人叫到僻静的地方，对人家说：“好兄弟，这些东西我收下有什么用？我又没有家，没有老婆，没有厨房，没有锅灶，我就这一张肚子，不需要向人讨东西。这些我是给乡长……”乡长家里从来没有买过一分钱的蔬菜，有什么必要买呢？如今苏莫里达斯的境况是不如从前了，可是难道就可以因此而不顾家族的声誉吗？他祖父在世时，他家大门口总是拴着一头大象，好不威风。都是命运捉弄人，如今家境衰败了……苏莫里达斯的肚子里从来装不住一句话。加利杰兰说：“苏莫里达斯嘴里没有牙，哪能挂得住话呢？他是个地道的无线电！”

无线电近来又得到了很多消息：第一个消息说，阿贾尔大师要从西部到这儿来了，拉罗辛达斯当寺庙方丈的事县长也同意了。第二个消息说，明天要打场了，前些日子不吉利，没有打，乡长说明天是黄道吉日，可以开始打场。

乡长家动手打场，农民和全村的人才能打场。乡长的打谷场叫大场，尽管今年遭了水灾但少说他也能净打八万公斤稻谷。

对了，还忘了说无线电传的第三个消息。无线电一回来就说：“巴尔代沃这回弄到了一个美差，就是给大伙儿分配购买布匹、食油和白糖的票证。参加这项工作的人本来还有医生，可是医生说没有空，他还对我说：‘达斯先生，请你替我代劳吧。’我不干，我对他说：‘我哪里忙得过来？’”

阿贾尔大师要来的消息倒不重要，其余的两条消息如果是真的，那可非同小可。

事情还确实不假，因为巴尔代沃也这么说。

打场！一年的辛勤劳动，好坏就在这场上了。两个月收割，一个月脱粒，这就是一年的全部收获。脱粒、晾干、堆好，然后算一算账，先把一年来借人家的债还清，要是还不清，那就在一张白纸上按个指印，下年再还。要是想还清，要么用牛来抵债，要么答应给债主耕地播种，放牧牛羊，继续借新债过日子。收稻谷年年如此，打谷场上年年用牛踩的办法脱粒，牛踩稻子脱粒时，嘴上总套个网兜儿，免得它干活时吃稻谷。穷人和没有土地的人也和打谷场上的牛一样，嘴上套个网兜儿。但是他们总是摆脱不了谷场对他们的诱惑。启明星一出来，打谷场上就立刻沸腾起来。冬日的清晨，寒风像针似的刺人，可是谁也不去理会。

霜露会把人四肢冻麻木的，只有在冻得手臂不能抬起来擦鼻涕时，他们才会往火坑里添一把干草，让火燃得旺一点。火坑里烧着白薯。轮到谁去火坑边烤火，谁就高声唱晨歌：“实现心愿不靠天，实现心愿不靠天……”，“弱者的力量是罗摩，弱者的力量是罗摩……”。

上午把脱完的稻谷堆在一起，然后把未脱粒的稻捆打开，铺在场上，下午继续脱粒。傍晚大家坐在火坑边尽情地唱《罗立克》或

《古莫尔·比杰庞》：

左边站住杜尔迦，
右边啼叫是乌鸦，
沙尔达尔苦思索，
曲女城的英雄牧童不听话。

原来分配购买布匹、食油和白糖票证的事，由戈莫尔达哈的戈莫鲁迪先生负责。从玛丽村到戈莫尔达哈，不过二十英里，去一趟倒不算太远，只是能不能领到票证，那得碰运气。戈莫鲁迪先生是个卖菜的，靠卖茄子发了家，当了地主。他现在是穆斯林的领袖，住在从戈迪哈尔去普尔尼亚的公路边，官员们常从他那儿路过，去他家做客，他每月少说也得赔上七八只鸡。据说只要新的地方官员一上任，全区马上就传开了，说这新官员可厉害呢，谁家也不去，谁送的礼也不收。但是戈莫鲁迪可不管这些。新官的司机是个穆斯林，戈莫鲁迪捧着《古兰经》赌咒发誓，硬请司机吃槟榔，和司机认识了。一天，新任地区官员从戈迪哈尔办完事回城去，车刚开到戈莫鲁迪的菜店前就出了故障，正好是夜里十点，车上坐的那位新官能上哪儿去呢？从那以后，戈莫鲁迪便闭着眼睛，放心大胆地徇私舞弊了。有一次，国大党的库夏耶先生在普尔尼亚的会议上对那位新官说："听说百姓相当不满呀。"坐在一旁的戈莫鲁迪笑着问："什么百姓？印度教徒还是伊斯兰教徒？"那位地方官一听便明白了，原来戈莫鲁迪是伊斯兰联盟成员，所以人们故意诽谤诬陷他。

现在票证由巴尔代沃负责分配。巴尔代沃拿了洋布有什么用？

除了土布，别的什么布他都不碰……什么，也碰？碰一碰也没有关系嘛。

“万岁，圣雄甘地万岁！”明天要开始脱粒了。去年开场那一天，请贾利莫来跳了舞。贾利莫是大兵巷的人，他的妻子是个多姆种姓的女人。其实今年不应再跳舞，今年应当唱祈祷歌，唱祈祷独立的歌。无线电说：“这次应当跳比达巴特舞[①]，医生想看比达巴特舞。”乡长听了笑得前仰后合，再三劝医生，说这种舞蹈太陈旧，尽表演一些令人发笑的滑稽动作，可医生还是坚持说：“就跳比达巴特舞吧。”于是派人通知了巴斯万巷的李布杜。李布杜是位舞蹈师，是舞蹈音乐的指挥。

加利杰兰的颂神歌不唱了？也好，不唱关系也不大，另外再找一天，让他专门给医生演唱。

巴尔代沃对医生的想法感到很惊讶，比达巴特舞有什么好看的？那是名副其实的坏舞，伴舞的歌曲也是不堪入耳的，正人君子谁也不会看这种舞蹈。真想看舞蹈，那就应该请求乡长让西莫尔班尼村的太特尔歌舞班的人来表演，难道乡长管不起 25 个人的路费和饭钱吗？村里人看了他们的表演，准会大开眼界的。西莫尔班尼的太特尔歌舞班是很有名气的。这个班子的马哈比尔扮演坚战[②]活灵活现，手里拿着一把宝剑，走上台大吼一声，四五英里远都能听见。

“别敲锣打鼓了，我不喜欢这些声音。”有人喊道。

叮叮咚，锵锵！

叮咚锵，叮咚锵！

比达巴特舞蹈的开台锣鼓响了：“走吧，走吧，走吧！”

---

① 比达巴特舞，根据中世纪诗人维德亚伯迪的诗歌编成的歌舞剧。
② 印度史诗《摩诃婆罗多》里的英雄。

锵锵咚，咚咚锵！

锵咚锵咚锵！

全村的人都聚集在打谷场上，布幕已经围好，整个打谷场上人挤得水泄不通。医生、乡长、凯拉文都坐在椅子上。加利杰兰跟自己的人坐在一起。焦德克没有来，乡长开玩笑说："他今天牙又疼了。"大家听了，哈哈大笑。大家都明白焦德克今天为什么没来，因为他儿子拉摩·那罗衍是跳比达巴特舞的，婆罗门跳舞让卖油匠看笑话，我的天，那还行？这个拉摩·那罗衍是个逆子！巴尔代沃也没有来？他是个正经人，正经人是不看比达巴特舞的。

"噢……嗬！主角先生！"

丑角出场了，人群中爆发出一阵欢笑，数百人开怀的欢笑，还有缓缓的脚铃声。

装扮丑角的是罗加耶达斯，他穿一件破烂长衫，脸上涂得黑黑的，看起来很滑稽。罗加耶达斯扮演丑角是祖传的职业，似乎老天爷派他到人间来，就是为了叫他演丑角，他的上嘴唇开了两个口子，看起来像个三股叉，前面的门牙露在外面，天花女神又夺去了他的一只眼睛。他善于编笑话，逗乐，是个滑稽大师。"噢……嗬！主角先生！"

"什么事？"

"喂，叮叮咚咚地敲什么？"

"在敲锣打鼓，这是锣，这是鼓。"

"噢，懂了。可锵锵锵锵的声音是怎么回事？"

"大概是在跳舞，跳的是比达巴特舞。"

"噢，明白了，是在敲鼓叫卖。"

咚锵，咚咚锵！

锣鼓敲着，伴唱的人唱道：

北方来了舞蹈家，
文艺女神——我们的妈。
我们是笨蛋乡巴佬，
她要把你好好夸。
她只是扯着嗓子高声吼，
却忘了用词来说话！

“噢……嗬！主角先生！”丑角罗加耶达斯大声嚷道。结果伴奏的锣鼓当中停了。他应当在锣鼓刚停时嚷叫才对，看来他还没有掌握好锣鼓的点子。

“你真笨！”

“喂，主角，你们这是在向谁祈祷？”

哈哈哈哈！又一阵笑声，不过比前一次小一点。

“笨蛋！你没听见这是在向文艺女神祈祷吗？”

“这文……文艺女神你见过吗？还说我笨，你才真正的笨。敬文艺女神的，不是我们这些人，应该是念过书、有学问的婆罗门。”

哈哈哈！观众中又是一阵大笑。

“那我们该向谁祈祷呢？”

“你？你不过是掺了假的黄油，上次在宴会上吃了你，害得我拉了十天肚子。就是不掺假，你也像掺了假的笨蛋，这难道你还不知道？听着，你叫他们重新把锣鼓给我敲起来，咚咚锵，咚锵！”

“唉，向豆子粥祈祷呀，向香喷喷的白米饭祈祷呀，向翠绿的青菜祈祷呀。对了，老爷，青菜是生的，请听我给你讲几样熟食吧。

你还可以向手镯祈祷，向臂环祈祷，向面包祈祷！”

哈哈哈哈！

“现在还有干鲜果，老爷！向无花果祈祷呀，向杜莫尔果祈祷呀，向白薯祈祷呀！”

哈哈哈哈！又是一阵笑声。

“向犁铧祈祷呀，向公牛母牛祈祷呀！还有，最重要的，不要忘记向老天爷祈祷呀！”丑角罗加耶达斯做了个鬼脸说。

儿子中邪老子打，
巴掌落到头顶上。
主要不是敬老天，
要敬东家鞋一双！

丑角罗加耶达斯赶紧转向凯拉文，对他的鞋子鞠躬致敬。

医生看得又高兴又吃惊，完全入了迷。这次的舞蹈准成功，内容当然是旧了些，你说是吗，老兄？不过说的可都是大实话。

叮叮咚，锵！叮叮咚锵！演员们开始翩翩起舞。

上场的是可爱的柔肢弱女，
她骑着天鹅举止彬彬有礼。

舞蹈者踏着鼓声轻手轻脚地来到台上，然后随着乐器声先向锣致敬，接着又向鼓鞠躬，最后向指挥李布杜行礼，并去触摸他的双脚。波利亚巷威登达斯的儿子喜欢像女孩一样留一头长发，鼻子上总戴只鼻环。今天出场的舞蹈演员就是他。他穿好衣服，打扮打扮，真像个婆罗门姑娘。这小子，他戴的耳环是谁的？是葛玛莉的？哈哈，这小子今天要是赢了这副耳环，那可成了比达巴特舞蹈家名副其实的弟子了。敲锣的是吴吉德·达斯，他说：“说什么来着？真正的比达巴特舞蹈家？我是沙哈尔沙的锣鼓大师盖奴徒弟的徒弟，就是说我是盖奴大师的徒孙。你们知不知道盖奴的事？有一次，锣鼓大师盖奴和舞蹈班出外演出，强盗们打听到他们演出时每人挣了一百卢比，还得了布衫、围裤、披肩等，便在图提水塘岸边的大树附近，把盖奴大师包围起来，要抢他的钱财。盖奴大师大概去解手了，掉了队。你知道盖奴大师是怎么对付的吗？不知道？哈哈哈，他呀，立刻敲起鼓来，手指在鼓的右侧像跳舞一样跳动，发出咚咚咚咚的响声，整个鼓面的干皮像活了似的颤动起来，发出的鼓声像人在说话：‘我在图提水塘旁，强盗四面来围抢，强盗来围抢！’强盗一听就吓跑了！现在这是李布杜歌舞班，不是演戏的，跳舞吧，小子！”

“嗨！嗨！嗨！嗨！”丑角抱着肚子装出一副鬼脸。

叮叮咚，叮叮咚！
一轮明月升天空。

丑角突然昏倒在地上：“哎哟，我的妈呀！”

“呀，怎么了？”

“哎哟，我的妈呀！”

“喂，快说呀！到底怎么了？”

“好吧，主角先生，向你请教一件事，你快告诉我，如果天上的月亮落到地上，是不是地上的月亮就得到天上去？”

“胡扯，地上哪有月亮？”

“大家听听他说的，我说他是掺了假的黄油，是不是？我说老弟，我只坏了一个灯泡，难道你的两个全坏了？如今听说火车上没有灯，从前火车上灯熄了，马上就会发生偷盗。”

哈哈哈哈！这小舅子常到他戈迪哈尔的姥姥家去，连火车也不放过，还挑刺儿，真是在残疾人的眼里，全世界都是残缺不全的。听下去，看他还说些什么，看他把谁说成是地上的月亮。

“喂，笨蛋主角，地上的月亮带着他的三十六种艺术站在你的面前，你没看见？是不是被他的光照瞎了？你快点上第六盏灯瞧瞧。”

哈哈哈哈！小子，又胡诌了！

“你不知道第六盏灯？瞧，第五盏灯不在五老会的五老中间点着吗？第六盏灯就是你家里现在点的那盏。什么？没有油？不要紧，找根麻绳，浇上油点燃，拿在手里站着，绳子呼呼地烧着，看起来不是像汽灯一样吗？我最近就是这么干的……五老会的长老们，你们瞧瞧，这儿有谁比我更漂亮？”

“没有，没有，你可是爱神下凡。”乡长说。

哈哈哈哈！跳呀，今天是你显能的时候，尽情地跳吧，小子！

叮咚，叮咚，叮叮咚，
走呀，走呀，朋友，
快向幸福的地方走。
我们去玩吧，
那里有克里希纳——我们的朋友！
他在沃林达林里，
放着牛把我们等候。

他敲着鹿皮鼓，

喂，快走，别待在家里头……

叮叮咚，叮叮咚，

快走呀，别待在家里头！

蒲利娅坐在德特马巷的妇女堆里，心里很不高兴，什么“别待在家里头”，放屁！

乡长家的前窗开着，葛玛莉正趴在窗口观看。不看，演出结束后她怎么给赏钱呢？

瞧这小子，转着圈子跳，裙子鼓起来，像盛开的荷花！

“唉，主角先生，请你告诉我，她丢下我们要上哪儿去？老说走呀，走呀的，是不是那儿有要把戏的或是有酒席？要么在分配布票？”

“唉，她是去和你幽会，你不是克里希纳吗？她被你的美貌迷住了！”

“噢，原来是这样！所以我说，她丢开我们还能上哪儿去呢！我是克里希纳，不过，克里希纳他爹叫南达，而我爹的名字可叫吴佳鲁·达斯。”

哈，哈！哈哈哈哈！

“喂，蠢货！你爹的名字叫吴佳格尔·达斯，你为什么要把他胡诌成吴佳鲁·达斯呢？”

“吴佳格尔·达斯这个名字是他父母给他起的。后来他给地主放牛，被东家揍了一顿赶走了。他放牛的时候，把牛赶进东家绿油油的庄稼地里，任凭牛吃庄稼，自己躺在一边睡大觉。反正这庄稼是靠牛的劳动长出来的，东家吃牛的奶，长得肥肥胖胖，难道它们就不能享受享受？吃吧！就这样，人们给他起个绰号叫吴佳鲁·达斯。[1]”

瞧，这舞蹈演员准是抽了大麻叶子烟了！等着瞧，这小子今天的舞蹈准精彩。

咚锵，咚锵……
她从林宫里走出来，
朋友啊，其中必有巧安排。

“对，她偷偷从家里溜出来，要去房前的密林，那里没有人干涉她与克里希纳卿卿我我，干得妙。”丑角自言自语地说。

舞蹈者合起双手，像吐芯子的蛇一样摆动着身体，靠腰部的力量往地上坐，他穿的裙子像荷叶似的铺在地上，口中念念有词，向神灵祈祷。啊哈，这小子替本村争了光。

啊，城邦的唯一主人，
不要把我调戏，
快快放开我的衣服，
不要撕破我的纱丽。

“对呀，老弟！现在可是配给制时代，布匹来之不易，千万小心，可别撕破了！”

要是撕破衣裳，

① 意思是破坏者。

咱们就会在众人面前丢脸。

“哼，又在装正经女人！什么井的水没喝过，你这种正经人，我才不信你那一套呢。”丑角旁白道。

今天情人初来到，
我赶紧把道路来清扫。

“哈，克里希纳，你弄脏了多少酸奶，倒说是情人初来到！我的天哪！”丑角大声嚷起来。

同行的女友早已溜走，
把我一人留在了后头。

“啊哈，啊哈！把一个人留在了后头！”

贤良的女子你听着，
这里正唱比达巴迪歌，
只要和克里希纳在一起，
什么害怕也用不着。

“对，对，和克里希纳在一起有什么不行！要说有什么过错，也得我们大家共同承担着。演吧，演你和克里希纳的风流事，五老会要用扫帚和鞋子打你，由我来抵挡。”

什么事？出了什么事？医生的用人来这儿说什么了？什么，葛玛莉赏了一副耳环？好啊，小子！今天你可出了风头了！祝你长命百岁，祝你长命百岁！

在这种场合，丑角怎能落后？他今天也会使出吃奶的劲儿来，叫大家高兴满意。今天的舞蹈准保精彩。“喂，主角先生！这儿没有一个人听我吐苦水，没有一个人理我。”

“你怎么了？”

“你叫我怎么说呢？”丑角指指乡长，装出恐惧的样子说。

“行了，我懂了，老弟，你尽管说吧。”乡长明白他的用意了，“这世上难道只有我一个人是收税管田的乡长吗？说吧，你会讲真话的。你听到了吧，医生，这小子现在要出乡长的丑了。”

“主角先生，现在不见有人安慰我，听说政府的这位英雄好汉在巴拉哈·切特拉捆绑科西母亲，可没有一个人来捆绑我这颗心[①]！”

“唉，你说吧。”

“那好，他听着！距今五十多年前，此地开始丈量田。”

听着，听着！他一定又要出新花样，这回他也能捞点赏钱。

“叫他们把锣鼓敲起来——锵，咚！锵，咚！”

怎么来安慰，怎么来安慰！

叫咱们乡长怎么来安慰！

“丈量土地开始了……”

一根竹竿一丈长，

① 科西指科西河，印度把圣河称母亲。印地语“捆绑”一词有许多意思。和心连起来，是安慰的意思。

每块地按五尺量！
量了胡同量谷场，
量了渡口量池塘。

“后来呢？”

后来总共一算账，
吓得哭爹又叫娘！

“这边地主的士兵抢走了房上的南瓜、园里的黄瓜、家里的羊肉和四对肉鸽，说这只是对不按时交租人的惩罚。”

“后来呢？”

卖了盘子给乡长，
卖了水罐给听差，
其余记在账本里，
打发账房回家乡。

“最后呢？”

和尚老弟听我言，
一年四季活白干，
手敲锣鼓口唱歌，
托钵四乡去讨饭。

嗬，哈哈！嘿嘿，嘿嘿！笑声快把帷幔震破了，这小子真是举世无双……好啊，罗加耶达斯！

医生问乡长："歌词是维德亚伯迪的，可这丑角说的，是谁编的？"

"医生你可真是的，这还用问？"乡长笑着说，"编这些话还用得着杜尔西达斯[①]和蚁蛭[②]那样的大诗人吗？他们一面在地里干活，一面就编出来了。"

医生赏了丑角多少钱？一张五卢比的钞票？这丑角今天赚了。

启明星出来前，舞蹈结束了。演得非常精彩。现在该打场脱粒了。

医生躺在床上反复回味那些优美的歌词，虽然字念走了音，然而听起来却很柔和、协调……"情人像艳丽的荷花，情人像艳丽的荷花"……"月儿的仇敌是云彩"，"鱼儿的敌人是大网"，"女人的敌人是一双眼睛，眼睛会暴露内心的秘密"，"哭时泪水会把黑眼膏冲掉"，"太阳会把前额的吉祥志晒跑"，"我们在池中洗头发，我们在池中戏月亮"。这些句子多有诗意啊！

医生还想：一说到维德亚伯迪，顿时想起了诗人丁格尔[③]提的问题：诗人维德亚伯迪的诗在哪儿？这个问题在脑子里盘旋了很久很久，一直得不到答案，现在这些终身为人卖力、一字不识、半裸体的乡巴佬做了答复。诗人啊！你的维德亚伯迪的诗歌正在用生活的蜜浇灌这破烂的茅舍！啊，诗人，你的诗曾经急促不安地说过："去吧，诗人，到野花盛开的地方去！野花的蓓蕾正殷切地恭候着你的光临。"

---

① 杜尔西达斯，中世纪诗人，《罗摩功行之湖》的作者。
② 蚁垤，史诗《罗摩衍那》的作者。
③ 丁格尔，1908—1974，印地语诗人。

十六

“穆生马德·宋那利，一百卢比一块的布一码；花布一码半；马来西亚缎子一码；纱丽一条，一丈四尺。”巴尔代沃大声地嚷着，他正在给大家发布票。人们分到布票，还要到罗德哈特车站马尔华商人汉斯拉吉·巴奇拉吉那儿去买。

凯拉文的前门，人挤得水泄不通。从大清早就开始发布票，到下午还没分完。“纱丽没有了。”巴尔代沃说。

“没有了？巴尔代沃先生，我需要一条纱丽……罗发他妈妈简直赤身裸体，没有一件衣服，巴尔代沃先生。”一个妇女恳求道。

巴尔代沃说：“大家请注意！全村只分到七条纱丽，四条是高级的，属于东家用的，每条七个卢比。其余三条我把它分给那些完全一丝不挂的人……”

“一丝不挂的人全村有的是，巴尔代沃先生！”

凯拉文说：“原先戈莫鲁迪先生分布票时，村里的妇女不也是赤身裸体没有面纱戴吗？老弟，我看有多少就分多少吧。”

加利杰兰坚持要求在他的布票上再多写四尺花布，他说他要做一个鼓套。巴尔代沃不同意。人穿的都没有，还要给鼓做鼓套，瞧，想得倒不错！

这一天，巴尔代沃出门走路都不得安宁。与其说是接受了分布票的任务，还不如说是碰上了一个倒霉的差事，连上厕所都有人跟在屁股后边。“印度万岁，巴尔代沃先生，我是来找你的。杜拉莉要结婚了……”

“好吧，好吧，让我先上厕所。现在手头没有布，连储备的布也没有了，只剩下盖尸布和安葬用布。这种布怎么能给你呢？把盖尸布和安葬用布给结婚的人行吗？”

巴尔代沃哪里知道，杜拉莉早在五年前就结婚了，而且已经有了三个孩子。

罗其蜜已经派拉摩达斯来过，让拉摩达斯告诉巴尔代沃说：“阿贾尔就要到了。你最近压根儿不到寺院来，是不是一点空闲也没有？戴念珠的仪式举行过了吗？阿贾尔就要到了，你有什么考虑？除任命新方丈时需要一件披肩外，敬神时还需要两条围裤。最好是没有皱纹的上等细料或南格拉特围裤。还有，女司库也没有衣服穿了。”

真叫人为难，备用布只剩不多一点了，是留给办红白喜事的人家用的，怎么能给罗其蜜呢？噢，有了，阿贾尔要来给方丈主持就任仪式，那好，为了举行仪式，应该给夫人，不，不是夫人，是女司库罗其蜜，南格拉特布二十尺，上等时髦细料布二十尺，披肩布一条。

拉摩达斯在一旁提醒巴尔代沃说：“还有裤衩布二尺。”太困难了！巴尔代沃现在每天要说十几次假话，有什么办法呢，工作实在难做。县国大党会议要召开了，部长先生要来参加，巴尔代沃得从县里组织一支人马，打着旗子去欢迎，国大党县党部书记甘古利先生已经来信下过指示，还送来了传单……

“走哇！走哇！上普尔尼亚去呀！部长先生要来了。”

“男人女人小孩，都打着旗子，喊着革命口号，到普尔尼亚去呀！”

“没火车票？”

“看你多蠢，部长先生要来了，坐火车还能要票？”

“巴尔代沃说过，他要告诉部长先生补助布匹太少。”

“走哇！走哇！上普尔尼亚去呀！一看见启明星出来，大家就到庙前去排队进城。”

“让我们高呼迦利女神万岁！”

“万岁！万岁！”

“让我们亲切地高呼圣雄甘地万岁！”

“万岁！万岁！”

黎明前的黑夜中，口号声此起彼伏。

“扑”的一声，伏在树梢睡觉的鸟儿惊醒后扑打着翅膀向空中飞去。加利杰兰说：“要是会打弹弓的古来达在，他准能在漆黑的夜里打下一两只鸟儿来。”巴苏代沃急忙阻止他说：“别嚷，别让巴尔代沃听见，要不，他又要绝食……”

“点点人数，有多少男人，多少女人。喂，小孩不算，小孩去太麻烦。”于是加利杰兰和古德尔便摸着一个个人头点过去。加利杰兰喊道：“一共五百零四名妇女。”古德尔喊道：“一共四百一十名男人。”“村里的上层人物不会去，他们经常叛变。”巴尔代沃今天又说出了一个新词儿——叛变。叛变，上层人物总是叛变？人们议论着。

队伍行进着，巴尔代沃想领着大家边走边唱歌。他只记得两首歌，一首是他在反对食盐法时期学来的：“来吧，勇士们，你要做英雄好汉，要把那牢狱挤满。”另一首是1942年群众运动时期，他在监狱里听到的：《要让生命在革命激流中度过》，不过这是社会党人的歌曲。还是过去那支歌曲好：“来吧，勇士们，你要做英雄好汉……”今天只有巴尔代沃自己一个人唱，孙拉也只记得歌词。

登特利马巷的孟戈鲁听了口号声和歌声吓得浑身打战。监狱？我的天！他们是要把我们带去蹲监狱。十五年前，他曾经因为偷盗罪被判过刑。监狱长的皮带滋味，至今仍然记忆犹新，每天还得挑满四个池子的水。不，不能去。于是他借口小便，落在人后，趁人们不注意，逃回家去了。大家都发疯了，我干吗也跟着一起去发疯？

队伍来到了普尔尼亚城。城里有洋灰马路，飞驰的汽车，时髦的马车，高高的砖瓦房。“一颗小星落在房顶上，普尔尼亚变成了灰，你猜它是什么？”“火。”农村的孩子今天猜谜语时，还常这样提到普尔尼亚城的名字。在玛丽村这次的游行队伍里，只有两个人过去到过普尔尼亚城，很多人都是平生第一次坐火车，心里激动得不得了。凡是手里拿着圣雄甘地旗的，列车长和列车员都不查票。真的，你听火车边跑边说：“向迦利女神致敬，六个铜板。”巴尔代沃指着窗外对大家说：“瞧，这就是迦利桥。修桥时还杀了五个活人祭桥。”“我的天！杀了五个人？万岁，迦利女神！”“反对食盐法时期，警察在大冬天把志愿人员抓到这座桥下，朝河里一抛，按在冰水里打，用手揿住头溺，憋得人喘不过气来，鼻孔里呛的全是水。瞧这，这是医院。我们村那个防疫站，在它面前小得好像个婴儿。”“监狱？这是监狱？”“不，不是监狱，是岳父家。朋友，我们要去岳父家娶媳妇了。来吧，勇士们，把监牢挤满……”蒲利娅两眼盯着普尔尼亚车站，仿佛在寻找什么。她是在找克拉西，克拉西常穿一身黑色无领长衫……“这是法——法院，人们到这儿来告——告状。”真奇怪，人们总喜欢在一些词儿前面加一个毫无意义的前缀，什么法——法院、仓——仓库、绅——绅士、家——家庭、土——土地、长——长老会、刑——刑事法庭，以及迎——迎亲队或高——高利贷商人，等等。

城里人用惊奇的眼光看着这支从乡下来的队伍。“革命万岁！”一个伊斯兰学者坐在法院拐角的水果店里冷笑，说：“他们都是进城来抢布的。滚吧，抢你们的布去吧，喊什么革命，你们懂得什么是革命吗？”

旗，一面大旗在空中飘扬，那就是拉摩克宋净修院。“喂，大家停下来，把衣服穿好，到前面水管去洗脸。”前面传来巴尔代沃的声音。“你害怕了，巴尔代沃先生？”有人问道。队伍在这里排成了七行。巴尔代沃站在队伍的最前面，由加利杰兰领呼口号。巴尔代沃教大家怎么喊，他说：“加利杰兰先喊‘革命’，大家也一起跟他喊‘革命’。”“对，就这样大声喊。加利杰兰喊‘打倒’，然后你们就喊‘英国统治’。注意，加利杰兰，开始喊口号了。”加利杰兰使出平生力气，大声喊了一声：“革命！”

“打倒，万岁……打倒！”

“哎，停，停，停，喊错了。”

西沃那特·乔杜里、甘古利、谢祥戈和那特先生都十分惊讶和赞赏地看着这支游行队伍。乔杜里对巴尔代沃很满意。那特说：“要是所有干部都能像他这样在各自的地区工作就好了。瞧，仅仅两个月的时间，一个人就把这么多村民组织起来了。发展了多少正式成员？五百？那你……您就是县委员会的委员了。”甘古利对巴尔代沃早就称呼“您”了，今天那特先生也称巴尔代沃为“您”了。

乔杜里说：“哎，巴尔代沃，你建个纺线中心吧。搞没搞些开创性的工作？”

管理土布仓库的切迪斯说：“巴尔代沃，你从村里给库房搞些好酥油来吧。”

巴尔代沃真是个有学问的人，是个大人物。他也和戴着帽子的老爷太太们一起坐在一层一层像梯子似的讲台上。“喂，那是谁？那个矮子，有三尺高，看起来像个四岁的孩子，瞧他那脸上的胡子，说话声音多粗呀。”“用话筒说话，声音都粗，说的什么话，谁都听不懂，不知道讲的是哪国话，除了印度斯坦、自由、甘地几个字，别的一句话都听不明白，叫人怎么鼓掌呢？”“嗯，会散了？部长在哪儿？是谁呀？”“就是那个大胡子瘦猴儿？他讲起话来倒也和蔼可亲、慢条斯理的，头上戴的帽子也稀奇古怪。那次警官到村里来，我看到过这种样子，全身系着皮带。部长也是这样的人？这是啥官？”群众议论纷纷。

加利杰兰告诉大家：“他不是部长，他是拉金德拉先生。大家每天不是都在《独立颂歌里》听见唱‘为国家，卖田产，沦为乞丐四乡转，为国民，谋福利，拉金德拉不平凡’吗？为了国家，他放弃了一切应有的权利，放弃了田产、财富和牛羊，成了乞丐，流落四乡。哈哈，嗯，现在他可是一个比部长权力还要大的人物啰。怎么，不是吗？为了国家，他放弃了一切应有的权利，也就是全部应有的权利。”

乔杜里交给巴尔代沃一张十卢比的钞票，说：“拿去请大家喝茶。”

“万岁！万岁！走哇！走哇！”

“加利杰兰上哪儿去了？巴苏代沃也不见了。”人们四处寻找。“行了，行了，回去的时候不需要喊口号，不过加利杰兰和巴苏代沃在哪儿呢？”人群中有人回答道：“他们两个跟着一个穿长裤的‘独立先生’一起不知上哪儿去了。还留下话说明天再回去……”穿长裤的独立先生？可是为什么不打个招呼就走了呢？城里的事难说。近来巴尔代沃对加利杰兰不大放心，加利杰兰也常常躲躲闪闪的。

社会党县党部的部长向加利杰兰说：“不是加利杰兰，而是加利杰兰同志，同志的意思就是同伙，我们大家都是同伙，你也是伙伴，这里没有谁是领袖，大家都是领袖，都是伙伴。哎，同志，你们村里哪个种姓的人数最多？亚德沃人最多，对吗？婆罗门呢？一户也没有？参加游行的人难道都受了巴尔代沃的影响？受影响的意思就是盲目追随。我是说，多数人不是闭着眼睛相信他，跟着他瞎跑吧？不是他的盲目信徒吧？”

“不，盲目信徒是寺院的方丈，他已经死了，他的女司库可……”加利杰兰莫名其妙地回答。

“行，就这样吧，你都明白了？你去领个党证。拉吉巴利，给他一些印刷传单，再叫赛尼克同志到我这里来一下。这是赛尼克同志，全名叫甘加普拉萨德·辛哈·亚德沃·赛尼克。这是加利杰兰同志。这位叫什么来着？噢，对了，巴苏代沃。今天从玛丽村到拉摩克宋净修院来的游行队伍就是他们率领的，他们已经在党员宣誓书上签了名。玛丽村的居民中人数最多的是亚德沃种姓，赛尼克，你到那里去工作最合适，组织群众不会有什么困难。那里只有巴尔代沃一个人……对了，加利杰兰同志，你还有什么问题要问吗？”社会党县党部的部长最后问道。

“有，要是我们为老百姓的利益开展一些工作，有人说这是搞暴力主义加以阻挠，那我们该怎么办呢？”加利杰兰只有这样一个问题要问清楚。

县党部部长沉思起来，但是拉吉巴利同志考虑问题却非常敏捷，尽管他说话结结巴巴耽误时间，那也是没有办法的事情。他说：“哦……唉，同志，你明……明白地告诉他，四……四二年的运动如果靠……靠非暴力，你就不会有今……今天的地位，明……明白地告诉他，说他是反……反动派！是灭……灭我志气！把这两本书《辩证唯物主义》和《为什么要搞社会主义》拿去，这里面都写了，再带一部分《红旗》周报去，多张罗些订户。红旗带上了没有，红旗？”

觉醒吧，劳动群众，
双手把红旗高擎。
起来吧，提高警惕，
把罪孽铲除干净。

加利杰兰同志和巴苏代沃同志！社会党！一路上加利杰兰边走边向巴苏代沃讲解：“这个党才是真正的党。是个激进党。你听说过革命这个名字吗？你没有听到过‘轰的一声炸弹响，巴格特·辛格喜欲狂！’这支歌曲吗？那就是这个党干的。这个党里没有领袖，大家都是伙伴，都是领袖，你没听说过？布尔乔亚们污蔑它是暴力主义，巴尔代沃就是布尔乔亚，是资本主义。这本书里什么都写了，布尔乔亚、小布尔乔亚、资本主义、资本家、恶霸地主，还有不劳者不得食，等等，什么都有。现在巴尔代沃的领导行不通了，要随时搞暴力，谁阻拦，就斗争。我们要设法把分配布的任务抓到手，到那时再瞧吧！”

巴苏代沃也在车站买了一本书，是一本红皮书，只要一个安那。那是一个人装在挎包里叫卖的，是一本耶稣的《圣经》。现在他有两本书了：一本是耶稣的《圣经》，一本是《辩证唯物主义》。

十七

阿贾尔从加西圣地来了。阿贾尔是总管各寺院的大地主。他随身带了三十个人来，有司库、总管、侍者、女仆、装烟的、管账的、文书和歌手，在这支和尚队伍中，还有一名那加族和尚，虽然他信奉的是别的宗教，可是阿贾尔还是把他带在身边。那加和尚是个性情暴躁的人，他手里拿着一把小斧子，留着长长的胡须和发髻，浑身上下涂满香灰，腰间挂一副银环，赤身裸体。他和阿贾尔到哪个寺院，就把哪个寺院的方丈和总管整得叫苦连天，谁也不敢怠慢他，所以阿贾尔老带着他。

那加和尚发脾气时，张口就是一连串的脏话。他一来到寺院就冲着罗其蜜发开了火："你这个该死的骚货，忘恩负义的东西！你这个婊子懂得什么？哼，你以为世界上的人都是瞎子？说，不说给你塞辣椒面儿！你这个扫帚星，竟敢辱骂阿贾尔大师。我要在你嘴里插根斧头柄。说，混账东西，母狗，跟和尚睡觉，又让老爷亲嘴，看我不打你耳光！给我滚出寺院，你这只十月的母狗！"

罗其蜜双手合十地坐着。人们没有去理会那加和尚的辱骂，他们并不认为这有什么不好，他们说这是一种祝福。罗其蜜抓住那加和尚的脚说："请老天爷饶恕我罗其蜜的罪行。"

拉摩达斯被那加和尚用木屐打得皮开肉绽，那加和尚骂道："你这个猪，狗崽子，我叫你当方丈！嗯，过来，我要用狼牙棒给你点吉祥志，该死的（'啪'地打了一下），你妈妈的（'啪'地打了一下），你这个割草的臭牛倌，去，拿柴火来，往火塘添柴！"

拉罗辛达斯在一旁幸灾乐祸，他就是为了要看见这一切才到火车站去迎接阿贾尔的。当阿贾尔听了拉罗辛达斯汇报以后，肺都快气炸了，他决心把罗其蜜赶出寺院。拉罗辛达斯还给那加和尚送了五包大麻烟叶，又偷偷给总管塞了一百卢比，这样一来，当方丈已是十拿九稳的事了。感谢真师的恩典。

阿贾尔非常明白地对罗其蜜说："不能让拉摩达斯当方丈。有什么证据证明他是已故方丈的弟子？有书面依据吗？字据在哪儿？按照教规，我阿贾尔有权指定没有弟子的寺院方丈。你不能继续留在寺院里了，你是老方丈的情妇，老方丈故去了，你现在可以走自己的路了。”

“遵命。”罗其蜜回答。

其实，不是遵阿贾尔之命，而是遵那加和尚之命。

那加和尚半夜里起来，朝四下里张望了一会儿，然后光着脚蹑手蹑脚地向罗其蜜的房间走去，因为木屐会咯吱咯吱响。

这个忘恩负义的东西，夜里还关着门睡觉。是谁躺在这里？又是狗崽子拉摩达斯。“喂，起来，你这个混蛋，去把罗其蜜给我叫醒。偷了和尚的大麻烟，倒躺在床上睡大觉了，我的大麻烟在哪儿？我每天要抽三次，你不知道，放在哪儿？”那加和尚凶狠地呵斥着。

“师父，半夜三更要大麻烟……”拉摩达斯说。

“住嘴，忘恩负义的东西，去把罗其蜜给我叫醒。”

“遵命，是你？”罗其蜜开了房门出来。

“大麻烟在哪儿？”那加和尚问。

“这就给你拿去，师父。”罗其蜜拿出一个大包交给那加和尚。

哎，忘恩负义的东西哪儿来这么多的大麻烟叶？看起来有整整三大捆。拉摩达斯这个生麻风病的小崽子，混账东西，还站在这里干什么？

那加和尚冲着拉摩达斯喊道：“喂，猪仔！你站在这里干什么？”

罗其蜜乘机“呼”的一声将门关上。

“好啊，明天咱们再算账。我向师父马金德尔·那特起誓，非揪住你的头发将你拖出寺院大门不可。”那加和尚怏怏地自言自语道。

拉罗辛达斯一直想寻个机会，避开众人，私下给罗其蜜打个招呼，告诉她："你别怕，罗其蜜，我要是做了方丈，你就留在寺院里，谁也不能把你赶出寺院，你不要伤心。"可是他一直没有找到这样的机会。他想，罗其蜜早晨或许不会上别处去的。

阿贾尔的年轻总管一夜也没有睡着觉，在这个普尔尼亚县，就是钻进毛毯里，该死的蚊子也能叮得你睡不安稳。

第二天一大早罗其蜜就去找巴尔代沃，当时巴尔代沃正在忙着分发布票。听完了罗其蜜的话，他说："女司库，阿贾尔可是各寺院的总头，他要怎么干，就得怎么干，在这件事上我们能做什么呢？真是个难题呀，干涉别人的宗教不好。这样吧，下午要给新方丈点吉祥志吧？我来参加。"

罗其蜜原来对巴尔代沃寄予很大希望，但是现在巴尔代沃不支持她。乡长先生又不在家。医生是不去参加五老会的。沈克先生听了也默不作声。凯拉文说："去吧，罗其蜜，靠真师保佑吧，没有别的办法。"

"你好，女司库！"

"谁？是加利杰兰先生，托真师的福。"

"新方丈什么时候上任？怎么不唱颂歌？"

罗其蜜哭泣着把事情的原委告诉了加利杰兰。她说："加利杰兰先生，他骂得难听极了。唉，天啊，现在叫我上哪儿去呀？能去哪儿安身呢？"

"这样，你先别发愁，巴尔代沃能做什么？他不过是个布尔乔亚。别哭了。"

罗其蜜凝视着加利杰兰，记得那次她在普拉亚格的魔术室曾见过一尊黑檀木雕像，加利杰兰和那尊黑色的雕像一模一样。

寺院里用布幔围起来的会场上坐满了和尚，老爷、太太、男女神奴。拉罗辛达斯把头剃得精光，嘴唇上蓄的半截胡子也捻得翘了起来，用和尚们的语言来说，这叫作“美髯翁”。他穿着一条白细布的三角裤和遮羞布，上身没有披布单，等着阿贾尔给他赐一件。阿贾尔的文书正在写委任书并记录当时的情况。罗其蜜默默地坐在会场一旁的地上，拉摩达斯全身抹着姜黄和石灰。巴尔代沃内心十分同情罗其蜜的不幸，但是他无能为力！

“众僧侣和奴仆们注意。”阿贾尔的书记念道，“拉罗辛达斯是高僧高巴尔坦·达斯立据收留的弟子……现在请诸位签字。”罗其蜜听完后，禁不住呜呜地哭了起来。啊，天哪！

“你给我闭嘴，忘恩负义的东西！你是马上停止哭泣，还是要我用棍子揍你？”那加和尚大声吼道，“闭嘴！”

会签名的人都纷纷签了名。巴尔代沃也签了名？签名时他的手一点也不抖？加利杰兰心里想着。他把字据握在手里，站了起来，说：“阿贾尔，你说已故方丈死的时候没有弟子，难道你以为全村的人都是傻瓜？”

“加利杰兰，”巴尔代沃制止说，“你坐下！”

“加利杰兰！”凯拉文也呵斥道。

但是加利杰兰今天根本不去理会他们，让他们去说暴力主义或绝食吧，他也有权向大家讲话。加利杰兰继续说：

“我知道，而且非常清楚，拉摩达斯是这个寺院的和尚，已故方丈的弟子。你不让他当方丈，而让一个大流氓当方丈。这寺院的土地是我们的父辈和爷爷们捐献的，不是哪个人的祖传遗产……”

“你这个该死的家伙，给我闭嘴，混蛋，狗崽子，瞧我不用斧子收拾你才怪，妈妈的。”

“老实点，你这个流氓！”巴苏代沃同志一跃跳了起来。

“抓住这个坏蛋！”孙拉同志大吼一声。

“别让他跑了。”

“给我打。”

“抓住他！抓住他！”“给我打！给我打！”“住手，巴苏代沃！喂，停一停！”人们骚动起来。

那加和尚被人揪住胡子和发髻极力想挣脱出来，可是，左一个耳光，右一个耳光，打得他两眼直冒金花，大麻烟的昏昏醉意，早已跑到九霄云外去了。最后，他终于挣脱出来，扔下斧子，落荒而逃。“抓住他！抓住他！”“放了他！放了他！别再打了。”人们七嘴八舌地喊着。那加和尚拼死地跑，只见他那涂满香灰的光身子和散乱的头发在不停地晃动、飘飞，他逃跑时的样子比平时显得更可怕。全村的狗也像发疯似的汪、汪、汪乱叫，十几条狗紧跟在那加和尚的后面，边叫边追。拉罗辛达斯挨了三四记耳光便“熊”了，连连求饶说：“我不当方丈了，饶了我吧！”

“放了他，放了他。”加利杰兰下令了。拉罗辛达斯趁机逃走。

五老会的头人们一个个吓得目瞪口呆，脸色苍白，和尚们更是惊魂未定，不知所措。加利杰兰手里拿着字据，像亚历山大皇帝一样威武地站在人群中间。转眼之间，事情竟然一百八十度地大转变。就好像民间戏剧《罗摩生平》演到“祭弓”时的情形一样。

“阿贾尔，现在请你在委任书上写上拉摩达斯的名字，给他点上吉祥志，让他上任。”加利杰兰对阿贾尔说。

阿贾尔浑身哆嗦着说：“老、老爷，我，我，真师保佑！是别人告诉我说拉摩达斯不是已故方丈的弟子。既然拉摩达斯是老方丈的弟子，那他就应该是这个寺院的方丈。文书，你写个任命。过来，把被单和酸牛奶罐拿去。”

拉摩达斯已经洗去了身上的姜黄和石灰，酸牛奶一涂到头上，全身的怒火也就立刻消逝了。真师保佑！真师保佑！

还没有敬神，阿贾尔就匆匆结束了仪式，五老会的人们也都不声不响地溜回家去了。罗其蜜手里端着敬神时用的盘子站在那里，嘴里说道：“请收下吧，老天爷！宽恕女奴的罪孽吧！”

“加利杰兰先生！”

巴尔代沃回头一看，原来是罗其蜜把加利杰兰叫过去，一起朝屋里走。加利杰兰做得太不合适，他搞了暴力主义，这回得绝食两天。

凯拉文决心回去召开家族五老会，惩治这些流氓坏蛋。天哪！竟敢动手打起和尚来了。

“加利杰兰先生，你真是神仙啊！”罗其蜜对加利杰兰说。

加利杰兰常常练摔跤，师父曾告诫过他：练摔跤的人应该远离女人五尺，所以他一直站在离罗其蜜五尺远的地方。

十八

“叫什么名字？”

“叫沙尼杰·梅哈达。”

“咳嗽几天了？吃过药没有？你说什么，吐痰带血？什么时候开始有血的？偶尔有血？嗯……找一个干净的盒子，把晚上吐的痰装在里面，下次带来……好，坐近点，使劲咳……数一、二、三，大声数。好，行了。”

“姓名。”

“达苏·科布。”

“让我看看你的肚子……嗯，肠胃有毛病，得打针，我给你开个单子，打针的时候拿来。明天一大早就来，替你验一验血。懂了吗？”

“什么名字？”

“尼莫娜。”

“医生，”一位老人双手合十，走到面前来，哀求道，“这是我的女儿，一年前，黄蜂蜇了她的眼睛，后来两只眼都看不清了。用过很多草药给她治，都不中用，现在完全瞎了。”

这尼莫娜真是个绝代佳人，脸上的皮肤白得像牛奶，看起来是迈提拉地方典型的美人。黄蜂蛰她没有蛰错，黄蜂怎么会放过这样的美人儿呢！“好，让我瞧瞧眼睛，往前点，呀！除了一处有点黑眼仁外，一双美丽的眼睛永远失明了……现在已经没法治愈了。”

医生翻开她的眼皮，努力想看到使复明的一线希望，可是，唉，黑眼仁像裹尸布一样，全变白了。医生想，要是能用一支画笔把这眼仁涂黑那该多好啊。是呀，现在只有画家能让这双眼睛变得美丽动人，发出光来。

“医生，”姑娘开口了，她的声音多甜啊，“我是慕名而来的，我走了一百多里才到你这儿，我对你抱有很大的希望，愿老天爷保佑你名扬四海……”

赐她光明吧！赐她光明吧！被黑暗窒息的人儿在挣扎，她的心灵在呼唤——给我光明吧！医生啊，我该怎么办？当医生的不能感情用事啊！

“你别着急，我这就给你开药。要是我治不好，你得到巴特那去。”

“好，下一个。叫什么名字？”

“拉摩杰里拉特·沙哈。”

“哪儿不舒服？”

“一吃东西就吐，喝水也……”

“什么时候开始的？”

“已经七天了。”

“什么？七天了？你往前来。”

“医生，我不是病人，病人躺在家里。”

“家住哪儿？”

“住在沙尔索尼·比吉利亚，离这五六十里地。”

这时，病人们突然呼啦一下闪到一边，像牛群见了猛兽四散逃命一样，妇女们赶紧把孩子藏在衣襟底下，大家都恐惧地看着凑到前面来的一个人。

医生转过脸去看了看，发现是位妇女，而且是位体面的贵妇人。

“请说，得了什么病？”

“医生，这是我的外孙子，我就这么一个外孙，他是我的命根子。一年多来，他尿里一直带血。求你救救他吧，医生，你不管，他就没救了。”

“别害怕，站过来，叫什么名字？耿乃西，这名字好听。让我检查一下你的肚子，耿乃西少爷！”

耿乃西的姥姥取了药走了。一群病人又涌过来，围着医生的桌子。

吉贾义的妈说：“这人是帕瓦蒂的妈妈，是个女妖，嫁了三次人，毁了三个家，三家全被她吃了。先吃掉丈夫，然后又吃掉小叔子、妯娌、儿子、女儿，人都被她吃光了。剩下一个外孙，现在也要被她吃了。”

吉贾义的妈妈边说边做出吃东西的样子。医生看着吉贾义的老妈妈，觉得她无事生非，唠唠叨叨，倒像个女妖！可苏莫里达斯那天说过：“吉贾义的妈妈称得上女大夫，五个月的胎儿，她替你打下来，你还不觉得疼。”她这样的人不是女妖，耿乃西的姥姥倒成了女妖，真是怪事！

耿乃西的姥姥，年纪虽然大了，脸上皱纹满布，但容光焕发，风韵犹存，满头白发仍旧卷曲着，通红的嘴唇显出青春的活力。然而，人们竟说她是女妖，真不可思议。

“她家在哪儿？”

“就在本村，你不是去过加利杰兰的家吗？就在他家旁边……多少巫师想制服她，都碰了钉子。胜利节的晚上，大家多次看见她赤身裸体抱着孩子，在树林旁边的空地上跳舞。有一回，放牛的盖奴想当场将她抓住，被她施放火箭烧得满身起泡，第二天就一命呜呼了。”

医生每天晚上坐在屋里写病历……现在他手边有五十份黑热病的病历，情况相当严重，但是很难诊断。

（一）

赛比·孟德尔，35岁，男，印度教徒，家住玛丽村波利亚巷。

症状：牙齿、口腔疼痛；刷牙出血；口臭；全身发痒；食欲不振。

诊断：缺乏营养。

治疗：药物漱口；注射维生素C。

十五日后：下午头疼；体温华氏99.5度；夜里出虚汗。

五天后开始泻肚；体温华氏100度；服胃药；验血检查黑热病。

化验结果：(++)。

诊断：黑热病。

治疗：打针。

（二）

代德莉，女，17岁，印度教徒，家住玛丽村巴斯万巷。

症状：关节疼；有时流鼻血；体温华氏99.5度，无烧；无食欲。

诊断：风湿（？）。

治疗：注射维生素B；用油擦身子；取血化验。

化验结果：(—)，无烧。

一周后鼻子出血；泻肚；验血查黑热病。

化验结果：不排除黑热病；重新取血化验。

贞洁检查结果：(+)。

治疗：保持贞洁。

（三）

拉迈斯尔的孩子，三个月，肚脐破伤，夜间啼哭，吐奶，其母服钙片。

一周后全身出斑疹。

四天后变成水泡。母亲验血，正常。

孩子验血查黑热病，结果：(+++)。

确诊：黑热病。

这孩子如果死了，人们一定会说是被女妖害了，他全身布满水泡，大家自然会怀疑耿乃西的姥姥。耿乃西的姥姥！不知为什么，医生急于和她打交道，建立良好的关系。葛玛莉说：“姨妈？姨妈的优点可多呢，她会做很多东西，花瓶啦、扇子啦，都会做，而且做得很好。她绣的东西漂亮极了！逢年过节，娶亲嫁女，她替人家画壁画，也画得好极了，什么荷花呀，叶子呀，孔雀呀，她都会画。还会装饰厨房。”今后医生也会叫她姨妈的。

“姨妈！”

“谁呀？”

“是我，医生。耿乃西在哪儿？”

“医生先生，是你呀？请进，请坐。耿乃西还在睡觉。刚才我有点糊涂了，心想这是谁在叫我姨妈呀。”老人的两眼湿润了。

“姨妈，听说你会做一种味道特别好的甜米粉团，是吗？”姨妈听后忍不住笑了，说：“谁说的？准是葛玛莉。葛玛莉现在怎么样？好几天没上我这儿来了，以前她天天来。”

“挺好……她的病会好的。姨妈，我可以问你一个问题吗？你的妹妹、母亲、女儿，或者其他什么人，以前是不是住在沙哈尔沙地区的哈奴曼甘吉附近？”医生说完，便对自己提的这个荒唐问题感到好笑。

“沙哈尔沙地区的哈奴曼甘吉附近？先让我想一想……没有呀，怎么？有什么事？”

“我是随便问问。我有一个姨住在那里，她看起来和你一模一样。”医生转换话题说，“你给我做一只花篮好吗，姨妈？”

哟！这老太太真是个“女妖”，她的笑多有魅力呀！她多么慈祥呀！她笑起来叫人着迷！

耿乃西是个非常天真活泼的孩子，非常英俊，白白的皮肤，红红的嘴唇，满头的卷发，完全继承了他姥姥的优点。看起来耿乃西很孤单。姨妈说：“叫他跟谁玩呢？村里的孩子谁也不愿同他一起玩。只好由我和他做伴。”

“耿乃西，让我看看你的肚子。姨妈，明天上午你带他到我诊所来，我给他验一下血，他的嘴唇看上去有些干燥。”

耿乃西现在有了一个舅舅。

“说真的，姨妈，这样好的甜米粉我从来没有吃过，让耿乃西也吃点吧，不要紧的。”

“舅舅，你看。”耿乃西把听诊器挂在脖子上笑着说。

“啊，我外甥要当医生了。”

医生从姨妈家出来时，发现加利杰兰的井边站了一大群打水的妇女，都瞪圆眼睛，张着嘴，惊奇地看着他，心想，这医生大概碰见鬼了。

“致以红色的敬礼！”加利杰兰举起攥着的拳头，递给医生一张红色传单说，“我们的书记同志认识你，医生，书记同志叫克里希纳·康特·米斯拉。”

接着是一片口号声：

“请参加！请参加！请一定参加！”

“谁种谁收，谁挣谁吃！”

“农民的政权一定要建立！”

“工人的政权一定要建立！”

亲爱的兄弟们！定于×日在玛丽村公馆前的场地上召开农民大会，普尔尼亚社会党的副书记甘加普拉萨德·辛哈·亚德沃·赛尼克同志要来……

“后天开会，请大家都来参加。致以红色的敬礼！”

十九

看开大会去！走呀，快走呀！

社会党召开群众大会的消息轰动了整个桑塔尔人的居住区。传来建防疫站的喜讯时，全村欢天喜地，桑塔尔人却无动于衷；村里打架斗殴，街坊邻居互相串门，桑塔尔人都置若罔闻。但是今天这个大会非同一般，这是种田人的大会呀……是真正解决勤劳本分的桑塔尔农民头脑里长期存在的疑团的大会！这是种田人的大会！

“土地属于谁？属于种田人！谁耕谁种，谁种谁收！谁劳谁得，不劳者不得食！只要这样，别的可以不去管它！”加利杰兰大声讲道。

会场的四面站着健康、强壮、善良、单纯的人们，黑黑的脸上浮现出发自内心的笑容，一张张脸庞好像在夜空中从乌云缝里露出来的新月。比尔沙的年轻儿子孟格尔马上把加利杰兰的话编成了歌……

莎妮扬·穆尔木听了加利杰兰的每一句话都笑个不停，嘿，嘿，嘿，嘿！笑声像唱歌——多来咪发！又像鹌鹑叫——嘿嘿嘿嘿！她搭在背上的披肩不时地飘动，似乎就要跳起舞来。

缓缓的鼓声——咚，咚，叮！咚，叮，咚！

不断的锣声——锵锵锵锵！

悠扬的歌声——谁耕谁种……

悠扬的歌声伴着脚铃、锣声和鼓声——叮叮当当！锵锵锵锵！叮咚叮咚！

走啊，走啊，快去参加……

那还是四代人以前的事，当时桑塔尔人的祖先放弃了对故地三个山区布满石头的土地的眷恋，迁徙到这个村子，定居在这松软的土地上。村里的人涌到地主的家里告状：“老爷，不好了！山里的野人进村了，听说他们用弓箭射人，政府也拿他们没有办法。老爷，你可千万别叫他们在村里住下来！”

但是地主劝导大家说：“他们不会杀人的，他们都很勤劳。不信你们到特摩普尔地区去看看，他们开垦了几千英亩的荒地，他们在荒山野岭的乱石岗上给地主生产了两万公斤的麦子。这些你们知道吗？”

地主向村里人保证，他可以让桑塔尔人在村外找个地方定居下来。于是所有的地主都把桑塔尔人安排在山林地区。

打那以后，满山的洋槐树、野枣树和荆棘，每年都被成片地砍光，种上庄稼。原先全区的土邦王公和地主经常去扑杀老虎的地方，现在成了千亩好地，秆粗穗大粒子像珍珠的小麦迎风起舞。这块土地在土地证和地图上，现在还注明是山林呢，说起来，村里的后生们谁都不会相信。

管蓝靛生产老爷的蓝靛池子里，主要浸泡着这些默默无闻的桑塔尔人身上的血汗。这些桑塔尔人挨了英国老爷的皮鞭，在地主私设的公堂受一天苦刑之后，到了傍晚，又会聚在一起，吹起克里希纳的迷人的横笛，忘却一天的痛苦。

叮叮咚，叮咚叮，锵咚锵，咚咚锵！

那些打开大地的秘密粮仓，取出黄金般的粮食的人，自然会惹怒大地母亲，受到惩罚。因此土地的主人、土地的管理者和大地的公理至今不给他们任何权利，不让他们在大地上扎下根。他们搭茅屋的地皮也不是他们自己所有。因为牛拉着犁整天耕地，所以就承认牛有权占有土地，这不太荒唐了吗？

1937 年国大党组阁的时候，该县来了一位英国人当县长，他认为这种制度太不合理，就试图改变它。结果全县的大地主、王公贵族和占有土地的人，都大为恐慌。县里的头面人物，绝大多数是大地主和土地占有者，他们联合起来，告了那位英国县长，说他煽动桑塔尔人闹事，在县里制造混乱，图谋搞垮国大党内阁！《国大党通讯报》的社论中，对桑塔尔人表示了一点同情，可怜的编辑维迪亚仑加（知识之饰）当天就明白了知识之饰这个名字多么没有意义。县里的部长气红了眼说：“维迪亚比特（知识学校）的经书在这儿行不通，维迪亚比特的驴，头上是长不出牛犄角来的。”

地主们花钱雇了打手，在许多地方捣毁了桑塔尔人的庄稼，袭击了桑塔尔人的居住区。桑塔尔人用弓箭还击了这些打手。因此地主就有了证据，说英国县长是桑塔尔人为非作歹的主要后台，正是有这位县长支持，桑塔尔人才敢如此放肆。

英国县长立刻被调走了。许多桑塔尔人被政府的子弹打伤，数百人被投进比哈尔各县的劳动营，他们在那里度过了他们的一生。从此还有谁敢再吭声！但是锣鼓声从来没有停止过，笛音从来没有断过，弓箭也始终没有锈过。即使在今天，射猎时，他们的箭镞迎着太阳飞驰，还发出耀眼的闪光呢！

他们居住在疟疾和黑热病的地区，却仍然健壮有力，生龙活虎。巧妙地贴在他们骨架上的那些丰润的肌肉，从来不见消瘦；他们那像鲜花瓣一样的嘴唇，从来不见枯萎；他们的肚子里，也从来没听说过有什么虫。开医院对他们有什么用处？可是，土地，耕者有其田？

看开大会去，走呀，快走呀！

建立农民政权！

建立工人政权！

穷人的党是社会的党！

社会党万岁！

“这红旗是你们自己的旗，人民的旗，大众的旗，革命的旗。这旗上的红色是初升的太阳的颜色，这旗就是太阳。这旗上的红色是什么？这不是颜色！这是用穷人、无依无靠者、饥寒交迫者和工人的鲜血染成的旗帜！”赛尼克同志在讲话。

“什么？鲜血染成的旗帜？”巴德尔达斯手里举着旗，是加利杰兰叫他举的。巴德尔达斯是毗湿奴教派信徒，荤腥不沾，而旗帜却是鲜血染的，还举在手上？加利杰兰毁了他的宗教信仰，啧！啧！还举着旗子站着？他突然把旗杆丢开。啊，人血染红的旗帜！

焦德克大叔常说：“倒旗是不吉祥和要出事的预兆。”

赛尼克先生继续往下讲着，有时中间停一停，然后再重复一遍前面讲过的话：“资本主义必然灭亡，这是一条伟大真理，就像太阳落山是一个伟大的真理一样。工厂的烟囱要冒火星，工人要成为工厂的主人，农民要成为土地的主人。红色的火焰腾空而起，起来吧，农民的儿女们！大地的真正主人，起来吧！高举起革命的火炬前进吧！”

“再亲切地高呼一次：社会党万岁！”这个党才是真正的党，这个党才是穷人的党，农民的党。当天会场上就有三百个人入了党，桑塔尔居住区没有一个非党群众了，都变成红色的了！只有杜林的十三岁的儿子还没入党，他哭着要参加。杜林走到赛尼克面前央求道：“他的名字不写进党员名单？为什么？他的年龄不算小了，你瞧，嘴边已经冒出小胡子了。”

巴尔代沃站起来想讲几句，巴苏代沃立刻站起来说：“巴尔代沃先生，你的话我们已经听够了，你是资本主义，你不能在今天的大会上演讲。”

群众也反对说：“请坐下，请坐下！去分你的布票吧，做你的白糖黑市生意吧。”

呀，我的天哪！刚才说卖了多少桶红糖来着？国大党的部长在黑市上卖了一千桶红糖？我说乡下抽旱烟的为什么少了，大家不卷大炮筒抽，还抽什么？抽旱烟袋，红糖从哪儿来？[①] 全都上了黑市！真是太不公平了！

党的领袖在大会上当众侮辱了乡长先生，而且是破口大骂：“乡长是地主的走狗！是侵吞别人财产的坏蛋！”

但是乡长却满面堆笑，就像那天晚上在比达巴特舞会上听了丑角的奚落以后，仍然满面堆笑一样。

加利杰兰现在已经不受凯拉文控制了，他成了亚德沃族的耻辱。古古鲁从小给凯拉文家放牛，一直放到老，他的儿子加利杰兰竟当了领袖，而且是社会党的领袖！凯拉文拿他没有办法，因为他当初没有让加利杰兰立据画押。

大兵巷的人一个也没参加大会。他们的居住区从戈迪哈尔来了一位黑帽党的组织者，教大家弄棒习武，他从不去参加低种姓的会议。

加利杰兰安排赛尼克同志住在寺院里。寺院的方丈拉摩达斯有名无实，真正的主人是罗其蜜……她熬了十五斤牛奶，做了奶酪，她做的大饼，香味随风飘散。

---

① 印度抽的旱烟里要掺红糖。

罗其蜜问道："加利杰兰先生，领袖先生从会场来不洗洗澡？"

同赛尼克一起来的还有《红旗》周报的主编金加利同志，这人瘦瘦的身材，整天咳嗽不停，戴一副没有腿的破眼镜，香烟不离手，大概由于这个原因，人们才叫他金加利（火星）同志。医生叮嘱他要多吃鸡蛋，不吃鸡蛋怎么能办好这份火辣辣的周报呢？但是现在他住在庙里，庙里怎么会有鸡蛋吃呢？

罗其蜜对客人的殷勤招待，叫人永世难忘。晚上，金加利对赛尼克说："我想写一首关于罗其蜜的自由诗……"

啊，伟大真师的女弟子，
神圣宗教经典的歌星，
啊，伟大的马克思哲学的体现者，
漂亮的姑娘，可爱的美人，
你本身就是
辩证唯物主义的明证！

二十

葛玛莉在给医生写信。

"我的心上人！你昨天没来，为什么不来？听说你夜里……"

葛玛莉天天给医生写信，写完自己反复读六七遍，然后又撕掉扔在衣柜里。她的衣柜的一角堆满了撕碎的信纸。她感到写完信自己读几遍，是一种安慰，心里会变得轻松愉快，而且睡得也香。

"听说你夜里差一点被花蛇咬伤，应该谢谢上天的保佑！"

夜里医生的确差一点被麦黄蛇咬了，不是麦黄蛇，是跑马黑蛇，麦黄蛇和黑蛇的杂种，跑起来比骏马还快。跑马黑蛇咬了人，请巫婆念咒祛毒都来不及。夜里关在笼子里的兔子和老鼠忽然受惊，乱跑乱跳。医生喊比亚鲁去查看一下，但是比亚鲁睡得很死，叫不醒。医生只好自己打着手电，开了动物房的门，吓得后退了几步，原来有一条大蛇头抬得高高的，立在门边呼呼地吐着信子。这时比亚鲁也醒了，他起身抄起一根大棒打去，那条蛇倒地不动了。蛇身足有三四尺长！女妖的咒语有三四个字，女妖放出的蛇也有三四尺长。

到了早晨，听到这个消息的人，都异口同声地说：我们早就知道要出事，我们多次劝医生，叫他不要同帕瓦蒂她娘来往，可他就是不听，这回该明白了吧。这个女妖是谁也不放过的，她只要看上一个人，就一定要把这个人吃掉。可怜的医生有什么办法，他不由自主啊，是帕瓦蒂的娘对他施了法术。总有一天他会白白送掉一条命的。

葛玛莉是不信什么女妖、鬼魂和魔怪的。乡长也认为那是人们的愚昧。加利杰兰除相信人外，什么神鬼都不信，女妖、鬼魂、阴阳、巫婆算什么玩意儿！村里人除了他们几个，全都深信不疑。巴尔代沃几次亲眼见到了鬼，鬼躲在水牛背后，伸出手来向他要旱烟！吊死鬼的脚是朝上的，倒吊在树枝上摆动。鬼怪是假的吗？那么莲花河边，公馆前的树林里，每天深夜都有鬼火闪亮，到处晃动，转眼之间，一堆火变成几堆火，不是鬼是什么？

“医生现在每天到姨妈家去，一天不去，他就心神不宁。”比亚鲁说。葛玛莉在一边听着，只是嘿嘿地笑。

“医生是去看耿乃西的，比亚鲁。”

“那孩子的病已经好了，像石磨一样壮实了，还有什么必要去看他？”

“你知道吗？比亚鲁，医生也每天上我家来。”

“上你家去是另一回事，好妹子。”

“为什么？怎么是另一回事？”

医生满面笑容地走过来：“好哇，比亚鲁，你在这里瞎扯呀。那只发烧的兔子怎么跑了？”

“先生，我中午去喂它，发现笼子空了。”

“早晨打完针后，我把笼子关上，大概是你给它饮过水以后，忘了关吧？一个月的劳动白干了。”

比亚鲁非常讨厌这些老鼠和兔子……给人治病已经够麻烦的了，还给动物治！成天守着笼子，又是量热度，又是打针，又是抽血。自从有了这些动物，医生忙得连跟比亚鲁说话的时间也没有了。现在又对庞戈尔巷的人说，叫他们逮几只小豺狗来。那天还向耍猴子的人要一只猴子。真是一种怪嗜好！

比亚鲁低头不语地走了。葛玛莉的母亲笑嘻嘻地来了，说：“医生，我给祛毒神母送了一对鸽子和一些奶酪。”

“我也开了祛毒药方。”

“祛毒药？”

“是的，有一种药，可以祛毒治蛇伤。我想找一种比这更便宜更有效的解毒药。我听说罗德哈特车站附近有个耍蛇人的村子，他们一定捉了很多蛇养着。”

“这么说你不再是泥塑的神像了，要成真正的大神了。”葛玛莉喜欢挖苦人。

医生忍不住笑了，葛玛莉的妈妈忍住笑，责备葛玛莉说：“该说不该说都乱说，一点没羞，都叫她父亲给惯坏了，这么多嘴多舌的！你过来给我老老实实坐在这儿，我去烧茶。”

“乡长先生上哪儿去了？”医生问。

“到戈迪哈尔地区行政官家里去了。”葛玛莉回答说。葛玛莉今天第一次有机会单独和医生在一起。她自己看不见自己的脸，但是她觉得她的脸逐渐变红了，眼皮沉得抬不起来，耳坠在摆动，全身发痒，轻飘飘的……又要昏迷了？她心里真不想昏迷。不能昏迷，不能！医——生！

“葛玛莉。”

“嗯？”

“朝我这儿看，葛玛莉。”

“医生，救救我。”

“葛玛莉，你睁开眼睛。”

葛玛莉睁开了眼睛，她的头偎依在医生的怀里。她母亲手里拿着一只小勺子站在旁边，吓得面如土色。但医生却在笑。

“医生，这孩子的病，摸不准什么时候犯，什么时候好。”

“不过这病越来越轻了。现在昏迷了，过五分钟就会好的，过些日子会完全根除……叫葛玛莉去烧茶吧。葛玛莉，你去烧茶。”

葛玛莉呼地站起来跑进厨房，好像根本没发生什么事一样。医生拿起葛玛莉的书一看，是《那罗和达摩衍蒂》。翻开，有一页上写着“不治之症患者葛玛莉小姐”，另一处又把“小姐”二字划掉，在名字后面写上“班纳吉”，成了“葛玛莉·班纳吉”！医生迅速往下翻，看到有一张漂亮的纸上画着那罗和达摩衍蒂的像，在那罗的下方用红笔写着“普拉祥德”！医生看到这里，额上冒出了许多小汗珠。他回想起一件往事。有一次，他和马莫达一起，从邦基普尔东站往回走，坐三轮车的时候，被一个乞丐拦住，说：“祝你们夫妻白头偕老，愿做母亲的幸福万年，老天爷保佑你们的儿女个个健康！”马莫达从手提包里取出一个安那给了他，看了看医生，忍不住嘿嘿地笑起来。当时医生的额上也像现在这样冒出了许多汗珠。

“医生，你给葛玛莉在你的家乡或者亲友中找个好婆家吧……”葛玛莉的母亲说到这里，用纱丽襟遮住头，不再往下说。乡长回来了。他的用人兰吉德手里提着一条又肥又大的鲤鱼。

“谁给你送了这份厚礼？”医生笑着说。

“渔民们今天在巴格利亚渡口打鱼。”乡长说着在藤椅上坐下来。

这时葛玛莉泡好茶，端到面前。

“医生，我今天总算甩掉了一个讨厌的包袱。”乡长边喝茶边说。

“什么包袱？”

“当乡长这个差事不是一个吃力不讨好的大包袱吗？新的地区行政官到任了，一上任他就点起了一把大火。《红旗》周报写得好，说‘米纳普尔县巴尔班加土邦的新任总管胜似暴君纳迪尔沙[①]的亲侄子’。请你说说，医生，有的农民只欠一年的地租，叫我怎么忍心对他们起诉呢？不但起诉，而且还背地里把他们的土地夺了，卖掉。这太伤天害理了，我不能干。你真不知道现在这世道变得多么冷酷无情。我坚决拒绝，总管就大发雷霆，厉声说：‘不愿干就给我辞职！’说实在话，这样的良机，即使在圣洁的恒河里沐浴一百次，也是很难遇到的。所以我当场就向他辞了职。我过了一辈子这种奴隶般低声下气的日子……葛玛莉她妈，今天咱们家来了鱼仙，你叫葛玛莉好好烹调，请医生和我们共享。”

乡长幽默的话语又一次使医生想起了那罗和达摩衍蒂的故事。葛玛莉站在一旁直笑。她妈说：“不放调料和辣椒的鱼，只有葛玛莉会做。”

医生心里暗想，看来今天非吃不可了。他不敢拒绝葛玛莉的邀

---

① 纳迪尔沙是 1739 年入侵印度进行烧杀劫掠的波斯军首领。

请……葛玛莉·班纳吉……葛玛莉的一双迷人的眼睛！

月亮的仇敌是云彩，
鱼虾的仇敌是密网，
女人的仇敌是——
水灵灵的眼睛一双……

二十一

昨晚，婆罗门沙哈代沃在登特利马巷被抓住了。

这都是克拉西搞的鬼，村里除了像他这样的外乡人，谁会干这么缺德的勾当？东家到雇工家里去是常事，历来如此。每年耕种和收割的大忙季节，东家头一天晚上就得给雇工讲好，雇工每天太阳出来前一个小时到地里干活。所以有田地的人家，头天下午或晚上，一定要去雇工家打个招呼。自从克拉西来到登特利马巷，新鲜事就开始不断发生了。转眼之间，别的巷里也立了规矩，建了五老会，有了种种限制。倒霉的沙哈代沃被登特利马人整整关了一夜……说他夜入民宅。要是他真的夜里到蒲利娅的家里了，蒲利娅为什么没有大喊大嚷？他进了蒲利娅的门，蒲利娅会不醒？蒲利娅的父母能不听到响动？家里的狗能不叫？这消息是村里人从“无线电”的嘴里听到的。这明明是克拉西使的坏。照这样下去，今后东家再也别想进下等人的居住区了，谁知道什么时候会被安个什么罪名？沙哈代沃的事应当开个五老会来评判裁决。如果拉吉普特人在会上不支持婆罗门，婆罗门将承认亚德沃人是真正的拉吉普特。

“我什么也不知道。”蒲利娅在会上双手合十，对头人们说，“听到院子里吵吵嚷嚷的声音我才醒来。”

沙哈代沃手里掌握着孟哈古达斯按了手印的字据，是在一张白纸上画的押，孟哈古达斯的小辫子攥在沙哈代沃的手心里，沙哈代沃想对他怎么样就可以对他怎么样。沙哈代沃送给孟哈古达斯两头母牛和四头牛犊，明天上午他就可以牵去。另外沙哈代沃还管了他家一年的吃穿。他一个人干活挣的钱，连他自己的肚子都填不饱，怎么顾得上家里人吃喝呢？但是现在沙哈代沃和孟哈古达斯的名誉却掌握在蒲利娅的手心里，她的回答稍有漏洞，沙哈代沃和她父亲就名誉扫地了。

全村的上等人都在开会。乡长到普尔尼亚去了。会上只有沈克先生一个人在发言。黑帽党的森焦克和巴尔代沃也在场。加利杰兰是自己来的，会议并没有请他。沈克先生单枪匹马，极力为沙哈代沃辩护。如果乡长今天在场，那沈克先生的处境会稍微好一些的。

“……问一句话，要等一个小时才回答……她说，听到院子里吵嚷声才醒过来……请诸位长者听听……好吧，那么你醒来后又看到了什么？”

“我看见大家把沙哈代沃围在院子里大吵大闹。”

“好了，你坐下。沙哈代沃在哪儿？现在请你说说，深更半夜，你为什么要去孟哈古达斯家里？”

“夜里我闹肚子，提着水罐出去大便。当我回来的时候，看见牛在莲花河边地里吃庄稼，所以我就去叫孟哈古起来把牛赶走。”

“为什么非叫孟哈古不可呢？”

“因为莲花河边的庄稼是交给孟哈古看管的。”

“好。那么后来呢？”

“去孟哈古家时，我看到拉比亚和宗马在你的地里偷你家的红薯，我说了他们几句。叫醒孟哈古达斯后，我正要出门，拉比亚、宗马、代德拉和塌鼻子突然过来把我堵在院里，抓住我，大骂起来。”

“叫我说什么好呢？我家五英亩地的红薯全叫他们给偷光了……好，你坐下。孟哈古在哪儿？”

“老爷，我在这儿。”孟哈古合起两只布满皱纹的手，站起来说。

“是沙哈代沃去叫醒你的吗？”

“是的，老爷。”

“现在我请五老裁决，看事情的真相到底怎么样。”

加利杰兰哪能沉默？五老会上不能只听一面之词，拉比亚和宗马是党的人。今天这不是五老会，是装样子给人看的。加利杰兰怎能一言不发？他说道：“沈克先生，请让我也说几句。”

五老会几个成员的目光一齐转向了加利杰兰。沈克先生气得两眼通红，但是五老会上是不允许发火的。拉吉普特巷的年轻人嘀咕起来。森焦克先生摸了摸衣兜，看是否忘了带口哨。这时焦德克先生气呼呼地说：“我不承认加利杰兰是五老会的。”

“那好，请先问问大家，看有多少人赞成，多少人反对，一个人承认不承认不算数！五老们！请问我有没有权利参加这个会？有没有在这个会上发言和提意见的权利？请问我是不是本村的一员？”加利杰兰站起来说，“如果你们认为我可以作五老会的成员，就请举手。”

坐着发愣的上百个不言不语的“动物”，一齐举起了双手，好像头上都长出了一双野水牛的犄角一样。

“不要举两只手，举一只手就行了。等一下，先别放下，让我数一数。一，二，……一共一百零五票。”

巴尔代沃没有举手。

“一共一百零五票。现在请不赞成的举手……一，二，三，……一共十五票。”

“只有十五票？”沈克先生不相信，亲自数了数。“拉吉普特人和婆罗门人到哪儿去了？焦德克的儿子拉摩·那罗衍也举手赞成？”

“蒲利娅！”加利杰兰的声音大得吓人。蒲利娅又一次站起来。

“告诉你，这是五老会，五老会上有老天爷在，你要是说谎，立刻会遭到报应。你要说老实话，到底是怎么回事？”

“……”

“说呀！”

“沙哈代沃是溜进了我的房间。”

“你为什么不呼叫？”

“……”

“说吧，不必怕。”

“我怕我爹。”

“怕你爹？”

“是的。我爹欠了沙哈代沃的债。”

“你坐下。孟哈古！”

孟哈古双手合十，又站了起来。

“到底是怎么回事？”

“……”

“蒲利娅刚才讲的都是事实吗？”

“……”

“你不要怕，是什么说什么。”

“哪有大树不招风？”

“不要讲别人，讲你自己。”

“全村都这么干，为什么偏要揪着我不放呢？请问村里有哪一家……”

“我是在问你。”

“你最好先去问问你娘，叫她凭良心告诉你，你是我的儿子。”焦德克先生鼓起勇气说，他的两眼气得通红通红的。

“焦德克大叔，我知道我爹是谁。”

“请焦德克先生回去问问自己的老婆，她肚子里怀的是谁的孩子。”巴尔代沃大声说。

“谁不知道焦德克先生家的男用人……”

“请安静，孙拉！”加利杰兰制止人们喧哗，“不要吵，请安静，请安静！”

“嘟嘟……嘟嘟”，森焦克吹起哨子来。

十几个身强力壮的年轻人，手里拿着大棒，从拉吉普特巷跑来，四面包围了五老会的会场。

“沈克先生，这些拿大棒的年轻人是你喊来的吧？这么说，你不想开好会，而是想制造武斗啰！”加利杰兰问道。

沈克说：“这会不能再开下去了，搞起党派来，还有什么公道可言？”

沈克先生和拉吉普特的五老一齐站起来，于是，头戴黑帽的年轻人从四面把沈克、森焦克和拉吉普特的五老保护起来，像队伍行军一样，迈着整齐的步伐离开了会场。婆罗门住区的五老和焦德克一起陷进了老鼠夹子，他们虽然有凯拉文和巴尔代沃做后台，可加利杰兰的怒火，谁能挡得住……

“那么五老会就这样裁决吧：孟哈古达斯把女儿蒲利娅许给克拉西，从今以后，各住宅区的人，都要严密监视上等人的行动。”

五老会的所有人都一致同意加利杰兰的意见。焦德克先生举手赞成，巴尔代沃也举手赞成。这是有关正义的事，不能有半点含糊。

“我按过手印的白纸字据还在沙哈代沃的手里，如果他在上面写些什么，然后到法院告我，那？”孟哈古达斯哀求说。

“沙哈代沃如果告你，五老们都会为你作证的，他连一分钱也别想从你手里拿去。”

二十二

真师万岁！真师万岁！

寺院方丈拉摩达斯打喷嚏、咳嗽和打哈欠也学已故方丈赛瓦达斯的样子，边弹指，边说真师万岁，真师万岁，同时闭上两眼。

现在寺院里唱颂歌、念《比杰格》、接待外来和尚的事，一概由罗其蜜料理。拉摩达斯没念过书，不识字，不理解真师理论的深邃含义，但是他对敲羯鼓却十分在行。其实潘达莉也会敲鼓，不过潘达莉一敲，罗其蜜唱歌就走调，所以拉摩达斯就把鼓要过来自己敲，罗其蜜笑一笑，然后放声唱起来：

是僧侣就该自己打伞遮凉，
不要对别人抱有任何希望。
院子里既然有河水流淌，
僧侣为什么要为干渴而亡！
啊，僧侣为什么要为干渴而亡？

是呀，为什么要为干渴而亡？拉摩达斯的院子里有大河流淌，他却几乎要渴死……真是的，语录里说过：“沉重的檀香压断脊梁，笨驴闻不见何处芳香。”方丈拉摩达斯倒并非没有闻到檀香的阵阵香味，其实这香味使他心神不宁，可他有什么办法呢？有一天，他无意中说了一句“罗其蜜，你靠我近一点”，结果罗其蜜坐在那里念了四个小时的经，一动不动。还说：“内有光声二宝，天神亦难知晓，纵然修行悟道，难通其中奥妙。方丈，请你不要胡思乱想，心神不定。你能当上本寺院的方丈，算你前世有造化，要不然，像你这样的人，能混上个放牛的差事，就算不错了。按从师的辈数说，我是你的师母，你是我的徒儿。”

一个多月的时间，拉摩达斯的体态变化很大。罗其蜜服侍他很周到，天天给他喝牛奶、奶油和新鲜水果，他那黑黑的脸变得又红又亮，肚子也开始向外鼓起来，身上的热量有时也使他心神不定。罗其蜜总是用真师的话语让他平静下来。不过最能使他降温的还不是真师的话，而是加利杰兰。加利杰兰每天要来寺院待一会儿，有时是为党募捐，有时是要竹子修办公室。罗其蜜总是说：“加利杰兰是个真正的公道人，村里那些所谓的大人物，其实都是徒有虚名。加利杰兰的性情有些暴躁，但是世上的人现在都变得那么狡诈，善良的人能活得下去吗？再说，性情暴躁一点，也是男子应有的特征……”

拉摩达斯起初对加利杰兰疑心重重，只要加利杰兰一到寺院里来，他就悄悄听他和罗其蜜的谈话，在竹幕上戳个洞偷看。但是他发现加利杰兰同罗其蜜说话时总是站在两三米远的地方，话里也没有装腔作势和掺假的味道，而且说话很自然，从来没有眉来眼去的神情。拉摩达斯很少见过有人和女人谈话时是这个样子。加利杰兰来寺院只是为了党的事情，他爱他的红旗和他的社会党像爱一个女人似的。不过，巴尔代沃？他最近倒是没有来过，他的目光里有邪气，心里怀有鬼胎。

罗其蜜没有忘记巴尔代沃，她说巴尔代沃是个心地善良性情温和的好人，从不伤别人的心。他没有来寺院，听说是他认为罗其蜜在寺院里搞暴力活动，所以他不再来了。真是直爽人，菩萨心肠！应该去向他道歉，请他原谅。

拉摩达斯经过一番冥思苦想以后发现，他之所以焦急不安，是因为他怕加利杰兰，如果有什么不轨的行为，罗其蜜在加利杰兰面前告他一状，那他以后不是一切都完了吗？他永远忘不了选寺院方丈那天，加利杰兰及其一伙大闹天宫的场面，是他们打闹以后，他才当上了寺院方丈的。

不过，就算他是凭加利杰兰的势力当上了方丈的，也并不意味加利杰兰有权干涉寺院的一切事务。当然，如果加利杰兰说：拉摩达斯，你无权坐这把交椅，那他能不听吗？拉摩达斯慢慢地站起来，蹑手蹑脚地走到罗其蜜住的房间外边。门开着吗？没有，关着。拉摩达斯懂得怎样从外边开里边的门闩，用一根细棍就可以拨开……近来罗其蜜只锁门，不放顶门石臼。罗其蜜还在睡觉，衣服零乱，头发披散，在微弱的灯光下，她的容貌显得更加美丽迷人。

“谁？”

“……”

“拉摩达斯？”

“……”

“拉摩达斯！放开我！你给我坐下。你到底是个凡胎，还是不能克制自己。虚幻的世界迷了你的眼睛。”

“谁也摆脱不了虚幻世界的诱惑，谁也战胜不了这种诱惑。”拉摩达斯今天不再躲闪，他要回答罗其蜜提的每一个问题。

“你在向地狱迈进，现在醒悟还来得及。”

“现在醒悟也没有用，我不羡慕什么天堂……这个人间地狱我也不是第一次来。”

拉摩达斯想翻罗其蜜的老底。罗其蜜挣脱手，想从床上起来，但是拉摩达斯十分钟前才抽了第四袋烟，现在还在劲头上。

“我是你的师母，拉摩达斯！”

“什么师母？你是寺院的女奴，老方丈死了以后，你就是新方丈的女奴，现在你是我的女奴。”

“住嘴，你这条骚狗！”罗其蜜挣脱手，啪地打了拉摩达斯一记耳光，同时把两只脚一缩，用力朝拉摩达斯胸部一蹬。拉摩达斯仰面跌到地上，心里说了一声：“我的真师！”

事情说来也奇怪，
梵天一次生两胎，
一个男来一个女，
男女总是难分开。

“潘达莉！潘达莉！”

“什么事，主人？”

“快拿水来！”

罗其蜜全身发抖，她看到拉摩达斯躺在她面前，简直就像是快要断气的前任方丈赛瓦达斯。不，拉摩达斯还没有死。潘达莉说：“方丈是得了昏死病，昨天从拉姆普尔寺院来的那位和尚知道治昏死病的药，明天要点来给方丈吃就是了。”

真师万岁！

拉摩达斯发了高烧，胸口生疼！医生给了他一些舒筋活血的药膏。罗其蜜把药膏抹在方丈的胸脯上，拉摩达斯不停地喊“哎哟”，还说：“真师万岁，我这回活不成了。罗其蜜，你把我送到加西圣地去吧。我要在那里忏悔我的罪过……你为什么当时不把我打死？哎哟！真师万岁！”

“印度万岁，女司库。”

“印度万岁。请进，巴尔代沃，好久没来了。”

“拉摩达……不，方丈，怎么了？”

“发烧，胸口疼。”

“胸口疼？你用陈牛奶做的黄油给他擦擦就好了。”

陈牛奶做的黄油？罗其蜜一听就恶心。老方丈赛瓦达斯在世时，只要气喘病一犯，就叫她用陈牛奶做的黄油给他擦身子，按摩。

“女司库，西沃那特马上要到这里来，村里应当办个纺织站，求你资助一下。”

“纺织站？办纺织站干什么？”

“你说纺织站干什么？纺织站里有纺车，弹花弓，轧花机。”

“村里天天在建新的站，什么疟疾防疫站，黑帽站，红旗站，等等，现在又要建什么纺织站！”

“不错，新世道天天有新鲜事。听说你给社会党帮了大忙……不过，圣雄甘地的路是一条又老又正确的路。一些新党不断出现，但是谁的道路都不对，都是搞暴力的。”

“真师万岁！真师万岁！女司库，赶快给他点钱，把他打发走吧。真师万岁！”方丈拉摩达斯疼得直打滚……巴尔代沃的目光有邪气。罗其蜜拿出十个卢比送给巴尔代沃，说：“最近手头紧，你把我们这儿的路忘了。我有什么对不起你的地方，请多原谅。”

“没有的事，女司库。我最近实在没有空儿，这分布票的差事，简直成了我的灾难，真要命。自从干了这差事，连国大党的事都顾不上，这就让其他党钻了空子。加利杰兰日夜奔忙，连我们国大党的党员都被他拉进社会党里去了。所以我才请西沃那特来一趟。他来了，我们可以建个纺织站。党的老干部巴文达斯也来，当然，说起来，他也不算老，和我同一天报名参加独立运动。巴文达斯是矮个子，身高不过三尺，是毗湿奴教派信徒。来了以后，我要领他们来见你。印度万岁！”

巴尔代沃又一次闻到了罗其蜜身上散发出来的香气，多么醉人啊！

罗其蜜发现巴尔代沃近来瘦了很多。巴尔代沃的心是纯洁的，他为人非常直爽痛快……不知为什么，罗其蜜今天见了巴尔代沃以后，显得特别活泼。巴尔代沃是个善心人。

二十三

乡下人连一点经济学常识都不懂，对供求方面的鬼把戏一点不动脑子。粮食涨价了，大家皆大欢喜，黄麻涨价了，个个喜笑颜开。尽管纱丽涨到十五卢比一件，可稻子也涨到了十五卢比六十公斤。五卢比买一张铧，十卢比买一个锅，那算什么，粮食涨了价，黄麻也涨到了二十卢比六十公斤。是好事，叫人高兴。

粮食涨价，村里的受益人只有三个：乡长老爷、沈克先生和凯拉文。小农们在贱卖自己的土地，雇工们干一天活挣将近一卢比，还填不饱自己的肚子。五年前，他们一天只挣五安那，却可以供全家人吃穿。

现在布匹很难买到，村里人大多光着半截身子，男人们穿裤衩，妇女们在院子里干活只围一块腰布，十二岁的孩子还光着屁股。

西沃那特在会上讲话，大谈手工土布的经济效益。他举出大量数字证明，如果人人都学会纺线织布，那么村里就不会贫困，不会再缺吃少穿。

纺织站建立了，现在村里要富起来了。从省城巴特那派来了两位男教师，一位教纺线，一位教织布，还有一位女教师，来教妇女们纺线织布。

纺线织布就可以发家致富，门前可以拴上大象，那太好了！甘地万岁！

西沃那特讲话不像赛尼克和金加利那么慷慨激昂，他的话很实在，用数字说明问题，话里很有学问。他是个大公无私的好人，不吃白糖，不吃机器磨的面，只吃红糖和手工磨面。

到会的人每人都得到一张传单，上面印着甘地的像，写着甘地的话：谁穿衣谁纺线，谁纺线谁穿衣。

社会党人也向大家发了传单。那传单是红色的，上面多印了一句话：谁耕谁种，谁种谁收。

巴尔代沃今天没有来，他忙着分布票，太忙，巴文达斯代他来了。巴文达斯是个有胆量的英雄。听说四二年搞运动时，人们想把旗帜插到县衙门的大院去，但大院被士兵包围着，进不去。这时，巴文达斯趁士兵不注意，悄悄从他们的腿下钻过去，把旗帜插到了县政府大院。

“在我们这片雅利安人的国土上，只有雅利安人有权居住。外国人毁灭了我们雅利安人这块土地上的文化、宗教、艺术和技术，而今印度教徒的子孙却成了异教文化的崇拜者……”黑帽党的森焦克在上启蒙课时说。

“什么启蒙课，全是骗人的。”社会党的巴苏代沃这样说，黑帽党的一些青年也这样说。

拉吉普特青年嘛，手里一拿起刀枪棍棒就热血沸腾。那天哈尔高利说：“森焦克先生，我不生外国人的气，倒是很恨那些和外国人一个鼻孔出气的印度人，恨不得一刀砍掉他们的头！”他边说边挥手中的刀，要不是森焦克躲闪得快，说不定脑袋早落地了。

加利杰兰是全村佃户雇农们的领袖。小头头巴苏代沃对大伙说：“弟兄们，国大党是个杂牌党，里面有地主、资本家，虽然也有几个农民和雇工，那不过是凑数装门面。”

乡长老爷参加了国大党。他把自己的库房腾出来给纺织站用，自己也换上了一身土布衣服。他说他干了一辈子坏事，晚年应当积点德。乡长老爷当的可不是几分钱党费的党员，而是四百卢比党费的大党员。没看见？上次乡长掏出跟烟叶子差不多大的四张一百卢比的大票子交党费，崭新的钞票，哗哗响！现在社会党的日子不好过，党内连一个有钱人都没有了，全靠寺院的女司库资助，能维持多久？

第四十号法令下来了。

社会党号召大家强行夺地，国大党的领袖则通过了第四十号法令，并在向群众宣传。巴尔代沃在集市上向大家散发：“第四十号法令通过了！佃农们快去登记自己的土地啊，趁热打铁，莫要错过机会。新法令通过了，不用再使用暴力了。监督执行第四十号法令的官员已经到了县上，只要去登好记就行了，土地就变成自己的了。”

巴尔代沃说得对，如果不用暴力就能得到土地，那还有什么必要参加社会党？现在是国大党的天下，需要什么东西就去找国大党说一声，定一条法律就行了。大家应当集合在一起，一起说一件事情，七嘴八舌不行。十人一起干，成败不丢脸。像我们现在这样，一盘散沙，各说各的，对谁也没有好处。还是巴尔代沃说得对。

社会党县党部书记对加利杰兰说：“第四十号法令并不是什么新东西，是早就有的老法律。国大党人在散发？那好，你回村去跟农民讲，凡是大地主的土地都可以夺。如果他们上告，谁也别出庭做证。法令是一张空纸，有什么用？真正的东西在于行动。我们揭露他们，要有证据。只有穷人都在一个党里，一个旗帜下，团结一致才能胜利。乡长跑到国大党里去了？那好，就叫农民先夺他的地。这样一闹，他们就要暴露，到那时候再看国大党的法令还有什么用！这一期《红旗》周报上有金加利同志的一篇专稿，写的就是这件事，你走的时候多带一些回去。”

“……第四十号法令规定佃农有权享有土地，但那里边即使有针眼那么大的漏洞，大象也能钻过去。执行第四十号法令的官员要么是地主，要么是地主子女，希望他们为群众做好事，那是妄想。只要我们团结，力量就比法令还大。让我们在社会党的红旗下共同宣誓：决不给地主们做证人，连小孩也不去做证人……”

“说得对。”

“对个屁，全是胡说八道。”焦德克总爱挑刺儿，“两头水牛打架，青草的脑袋遭殃。国大党和社会党闹矛盾，都想拉党员，穷人夹在两扇磨盘中间受罪。”

“穷人不会受罪，穷人只会沾光。只有一个党不行，两个党才好，两个党之间比赛，老百姓可以得到好处。上次罗德哈特庙会上，起初只有一个外地来的戏班子，不好好唱也不好好跳。第三天又来了一个戏班子，两个戏班子比高低，从天黑一直表演到第二天早晨，庙会经办人再三劝说，他们才收了场。”

杰里特拉来了？

杰里特拉是个革命干部，出身不可接触者种姓，家住在西马普尔。闹独立运动那年月，白人士兵一听到他的名字就尿裤子。他会扔炸弹，打手枪，百发百中！那时，出庭为官方做证的人都被他割了鼻子和耳朵。他非常勇敢，从来没有被抓到过，许多秘密警察都被他送上了阎王殿。城里大人物听了他的名字都发抖。杰里特拉的马一到门口，有钱人就打哆嗦。“捐款！捐五十卢比？不行！不捐五百卢比不行！怎么，没有钱？那就把珠宝箱的钥匙交出来！不交？……”呼！呼！他杀了十个人，但始终抓不住他。最后政府只好认输，撤销了对他的起诉。

杰里特拉要来找加利杰兰？那好了，苦瓜爬上了苦楝树。杰里特拉也在社会党里？他一定是来训练扔炸弹的。在炸弹和手枪面前，黑帽党的棍棒有什么用？好比大象脚下的一只小老鼠。

二十四

不管物价涨不涨，也不管是否遭荒年，节是非过不可的，何况是洒红节呢？

印历腊月[①]的风是醉人的。印历八月是疟疾和黑热病猖獗的季节，人们的身体都垮了。腊月的风可以起死回生，使虚弱的人们产生新的活力。再说，除了腊月，一年还有十一个月呢，受苦受难有的是时间，这整个腊月应当尽情地笑，尽情地唱。

别的节过不过没关系，比如灯节，点一两盏灯就可以了，可洒红节非同一般，它能使死了的心复活，使老人小孩乐得发狂。

① 印历腊月，相当于公历 2 月、3 月间。

过节时，家家都要准备米粉、油，要做油炸饼和各种甜食。所以节前五天大伙就到东家门口排长队等着借粮了。仓库门打开，东家拿出账簿坐在桌旁，秤放在一边，掌秤的开始过秤。谁借粮谁在白纸上按手印，当年如果还得起，借八十公斤还一百二十公斤。当年还不起来年还，不过那就得还二百四十公斤了。这账是清清楚楚的。

村里的东家们都有自己固定的雇工。沈克先生的雇工在德特马巷和巴斯万巷。乡长老爷的雇工在波利亚巷、特农克巷、古姆巷和格约特巷。凯拉文先生的雇工在牛倌巷和高耶利巷。桑塔尔人的居住区不属于任何人。

这次，除了乡长老爷，谁也没借给雇工一粒粮食。不按手印就想借粮？没门儿。祖祖辈辈的规矩，按手印借粮，谁也不骗谁。加利杰兰叫你们别按手印，那你们找他去借粮好了。

乡长老爷不需要借户按手印，因为他掌握着所有人的手印，谁也赖不了。今年，其他东家的雇工也来向他借粮，他也借。不过，要加利杰兰担保并负责收债。不管怎样，乡长还算有良心，其他东家都是些吸血鬼。

姑娘刚刚结了婚，
急着要看娘家人。

腊月的歌，句句动人心。蒲利娅和克拉西成了亲，克拉西到蒲利娅娘家来接她，但她不愿意在今年洒红节离开。克拉西生气了，在蒲利娅的娘家静坐了四天。

看看我吧看看我，
今年的节我要在娘家过，
你要是真心喜欢我，
咱们下次再快活。

蒲利娅从早晨劝到傍晚，终于说服了克拉西。克拉西给了她一卢比的过节钱，一个人走了。

可怜的沙哈代沃今年和谁过洒红节？蒲利娅一想起去年的事就全身发痒。去年洒红节，沙哈代沃抽了大麻烟，迷迷糊糊，一张饼，两个人你一口我一口地咬着吃……“唉，什么种姓不种姓的，蒲利娅，你就是我的种姓，你就是我的王后，你就是我的一切！”沙哈代沃给了蒲利娅她爹一个半卢比的酒钱，给她娘半卢比，于是和蒲利娅过了一夜。那一夜，沙哈代沃一点没睡……蒲利娅又感到身上发痒了，她希望有人使劲地搂她，使她的关节叭叭地响。是不是给沙哈代沃传个话，叫他来？可村里人会怎么说？嗯，不要紧，过洒红节允许随便胡来。不过那天他生气了，还会来吗？

黑天抓住俺的衣服不放，
碎了俺的绸裙和手镯一双。
破了衣衫，湿了纱丽，
俺的衣裙滑落一旁。

黑天大神克里希纳就是这样过洒红节的。

葛玛莉的眼圈红了。去年她就是在洒红节这天昏迷过去的，今年会出事吗？今年她不会犯病了，有大夫先生在。不过大夫一大早就去兰普尔村给人治病，今天能回来吗？能，他一定会回来。葛玛莉她娘一个星期以前就请了他，还准备了好了喷筒和红粉。

“妈。”

“什么事，孩子？”

“你的大夫先生今天不来了？”

“怎么？”

“我的心情不大好。”

“别这么说，孩子，不会有事的。”

洒红节满天飞红……

四面八方都在喷洒红水，可是谁也不往大夫身上洒。兰普尔村没人向大夫身上洒红水，路边的孩子见了他也不敢向他身上洒，他们的喷筒里不是红水，而是稀牛粪。他们没有钱买颜料。大夫先生是官家的人，身上穿着官家的制服，把制服弄脏了是要受官家惩罚的。大夫是官家人，又是外乡人，不属于本地的社会……这是大夫的错，他一开始就脱离了村子，整天和疾病打交道。尽管他从来没努力深入村里的生活，可他现在已经开始喜欢农村了，喜欢农村的一切了。为什么没有人向他洒红水呢？他真希望自己染一身红，染一身牛粪，染一身污泥。

“哎，别见怪，今天是洒红节。”

大夫的白大褂一下变成了红大褂。

“原来是加利杰兰呀。”

“别见怪，大夫，今天是洒红节。”

大夫从手提包里拿出一张十卢比的票子递给加利杰兰：“请收下，这是我对洒红节的捐献。”

洒红了！洒红了！洒红了！

耿乃西一手拿喷筒一手牵着姨妈的衣服。姨妈笑着说："他一大早就闹着洒红水，我的纱丽叫他洒成了红布，现在又闹着要和村里孩子一起玩。"

"来，耿乃西。"加利杰兰拉着耿乃西的手，想带他一起玩。耿乃西向大夫身上喷了红水，跟加利杰兰一起跑了。姨妈看了很高兴。

"大神保佑你长命百岁，加利杰兰。"

"真是个活泼的青年。"大夫说。

"葛玛莉来打听过五次了，问你回来没有。还吓唬我说：'今天不许你请他吃饭，今天我们请客。'"

手鼓大鼓大小铙钹，
腊月洒红歌声不断。

加利杰兰的队伍最大，有两个大鼓，一个手鼓，还有几副铙钹。全村的歌手都参加了加利杰兰的队伍。孙拉、苏其拉尔、代维德亚和外号叫洒红歌王的摩汉塔都在加利杰兰的队伍里。摩汉塔读中学，脑子灵，编两行诗和顺口溜什么的是他的拿手好戏。村里的小股人马也都加入了加利杰兰的队伍。

今天是洒红节，
谁也莫见怪。
雨季里，池塘满，
蛙声成片响天外。
看看这里的国大党，
头头们原是些小狗豺。

叮叮咚，叮叮咚……

洒红歌，莫断调，
三拍要把鼓来敲。
纺线身穿土布袄，
手中提着土布包，
嘴里说是闹独立，
光天化日当强盗。
歌儿唱，鼓儿敲，
洒红歌，莫断调。

摩汉塔不仅唱《洒红歌》，还编了《腊月歌》教大家边走边唱。

洒红节今年又来到，
甘地的歌声入云霄，
洒红节今年又来到，
英雄尼赫鲁是我们的骄傲。

高耶利巷的克尔鲁老头儿说："大夫先生，现在人们过的这叫什么节？唉，真正过洒红节的年月过去了。从前过节时，老头子们都脱得光光的，跳光屁股舞。有一回，邦里的大头头来给大家照相，还在洋人的报纸上登了呢。"

巴苏代沃说："现在唱一个新歌吧，要全新的，德国式的。"

啊，愚蠢的婆罗门，
婆罗门啊真愚蠢。
你的种姓不会丢失，
如果你亲一亲女人。
今天是洒红节，不要见怪。

大夫一进乡长老爷的家门就被抹了一脸红粉。他闭着眼，但从抹红粉的细手判断，他知道这是谁干的。是葛玛莉，果然不错。

“大夫手里没有红粉，没有喷筒，光叫人家喷，不能还手，这叫什么洒红节？来，大夫，把这喷筒拿去。”葛玛莉她娘今天格外高兴。去年的今天，葛玛莉犯病，全家人不得安宁。今年她活蹦乱跳，多谢大神保佑。

大夫真是书呆子，手里拿着红粉竟不知道怎样往别人身上抹，只是站着看人家的脸。

“你把手伸过来好吗？”

“干吗？”

“让我抹红粉。”

“这是过洒红节还是给人打针？您手里拿着红粉站着不动，像要给新娘子抹朱砂线似的。”葛玛莉咯咯地笑着。

大夫从来没见她这样笑过，这是健康的笑，是发自内心的笑，是天真无邪的笑。大夫似乎听到了自己心脏在突突地跳，前额上沁出了汗珠。他面前有一面大镜子，他从镜子里看到了自己的脸，额头上挂着汗珠，像新郎额头上点的檀香志。这使他想起了古代诗人薄婆菩提的名作《茉莉和青春》一书中的男主人公。洒红节古代叫马登节，过节时，人们用杧果花作供品，献给大神马登（湿婆）。书中说，男主人公青春和女主人公茉莉在洒红节不期而遇，坠入情网。

大夫把一袋子红粉全撒在了葛玛莉身上，葛玛莉变成了一个红发姑娘，鼻子和嘴唇都成了红的。人们说，当新郎往新娘头发缝里抹朱砂线时，如果朱砂流到鼻子上，说明她以后将是丈夫的爱妻。

二十五

巴文达斯近来一直闷闷不乐。

“达斯先生，琼尼古桑伊近来好吗？”巴尔代沃常在夜里睡觉前同巴文达斯闲扯。

“琼尼古桑伊现在跑到社会党里去了。”

巴尔代沃听了大为惊讶，目瞪口呆地望着巴文达斯。

“巴尔代沃兄弟，这没什么奇怪的，老天爷的安排不会错。”

“还记得金南巴蒂的大会吗？代瓦利先生的演讲和特奴克拉尔的歌声，现在回想起来还叫人浑身来劲呢……啊，恒河朱木拿河的波涛……”

“可是，印度母亲如今还在哭泣，巴尔代沃。”巴文达斯困了。

巴尔代沃不高兴了：“你说什么？印度母亲现在还在哭泣？”

巴文达斯翻个身说：“禁止洋货那会儿，江莫尔和沙加莫尔的店里发生了什么事，你还记得吧，巴尔代沃？商人江莫尔的儿子沙加莫尔动手打了许多志愿人员，他向政府塞了钱，把志愿人员关进了大牢。就是这个沙加莫尔，现在成了纳巴特城里的国大党要员。你想听吗？你知道卡普拉吧？就是那个开赌场的老板，有一次他拐骗了几个尼泊尔姑娘被抓住了。就是这个卡普拉，如今成了戈迪哈尔地区国大党的头头。所以我说印度母亲现在还在哭，而且哭得更伤心了。”

巴尔代沃不敢相信，想同巴文达斯争辩，可是巴文达斯已经打起呼噜来了。巴尔代沃一点也不明白，印度母亲怎么会哭得更伤心了呢？

巴文达斯、琼尼古桑伊和巴尔代沃三人是同一天离家去参加独立斗争的。

琼尼古桑伊早已成家，家里有四英亩地，四五棵杧果树和波罗蜜树，还有一头母牛，除了妻子而外还有两个小儿子。他心地善良。那次在金南巴蒂参加大会，代瓦利和特奴克拉尔的宣传使全场人都感动得流了泪。琼尼当天就报名参加了独立运动。抵制食盐法，禁止外国货，琼尼坐了牢；坚持真理运动中，琼尼又坐了牢；1942 年闹独立，琼尼又坐了牢……前前后后加起来，琼尼古桑伊坐牢不下十次。

可现在，他怎么会跑到社会党里去了呢？

巴文达斯呢？

他生来就是个虔诚的毗湿奴派信徒，相信前世积德和天命。不知是老天爷搞错了还是内分泌系统失调，他只长了三尺高。黑皮肤，厚嘴唇，满脸络腮胡子，还有一副叫人听了害怕的尖嗓门儿，说起话来声调比他的个子高十倍。他走路怪模怪样，不像走，倒像滚。他一从什么地方经过，人们的目光自然都会转到他身上，随之便是一阵奇怪的笑声。一群孩子跟在他身后拿他开心，狗也跟在后边叫。怀孕的妇女见了他要赶紧躲起来。既然老天爷把他塑造成一个活玩具，让人们取乐，那他为什么不可以向人们索取代价呢？“给口饭吃吧，好兄弟，大神保佑你，悉多罗摩[1]，悉多罗摩！”

在金南巴蒂的大会上，他也受了震动。“不知前世造了什么孽，

① 罗摩和悉多是印度史诗《罗摩衍那》中的男女主角，印度教的神。

叫我今生这样受罪，我要这样的身体有什么用？为了印度母亲，我把它献给甘地先生算了！

啊，为了国家，
尼赫鲁穷得像个乞丐，
为了国家，
拉金德拉放弃了钱财。

“俺巴文达斯是个真正的乞丐。琼尼古桑伊报了名？俺也得报上。”

悉多罗摩，悉多罗摩！印度母亲万岁！县里的政治之父拉摩克宋先生的老伴总是叫他“巴格万”[1]，她让巴文达斯留在县城里。拉摩克宋先生家只要有巴文达斯在场，警察的车子就要停在外边监视。拉摩克宋担心老伴阿帕拉妮的安全，外出时总要叮嘱她。

“别担心，你瞧，巴格万来了。”阿帕拉妮眼睛里闪着喜悦的光。

没几天，阿帕拉妮被捕了。警察本想打巴文达斯几棍子把他撵走，但阿帕拉妮挺身迎上了棍子，这使警察大为吃惊。“不许打我们的巴格万！”血染红了她的白土布纱丽。她用能感化顽石的声音说：“我们的巴格万！”巴文达斯前生的罪孽似乎一下子都变成了功德，枯木又发了新芽。他的哑嗓子里冒出了一声：“阿妈！”

阿妈，圣雄甘地也曾这样叫过阿帕拉妮。那是1934年，甘地先生来巡视地震灾区，同他一起的有拉摩克宋先生、阿帕拉妮，还有巴文达斯。如果没有巴文达斯，阿帕拉妮什么地方也不去。甘地先生笑着说：“阿妈，你的巴格万真让人忌妒。”他没有牙的嘴上带着

① 巴格万是大神的意思。

笑，像孩子一样的笑。

弗尔卡哈广场，人山人海，高高的台子……“圣雄甘地万岁”的呼声此起彼伏，惊天动地。“万岁！”天空又是一阵震动，人山人海，花的雨，脚下的尘埃，哨声，自愿服务者，警戒线……围起来！保护好甘地先生！

台下，拉摩克宋先生走在最前面，然后是手扶在阿帕拉妮肩头的甘地先生。对，就是那个甘地先生！“万岁！万岁……”阿帕拉妮又伸手拉上一个人来，这人是谁？巴文达斯，矮子！甘地先生把手指放在嘴上示意大家静下来。在成千上万人面前，巴文达斯敲着手鼓唱起了歌：“只有罗摩的名字是真实，其余什么也没有……”声音传得不算远，但是，巴文达斯这个三尺高的小人物却变得非常高大！圣雄甘地在请求施舍：“为天民们施舍吧！”于是，钱袋、金戒指、项链、手镯、硬币……能给的都给了。可是，即使把什么都给了，也不可能比巴文达斯高大。

巴文达斯好像得到了财神爷的宝库，枯树又发了新芽……甘地先生！

1937年，贾瓦哈拉尔·尼赫鲁先生在大选的暴风雨中来到普尔尼亚县。他看到巴文达斯后，显出惊讶的表情，愣了一会儿，额头上出了皱纹，食指放在鼻子边上，用英语向甘古利先生说：“我不记得那本书的名字了。”

甘古利先生立即答道：“《金河王》。”两个人同时笑了起来。

这时的巴文达斯不仅会唱颂神曲，而且还学会了演说。他站起来要讲话，麦克风相当高，会场的服务员很吃惊，忙乱中总是调不好麦克风的高度。尼赫鲁先生立即站起来，把麦克风旋得低一些，弯着腰举在巴文达斯嘴边说：“讲吧。”群众都笑了。巴文达斯有些慌张，尼赫鲁先生微笑着在他脖子上套了一个花环：“请讲吧。”记者们咔嚓咔嚓地直照相。《民族先驱报》的头版登出了大照片，巴文达斯脖子上挂着花环，尼赫鲁先生手里拿着话筒弯着腰微笑。照片上面还写着：“调话筒的勤杂员尼赫鲁”！

1942 年 8 月，围攻法院时，警察对天鸣枪，人们都吓跑了，只有巴文达斯敢跟他们对阵。群众回过身来看，这个三尺高的汉子挺胸昂首地站着，大伙自愧不如，又都回来了，巴文达斯从警察的腿缝间钻过，使胜利的三色旗骄傲地飘扬起来。

甘地先生、尼赫鲁先生认识巴文达斯，拉金德拉先生也认识。全邦的首长和政治干部都认识他。有一次坐牢的时候，囚犯们为反对看守的虐待而集体绝食，坚持到最后的只有巴文达斯和琼尼两个人。二十五天的绝食斗争！甘地先生的考验，真理的考验，独立运动的考验，这两个相貌丑陋的人都经受住了。

报名参加独立运动后，巴文达斯只有两次受到邪魔的引诱，这两次他都及时地觉悟了，险些误入迷途，全托圣雄的福！

一次，拉摩克宋先生派他到姆提亚村去把收上来的大米处理掉：“把大米卖掉，把钱拿回来。”一共五卢比三安那。回来时，他到车站市场的甜食店去吃酸奶。店老板正在炸面圈，老板娘把炸好的面圈浸到糖汁里去。巴文达斯的心在炸面圈上打转转，也跟着被浸到了糖汁里……多少年前，帕古先生为他父亲办丧事曾请穷人吃过这玩意儿，如今已经过了一个时代。巴文达斯从那以后再也没尝过。最后，巴文达斯没有买酸奶，而是买了两个安那的炸面圈。

炸面圈下了肚，他突然醒悟了。眼前，邪魔现出了原形。这钱，姆提亚村……他眼前浮现出村里妇女们的身影，在往罐子里装米之前，她们怀着多么大的虔诚，多么坚定的信念呀！她们为了甘地先生存米。这米是一颗汗珠摔八瓣挣来的，是孩子们饿着肚子省下的，而巴文达斯却用这钱来为自己解馋？违背了誓言，破坏了修行！求求你，甘地先生，原谅俺，饶恕俺吧！巴文达斯大哭起来，大滴的泪珠落下来。他用手指抠嗓子呕吐起来……悉多罗摩，悉多罗摩！两天的斋戒，为净化灵魂，为忏悔罪过！

邪魔的第二个圈套是这样的：在抵制食盐法的日子里，塔拉瓦蒂夫人从巴特那到普尔尼亚来了。她讲话很有吸引力，不管走到哪儿，听她做报告的人总是像潮水一样。她是个年轻女人，头上不戴面纱，像杜尔加女神一样容光焕发，八面威风。政府拿她没办法。报告会一散场，她的住处就挤满了人。连不生育的妇女也来找她求子，以为她真是杜尔加女神。为保证她休息好，只得派志愿人员守护她。

一天中午，塔拉瓦蒂正在床上休息。门上挂着帘子，帘子外边是巴文达斯在值班。印历腊月的风带着新鲜杧果花的香气掀开门帘，巴文达斯从抖动的门帘缝隙间随便向里瞧了一眼，这一瞧不打紧，他的心突然加速了跳动。腊月的风是二流子，掀开门帘还不算，又撩拨着巴文达斯的心。巴文达斯朝四下看了看，磨蹭到门边上，向里偷看。床上躺着一个年轻女人，她睡熟了，卷曲的头发披散开，纱丽从胸前滑到了一边，土布胸衣敞开着……巴文达斯的两腿在打战，他想往前走。他知道自己想干什么，他想扑上去，把这个女人的衣服一条条地撕开。他想用自己的指甲去掐她的身体，甚至想听到一声尖叫，想用嘴咬她，摇晃她，直到把这个白皮肤的女人折腾死……嗯？那是谁从窗户口朝里张望？甘地先生？墙上挂着甘地先生的像，正双手合十微笑着……先生！原谅我！一罐子凉水泼到了燃烧的火上。先生，原谅俺吧！又是一罐子凉水泼下来。先生，求求你！水，水，凉水，不，冷，冷啊……

巴文达斯睁开眼，拉摩克宋先生正用湿布敷他的前额，阿妈正在给他扇扇子。甘古利先生不声不响地站在一边。塔拉瓦蒂不安地说："我听到叫声就醒了，见他倒在地上。"

第二天，阿帕拉妮端给他一杯西红柿汁，说："巴格万，从今天开始，每天白天喝一杯凉汁，晚上喝牛奶。"

可是，巴文达斯这回已经发誓要斋戒七天，要净化灵魂，清洁感官，忏悔罪过！阿帕拉妮没法子，只好说："那我也不吃饭了。"以此来吓唬巴文达斯。巴文达斯无奈，到甘古利先生那里把事情的经过说了。"甘古利先生，您去劝劝阿妈吧，俺昨天中了邪魔，不能毁了誓言。"

甘古利先生笑着对阿帕拉妮说："让巴格万毁誓是不可能的，他有充分的理由这样做。"

阿帕拉妮不说话了。

住在遍布神像与庙宇的城市贝拿勒斯，阿帕拉妮仍然首先惦记着他的巴格万。有时给甘古利先生寄钱来："给巴格万买衣服。""给巴格万买牛奶。"

就是这个巴格万，今天却说印度母亲哭得更伤心了！

巴尔代沃想起了罗其蜜，她是不是也在哭泣？

二十六

哈尔高利被任命为巴尔班加土邦王公的新代理人——新乡长了。

无线电苏莫里达斯向大伙说："瞧，加耶斯特人吃剩下的盘子，拉吉普特人来舔了。巴尔班加土邦王公把原乡长维西沃那特老爷叫去劝说安慰了一番，可维西沃那特老爷说，吐了唾沫再去舔，那不是人干的事。现在的乡长没干头，像啃得精光的骨头一样。”

确实，现在的乡长一点油水也没有。时代变了嘛。维西沃那特的父亲德沃纳特那会儿，工资一个月仅五卢比，可外快多，三年弄到手三十英亩好地。人嘛，没有外财不富。再说，那时的乡长派头大，在德沃纳特家干活的雇工们从来得不到工钱。土邦王公住在提尔胡特，谁也没见他到这里来过，这里实际上的王公就是老德沃纳特。他穿的靴子三个月钉一次钉子，要派人特地送到县城里去钉。他很少说话，耳朵不大灵，一张口就是：“打，打这小子！”莲花河边有个水坑，里边专门养了些蚂蟥。如果有谁送礼送迟了，就要被罚到水坑里站四个钟头，从脚趾头到大腿根儿，叮满了蚂蟥，密密麻麻的像一串铃铛。然而，那样的时代随着德沃纳特一起结束了。

到了维西沃那特这辈，他也很好地负起了职责。他根本用不着对佃农们采取严酷的做法，因为他的父辈已经在佃农们的心目中树立了绝对威望。俗话说得好，阎王爷的鬼差肯延期，乡长却不宽限。每次收税之前，土邦王公的总管德弗老爷就要带着人马下乡安营扎寨。公馆花园的空地上，架起许多帐篷，有五十名士兵，四头大象，还有汽车、侍者、伙夫、剃头匠、洗衣匠等。五个村的牛车装了各种各样的营具运来。

乡长已经提前准备好了一份名单，上边写着全乡行为不轨分子的名字。苏莫里达斯偷偷把一些手里有点钱的农民拉到一边，报信说：“你的名字列在名单的最前头。”

“啊？最前头？”听了这话的人就像五雷轰顶。无论如何也得想法把自己的名字去掉。

在拟名单时，乡长要听取苏莫里达斯的意见。苏莫里达斯边回忆一年来发生的事情边让乡长写：“嗯，毗湿奴节那天，跟牛倌巷的萨特考利要牛奶，他把空罐子送了回来，说牛挤不出奶。恭吉尔巷的弗尔金德没给苦瓜……”

乡长老爷也想出了一些人的名字。有的人是在打土邦的官司时不愿出庭作证，有的人是在办理财产转户手续时私吞了乡长该得的贿赂，有的人是财迷心窍，有的人是趾高气扬，有的人是在五老会上反对乡长手下的人……

德弗老爷从土邦的威信考虑，特别强调税收问题。因为土邦的威望是要害问题，所以他还说：“在我们土邦，不想看到任何一个不轨分子。你们竟敢说乡长撒谎？我们的工作人员撒谎，你们这些混账小子反倒说了真话？”

“杰太鲁！”

“在，老爷。”

“你在打官司的时候为什么不出庭作证？”

“老爷……”

“哼，来呀，用鞭子抽！”

啪啪啪！劈头盖脸的鞭子。

“你就是杰太鲁？你是拉吉普特人？你不把我们乡长放在眼里？我叫你有好瞧的。”

从此以后，整整一年都太平无事，人们见了乡长就害怕。

可现在呢？时代变了。不仅变了，而且是完全翻了一个个儿。

沈克先生费了很大劲才把哈尔高利弄成了乡长，给了总管老爷整整四百卢比的礼钱。听说哈尔高利接账本时直打喷嚏[①]，现在这个新乡长怎么干他的差事还要走着瞧。

拉吉普特人都很高兴。哈尔高利他爹西沃辛卡对大伙说：“哈尔

---

① 意思是不祥之兆。

高利要是再多念一年书，就能当上总管了。”

穿黑马甲的森焦克先生在有文化的人们中解释说：“就像乡长的差事从加耶斯特人手中转移到拉吉普特人手中一样，所有印度的事务都将转由印度教徒掌管，到那时，印度斯坦的每一个角落都将飘扬起印度教政权的旗帜。”

算命先生建议说：“要是不拜财神娘娘，那本账是管理不牢的。星期五是个吉日，不管是买卖开张、出门旅行，还是盖房子，都是大吉大利。”

加利杰兰和巴苏代沃在向自己的党员们说：“如果说老乡长是条蛇，那么新乡长就是一条蟒，二者没有区别，都是土邦王公的帮凶。社会党的书记同志说了，还要准备进行斗争。”

对巴文达斯来说，这个村子是新的，村里人也是陌生的，所以他至今没有表态。不知为什么，他总觉得情况不妙。

纺织站里不仅教纺线织布，晚上还教老年人识字。女教师教妇女和小孩读书。老比兰吉读了十天“K、KH、G、GH”，可读来读去还是这几个字母，没有长进。“K、KH、G、GH”，老师也拿他没法子，难道说老鹦鹉真不能学舌吗？

二十七

大夫开始了他人生的新篇章。

他总是从生物学的角度来看待爱情、情欲和温情。他常笑笑说：“我不知道人的身体里有一种叫作‘心’的东西。我也不知道人们称为心的东西是指 lung（肺）还是指 heart（心脏）。不管指什么，heart、lung，还有 liver（肝）这几样东西和爱情都没有什么关系。”

现在他打算承认了：人是有“心”的，如果将人体解剖开，这个“心”是看不见的。它不是心脏，而是看不见摸不着的东西。它有时会痛苦，但止痛片解决不了这种痛苦。如果没有了这种痛苦，那么人就变成动物了。心就是一座庙宇，里面居住着人的内在神明。

从童年时起，他就从来没能忘记过自己出生的故事。人们活在世上，往往需要一种光彩，使自己显得荣耀一些，这就需要自己家族的历史上有那么一段充满自豪的时期。然而，在大夫的家族史上，却是被墨水涂得一片漆黑，像监狱里检查过的信一样[①]。被墨水涂掉的那部分使你连想都想不出，那地方是写过什么还是根本就什么也没写。他的生身之母对此也只字没提……黑暗中有一个不幸的母亲，她忍受和埋藏了内心的苦痛，将一个刚刚出世的婴儿藏在衣襟下边。一个可怕的黑影来了，伸出手……母亲最后看了一眼自己身上掉下的肉，自己的心头肉，亲吻了他。黑影把孩子从母亲的手中夺走了。母亲咬着嘴唇站在那里。

大夫曾极力理解母亲的慈爱，努力理解黑暗中剪影一样的母亲和她的母爱的价值。她本来是可以把他掐死的，用捻死一个臭虫那么大的力气就可以掐死一个刚刚生下五个钟头的小生命。但是母亲不能这样做……也许她曾经想到过掐死他，她的手甚至已经放到了他的脖子上，可是，当看到睡着的婴儿那甜蜜的笑容时，她的手就变成抚摸了。悲惨、无奈、不幸的母亲，他确实曾为母亲内心所掀起的风浪做过种种推测。圣洁的母爱，不可战胜的母爱，他就是自己母亲的母爱的活生生的例证！

不管听到哪个母亲的不幸遭遇，他的内心都立即产生同情和敬爱之情。被逐出种姓的也罢，自行堕落的也罢，即使是世俗的所谓最卑下的母亲，他也愿意让自己依偎在她的怀抱里。他从来没有试

① 监狱方查看犯人信件，将不适于犯人看的内容涂掉。

图把任何一个女性视为自己的恋人。他的内心是病态的，或者说是abnormal（变态的）。

大夫站到了一个新的转折点上，这时再看这个世界，它是多么美好啊！

他想为民众的福利做事。他想揭示置人于死地的疾病的根源，他要发明新药，要把病菌消灭，让民众健康。要让全世界的医学院里都流传他的名字——普拉祥德。“普拉祥德疗法”，“普拉祥德反应”，让人们都这样说。然后再搞试管婴儿，不过，这婴儿管谁叫妈妈呢？到那时，“妈妈”这个词大概会是一个可笑的字眼儿。“你知道吗？从前一直是有妈妈的……”一个近乎裸体的姑娘坐在美国一家发面点心铺里，一边品尝一边扭过头来通过荧光屏说，“现在是试管时代，嘻嘻，试管妈妈。”

妈妈，妈妈就是大地，大地母亲。母亲不能弄死自己的儿子，可是儿子却会掐母亲的脖子……丰收的葱绿！

印度母亲就住在乡村的土地，
田野里是一片迷人的葱绿，
那是母亲沾满尘土的肮脏的裙裾。

肮脏的绿色裙裾！可现在，大地母亲的裙裾是金色的。东风吹动田野里金色的麦穗，像是一层层金浪。全村人都在田里，好像在金色的河里，在齐腰深的金水里嬉戏。金色的麦浪，棕榈树叶子，枣树丛，公馆的园林，盖满荷叶的莲花河湾，大夫觉得这一切都是新鲜的。

夜莺的叫声从来没有在大夫的心中引起过什么共鸣。可是，在田里割麦子的人们唱的《正月歌》比半夜里夜莺的叫声更动人更甜美。

夜莺唱了一整天，
从早唱到晚，
可恼的夜莺，半夜又在唱，
啊，我的天！
吵醒了我的心上人，
啊，我的天！

可别把丈夫吵醒，丈夫睡得正香。坐在床上的达妮为丈夫扇扇子，担心他被吵醒，搅碎了酣梦。

大夫先生也想在某个人的轻轻拍打下睡一觉，睡得香香甜甜的。他在人生的道路上急行，在他身旁，在路边，没有可供他休息片刻的阴凉。他连一个树枝的阴凉都不敢想。他的脚一踏上这人生的羊肠小道就感到了极度的疲劳。他被路上的美景吸引住了，但他不能在阴凉处躺倒。这是一条多么艰辛的路啊，它永远鼓舞着行人奔向一个目的地。他真想在树荫下放松片刻，那爱的树荫……

莫吵醒我熟睡的爱人，
啊，我的天……

丈夫醒了，达妮同丈夫告别，丈夫要上工去了。

喜马拉雅山峰峦上的司晨女神摸了一下第一缕阳光，把它变成了金色。杧果园里，夜莺、百灵鸟的优美合唱是吉祥之歌。田里，串串歌声凭借东风飞来，大夫的心里不平静了。麦子正在收割，沉甸甸的庄稼散发着香气，飘向四面八方。

“大夫先生。”

“什么事？”

“请你来一下，我姐姐吐了。”

“拉肚子不拉？”

“拉。”

大夫立即收拾好准备前往。就在邻村，也许是痢疾。不过，生理盐水也要带上。

“拉了三十次了？”

躺在床上的姑娘脸色枯黄。她手脚紧缩，小便停止了。这是霍乱，没说的。大夫的生理盐水算是带对了。点上酒精炉，拿出常量生理盐水的瓶子。姑娘的老爹双手合十想说什么，终于说了：“大夫先生，这针打一次要多少钱？”

小针的费用是两卢比，这么大的针一定要五十卢比了！

“怎么？五十卢比。”大夫笑着说。

“那就别打了，给点药吃吧。”

“吃药不管用。”

“我上哪儿弄那么多钱呢？”

“把牛卖了。”’大夫仍然笑着说。

“大夫先生，把牛卖了谁来干地里的活？大大小小儿口人都得饿死。一个丫头病了……”

“你这是什么意思？”

“先生，一个丫头家，不打针吃药病也能好。”

一个丫头家不打针吃药病也能好！不过，这也不能怪这个老头。

在这个所谓的文明社会里，女孩子的出生本身就被看作一种灾难。愚昧啊！

咚咚咚……

“明天早晨要到防疫站去扎胡（霍）乱针！所有的人，大人小孩，男女老少，都得去！”

咚咚咚……村里的更夫边敲鼓便喊。

霍乱的第一个病人是得救了。可是，全村不可能都得救。大夫让更夫敲鼓通告全村人来打针，但谁也没来。要往井里撒药的时候，一些人三三两两地议论说：“算了，别耍鬼把戏了。大夫往井里撒药，是想让全村人都得胡乱病。俺们谁看不透？”

大夫叫人把巴尔代沃、加利杰兰和纺织站的人都请了来，请他们帮忙：“如果群众不打针，井里不撒药，那么全村就很难得救。”

中午，巴尔代沃、加利杰兰和纺织站的男女教师便跟大夫一起组成了一支人马出发了，在井里撒了药。但打针的问题难办一些。加利杰兰说：“有了，今天在公馆大院里有集市，集市一开始，我们就从四面把它包围起来，强迫所有的人打针。那么剩下的人就好办了，到各家去把他们逮来就是了。”

大夫觉得这个办法很好，可巴尔代沃却不赞成：“人家不愿意怎么强迫人家呢……”

“这是废话，”纺织站的女教师打断了巴尔代沃的话，“加利杰兰先生的话是对的。”

巴尔代沃面红耳赤。这个女人怎么说话这么没礼貌？女人的性格不能这么火爆。瞧人家女司库说话多甜，人家是有教养的女子。可这个纺织站的女教师倒好，哼，国大党的女党员瞧得多了，马叶吉、塔拉瓦蒂、萨尔索蒂、乌卡黛薇，谁说话这么火暴暴的？哼，

"加利杰兰先生的话是对的"……强迫人家去做不愿意的事，这不是暴力主义是什么?

加利杰兰的社会党人包围了集市。大夫先生在杧果树下放了一张桌子，上面摆好各种用品。加利杰兰把人一个个地抓来，女教师用酒精棉替他们擦手臂，大夫打针，乡长老爷登记名字。集市上的人东躲西藏，可最后是逃不掉的，周围全是社会党的人。

"妈呀，我的妈呀，加利杰兰，你……"

"你叫什么？"

"哎哟，孩子，放了我吧。"

"你身上刺青[①]的时候不是也扎过针吗？走吧，没事。"

已经有七百五十人扎过针了，剩下在家的那一部分人没扎，明天早晨太阳出来前一定要给他们扎。

大夫说，需要有志愿人员为病人服务。

巴文达斯笑着说:"病人看见我会吓坏的，大夫，给我点别的事做吧。"

巴尔代沃没有吭气，他一听说霍乱就害怕。

二十八

大夫简直不是人，是神，是活神仙!

登特利马巷、波利亚巷、古姆·刹帝利巷、雷达斯巷，总共死了五个人，每户都有一两个病人，但是，大夫是神，白天晚上一刻也没有闲着。女教师也是神。加利杰兰是勇士。那些病人躺的床单上除了吐的脏东西，就是拉的稀屎，为这样的病人服务，为他们洗

① 当地妇女有纹身的习俗。

衣服，给那些脏东西消毒，把它们烧掉，这简直不是人干的活，只有神才能去做。一分钱也不拿，整夜整夜不睡觉。

雷森拉尔的独生子从阎王爷的嘴里抢救出来了。雷森拉尔高高兴兴地把奶牛牵来送给大夫作报答。可大夫说：“就把这头牛的奶给你儿子喝吧，不要卖牛奶了。这就是我回赠给你的礼物。”

巴文达斯也是活神仙，他整夜坐在楝树下敲着手鼓不停地唱：“悉多罗摩，我的主人，大伙为什么不用心想想，悉多罗摩，印度母亲……”

在可怕的夜晚，当人们连自己的影子都害怕时，巴文达斯的歌声给他们壮了胆。“想想我们的天神，悉多罗摩，是穷苦人的力量。”

婆罗门巷里死了三个人。算命先生焦德克的老婆是患别的病死的，生孩子难产。加耶斯特巷、雅度巷和桑塔尔的居住区一个人也没有染上病。拉吉普特巷里有五六个，但大夫把他们都救活了。十五天后，葛玛莉才见到大夫的脸。

葛玛莉内心深处埋藏着多少话啊，她生气了，她不讲：十五天了，一回都没来过。这倒罢了，不就是怕把我给传染上吗？就当我死了好了，这对你有什么不好？纺织站的女教师不是整夜地为您煮茶送水吗？有她在就行了嘛。

可是，当她见到医生时，这一切都忘了。医生的脸已经变成了黑灰色，两只眼睛深深地陷了进去。比亚鲁说得对：“大夫先生让全世界的人都舒舒服服，可他自己却要生病了，连饭也吃不下。”葛玛莉想，母亲最好出去一下，让她单独和大夫在一起待一会儿。她今天要缠住大夫。

“说呀，胡乱大夫，怎么样？”葛玛莉笑着来到大夫身边。

“胡乱大夫？你听听这姑娘说的话。都这么大了还这么不懂事。”

母亲责备女儿说。

“不是吗？那天兰普尔来了几个人，打听胡乱大夫住在哪儿，你没听见？人家都叫他是霍乱大夫。”葛玛莉吃吃地笑着。

母亲笑着出去了。大夫也笑着说：“别人都叫我霍乱大夫，那么你就应该叫我昏迷大夫了。”

“当然了，昏迷大夫今天是稀客，半个月才露面，这先不说，还要用话来编排人家。”葛玛莉不高兴了。

“不，葛玛莉，这些天我一直担心，要是你搞出点麻烦来可怎么办？”

“怎么，我昏迷是故意搞出来的？”

“是啊，是故意的。”

“为什么？”

“因为你一昏迷过去，昏迷大夫就得来。”

“哼，大夫来不来跟我有什么关系？”

“那好，我这就走。”

“哼！”

“大夫先生这么多天没来，不赶紧去烧茶，还坐在这儿拌嘴！”母亲从里屋出来了。

葛玛莉伸了伸舌头，站起身跑了出去。也许母亲什么都听到了。

这一次，大夫对周围十五个村庄的情况都摸到了。看到了病情严重的人，并努力去理解那些病人和失望者眼睛里的语言。他有幸，或者说是不幸，到中等农民家的里屋去，到无地雇工们的草棚里去。每当他看完病人站起身来的时候，脑袋常常碰到茅棚顶上悬挂的空瓦罐。他亲眼见到了出生仅七个月的孩子是怎样靠灰菜之类的青菜[①]

① 印度北方一些地方以灰菜为青菜，种植并出卖。

养活的。他看见，充满贫困、肮脏、愚昧的世界里也产生美。他看到那些小男孩和小女孩、年轻姑娘和小伙子们的脸上有一种特殊的气质。像莲花河湾里荷花一样，在人生的黎明时光，他们显得那么好看，那么动人，那么富于魅力。然而，随着阳光的强烈，他们很快就变蔫了，干枯了，在傍晚到来之前，凋零了。著名的克什米尔荷花和普尔尼亚县的荷花之间也许就存在着这个差别。但是，葛玛莉不同，她是王莲①，是莲花王后。

“我要叫你王莲。”

“我要叫你太平洋②。”今天不知怎么了，葛玛莉竟不知不觉地用“你”来称呼大夫了。

“王莲不在太平洋里开放，我愿意当莲花河的一个水湾。”大夫笑着说。

葛玛莉大眼睛的眼皮抬了起来，又垂了下去。

“你为什么到今天为止也没有让我去看看你的防疫站？不让看那些小耗子、兔子、豺和獴？”

“你父母让你去防疫站吗？”

“怎么不让？”

“那好，今天就去，现在。”

葛玛莉跟医生一起朝防疫站走去。正月里的太阳在西边天空上无精打采，圆月刚一升起就像个银盘一样。呼呼地刮了一整天的西风也停了。

村里的一群妇女在河边打水，她们都眼巴巴地瞧着这两个人，斗嘴的不斗了，打水的也住了手。直到这两个人影子从视野里消失，

① 葛玛莉是荷花的意思。

② 普拉祥德是太平的意思。

她们才七嘴八舌地议论起来："如今葛玛莉的病真的好了，是大夫先生救了她。""这两人是多好的一对呀，就跟一本电影书上印的那一对一模一样。""大夫也是加耶斯特种姓吗？他是什么种姓？""谁知道？难说，说不定两个人治着治着就在一起……""别胡说。""你不知道？现在是脑袋发热了，出来到空地上吹吹风。"

当姨妈看到这一对人时，她的手就不自觉地扯起了纱丽襟，捧着纱丽襟[①]在心里默默地说："行行好吧，莲花河女神。"

耿乃西在一边打嘎儿，大声地叫着：

东边来了个少爷，
西边来了个小姐。
少爷说话唧唧呱呱，
小姐笑得嘻嘻哈哈。

葛玛莉和大夫转过身来看，耿乃西在一边拍手一边说："姥姥，瞧，少爷和小姐。"

两个人笑着向姨妈敬礼问好。耿乃西跑到姥姥身后躲起来。葛玛莉叫着说："好，瞧着，坏小子，我一会儿就回来，揪你的耳朵和你算账。"

乡长老爷在半路上碰见他们，笑着说："今天不知又犯了什么疯病……好啊，一早一晚的空气可是能醉人的。"

三个人都笑了。

在公馆花园里，木棉树的粗大枝干像被红红的花朵烧红了一样，在阵阵清风的吹动下摇晃着。阿摩尔塔斯树的黄花使人想起新娘子

① 这是妇女求神恩赐的动作。

的披巾。夜来香在黄昏的风中散发着异香。西丽花的花瓣片片落下，像是在祝福吉祥。马丁当年煞费苦心地栽种了这些花木，当时，他也许是想到了这样的黄昏，在他的臂膀里，玛丽的红唇会显得更加有生命力。他对洒水的园丁们吼叫道：“瞧着，要是有一棵花干死了，就打你们五十藤条！”

正月的黄昏，太阳失去了全部的热力，把自己的脸藏到了黄昏女神那美丽的青紫色裙裾后边。一排排一直延伸到远处的棕榈树在黄土路的衬托下，高高地挺起脖子，像是在看太阳如何沉向无底深渊。放牛人在唱着莎维德丽[①]之歌赶牛回家：

快来呀，女伴，
去看那美丽的花坛。
各种鲜花无比娇艳，
来呀，快看那美丽的花坛……

木棉树的红花凋谢了。阿摩尔塔斯树的黄色披巾也不知何时滑落了。但夜来香的浓郁芬芳却叫人如醉如痴……大夫不是神仙，他想当一个人。

一对明澈的大眼睛，眼皮抬了起来，又垂了下去。

二十九

明天是新年。

明天要到帕拉芒河去抓鱼。今天是正月末，明天是二月初一，

① 史诗《摩诃婆罗多》中优秀插话《莎维德丽传》的女主角。

是一年里的头一天[1]。明天全村人要集合起来去打鱼。不管穷富贵贱，都带着鱼叉和渔网一清早出发。今天中午他们要吃炒面。今天是除夕，晚上做好食物明天吃，明天炉灶是不能生火的。灶头一年十二个月天天生火，有必要在一年的头一天不生火，以便在新的一年里能吃到去年做的食物。

全玛丽村打鱼人的首领是加利杰兰。启明星一升起，他们就得出发，要走二十四英里的路哩！这个加利杰兰传布说，要排着队打着红旗走，还要呼口号。大地主菲扎巴什·阿里今年已经包缴了帕拉芒河的水税，所以他手下的人说："这回不让打鱼了，要请部队在河边把守，瞧部队的吧。"

新乡长哈尔高利先生那里要立新账。下午要礼拜毗湿奴神。大夫在被邀请之列。

老乡长维西沃那特虽说不再当乡长了，也没什么，人家还是要建立新账目。听说他也要在这一天请婆罗门讲毗湿奴大神的故事，而且也要邀请大家参加。

姨妈在洒红节那天没有请大夫吃饭，这回一定要请他。

寺院里也要立新账。这次，新方丈拉摩达斯要亲手建立账目，所以要举行特别的仪式。先准备好账本单据，安排好大施主们的祈祷、坐禅，最后是毗湿奴教派用素斋。巴尔代沃和巴文达斯在被特殊邀请之列。罗其蜜通过潘达莉传话说："巴尔代沃先生一定要来，村里还有谁是毗湿奴派信徒呢？"

无线电苏莫里达斯现在是新乡长的办事员，他到处说："哈尔高利先生是很好的人，全部文件都交给我，他放心。瞧，我怎么说也不行。那个维西沃那特是个头号的小气鬼、疑心鬼。谁说加耶斯特

① 印度北方一些地区以阴历二月初一为岁首，约当公历4月13日。

人和拉吉普特人的心是一样的？哼，还是国大党党员呢。他的事能瞒过我苏莫里达斯？现在村里的风气就要彻底变坏了。允许年轻大姑娘和外乡人在一起说说笑笑，走街串巷，都是这个维西沃那特干的。村里的风气要是不变坏，我就不叫苏莫里达斯。”

晚上，一个佃户也没到乡长哈尔高利那里去。平时，佃户送的大部分贺礼都归土邦王公，不过，建账吉日这天的贺礼是乡长自己的收入。苏莫里达斯来报告说：“所有的佃户都到维西沃那特那里去了，有一百五十卢比的贺礼钱。捕鱼回来的路上，那些佃户开了会，说不到新乡长那里去。这都是黑小子加利杰兰带的头，他父亲是草包，儿子倒成了好汉。德特马巷的比兰吉说什么：‘谁能叫佃户填饱肚子谁就是好东家，新乡长给过我们一粒稻子吗？’古书上说得不会错：娼妇和钉子一样，只有狠狠地打才能制服。明白了吗？乡长先生，不给点厉害瞧，谁服你？”

巴尔代沃的差事丢了。现在由老乡长维西沃那特负责分发布匹、糖和煤油的票证。为什么要把巴尔代沃踢开呢？也许是他卖高价从中渔利被发现了。唉，罪过终究是掩盖不住的。那个从帕梅萨尔手中买了地的凯拉文，用的是谁的钱？是巴尔代沃的。他是给巴尔代沃买地。到凯拉文家里去瞧瞧，到今天还有整桶整桶的油和整捆整捆的布放着。凯拉文所有的亲戚家里都有布。这种事究竟能瞒几天？听说国大党派了自己的密探。英国人的密探只能查访表面上的事，可国大党的密探连谁家罐子里有多少米都知道得一清二楚。

算命先生焦德克自从死了老婆以后就萎靡不振了。大夫说过多少次，买点药治治拉摩·那罗衍他娘吧。可谁听？得，最后的结果就是只有剖腹才能取出孩子。老天有眼，谁叫他起坏心要整治别的女人？这回，帕瓦蒂她娘算是报了仇。五年前的一次五老会上，焦德克曾经说过:“要在水里掺大粪叫帕瓦蒂她娘喝。”幸亏乡长维西沃那特站在帕瓦蒂她娘一边，不然那天她可就把脸丢光了。这回好了，她算报了仇。好，婆罗门的诅咒是不会不兑现的，即使在这黑暗时代[①]也有真正的婆罗门，走着瞧吧。

唉，那个时代过去了。那时，拉吉普特巷和婆罗门巷的人为了屁大的事也能拳打脚踢。还记得吧？有一回塔卢·巴斯万的老师骑了匹马来，如果进了村倒也罢了，可人家还在村外，就被掀翻在地，挨了一顿鞋底子。“养猪的臭小舅子，叫你骑马……”现在不是那个时代了，现在是甘地先生的时代。当了新乡长又怎么样？咱们没有地盘，没有田产，有什么关系？谁也不能把我们怎么样，这个村不行就到别的村去住，反正一样。吓唬说要用鞋底子收拾我们？好吧，走着瞧吧。

世世代代受苦受难的穷光蛋和下等人都爱听加利杰兰的话。他们觉得这些话好像是在他们的伤口上抹了清凉药膏。可加利杰兰却说:“我是想在你们心里点起一把火，想把你们从梦里叫醒。社会党是你们的党，穷人的党，佃农雇农的党。社会党想让你们知道自己的权利。你们也是人，你们应当有人的全部权利。我不是用甜言蜜语欺骗大伙，那种事是国大党人干的。我就是要点一把火。”

加利杰兰是在放火，可是，听他讲话的人们心里却是甜丝丝的。“耕者有其田！”“打倒资本主义！”

巴文达斯拿回来一张表，是部长先生派人送来的。这次是省政府巴特那印发的表，不是普尔尼亚县的。巴特那来的表还有假？在这表上填上自己的名字，父亲的名字，土地的账号，土地登记表的号码，然后送到县法院，交给负责第四十号法令的官员，土地就会

① 又叫争斗时代，印度古代传说的四个时代中最末一个。

成为现钱。真的？嗯，要按大拇指印呢……这么说，在纺织站学会签名的那些人也要按手印了？

巴尔代沃干什么好呢？凯拉文大哥一点也不理解他，总是劝他设法把克尔鲁包种的地搞过来，可巴尔代沃不能这么干，他向来以乔杜里先生为榜样，不让自己的工作出毛病。他当了这个不值钱的国大党员，促成了村里纺织站的建立，可是，老乡长当上了县党部的委员，他还一点消息也没得到，连织布委员会的委员也没当上。反对食盐法时坐了牢，如今得到的就是这个奖赏。加利杰兰党里的人说得对："国大党是有钱人的党。"不过，他不能加入社会党，加利杰兰是他的徒弟，是他打开了加利杰兰的眼界，不知在多少个夜晚为加利杰兰讲过监狱里的斗争故事，甘地先生和尼赫鲁先生的斗争故事。他怎么能放下架子到徒弟的党里去呢？不行，无论如何也不行。凯拉文大哥知道什么？现在巴尔代沃不能进巴斯万巷，克尔鲁也不能听他的，克尔鲁的头头是加利杰兰。嗯，老乡长当上了国大党的委员，是因为大伙害怕他。

新乡长也在准备名单，苏莫里达斯叫把大伙的名字都写下来："先写比兰吉，再写宋马，还有基拉奇，这些都是负债人。再写那些住茅棚的人，嗯，这些人除了茅棚以外一无所有……好了，这个名单交给总管老爷，叫他赶紧带人马来，不然这里就要翻天了。"

罗其蜜的心里总是惦念着巴尔代沃。建账吉日那天，巴尔代沃来了，他瘦了。罗其蜜劝他多次："把那些杂事丢开吧，歇上几天。"可他就是不听，自作自受。身体要是搞垮了，真理还有什么用？身体就是神庙。不管怎么说，真师的箴言是一定要来聆听的，所以他同意每天到寺院来一次，下午再一起坐坐。罗其蜜告诉潘达莉，叫她每天偷偷留出一碗酥油和奶皮来。方丈拉摩达斯不愿叫巴尔代沃来寺院，不管他，罗其蜜就是要照顾巴尔代沃的身体。最近，只要巴尔代沃来得稍微迟一点，罗其蜜的心里就焦急不安。真师说过：

这心中有鬼，
这心情不安，
心是纯粹的欺骗。
不论是人是神是仙，
心思之门成百上千。

罗其蜜的心情是不安的，但心里没有鬼，巴尔代沃先生是堂堂正正地进入她心中的。心思之门成百上千，巴尔代沃一举从成百上千个门进入她的内心，进来了一千个巴尔代沃！

三十

在《全印医学公报》上，普拉祥德大夫关于疟疾研究的半年报告发表了。公报编辑委员会由印度的五位著名医学权威组成。在这份报告上，这五名医生分别签署了意见。其中，马德拉斯的拉姆斯瓦米是加利福尼亚大学医学博士，又在爱丁堡获博士学位，兼爱丁堡医学研究院研究员，他写道："我们相信，普拉祥德博士所发表的关于疟疾和黑热病的这些事实是我们迄今尚不知道的……在新药物和新疗法的可能性方面，整个医学界都在期待他。"

普拉祥德大夫的详细报告里，阐明了与疟疾和黑热病有关的土、水、空气以及生活于其中的人的问题。

报告中有这样一段话："这里的人们早晨吃了变质的米饭，跳到脏水坑里洗黄麻，在水里待七个小时。看了这种脏水坑，会产生这样的错觉：如果在水面下半英寸的水层中取样抽查，一定会有十万粒以上的蚊卵。但实际上却很少发现有蚊子到这种脏水坑里产卵。蚊子中有几种是非常喜欢清洁的，除干净水塘，它们决不在别处产卵……可那些兔子哪里知道，它们舌头上起红色疱疹，耳朵发痒，不想吃草，都是黑热病的先兆呢！”

大夫还写道：“消灭蚊子的办法，我们以前就说过，今天不得不捂着眼睛再来重复一遍。有些昆虫，我们想消灭它们，但对它们的情况却知之甚少。应首先了解它们的习性，它们的活动规律和活动方式……虐蚊也分若干种类，其习性各不相同。然而，任何一种中又分若干亚种，其习性与繁殖季节又有不同。其栖息处、活跃期与非活跃期也不同。我在一种虐蚊中就发现了三种不同的产卵方式，而任何一种中都有特殊的亚种在空气中产卵。关于它们狡猾智慧的最好例证是，一个季节里总有一种蚊子采取十五种方式进攻人类，有的完全是俯冲式的偷袭。”

此外，大夫对疟疾和黑热病患者血液的变化也提出了新见解。

马莫达来信了：“巴特那医学院为此而感到骄傲，因为比哈尔邦唯一的疟疾专家普拉祥德博士是从这个学院毕业的。”马莫达还写了许多话，提到了许多普拉祥德大夫不感兴趣的问题。如“巴特那俱乐部改为华氏城俱乐部了”，“蕾瓦·萨卡尔小姐在羽毛球赛中击败了洛美什·帕尔”，等等。尽管普拉祥德对这些事不感兴趣，但马莫达却从不放弃对那些鸡毛蒜皮的小事津津乐道的机会。“巴特那市场前面那爿茶馆的老主人死了。你还记得吧？那时他每天向你问好，请你喝克什米尔的好茶。”大夫感到好笑。可怜的马莫达呀，她哪里知道，拿着鱼去逗他养的獴是何等的乐趣啊！这是任何运动和游戏都无法比拟的。普拉祥德从来就不是一个运动员，不擅长任何体育项目，但那时他对运动很感兴趣。他从来不摸扑克牌，但他却十分认真地阅读报纸上周末桥牌赛的通知。他甚至会忘记读丘吉尔的报告，而先去读国际足联在加尔各答举行比赛的报告。

马莫达·什利瓦斯多是德尔彭加县的著名医生卡里·普拉萨德·什利瓦斯多的女儿。她获得博士学位以后，建起了一个卫生保健站。这个站在为城市贫民服务方面做出了成绩。因而在巴特那妇女社会服务人员中，马莫达名列榜首。从穷人的茅屋到政府大厦，她都去过。据同她关系密切的女友说："马莫达姐姐白天晚上加在一起只睡四个小时觉。"尽管这样，那些所谓极有观察力的人却怀疑她的操行。她时常带着的微笑有时使人们迷惑不解。至于那些以坐在那里对别人评头品足为己任的人，则认为她的工作"不过是想方设法向政府要钱并挥霍掉"。不仅如此，有人甚至提出某部长的名字，说："马莫达小姐？不，应当叫她某部长的夫人。"

普拉祥德大夫对马莫达是感激的，他经常从马莫达那里获得鼓舞。

"什么是医生？有人每天打开药房，先在湿婆大神的像前献花，然后坐到椅子上，希望可怕的流行病蔓延；有人在聚集了数百名病人的自己的洋房里，先查看他们的钞票，然后才替他们看病；还有人在学院的学生面前口若悬河地卖弄知识，而把医院里穷苦病人的呻吟当作乐曲来欣赏……这不是医生的职责。"

马莫达对普拉祥德总是不放心，她认为普拉祥德正在艰苦的农村受苦，并对自己的选择后悔不已。所以她在每一封信中都要写点社会和人生方面的话。

她在一封信中写道："五年前，白人士兵在邦基普尔的马路上、公园里和广场上屠杀，暴露了人性中丑恶可憎的一面，在我们印度人麻木的心灵上留下了深深的印痕。而今天，许多人心灵内部的恶魔又急不可耐地活动起来了。战争的毒瓦斯把整个印度社会的心都腐蚀了。在黑市上，一个黑暗的世界被创造出来了，那里没有太阳升起，月亮不发光，星星也不眨眼睛。在这样的世界，父母儿子、兄弟姐妹、丈夫妻子的人伦关系是不存在的。昨天，一个穷人花了八卢比买了一支维生素注射液，其实只要五安那就够了。还有，你知道我们住处的摩合塔吧？她的小女儿普尔玛提娅去年一直到牛奶站喝牛奶，总是一边拍手一边跳舞，也许你不会忘记她。可是，从前天开始她躺到医院里了。罗摩圣诞日那天下午，她穿着新衣服蹦蹦跳跳地到罗摩庙里去。晚上两点钟，警察发现她在市内一个公园里呻吟。据她说，在一个胡同口上，有一辆汽车停下来，有两个人出来把她抓上汽车……看上去还是'大人物'呢。"

公馆那边的树林里，桑塔尔族妇女在砍木头，边砍边唱歌。

几天前，就在那座树林里，桑塔尔妇女用斧头和砍刀打死了一头豹子。村里人听到吵闹声跑去看热闹，有些人一看到死豹子就吓得汗毛直竖。可是桑塔尔族的妇女却像往常一样笑嘻嘻的。她们的白牙像白玉米粒一样，整整齐齐，笑得那么自然。豹子突然袭击时有三个姑娘受了轻伤，她们的嘴上也挂着笑。为她们洗伤口、涂药和扎绷带时，连大夫都觉得紧张，可这几个姑娘却嘿嘿地直笑。伤口上搽的是刺激性很强的药，她们照样笑。这真是大夫见所未见闻所未闻的事。

桑塔尔妇女就像黑檀木雕像，辫子里编着西丽花和木棉花。她们唱道：

小池塘四面围栅栏，

荷花开得红艳艳。
你看花就爱上花，
你瞧俺就爱上俺。
只是不知道啊，
是不是就爱俺半天。

不，不会的，不会只爱半天。融合在生命中的情感是割舍不掉的，这爱怎么能只有半天就结束了呢？

三十一

纺织站的女老师曼格拉·黛薇病了。

大夫为她验了血，不是黑热病，是伤寒。纺织站的两名男老师住在老乡长的窑洞里，而这位女老师住在帕戈曼·帕戈德的茅草棚里。帕戈曼·帕戈德原想买头犍牛，盖了这个草棚，后来他想在第二年盖铁皮房子，就没买牛。纺织站办起来以后，村里人对帕戈曼说："你这棚子闲着，女老师没有地方住，等纺织站的房子盖好了就腾出了还给你。"国大党人管事的年月，国大党人的话是不能回绝的。不然的话，在戈迪哈尔，这么大的棚子无论如何也能收十五卢比租钱。

在闹霍乱的那阵子，女老师曼格拉·黛薇整夜不睡觉伺候病人，可这会儿她病倒了，竟没有一个人到她这里来坐坐。白天，纺织站的两名男老师轮流看护她，一小时换一次班；晚间，吉贾义他娘来睡觉。可这老太婆抽水烟抽得太厉害，老是咳嗽，使曼格拉·黛薇的烧越发越高。当老太婆睡着的时候，呼噜打得山响，连周围的邻居都被她吵醒了。大夫说："这样下去，只怕女老师的性命难保。还是写封信吧，叫她家里来个人。”

家？要是家里有人来，或者有人收信，曼格拉·黛薇还能到这里来吗？她离开家已经五年了。对她来说，走到哪里哪里就是家。

“谁，加利杰兰先生？”

“大夫说了，住在这个棚子里，你的病好不了。我们把唱颂神曲的屋子打扫干净了，那里通风。”

曼格拉·黛薇来到了亚德沃巷的颂神小屋。这个小屋本来是社会党的活动场所，加利杰兰管它叫办公室。不过，如果曼格拉·黛薇知道这是社会党的办公室，也许不会愿意来。

“吃药吧。”

“不吃。”

“吃吧，老师，这药……”

“加利杰兰先生。”

“什么事？”

“您别叫我老师。”

“那叫您什么呢？”

“我没有名字吗？”

“曼格拉·黛薇？”

“不。”

“那……”

“就叫我曼格拉好了。”

“吃药吧。”

“叫我曼格拉。”

“曼格拉。”

十五天来，加利杰兰一直伺候曼格拉。白天还有人在这里，但晚间则全由加利杰兰来值班。医生说："现在没有任何危险了，只是身体虚弱，过些天就好了。"

曼格拉身上几乎只剩下一把骨头了，头发也在脱落。她像小孩子一样为吃饭而发脾气，不是哭就是扔盘子："我不吃这种奶酪，这是人吃的吗？"

加利杰兰手里端着病号饭，一连哄劝她好几个小时："来，吃吧，这里有柠檬汁，后天就有米饭了。"

加利杰兰的誓言算是被破坏了。他的摔跤师父说过："只要没完全离开摔跤场，就要离女人五尺远。"这回加利杰兰不得不违背誓言了，在五尺开外怎么能伺候曼格拉呢？每当为她换床单、换衣服和擦身的时候，加利杰兰就想起了自己师父的话，可这有什么办法呢？

"加利，加利！"

"什么事？"

"这是哪儿来的信？"

"是书记写的，星期一县党部开群众大会，不过，我不能去了。"

"为什么？你去好了，我现在没病了，好了。"

大会以后，书记对加利杰兰说："同志，你还得在这里住两天。赛尼克的妻子病了，住院，赛尼克同志到巴特那去了，后天才能回来。每天要往医院送两次饭，实在没人手。"

加利杰兰怎好回绝书记的请求？更何况病人又是同志的妻子呢？不过，加利杰兰不时地想起曼格拉·黛薇，她一定等得很着急。叫巴尔代沃同志回去告诉她，说迟两天回去，她听了肯定很失望，脸色会变的，她的脸就像孩子的脸一样……加利杰兰买了些阿月浑子和橘子让人捎回去。

“笨蛋！杯子能这么洗吗？”

笨蛋？加利杰兰的脸上像挨了一巴掌一样火辣辣的。笨蛋！这话叫他全身不舒服。这个赛尼克的老婆把我当成什么了？仆人？

“大姐，这杯子……”

“胡说，谁是你大姐？”

她旁边的床上还躺着一个像蝙蝠一样的女人，说：“这是什么地方人？是人还是鬼？连话都不会说。”

“哟，你不知道，放牛的土包子到六十岁也不会……”

加利杰兰实在听不下去了，他脑袋里的血直往上冲。赛尼克才是个放牛的土包子呢！加利杰兰的眼睛里直冒金星，说这话的要是个男人，他今天不把他宰了才怪呢！加利杰兰的脸涨得通红。曼格拉也是女人，和这个女妖精相比，不知要好多少倍。这女妖精的嗓子像狐狸一样咕噜咕噜地响，一说话就咬牙切齿，大概这也是她的病。

从罗德哈特火车站一下火车，加利杰兰就大步流星地往家里赶。曼格拉见他回来准高兴。橘子大概都干巴了，阿月浑子还放在那里没有吃。他往返两次都没有打火车票，省钱买了一盒饼干。大夫嘱咐过，要曼格拉多吃饼干。加利杰兰从来没吃过饼干，也许这里头有鸡蛋吧？他不时地摸着饼干盒子看，这里头卡拉卡拉地响是怎么回事？是不是鸡蛋破了？

“悉多罗摩，悉多罗摩！印度万岁，加利杰兰。”

“嗯？巴文达斯先生，你吓了我一跳，怎么躺在这里？”

“你像蒙着眼睛的马一样直跑，急什么？”

巴文达斯躺在一棵番石榴树下。加利杰兰来到树下时才知道树荫外面的阳光多么毒。

“我是坐晚上的车回来的。昨天，第四十号法令被否决了。”

“否决了？”

“大伙的要求被堵回来了。俺早就知道。昨天，村里的佃户来了，听了消息都哭了。现在地主们要夺回他们的土地。”

“夺佃？不行，那天我们的群众大会上通过了决议，地主不能剥夺佃户的使用权。我们党还要斗争。”

“加利，光通过决议有什么用？”巴文达斯的嘴正带着神秘的笑。

“好，你先歇着，我得赶紧回去。”

“好，快走吧，我是不能像你这样大步流星地赶路了。”

加利杰兰边走边想：“这回就对了，如果佃农们的要求被接受，他们就会加入国大党。而现在需要斗争，所以大家都在社会党里。”

“什么，饼干？”曼格拉深情地埋怨加利杰兰，“谁叫你浪费钱了？你瞧，橘子、阿月浑子还放在这里呢，我可不吃。”

“大夫不是说过吗……”

“大夫说什么？”曼格拉假装生气地说，“大夫说过叫你挨饿去买橘子、阿月浑子和饼干吗？”

加利杰兰想起了赛尼克的老婆：“笨蛋！”“放牛的土包子到六十岁也……”

“吃吧，曼格拉。”

“你先吃一块。”

饼干是甜的，又酥又脆。这么好吃？嗯，这里头有牛奶、白糖、黄油。没有鸡蛋？

三十二

正月和二月的傍晚，人们花上三个安那就能在棕林里买一罐棕酒[1]，享受一下人生的乐趣。

炒豆、炸豆、萝卜、洋葱，再加上冒着白沫子的棕酒，其乐无穷。棕酒有又甜又酸的，有甜得像甜菜的，也有甜得像枣子的，味道各有不同。如果有谁头晕，喝几口叫巴赛提的棕酒，瞧吧，立即就会精神抖擞。如果有谁嫌天热，喝几口叫帕哈罗提的棕酒，瞧吧，马上就心平气爽，连撒尿都不热。那些怕凉、有咳嗽病的人应当喝名叫桑恰的棕酒，保证整夜身子暖暖和和的。

人们一年来的争执都在棕林里的酒桌上裁决，这里有快乐，也有悲伤。为了结婚订婚，新郎新娘在这里见面，有时甚至在这里策划如何拐走别人的老婆。

杰德瓦、帕斯曼、杜拉雷、萨尼切尔和孙拉正在喝棕酒。今天索马·查特要来。他在集上说了，星期天到棕林里来。索马·查特是最近刚从监狱里放出来的，是有名的强盗，但他现在想加入社会党。为此，孙拉请示了加利杰兰，加利杰兰又请示了县里的书记。书记说:“要考察一年，看看表现，然后再吸收他入党。要对他多加注意。”

“有什么好注意的？这期间，到书记那里多跑几次，就说索马已经完全变好了，这就行了。再就是巴尔代沃得向加利杰兰解释清楚，如果索马入了党，这个地区的大人物都会变得很乖的，因为警察也拿他没办法。没听见？连尼赫鲁听了汇报都没有办法。警察局长敢反对社会党吗？要是他敢乱说乱动，瞧着吧，《红旗》周报马上就登

① 棕榈花酿的土酒。

出一篇文章——《警察局长的暴行！》。”

“杰里特拉被开除出党了，他在卖水泥的事情上把账弄乱了，不交账也不交钱，还不开除他吗？党组织的枪支也没交出来。听说书记大人私下同加利杰兰说过，无论如何也得设法让他把枪交出来，政府要收。萨尼切尔，留神，这可是秘密，跟谁也不能说。不然的话，知道泄露了革命党的秘密要受什么惩罚吗？枪毙！”

“现在党用不着枪了吗？”

“不，”孙拉同志笑了，“怎么，你们这些人想一下把什么事都弄清楚吗？那得有一定的党龄才行。你们被批准以后，就什么事都知道了。新党员的嘴不严，这边听了那边去说。等批准了以后……”

“索马同志，来，正在说你的事情哩。我们在等你，都喝完两罐酒了。”

孙拉近来总是穿着旁遮普式的土布短衫，脖子上缠着两英寸宽的带子。这叫作“社会主义者制服”，除了社会党人谁也不能穿。村里只有三名党员穿这种衣服，那就是加利杰兰、巴苏代沃和孙拉。其余党员平时连长袖汗衫也不穿。不过，如果不穿“社会主义者制服”，别人怎么会知道你是社会主义者，是革命者呢？一件短衫要花七个卢比！

这几天，巴苏代沃不抽土烟了，抽机器卷的洋烟卷儿。书记、赛尼克同志、金加利同志等大领导人都抽洋烟卷儿。

今天这个小聚会的所有开支都由索马负担，所以没有必要缩手缩脚，大口大口地灌吧。一罐，两罐，三罐……纺织站的人说了，从明年起要用这种棕酒制造红糖，那时就谁也喝不到了，今年喝个够吧，想喝多少喝多少。

索马的个子比加利杰兰还要高。在警察局里挨了打，骨头断了，如今长好了，反而比以前更结实。加利杰兰的身体像象牙一样坚硬，索马的面孔像铁一样冰冷。加利杰兰的眼睛是水汪汪的，索马的眼睛像猫眼一样亮。

“哈尔高利？就是那个西沃辛卡的儿子？当了乡长？只要加利杰兰一声令下，我叫他今天晚上就骨头和肉粘在一起。”索马用手揩着沾在小胡子上的棕酒沫子说。

“同志，现在应当把胡子剃了，作为党员，不能留胡子。”孙拉说。

“剃就剃，只要加利杰兰一声令下。”

“好，好同志，先不说这个。斗争就要开始了，已经通过了决议，到时候可要看你的了。”

“你们不能把巴尔代沃从村里赶出去吗？听说他跟寺庙里的女司库来往密切。只要加利杰兰一声令下，我立刻就叫他滚着回金南巴蒂去。”

“哎，巴尔代沃是只死老虎，死的，现在有谁搭理他？连个小孩都不正眼瞧他。他在国大党里也臭了。他是厚着脸皮靠我们这些人才蹦跶起来的。女司库是个烂骚货，巴尔代沃愿意上她的圈套就让他去。我们正好想看这场热闹。对了，纺织站现在已经在我们的控制之下了。女教师连喝凉水都听加利杰兰的命令，再过几天她就要变成同志了。还剩下巴文达斯，三寸高的小矮子，能飞上天？”

四罐子棕酒喝光了。从太阳落山时喝起，喝到现在，一个个的眼睛都变成红色的了。可是，有谁肯承认自己喝醉了呢？不服气？好，再来一罐子！

“哎，大夫哪儿来的钱？他看病不要钱。”

“大夫没有钱？谁说的？洛琴村的大夫盖起了砖石瓦房。吉瓦村的大夫买下了七十多公顷好地。西齐瓦村的大夫抢劫，是强盗头子。你们村的大夫怎么样？”

“赫萨尔村的大夫也爱财如命，浑身上下一股铜臭气。”

“摩汉迪亚村的大夫弄到了许可证，允许私人有枪，还从加尔各答买来了铁保险柜。”

“保险柜装枪？管屁用。我们用长矛就能把整个地区的人像鱼一样串起来烤着吃。要是能有一支单筒猎枪，连法院的尼泊尔守卫都得现眼。”

那些从来不唱歌的人，这回也趁着酒兴唱了起来。孙拉唱的是颂神歌，苏拉吉唱颂神歌也唱革命歌曲。喝醉酒唱革命歌曲更带劲。

啊，生命来自革命，
革命才有生命，
世界上的资本主义，
要把它连根拔净。

萨尼切尔把酒罐子倒扣过来当鼓敲，嘴里唱着歌词：

玉米熟了爆成花，
全世界穷人要当家。
钱财被富人搜刮去，
啊，被富人压榨，
要以血还血，以牙还牙。
笑着射击，
笑着倒下！

“好，好极了！革命万岁！孙拉，起来给大伙表演一个。”孙拉站起来，载歌载舞。

生命来自革命，
革命才有生命……

今天傍晚，加利杰兰召集了会议。上头最大的首长要来普尔尼亚县视察工作，需要收一口袋党费。书记说了，最大的首长根本没打算到普尔尼亚来，好说歹说，保证在全县收一万卢比党费，他才同意来。加利杰兰负责收三百卢比。这一次，党内最高领导人将亲自在收据上签字盖章。

“你们几个跑到哪儿去了？什么？在阿斯曼花园？这么晚才来，这样下去党的工作怎么个搞法？你们说吧，各自负责收多少钱？”

“不就三百卢比吗？好说。”

“还用十天？五天就够了。”

“三百卢比算什么？”

“革命万岁！”

三十三

太平？

“村里如今再也别想太平了。”

新乡长哈尔高利像杜尔迦女神的坐骑[①]一样吼叫着：“都是些混

① 指狮子。

账东西！偷偷摸摸去请愿，以为这回土地就变成现钱了。好了，瞧吧，向巴文达斯和巴尔代沃去要地吧。总管老爷对大伙说过，叫大伙赎回土地。把土地拿去吧，这等于白给你。国大党的天下又怎么样？难道还要把王公地主们生吃了不成？”

无线电苏莫里达斯的舌头不知道疲倦，从早晨唠叨到晚上。德特马巷、巴斯万巷、高耶利巷，他都转过了，对大伙说：“知道吗？总管老爷说什么来着？要把俺苏莫里达斯派到巡回法庭上去。它协会党又能怎么样……”

“苏莫里达斯！你这么大岁数了，要是还顾点脸面的话，说话就要留神。明白吗？”加利杰兰的眼睛红红的。他早起就在找无线电，这老家伙从昨天起就在进行反社会党宣传。

“明白吗？以后不许说社会党的坏话。”

“我说什么了？不信你问问他们。你们大伙说说，协会党……”

“不许叫协会党，要叫社会党。话从你嘴里出来就走样，添油加醋的。你去向你的总管老爷和王公的乡长说一声，叫佃户们用钱赎回土地没那么容易。党的执行委员会通过决议了，要斗争，斗争，懂吗？”

加利杰兰挺着脖子走了。见过大黑蛇挺着脖子的样子吗？就那样。苏莫里达斯吓得直打哆嗦，坐在旁边的人也心跳过速了。现在的架势好像是要大难临头。

加利杰兰这黑小子把身体练得很强壮，看了叫人害怕。加入了协、社会党，火气更大了。这“斗争”是什么样子？“决议”又是怎么回事？

叮令令……

咚咚锵……

桑塔尔人住区里，两天来日夜不停地敲鼓。妇女们边跳边唱：

叮令令叮令令，
脚铃声声响。
请愿没批准，
就把地来抢。
公馆树林里，
番石榴圆又大，
无花果甜又香。
野猪崽子闹哄哄，
要把它们都射光，
摘下犁头化箭头，
铁价又上涨。
啊嗬呀，啊嗬呀——
叮令当……
咚咚锵……
田里黄麻的红芽芽，
看了叫人心发痒。
稻子的绿针针钻出土，
土地的诱惑怎能忘？
杀牲节[①]那天夜晚，
你把果子挂在俺辫子上，
俺到现在也没忘。
世世代代靠土地，

① 桑塔尔人的著名节日。

土地的爱恋怎能忘？
心上人啊，为土地，
祖辈在县里坐牢房，
他们死去时，
胡子像玉米缨一样枯黄。
我们祖孙的牙齿，
像嫩玉米刚刚灌满浆，
一粒一粒闪闪亮。
我们要对他们讲：
大地母亲的爱啊，
像链条把我们捆绑。
啊嗬呀，啊嗬呀……

“谁要是敢到田里来，就扭断他的脖子。”

新乡长哈尔高利向佃户们宣布，要重新丈量土地，然后登记租佃。

“只要一百卢比的礼钱，就量给你四英亩地。每个佃户都可以申请。哎呀，你们怎么这么笨，这些地是一年前拍卖[1]的，所以要重新丈量，老乡长从前就是这么干的。好了，凡是申请地的人都到这边集合。这事我们自己说了算，不用上法院。还有，凡是已经拍卖了土地的人，不许再到田里来，谁敢来就扭断他的脖子，政府给你们撑腰！”

这是以罗摩大神的名义掠夺！

牛，大牛小牛，水牛黄牛，卖得都很快。地，即使以双倍的利

① 指租用权的有偿转让。

息借贷买地也合算，能弄到地就有好处。现在黄麻的价格是十五卢比，还会涨，可能涨到五十卢比，也可能涨到一百卢比。稻子卖的是金子的价。土地啊，没有土地的人能算人吗？是畜生。畜生吃草，人要是吃草能活吗？唉，别提国大党和社会党的事了，请愿没批准，土地还是要重新丈量，重新租佃。

村里如今再也别想太平了！

各个居民区的人都鸡争鹅斗的，也不知是怎么了。原属伯朱·摩合托的地，这次叫他堂兄萨鲁·摩合托丈量去了。原属苏瓦兰的地，被他叔叔拉姆萨尔看上了，苏瓦兰的地往外吐金子。亚德沃巷所有佃户的地都叫凯拉文买下了。桑塔尔人的地被拉吉普特人收买了。苏莫里达斯说："这是秘密，对谁也不能说。桑塔尔人的地是乡长买下的，但他不能用个人的名义买，只好用别人的名义买。"

村里如今再也别想太平了。老乡长维西沃那特叫巴尔代沃和巴文达斯召开五老会："你们俩召开五老会吧，由我召开不合适。"

加利杰兰党里最大的首长就要到普尔尼亚县来了。同志们在三五天里收齐了三百卢比党费。索马一个人就交来二百五十卢比。应当向最高首长反映，村里这种分散敌对的局面不利于开展斗争。还有，这次要把赛尼克和金加利同志带来。许多天没开大会了，田不管理就变成荒地，这个地区不开大会就要变坏。这次还要把书记大人请来，对，得带上大话筒。

纺织站的男女教师之间闹意见了。手摇纺车教师顿顿认为：曼格拉·黛薇住在社会党的办公室里是不对的，病重时住在那里情有可原，病好了还有什么必要继续住在那里呢？在巴特那时，顿顿就了解曼格拉的为人，当时在"农村发展中心"训练，她经常四处乱飞，连管理员都拿她没办法。每天都有人来找她，有学院里的学生，文学讲座的主持人，纺纱协会的干部，报纸的编辑，等等。管理员不愿意为曼格拉得罪这些人，所以干脆把她派到这个落后地区来了。可她到了这里也……

在讲话方面，曼格拉·黛薇胜过男人。她穿长裤和短衬衫，外出时再围上一条土布披肩。她个子不高，脸色黝黑，身材匀称，眼睛很好看，特别是斜着眼看人时，显得更迷人。她叫手摇纺车教师为“纺线师傅”，叫织布机教师为“织布师傅”。和这种人在一起，她有什么好说的？在病重的时候，他们连到这里看一眼都不来，现在反倒来给她讲解道德训条了。曼格拉·黛薇对这种人太熟悉了。他们要写信向上级告状，去告好了。曼格拉对这种威胁毫不担心。顿顿在想什么，她是知道的。从巴特那来的时候，他带着她到萨姆斯提镇下了车，说要在那里换车。后来才知道，那次车是直达戈迪哈尔的。等下一次车要到早晨八点，他晚上十二点带她去住招待所……得了，对顿顿这种人不用再说什么了。

凯拉文明确地告诉巴尔代沃，他儿子沙克尔迪布的迎娶日[①]就要到了，新媳妇要到公婆家来了。家里再留外人住就不合适了。新媳妇是昌帕普尔阿森老爷的闺女，一旦有什么差错，她会写信给她爹，大人物家的闺女嘛。

巴尔代沃只好卷起铺盖离开凯拉文家。巴尔代沃的姨妈在村里到处抱怨，但巴尔代沃先生却像云游四方的和尚一样，不在乎名声体面，没说什么话。

罗其蜜一直在劝巴尔代沃正式入寺修行，布帕里寺院方丈来了，

① 印度旧时有童婚，婚后女孩在娘家，长大成人以后举行迎娶仪式后方正式到婆家。

可以为巴尔代沃先生主持仪式。如果巴尔代沃戴上串珠[①]，他住在寺院里就名正言顺了。

近来巴文达斯心里存着老大的疑团。除了甘地先生，他谁也不相信。他想请人代笔给甘地先生写信。

三十四

蒲利娅从普尔尼亚火车站回来了。

蒲利娅完全变了。穿戴变了，说话的方式也变了。老乡长的女儿葛玛莉在紧身胸衣下边穿一件小乳罩，同样，蒲利娅也穿了一件。耳朵上戴着铜花，那不是花，蒲利娅管它叫肯帕萨[②]。衣襟上挂着钥匙串，脚上用瓶装的颜料染了色。是了，也许克拉西先生挣钱多。哪里？克拉西有多大本事，能叫她这样享乐？能叫她穿金戴银？蒲利娅早把克拉西甩了。

听说克拉西先生勾搭上了花园街的婊子，成天喝了酒就躺在她那里。到了领工资的日子，那婊子就追着克拉西不放，少一分钱也不行。蒲利娅实在忍受不下去了。要不是那里的扳道工先生，她就要丢人了。现在，蒲利娅住在扳道工那里。一天，克拉西来找扳道工打架，站长先生说，要是克拉西敢走进车站的院子，就打断他的腿！克拉西夹起尾巴溜了，从那以后再也不敢放个屁。扳道工先生是刹帝利种姓，不是登特利马·刹帝利，是真正的纯刹帝利。二十五年前，他在阿萨姆地方喝茶吃槟榔把牙弄坏了，换了一副石头假牙。别看是假牙，吃个炒豆酸石榴什么的一点不碍事。论年纪并不大，打了七年光棍，说是没有称心如意的女人。

---

① 毗湿奴派信徒入寺出家的仪式上授予串珠。

② 耳坠的一种。

扳道工先生给孟哈古达斯寄来了一件旧蓝布制服，孟哈古达斯穿上，简直认不出他是谁了，还以为是铁路上的人哩。扳道工给老太太寄来件纱丽，半英尺[①]宽的黑镶边。还说，如果科塔那边能遇上真正的桑提普尔纱丽，就给蒲利娅寄来。蒲利娅说，这次要把她娘也带去。

蒲利娅真是好命。罗米娅她娘说："罗米娅如今也到了结婚年龄，没爹的孩子，多可怜。自从你有了婆家，罗米娅天天唠叨，说'蒲利娅姐姐什么时候回来，叫她把俺也带走'。你那边要有合适的小伙子，就给俺罗米娅也张罗一个。如今高耶利巷的小青年变得越来越坏了。"

连登特利马巷的狗都对着沙哈代沃叫。他有好多天没来登特利马巷了，这回是蒲利娅叫他。她要住十天再走。蒲利娅现在不怕种姓社会的舆论了。她现在不是登特利马·刹帝利人，而是真正的纯刹帝利女人。她在院子里独自做饭吃，连她娘碰过的东西都不吃。

她是回来做客的，想怎么干就怎么干，谁也管不着。她给沙哈代沃一条凳子坐，又递给他一个小口袋，里面装着槟榔、茴香和甜豆。蒲利娅还没忘记他，好，喝了城里的水，外表变了，可心还没变。她涂了黑油的眼睛显得更大了，身穿紧身胸衣，带条纹的白纱丽，合身又时髦……沙哈代沃受宠若惊地叫了声："蒲利娅。"

"嗯？"蒲利娅笑着。

沙哈代沃的脸红了，耳朵也红了。

"蒲利娅，从你走后，俺从来没到这个巷子里来过。"

"还有脸说哩，戈罗德巷也没去过？那么谁到潘比娅家去了？别撒谎。"蒲利娅笑着。

---

① 1 英尺约为 0.3 米。

“不，蒲利娅。”

油灯下，沙哈代沃看着蒲利娅的眼睛，她的眼睛在说话。风把油灯吹灭了。蒲利娅头油的香气都能闻到了。胸衣下边的小罩子里有橡皮吧？也许。蒲利娅身上如今已经没有草味了，茴香、甜豆吃得嘴里香喷喷的。城市里的事就是奇怪，一个人一沾上城市里的风就要变。老乡长的闺女倒是没进过城……

种姓的限制和五老会的决定都首先被这些头人们破坏了。登特利马巷的执棍人是凯诺和吴吉德·达斯，他们发现谁行为不轨就用棍子打谁的后脊梁，皮开肉绽。可是，诺凯的女人把拉姆勒根的儿子勾搭去了，吴吉德·达斯的闺女跟高耶利巷的萨兰·摩合托勾搭上了。五老会的决定最多能执行十天。祖祖辈辈在村里流传下来的习俗是很难在朝夕之间改变的。那些有地产的、有钱的人也改变不了。东家巷哪一家的事能掩盖得住？头人们可以坐在五老会上裁决事务，但谁也不能因为五老会的裁决而不点火做饭吃。头人们哪里知道一口袋大米有多少粒？古人说得好：“老婆和土地都属于强有力的人。”如今光凭身体的力气是不行了，谁有钱谁就是霸王。

老乡长的女儿从下午到半夜一直坐在大夫那里，月夜，在公馆花园里拉着大夫的手散步。乡长老爷敢说一句吗？敢说他女儿行为不端正吗？乡长哈尔高利跟他的亲两姨姊妹勾勾搭搭，巴尔代沃跟寺院女司库纠缠不清，加利杰兰把纺织站的女教师弄到自己家里，有谁说他们吗？所有的法律和五老会的规矩都是对付穷人的，不是吗？

为了土地，村子里重新划分了派别。那些已经拍卖了土地的人、请愿没被批准的人为一方。那些重新丈量了土地的人、写了土地移交书的人以及想去丈量土地的人为另一方。这分化影响了一无所有的雇工们。加利杰兰已经通知了凯拉文的雇工，不许他们为凯拉文耕地。至于为乡长哈尔高利干活的雇工，加利杰兰也挨家挨户做了工作。

村里旧有的堤坝崩溃了，好像新的洪水就要来到了。

一无所有的穷光蛋和雇工们的眼睛是加利杰兰擦亮的。那些有几百公顷土地的人身边有钱，他们用钱来对付穷人，在穷人脖子上套上贫穷的枷锁。当心，那些重新丈量了土地的人是要打破穷人饭碗的！

难道加利杰兰是吃雇工家的饭长大的？

种姓是什么东西？种姓只有两个：一个是穷人，一个是富人。瞧瞧凯拉文，正在侵吞亚德沃人的土地。睁开眼瞧瞧吧，村子里只有两个种姓：穷人和富人！

乡长哈尔高利对黑帽党的青年们说："这回可要上战场了。为了建立印度教的统治权，首先要在村里作战。"

森焦克先生近一个月来寄回两次钱。黑帽党的青年是不会反对和违背森焦克先生的。他们可以赴汤蹈火，这就叫纪律。

巴文达斯去县里向国大党的领导们报信了。"村里闹事了，暴行！"

三十五

老乡长维西沃那特遇到了麻烦。

新丈量了土地的农民每天都到他家里去。如果打起官司来，都需要他的证词。那些没有地的人已经抱成一团了，咱们有地的人也应该忘记前嫌联合起来。新乡长哈尔高利一天到晚在维西沃那特老爷家。

“大叔，这回可要保住面子，难道你愿意到那些低种姓的雇工们面前求爷爷告奶奶吗？昨天，拉摩格拉巴尔大叔的牛棚里死了牛，低种姓的人就是不去抬。拉吉普特人的胡子长了，剃头匠就是不给剪。您手上抓着大伙的小辫子，只要您说一声，这些人就老实了。”

加利杰兰也来乡长老爷家，说：“维西沃那特舅舅，您是国大党领导人，国大党到底是穷人的党还是富人的党，这回就看您的了。到今天为止，俺一直像敬神一样尊敬您。不过，要是您做出反对穷人的事，那么我们就没有办法了。”

老乡长维西沃那特该做什么，不该做什么，他自己也不知道。

巴文达斯从普尔尼亚回来了。他本来是去反映村里闹事的情况的。但他发现，县里也在闹事。

全县的佃农都饿着肚子躺在法院里，反对第四十号法令的请愿未被接受，皇家法庭拒绝了。还要上诉……上诉？上吧，拿钱来。什么？没有钱？那就别上诉。有钱就拿来，没有就算了。

法律和法庭养活的虫子也会要钱。

县国大党办事处也出了乱子。国大党全县代表大会就要选举主席，四个候选人，是拉吉普特人和布米哈人之间对抗。全县的商人和大地主都坐着小汽车四处活动，互相攻击，揭老底。戈迪哈尔棉花厂老板在布米哈人一边，法比斯黄麻厂的老板偏向拉吉普特人。人人都看到了钱的神通。

“正在闹事？”

“是啊。”

“巴文达斯先生，事情是这样的，可能多数人的要求是错的。那些应当拥有权利的佃户们会因为这错误的要求而死于非命。法律有什么错？是人们的道德水平下降了。这次县委会将就此通过一项决议。”

“怎么向佃户们解释呢？就说旧土地制度正在完结。今天比哈尔邦部长会议宣布了，比哈尔邦政府已经做好了准备，为消灭旧土地制度而奋斗。”

巴文达斯怎么向佃户们解释呢？说旧土地制度就要被消灭？那么国大党里的大地主们怎么办？也许都得去开工厂？

“糟糕。”

“怎么？”

“消灭旧土地制度。”

“糟糕！”

这里的人们听到好消息也说是糟糕，高兴叫糟糕，可笑也叫糟糕。就像孟加拉人说“好得要死”一样。

“糟糕！”

“怎么？”

“巴文达斯消灭了旧土地制度。”巴苏代沃跑来向加利杰兰报告消息。

“巴文达斯消灭了？”

“同志，只要《红旗》周报上没有登消息，就不要相信。这都是国大党的骗人把戏。得了，我明天去县里问问书记大人。你们快把党费集中到办公室，通知所有的同志，这是最后期限，迟了《红旗》周报上就要批评了。”

“萨尼切尔用党费做了件社会主义制服，他说等收了庄稼就把钱交来。”

“糟糕，用党费做上衣？不行，跟他说，一定要把钱交来。”

现在新乡长和老乡长好得穿一条裤子。真的？那还能假？无线电苏莫里达斯逢人便说："哪里有笔杆子和法律哪里就没有舞枪弄棒的人的活动余地。维西沃那特老爷可是把老手，就凭他喝的盐水，干这些事还不跟玩一样？加耶斯特人从来不背信弃义。当了国大党员又怎么样？难道会忘记了自己有多少钱？"

桑塔尔人敲着鼓：

金子和银子都发光，
俺心爱的人像金子一样。
看到手上的金戒指，
就想起俺心上人的模样。

桑塔尔人的先民是否见过金子，这很难说。但这里的桑塔尔人对什么是金子、什么是银子是分得清的。

旧土地制度消灭了。现在，王公和地主不能用土地来剥夺佃户的权利了，相反，我们剥夺了他们的权利。耕者有其田，耕多少地就有多少地，种多少就收多少，不用愁分不到粮食。大地母亲的爱不是虚假的。让我们一生都醉倒在田里吧！

雨季的云敲着鼓，
闪电在跳舞。
你也跳吧，尽情地跳，
你也敲吧，使劲地敲！
五味酒[①]的醉劲啊，
今天一天也不会消。

① 桑塔尔人造的一种土酒。

圆圆的月亮不落山，
浓浓的乌云不飘散。
心上人的笑脸啊，
就像银月一般。
悦耳的话清新如笛声，
似利剑把俺的心射穿。
俺胸前戴满了鲜花，
快把脸贴在上面。

三十六

大夫被这片土地吸引住了。

他觉得自己似乎是从若干世的前生就熟悉这片土地了。这是他自己的土地，河流池塘，一草一木，园林平原，飞禽走兽，甚至连小虫飞蛾之类的东西，在他看来都具有特别的魅力。

在贝拿勒斯和巴特那，他看见过木棉树枝头开满红花；在尼泊尔谷地的山坡上，他看到过帕拉斯树和阿摩尔塔斯树拥抱在一起开花。但现在，这些花的颜色头一次在大夫身上显现出奇迹。

这里的人们又把木棉树叫作“黑天束发”，多么形象而贴切啊。黑天大神王冠上的红花与黑色的头发相映成趣，显得多么俊美啊！

在看果实累累的杧果树以前，他的目光先看到了那些靠杧果核仁烙饼活命的人。他们过的是人的生活吗？这些饥饿者的灵魂从来不堕落，从来不造反，只是盲目地憧憬着未来。这里的贫困和无助使他吃惊：他们内心的满足是多么伟大啊！他们靠这种满足生活下来，传宗接代。而法律对他们又是多么严酷啊，竟使这千百万饥饿者俯首帖耳甘受约束！

在这里，许多人的肺里满是黏痰，他们身上没有衣服，睡觉没有席子，甚至连稻草也没有，躺在潮湿的地上，怎么能不得肺炎？得了肺炎又怎么能活呢？

在这里，如果仅仅开列一张单子，大谈维生素的种类、功用和必要性，以此作为宣传，固然算是一种同情，但这同情对这里的人有什么用？记得某些国家，人们将蚊子的特点和预防传染病的方法写在海报上，并制成挂图或幻灯片来宣传，以解除疟疾带来的恐怖。可是在这里却是另外一种情形。人们看到了挂图或幻灯会说："你们为了几只蚊子破坏了我们普尔尼亚县的名声，这是没有好处的。瞧，西方的蚊子有多大，身子有一尺多长，嘴有四尺多长，我的妈呀！"

滴滴涕和蚊帐自然是买不起的，就连往身上抹驱蚊油也只能是想象中的事。别说驱蚊油，哪怕是头油，也只有王公贵族和有钱人抹得起。当然，天堂的仙女也抹头油。

田里黑油油的泥土以勃勃的生机养活着这些人。丰收的青翠，使生命开花结果。土地才是这些人的母亲。可是现在，这些人连把脚放在这片土地上的权利都要被剥夺了。在制定法律以前就想出办法使法律作废，这才是真正的聪明才智，才是能使针眼里钻过大象[①]的聪明才智。那些拥有数千顷土地的人，却会为五英亩地而坐卧不宁。唉，没有土地的人就不是人，是牲口。

大夫给马莫达写信了。

"你讲的那种语言，这些人听不懂。你也听不懂他们的语言。你吃的东西这些人不能吃，你穿的衣服这些人不能穿。他们不能像你那样睡觉、坐着、笑或说话。那么，你能说这些人是在过人的生活吗？"

① 比喻极难解决的难题。

他是给人治病的大夫，不是兽医。在试管里，人血和动物血是分开来放的。两者各有各的需要。大夫拿起人血试管，举着仔细观察，他想知道，人血和动物血的成分有什么不同，又有什么是相同的。

现在，装血的试管已经没有吸引力了，寻找能使人延年益寿的草药也没有什么意义了。人们不需要生命力。在饥饿和无助中煎熬着死去还不如染上恶性疟疾干脆利落地死。对他们来说，这样备受折磨，痛苦艰辛地活着，反倒是残酷的。听说甘地先生在看到小牛受重伤垂死挣扎时曾建议开枪把它打死。他想使新世界变得纯洁和美好。这里的人哪里算得上是人？现在首要的工作应当把牲口变成人。

大夫给马莫达写信说："我在做金色的梦，想使分布在这土地上的千百万人都幸福地生活。我幻想把这些梦注入生命的细胞。我幻想过，千百万健康的人在喜马拉雅山的峡谷里，在三江的汇合处，为了筑起一道幸福的大坝而辛勤地劳动；数十万英亩的不毛之地、科西河的泛滥区等，死了的泥土又开始返青，像裹尸布一样的白沙滩上长满绿油油的生命之苗；玉米地里，深耕细作的妇女们情不自禁地笑着，露出珍珠般雪白的牙齿……"

大夫的研究工作完成了，真正地完成了。他现在是高级医生了，因为他找到了疾病的根子——贫穷和愚昧。

这是疾病的两大病毒。比虐蚊还可怕，比白蛉[①]还有毒。

不，也许正像加利杰兰举例子时所说的那样："这些资本家和大地主，就像蚊子和臭虫一样吸人血……"

一堵腐朽的墙，快倒了。让它倒吧，这个社会能支持多久？

---

① 传染黑热病的蚊虫。

他想起了一位诗人的两句诗：

在世界的干草堆上，
我丢下两颗火星。

木棉花，今天的花，所有的丑陋都在燃烧着。红色，红色！

莲花，莲花河湾里半开半闭的莲花苞，想在自己的子房里贮满新生命的花粉。

“哦，是你，葛玛莉，这么晚了，就你一个人来了？”

“大夫，我站着看你一个半小时了，你怎么了？难道你也头晕？瞧，耳朵边觉得热吗？世界好像在旋转？大夫……比亚鲁！”

莲花的清香，柔嫩花瓣的轻轻一触。是葛玛莉，对，我在葛玛莉怀里，我可不能睡过去，应当坐起来，啊，我找到了归宿。

“葛玛莉，走吧，我送你回家。”

“躺着吧，孩子。”

“哦，姨妈，你来了？”

比亚鲁说：“从昨天早晨起，他只喝了杯奶茶，头能不晕吗？”

三十七

老乡长维西沃那特家门前正在开五老会。巴尔代沃先生和加利杰兰坐在新老乡长旁边。婆罗门、拉吉普特和亚德沃人坐在一起了，坐在同一块线毯上。得，现在算是走上正轨了。瞧，乡长哈尔高利和加利杰兰又说又笑，就像是一个杯里喝水的朋友。是了，现在连尼赫鲁先生都承认亚德沃人是刹帝利了，别人还能说什么？巴文达斯是什么种姓？巴文达斯呢？去普尔尼亚了？今天开五老会他应当在场。看来外乡人毕竟是外乡人，这个村对他来说并不重要。

乡长维西沃那特边切槟榔边说：“问题是时代变了，变坏了，读报的人都知道，时代真是变坏了，像是要闹孟加拉大饥荒一样。怎么，孟加拉大饥荒没听说？连放牛的小孩都在唱：

大灾大难大饥荒，
发生在孟加拉地方，
四千万人都死光……

年岁大些又怎么样？不读报照样不知道世界大事。我从前要是不到戈迪哈尔和普尔尼亚去，也是一辈子关在家里，井底之蛙。瞧，政府向所有种田人收粮食，为什么？政府的大饥荒来到了，所以必须把性命攸关的东西抓在手里。你们关心的不过是一家三口人的事，就一年到头叫苦不迭了。那些要考虑全印度的大事的人，他们会怎么样？现在，领袖们都刚刚从监狱里出来，立即当上了部长、议员。要是饥荒来了，眼看要到手的独立就会飞了。即使独立了，也要全力以赴地叫大伙有饭吃呀。所以我们这些人要想方设法多打粮食。眼下呢，这么说吧，地荒在那里就不产粮食，如果你们向东家要，他们拿什么给你？连自己都没有吃的嘛，何况政府还要收税。东家们的粮仓里怕都要挂蝙蝠了。我的意思是，大伙都是弟兄，一起来商量商量，看怎么办合适。”

“噢，这回召开五老会像是专门来开导我们这些无地雇农的。”

“别说话，听乡长老爷说。不明白吗？这可都是实话。精明人啊。”

“乡长老爷，您说得对，现在您就给大伙指条道吧。”

“是了，是了，乡长大叔，您说怎么办就怎么办。”

“加利杰兰先生，你看呢？”新乡长哈尔高利笑着问。

“听，连乡长都管加利杰兰叫先生哩。”

“好吧，乡长先生说得对。”

“好，弟兄们，我们不知道全印度的事，可我们知道自己村的事。我们眼睛看的都是全村人的利益，大伙都是兄弟，什么穷人富人，所有的弟兄要联合起来。谁也别夺佃，谁也别去法院打官司。原先谁耕谁种的地，现在还继续耕种，怎么样？不要写字据，也别要现钱，双方通情达理。你说呢，哈尔高利？你去跟总管老爷说说，让他头脑灵活点。如果与佃户为敌，至少我们村的佃户是要坚持反对的，那事情就糟了。”

哈哈哈……到会的人都开怀大笑。

“好，还有，加利杰兰，你当了头头是好事，全村的声誉可就在这里边了。在座的有的是社会党的头头，有的是国大党的头头，有的是黑帽党的。不过，眼下要看到，我们是全村年轻小伙子们的带路人。如果有哪个青年在村里闹出点乱子，那就要把他的皮揭了。凯拉文、焦德克，你们说，这些小伙子都叫咱们叔叔大爷、舅舅姑父的，他们要是犯了错误，我们揪着他们的耳朵灌大粪，或者训斥几句，他们会怪罪我们吗？”

“不，不会的，您说得对。”

“我们都是本村人，不过有句话得事先说明白，刚才您说的意见，我们都愿意照办，将来要再朝我们脖子上捅刀子，那该怎么办？”加利杰兰说，

“这个责任由我来负，所有的事都由我包了。”

“那好，全村人齐心协力。”

“说得对，对！”

“不过，弟兄们都听着，要是村外有人来向我们进攻，我们可得团结一致共同对付。要是外边的人向有地的人进攻，大伙也得帮忙。村里的地就是村里人的，外人不得干预！”

“对，对，就这么办。”

“天晚了，天上起黑云了，要下雨……”

“行行好，老天爷，下雨吧，下雨吧。”

年年雨季都这样。老天爷手里掌管的事，人有什么办法？只好求老天爷开恩。要是天上有几块云彩拢在一起，打起闪来，听吧，家家户户，到处是“下雨吧，下雨吧”的祈求声。有地的祈求，无地的也祈求，大伙都得靠粮食活命啊。如果一连五天下大雨，田埂泡塌了，那就要祈求说：“老天爷，忍耐一个星期吧！”

德特马巷、巴斯万巷、特奴克塔利巷和高耶利巷的妇女们每年到这时候都要举行《贾特洁丁》表演，为的是讨老天爷的欢喜，按时行云布雨。

今天也要举行《贾特洁丁》表演。

一朵云彩飘过来，暂时遮住了月亮。今天是阴历十五，如果明天还不下雨，下半个月就不会下了。德特马巷的妇女邀请东家巷的妇女说：“一起来吧，共同把《贾特洁丁》表演好，一定会下雨的。”

人们聚集在牛倌巷和加耶斯特巷之间的那块空地上。

贾特有许多水牛，他到科西河边去放牧。洁丁在家里卖牛奶、酥油和奶酪，算账记账。她同公公顶了嘴，一气之下回到了娘家。贾特到处找他。洁丁长得很漂亮，四乡人都经常议论她的美貌。

先生，我美丽的洁丁，

苗条得像修竹一样。
先生，我洁白的洁丁，
像月亮里的银光。
薄薄的嘴唇，
细细的牙齿，
一张开口，像珠玉闪亮。

因此，贾特怀疑村里的有钱人把洁丁藏起来了。洁丁不会回娘家去，一定是被谁扣留了。一路上有不少村子，要经过不少河、渡口和码头。他要到所有的有钱人家去找。

先生，老爷，
请把门打开，
让我找找洁丁……

洁丁由罗米娅扮演。贾特由高耶利巷的马克妮扮演，她正好长得像个男的。

表演《贾特洁丁》的同时，还穿插一些小歌舞或者小话剧什么的。蒲利娅表演医生，用荷花梗做成听诊器挂着脖子上，把萨尼切尔的新长裤借来穿上，又把跳比忽舞①时穿戴的外套和老爷帽借来。

“过来，先生，哪儿不舒服？”

“大夫，我头晕眼睛疼，耳朵轰轰响，心跳扑通通。冷天病很重，热天也不轻。有饭的时候不想吃，想吃的时候没有饭。”病人是特奴克巷的苏尔蒂扮演的。

---

① 流行于印度阿萨姆一带的民间舞。

这词儿编排得真漂亮，哈哈哈，嘿嘿嘿！

“哎哟，我的天，从来没见过这样的病人。来，看看脉相。啊，不好，大概没治了。你的病是细菌作怪，要扎针。”

第二个病人来了。这是古姆巷的塔拉巴蒂扮演的。

“哎，女人，你怎么了？”

“我的心怦怦直跳。”

“哎，嗯？妈呀，你的心怦怦直跳？你听，我怎么也怦怦地跳？”

大夫和病人都害怕了，互相抱在一起。心在怦怦跳，人也在乱跳。

妇女们都笑得东倒西歪直不起腰。老太太的痰上来了：“哈嘿嘿，咳咳，死东西，真会演。”

男人是没有权利看《贾特洁丁》的。要是发现哪个男人躲在什么地方偷看，那官司一定要打到五老会上去。不过，那些没长胡子的小男孩是可以看的。

最后妇女们一起表演用犁耕地。随便把谁家的牛牵来，把犁拿来，表演时是边耕边骂，点着村里长者或头面人物的名字骂：

“啊，维西沃那特，你这坏家伙，快拿水给我喝，我要渴死了。”

“沈克呀，你这坏蛋，拿水来呀！”

在这种时候，被骂的人是不会生气的。相反，如果村里某个有名望的人没有被骂到，他会觉得自己没受到重视，心里很难过。

这一次，大夫的名字也被骂到了：“大夫！普拉祥德，你这坏小子，快装一瓶水来！”

哈哈哈，嘿嘿，咳咳……

天空中乌云翻滚，闪电亮了起来。

三十八

这两天乌云遮天，天空总是不放晴。雨下两三个钟头就停了，隔一会又滴滴嗒嗒一阵子，然后再下毛毛雨。一片不大的云飘过来也能哗哗地下一场，雨季的云嘛！

夜里，一片蛙鼓，一片虫鸣，好像是静静的虚空中那连绵不断的奏鸣曲：呱呱呱，嚁嚁嚁，吱吱吱……

女司库罗其蜜睡不着觉了，她的心跳荡不安，总是觉得身上有个飞蛾似的东西在扑棱棱地飞。她一会儿起来掸床抖衣服，一会儿躺下。可躺下后仍觉得有那种扑愣愣的声音。她索性把油灯的火头挑得高一些，拿出圣书坐着。

不知不觉，
不明不智，
盲人遇上黑夜，
谁是指路之人？

谁是指路之人？没有。她深深地了解巴尔代沃，正如方丈赛瓦达斯所说："罗其蜜，巴尔代沃是和尚一样的男人。"可是，巴尔代沃是个腼腆人吗？只要他们俩单独在一起说话，他就会满脸通红，浑身哆嗦。是害臊还是胆小？罗其蜜那颗被爱情的箭射中的心在哭泣。

爱情之箭将心洞穿，
抽泣的心度日维艰，
万应灵药无济于事，

只有不断呻吟悲叹。

可是，巴尔代沃哪里知道这一切？罗其蜜该怎么办？

一片蛙鼓，一片虫鸣：呱呱呱，吱吱吱……

不，罗其蜜已经忍受不下去了，她要去找巴尔代沃，他那里没有蚊帐，蚊子会咬他的……不，她不能去，她为什么要去呢？

像沿街乞讨的流浪女，
靠乞讨的水止住爱欲？
这饥渴既已发生，
饮水又有何补益？

方丈拉摩达斯现在很少同罗其蜜说话。他只是名义上的方丈罢了，其实他知道什么？知道寺院有多少收入吗？知道寺院有多少支出吗？不知道。超过二十的数他都数不清，只会算几分钱的账。拉摩达斯清楚，如果罗其蜜哪一天离开了寺院，他本人也很难在这里待下去。无论如何罗其蜜总算会一些巫术咒语，懂一些庄稼地的活儿，能写写算算，能治个小毛小病的。拉摩达斯心里明白，要是他想体体面面地在寺院里待下去，有吃有喝，就不能得罪罗其蜜。身上发热，心里发痒，又有什么法子？要是另外弄个女奴来，罗其蜜也许能同意。

轰隆隆……哗——乌云翻滚，闪电雷鸣，雨又下起来了。

对，从明天起就要开始播种了。老天爷万岁！下吧，下吧！可是，稻种从哪儿来呢？五老会上，所有的头人和东家都说大话，明天看他们怎么办。兴许说："我们连自己吃的也没有，哪儿来的种子？”或者说：“先让我们种了再说吧。”

轰隆隆……哗——

“稻种应当由东家们出，从前一直是这样，这回怎么就不给了呢？”加利杰兰对那些躺在办公室里的人说，“以前都是这样，拿双份种子，这回还得如此。要是维西沃那特舅舅不这么安排，那就还要斗争。”

云彩在聚拢，天上不住地打闪，下雨。

曼格拉现在住在加利杰兰的院子里。加利杰兰他娘是个瞎子，他还有个守了寡的姑姑。听了曼格拉悦耳的话，加利杰兰他娘的眼睛湿润了，而他姑姑的眼睛却在冒火。每当闪电一亮，睡在西屋的姑姑就朝东边屋子看：有人影？不对，是竹子。睡在东屋里的曼格拉也醒着，雷的吼声和电的闪亮使她很害怕，她从小就怕雷鸣闪电和刮大风。而这里下雨时……又划出一道闪电。

“谁？”曼格拉小声地问。

闪电中清楚地显现出一双湿脚印子。

索纳耶在自己的小茅棚里弹起了《十二月调》：

为爱架起桥，哎呀嗬，
罗摩为了找悉多[①]。
女友啊，五月里来好时节，
毛毛细雨下成河。

毛毛细雨？葛玛莉在想大夫。窗户也许没关吧？大夫就睡在窗边，床单会打湿的。他从昨天就发烧，着了凉，不知现在怎么样了。

① 史诗《罗摩衍那》中，罗摩为从罗刹王手中夺回悉多，跨海架桥前往楞加岛。

莫非姨妈真是女妖？大夫很喜欢下雨，昨天说：“我真想在大雨里跑着洗个澡。”

唰唰唰，乌云好像降落到地面上了。

比尔沙·芒奇躺不住了。前天村里人开了会，说外边人要是进攻就联合起来对付。加利杰兰和巴尔代沃先生也参加了。桑塔尔人是外边人吗？乡长哈尔高利手下的人从今天起就把所有的地都看守起来了。有些稻子在印历六月[1]间成熟，让收割吗？乡长真的要收回桑塔尔人种的地吗？旧土地制度消灭了，乡长为什么又要夺佃？这真叫人弄不明白。唉，到底怎样，到时候会见分晓的。乡长要是带着人下田收割六月稻，那就有的瞧了。眼下想这些没有用。可是现在他却躺不住了，不由自主地伸手去敲手鼓。当当叮当，叮当当叮当……闪电发出了亮光。

明天能不能弄到稻种？蚊子咬没咬巴尔代沃？加利杰兰的姑姑为什么不睡觉？大夫的窗子究竟是开着还是关着？这一系列问题的答案都要等明天才能搞清。现在，索纳耶正在唱《十二月调》。谁管得了他！难道村里、家里再没有别的歌好唱，非唱这个《十二月调》不可吗？这个索纳耶也是个怪人。除了《十二月调》，《维杰邦王子》或者《摇篮曲》也可以唱嘛！不过，在田地里撒种的时候唱的就是这《十二月调》，一面扑哧扑哧地朝前走，一面唱这首歌，那情景才迷人哩，简直叫人忘记了一切。

桑塔尔人的居住区里为什么要敲鼓？无缘无故的。

既然索纳耶要唱《十二月调》，那就唱几段吧，咱们听听。拍子不对，在雨声和雷声中，鼓声显得不大清脆。噢，索纳耶又开始唱了。

---

① 印历六月，相当于公历8月、9月间。

二月里孔雀开屏，啊呀嗬，

俺穿的纱丽是浅黄色。

风吹头发收不拢，

双手捂头走下坡。

风吹衣襟沙啦啦响，啊呀嗬……

大夫现在不仅能听懂村里人的话，而且还会说。听了乡下的民歌以后，他甚至忘记了病痛。歌词的意思也许他大部分能听懂，也许比索纳耶懂得还多。

现在是早晨了，索纳耶已经在田里唱歌了。不是他一个人唱，有好几百个嗓子，有男有女，都在唱：

杧果、桑葚、波罗蜜，

美丽的果实挂满枝。

行路人啊你莫急，

现在正好是五月，

远处的雷声告诉你，

前方有雨你莫去。

人们在离别的痛苦中挣扎，怀念着远方的伴侣，托云彩去送信。那些已经回到家的人还想到外地去吗？不，不。闪电的每一次闪亮都叫俺心惊，雷声的每一次轰响都叫俺心跳。

啊，雨季五月天，

雷鸣和闪电，
莲花河水又涨满哎哟，
丈夫快快回家转，回家转……

莲花河涨水，丈夫回家会受阻的。那些守在丈夫身边的妇女是多么高兴啊。田里荡漾着她们的《秋千调》，那是他们心中沉醉的欢笑声。

雨季五月天啊，
家家户户荡秋千。
唱起秋千调啊，
吉祥的秋千调。
雨季五月天哟，
女伴们莫醉倒。
看啊看，找啊找，
女伴们哟，
你的心上人哪儿去了？

在家的丈夫总不会在村里迷路吧？得看看，他上哪儿去了？怕不会坐到别人家的秋千上吧？

"茶。"

"葛玛莉？"大夫吓了一跳。

"对，怎么，吓一跳？你也怕打针吃药？这不是甜药，是甜茶。既然喝了奶茶才能活命，那早晨一睁开眼，茶杯就应当出现在眼前。"葛玛莉坐到床边的椅子上倒茶。比亚鲁站在旁边笑。从来没见比亚鲁这样高兴过。“噢，对了，你明白吗？你对比亚鲁可以说不字，问你喝不喝茶，你说不，问你要不要鸡蛋，你说不，问你吃不吃饭，你也说不。现在我来了，明白吗？再也不许你说不了。”

三十九

桑塔尔人是本村人还是外人？

“你们想想看，桑塔尔人什么时候把自己当作我们村里的人？没有。他们向来不把我们放在眼里，住在村子外边。你要叫桑塔尔人唱歌，唱一段本地的《正月歌》，他们从来不唱。本地的土酒他们也从来不喝，要喝就喝自己酿的五味酒。你们想想看。”乡长老爷在门前坐着向来取稻种的人们说。

有一百五十多人来取稻种。加利杰兰、巴苏代沃和巴尔代沃也在场。

乡长老爷说得对。老兄，不管怎么说，只有乡长老爷一个人懂得村里的利害关系。对，说得对。

“佃户们应当有权得到种子，你们怎么还不相信？有些人虽说不是我的佃户，可你问问他们，我哪一年要他们还过种子？去年？去年那样的收成你们都瞧见了，问题是要交种子税。费了九牛二虎之力才让大伙交了五千斤。”

说得对，乡长老爷说得对。

加利杰兰心里有许多疑问，但他现在不能提。那天书记大人说得很清楚：“同志，现在先别发动斗争。首先要在一个地区进行试验，然后再向别的地区推广。开展斗争要提前一个月提出申请，然后还要调查研究和开县委会，最后形成意见，看是否有这个必要。五老会的工作可以照常进行。过些日子，党要发动全面进攻。”

“对，老乡长说得对。”加利杰兰这样说。巴尔代沃也这样说。巴文达斯呢？还没从县里回来？

哈尔高利也看明白了，比黑帽党青年手中的棍子更有威力的武器是钻法律的空子。老乡长维西沃那特是这方面的行家。现在可不能同他作对。

沈克先生完全信赖乡长哈尔高利，信赖黑帽党的带头人森焦克。但是，老乡长维西沃那特能把法律玩得团团转，连土邦王公也拿他没办法。那么，拉吉普特人的长矛棍子在他面前能起什么作用呢？他表面上笑容可掬，话说得非常得体，可肚子里尽绕弯子。连土邦王公的巡视员见了他也都吃惊：这人怎么这样精通法律！而且说辞职就辞职，又成了国大党的头头，真绝！要想找到一个超过他的人可不容易。

哈尔高利以沈克先生的名义弄去了桑塔尔人的二十五英亩土地，其中有两英亩将属于沈克先生。

凯拉文也弄了桑塔尔人的五英亩地。

无线电苏莫里达斯对高耶利巷的人说：“乡长哈尔高利要是不给老乡长和我一些地，那就走着瞧。加耶斯特人可不是好耍的。”

现在，无线电又站到老乡长一边了。虽说哈尔高利是现任乡长，可维西沃那特老爷也不含糊。

桑塔尔人什么都知道。

现在，巴尔代沃先生、巴文达斯先生和加利杰兰都连通一气了。桑塔尔人知道得清清楚楚，谁也不支持他们了。所以，还是老人说得对：不要相信当地人，有好处的事可以做，但不要跟任何人站在一起。桑塔尔人就是桑塔尔人，当地佬就是当地佬。喝五味酒能使人的身体结实得像石块，可你喝当地的土酒试试，它像石头一样拉嗓子。当地佬和当地土酒，这两样都靠不住。对了，有箭就行，这是最好的伙计。伙伴有时会离开你，可箭从来不会出错。

“大夫说，你们是土地的真正的主人。根据法律规定，谁种那块地三年，谁就是那块地的主人。”

“大夫说了？”

“大夫说了，”西尼娅笑着，“嘿嘿，大夫想看我们跳舞呢，天天打听，嘿嘿。”

小伙子佐基亚在箭尾上扎野鸡毛，说：“大夫说了，野兔的价钱是十卢比一只，耗子一卢比，两只小豺狗五十卢比。别人谁会出这么高的价？人家是官家的人，可一点都不占别人的便宜。”

曼格拉·黛薇私下跟加利杰兰说话，完全是温顺的请求的口吻：“加利，你别去，桑塔尔人可不是好惹的，肯定要射箭，我知道。加利，你别去，这些人是什么？一看他们的脸就知道是些直性子。加利，你得向我发誓，别去。”

说得也对，领导成员怎么能去呢？巴苏代沃、孙拉和萨尼切尔也不能去。还有索马，他去吗？去就去，反正他不是党员。

巴尔代沃先生是不去的。哪个地方有暴力嫌疑他就不到哪里去。老乡长是领导者，是他亲自去还是派打手去？是使用暴力还是非暴力？巴尔代沃先生只不过是个小头头。巴文达斯如果在这里就好了，他一个人就能把所有的人都打败，包括老乡长的法律在内。可是他的脑袋出了毛病，去找人写什么信去了，一走就是一个礼拜。要给甘地先生写信，甘地先生哪来的闲工夫给你回信？可也别说，巴文达斯叫人代他写过好几次信，每次都有回信：“巴文达斯老弟，您的信收到了。”有一次，谢祥戈先生把回信念给大伙听，圣雄先生还喊巴文达斯的绰号，叫他巴格万。巴文达斯一定不是凡人，他说得对，

“印度母亲哭得更伤心了”。

“娘啊，我的妈呀，啊……”

谁在哭？罗米娅在哭，她弟弟格诺利中箭了。射在什么地方？谁射的？桑塔尔人？在哪儿？人们怎么都往回跑？

村里的狗在叫，乌鸦也哇哇叫。焦德克大叔说得好：村里秃鹫乌鸦飞，要不得安宁了。

“集合！造反了！把棍子拿出来！”

“把镰刀找出来！”

“把长矛找出来！”

“集合？怎么回事？”

“桑塔尔人在老乡长维西沃那特老爷的种子田里抢稻种了。”

“是新丈量的那块地？”

“不是，老兄，是公馆边上的那一块。快把棍子拿出来。”

“格诺利上前制止，打起来了，放了箭，射在大腿上，血直淌。”

“桑塔尔人在明目张胆地毁稻种。”

走！快走啊！

打！打这些混账王八羔子！

打这些外乡人！豁出命来啦！

在老乡长的地里，快走啊！

汪汪汪！狗在不安地叫。

叮叮叮……

当当当……

桑塔尔人的手鼓和腰鼓总是敲着一个调子。

今天怎么不敲花样了？叮当叮叮当，咚咚叮当当……不，今天只是叮叮叮……当当当……这是在田里敲：

当当当……桑塔尔的男子汉们已经准备好了，你们要提防着，当当当……

叮叮叮……我们的妇女也准备好了，往辫子上插花朵能用多少时间，早准备好了，叮叮叮……

“万岁！迦利圣母万岁！”两百个嗓子的喊声把迦利女神庙旁老榕树上的一大群乌鸦吓得呀呀乱飞。群狗也汪汪地狂犬吠。

“迦利圣母万岁！”

“圣雄甘地万岁！”

“革命万岁！”

“印度母亲万岁！”

“社会党万岁！”

“印度教旗帜万岁！”

“印度教政权万岁！”

“老乡长维西沃那特万岁！”

“巴尔代沃万岁！”

“从四面八方围上去，别叫他们跑了！”

“啊——啊——哇——”

现在已经听不见口号声了，只听一片“啊啊”的叫喊声。

“围住围住！打，啊——”

“放箭了，快趴下！”

“我们也放箭！”

“打！用弹弓打！”

“比尔沙·芒奇后退了，用长矛捅！”

比尔沙倒在水里，扑哧，长矛刺进去了。

苏尔奴怎么了？中箭了？在肝上？

桑塔尔妇女也射箭？小孩也射？

当当当……比尔沙·芒奇倒下了。

叮叮叮……倒下吧，你也倒下吧。

“蹲下射，苏尼亚！”

当当当……苏奇·木尔木倒下了。

叮叮叮……倒下吧，你也倒下吧。

“好孩子，瞄得准一点，对准乡长哈尔高利的心窝……好！好样的！”

当当当……哈尔高利倒下了！

叮叮叮……干得好，倒下吧！

乡长哈尔高利倒下了？

“哎，别跑！听着，你们都要以自己的母亲、姊妹起誓，以师尊神明起誓，谁跑谁是杂种！桑塔尔人的箭快射完了。把他们围起来打！”

“留神，上啊，迦利圣母万岁！”

“用长矛杀啊！别放跑那小子，就是他射倒哈尔高利的。”

“好样的！勇士！对，再用弹弓射那老家伙，敲鼓的那一个。”

“这些兔崽子逃跑了，把他们围住！”

“桑塔尔妇女躲在黄麻地里，围上去！”

“放开手脚，随便干吧！想干什么就干什么！老太婆、大姑娘、小媳妇，随便干！遇到谁就是谁。黄麻地，别担心！豁出去了，绞刑、流放也不怕，别放过她们！”

桑塔尔的妇女在叫喊，疼得直打滚，不知是哭还是唱。

黄麻地里和公馆外树林里一片喧闹声。二百人对付二十几个桑塔尔男人和一打半桑塔尔女人，力量悬殊，天上地下。

全凉了。全凉了？

桑塔尔人中有四人全凉了，七人受伤，一名男孩正在垂危中。桑塔尔妇女在双重的苦痛中呻吟着。

乡长一方的队伍里有十人凉了，七人重伤，三十人轻伤。

桑塔尔人住区被洗劫一空。乡长哈尔高利生命垂危，恐怕没治了。

四十

焦德克大叔说得对：“村子里秃鹫乌鸦飞，警察局长挨家挨户查。”

警察分局局长、队长和警察分乘四辆敞篷汽车挤得满满的来了。圣母娘娘保佑！

警察局长、地方行政官和法官正在路上。

尸体，尸体。天啊，谁说现在英国老爷不管事？

“乡长哈尔高利也死了？谁也别出门，拉屎撒尿都在家里，一出门就得抓起来。圣母娘娘保佑！”

“分局长大人把巴尔代沃叫去了？还叫了加利杰兰？瞧着吧，这俩人可是谁也不怕。虽说他俩不是什么大人物，可大小也是个头儿。”

“噢，您是这里的头头？”分局长大人问巴尔代沃。分局长在防疫站的空屋子里设立了审问室。警察抓了桑塔尔人，把受伤的老人和小孩也都关押起来。

大夫先生昨天就给受伤的人扎了绷带。两名桑塔尔人重伤号和十四名本地重伤号被送到县里的医院。所有的尸体都运到县里去了。沈克先生、西沃辛卡，还有各巷都出两三个人送尸首。这些尸首不知道什么时候能弄回来。天啊，要解剖。

巴尔代沃先生能说什么呢？头头？不错，可他是谁的头头？是桑塔尔人还是非桑塔尔人的？巴尔代沃咳了一声嗽，清了清嗓子，嘴里说的还是那句老话：“不，大人，俺是笨人，是穷人。又笨又穷，怎么会当头头？”

分局长大人叫巴尔代沃先生坐在旁边的椅子上：“来，请坐，我听说过你的名字。”

巴苏代沃和孙拉互相瞅了一眼：没有询问加利杰兰？瞧，乡长老爷多镇静。

“大人，这位是加利杰兰，是这里的社会党领导人，很能干，而且很有头脑。”

“噢，加利杰兰先生，来，怎么说呢？”分局长大人一边往嘴里塞槟榔包一边说，“我早晨刚来就听说了。你们几位都是有头脑的人物，值得敬佩。好，请坐。”

加利杰兰坐下来说：“分局长先生，如果五老会能做决定，事情就好办了。”

“五老会能对这样的流血事件做决定？”分局长填满了槟榔包的

嘴巴圆鼓鼓的。

“不，不是这个意思，我是说手续费的问题。”

“噢，”分局长大人把嘴里的槟榔渣吐掉，“这倒是对的。您是社会党人嘛，怎么说呢，这样的案子光听五老会或者少数几个人的意见是不行的。”

“无论如何也不能采取暴力方式。”巴尔代沃先生严肃地说。

“怎么说呢？”分局长大人对巴尔代沃的话并不重视，只是说了一句口头禅“怎么说呢”。同时他还使劲地做了个手势，斜着眼看了看巴尔代沃。

巴苏代沃和孙拉彼此对视了一眼：巴尔代沃知道什么，也凑上去插嘴。瞧加利杰兰，话说得多恰当。

“这不是什么暴力和非暴力的问题，巴尔代沃先生。实际上是个理智问题。如果这里我们党的同志再多一些，就会是另外一种情况。这是理智问题。”加利杰兰说。

“好吧，巴尔代沃先生，既然事件已经发生，就不说别的了。请问当时您在哪儿？”分局长问。

巴尔代沃先生又咳了一下，说：“大人，俺在寺院里来着。大人，是这么回事，俺是毗湿奴教派信徒，那天师尊要给俺戴串珠，早晨分稻种，十点左右就到寺院去了。”

“哦，那么在此以前您听到什么消息没有？”分局长大人严肃地问。

“没有，大人，谁都不知道。”凯拉文大着胆子插话。他毕竟为分局长大人准备了许多吃的东西，为什么不说话？老乡长一言不发。

“凯拉文先生，来，请坐。”

“大人，快用茶，不然就凉了。”

岂止加利杰兰和巴尔代沃有理智？别人也不傻。

“大人，我儿子要是在这里的话，就可以用英语同大人说话了。他有一本像《罗摩衍那》一样的书，红皮的，挺厚，他看了那本书就能和你说英语。”凯拉文说。

“是吗？您儿子懂英语？”

“是的，经常同大夫先生说英语。”

“还能念状子呢。”巴尔代沃先生说。

“在读八年级。”加利杰兰说。

“是吗？那么您读了几年书？什么学校也没进过？好样的，加利杰兰先生，怎么说呢，光听您说话也看不出您没上过学。哦，能读书写字看报纸？好样的。也读《罗摩衍那》？还读《摩诃婆罗多》？真了不起。”

“巴尔代沃先生能读报，”凯拉文说，“我们这些人也读报，可报上说的不少都是假话。上回报上说有个女人要变成男的，您说奇怪不。”

“好的，加利杰兰先生，事情发生时您在哪儿？”分局长大人解下腰上的皮带。

更夫阿戈木看见分局长大人解皮带，心里直打鼓：分局长大人解皮带莫不是要打人？要打巴尔代沃和加利杰兰？阿戈木的脸都变了色。

“那天早晨分完稻种，十二点整我就到普尔尼亚去了。哈尔高利和老乡长都知道。”

“您去县里了，噢，”分局长松了口气。

“好了，分局长大人，请休息一下吧。”老乡长说。

“不行，乡长先生，警察局长就要来了，我现在得把事情处理完。证人的证词……”

“那好，这几位都是可靠的证人，先录两三份证词，别人的以后再录。哎，加利杰兰，巴尔代沃，你们俩要照实说，不能作伪证。好，大人写吧，他俩都会签名。”

“你们二位有什么意见？”分局长大人问。

“可以，签个名算不了什么。”加利杰兰说。

加利杰兰擦了擦手，签了名。巴尔代沃一笔一笔地写下了名字，真够难为他的。

“巴尔代沃先生，”分局长大人说，“您这里少了一竖，就是说，少了一根棍子。这里少了一撇，怎么说呢，就是说少了一把刀子，请加上吧。”

“分局长先生，您叫巴尔代沃先生在他的名字上加上棍子和刀子，这不是暴力主义吗？”加利杰兰笑着站了起来。

分局长大人哈哈大笑，其他人也笑了起来。

加利杰兰说话很得体，分局长也拿他没办法。

瞧，多聪明！

四十一

九个人被移交给法院。

除九个桑塔尔人以外，那些因受重伤而住在医院的人也在被监禁之列。县医院一直有持枪的士兵看守。

非桑塔尔人一个也没被捕。但是，不要以为这事就这么轻松地结束了。分局长大人说：“凯拉文先生，局长大人对您有怀疑，一定是您下令叫亚德沃人参加武斗的。”这一下子，凯拉文先生狼狈了。他和老乡长是弟兄，所以花了五千卢比才把事情了结了。不然，凯拉文先生也得到大牢里去喝西北风。沈克先生和西沃辛卡都不在家。现在，沈克先生在人们心目中算个什么东西，谁知道？分局长虽说也是拉吉普特人，可人心是摸不透的，什么时候做什么事，很难说。谁会把卡人脖子的手轻易放开？整整五千卢比啊。

老乡长维西沃那特是不是也破了财？无线电苏莫里达斯的肚子已疼了三天，不然他早就把什么消息都捅出来了。

“苏莫里达斯先生，高寿？”

“你们猜我有多大年纪？”

“也就四十岁呗。”

“不对，三十五岁。我这牙掉了，是喝醋喝的。”

“噢，原来是这样。达斯先生，您知不知道……”

“别以为俺肚子疼躺在家里就什么也不知道。俺是坐在窗户边上看风景，虽说没亲临其境，却是看得真切。说吧，你想知道什么？”

“老乡长维西沃那特也破费了吗？”

“别把乡长老爷看得那么傻。”

“新乡长哈尔高利真可怜。”

“局长大人是不会放过拉吉普特人的。你猜局长大人说什么：‘我不明白，老乡长维西沃那特的种子田，新乡长哈尔高利为什么去那里打架？一定有问题。’沈克先生也得花二千五百卢比。”

“都谁是证人？”

“什么证人不证人？你凭良心说，桑塔尔人是不是公开抢稻子？”

“当然是。”

“那还用证人吗？现在是轮到这个村子倒霉了。这么大的案子以后再也遇不到了。谁当证人，就得请谁吃饭。”

“桑塔尔人中谁是证人？”

“桑塔尔人住区哪儿来的证人？全都是佃户。分局长大人问：‘你说，为什么抢稻子？’比尔沙回答说：‘那是俺种的地。’分局长把他训斥了一顿，又问其他人，其他人都承认稻子是维西沃那特家的，连妇女和小孩也承认。‘那你们为什么要去抢？’回答说：‘旧土地制度消灭了，可我们村地主联合起来夺我们的田，所以要去抢。’”

“哈哈哈，回答得真干脆。真的吗？”

“怎么，你们以为俺苏莫里达斯造谣？要是桑塔尔人不这么说，你们这些人还能嘻嘻哈哈地坐在家里？早进监狱挨夹板了。知道吗？分局长也知道这里面一定有油水。乡长老爷可不笨，这是分局长管辖的地盘，少不了上下打点。沈克先生花了五千卢比，维西沃那特老爷也得花这么多。分局长还问过大夫一些话，叽里呱啦地说了些英语，不知道说的什么。这大夫可是个精明人，知道他怎样写验尸报告吗？他写道：看起来这个人是被桑塔尔人打死的，伤口表明，他是在进行正当防卫时被打死的。”

“真的，要不是乡长老爷上下周旋，我们这些人都得上绞架。”

社会党人的办公室很拥挤。加利杰兰说：“独立歌曲、社会主义歌曲和颂神曲一起唱。先唱最老的颂神曲《纳尔迪》。”

年轻人的嗓子毕竟好：

暮色茫茫，
香蕉树旁，
克里希纳，
笛声悠扬。
黄衫卷发，

英俊少年郎……

这就是《纳尔迪》！听，鼓敲得多么带劲，叮叮嗒嗒叮嗒嗒……

“该唱革命歌曲了，加利杰兰同志。《恒河朱木那河》太旧，哭哭啼啼的就别唱了。”

炸弹砰地开了花，

英雄巴格特·辛格[1]……

好！孙拉，唱得好！

哎，巴格特·辛格是什么种姓？

知道巴格特·辛格吗？加利杰兰以前就说过，有五条绞索绞他，十个人向不同的方向拉。他还高喊“革命万岁”。

“革命万岁！”

“万岁，万岁！”

今天是谁这样拼命呼口号？不是索马吗？

索马失踪三天了，哪儿都不见他的影子。知道吗？武斗队里数他打倒的人多，他一个人就打倒了四个。嗯，留神，乡长老爷不许说出索马的名字，要受处罚的。不过，瞧吧，他会变好的，加利杰兰正在开导他。

现在唱个独立歌曲吧。对了，弟兄们，大伙一块喊神明和圣人万岁吧。全靠我们村的神明，靠迦利女神的恩典，靠圣雄甘地的同情，靠革命和造反保佑，村里人总算没出大事。

① 巴格特·辛格，印度反英激进组织青年联盟的领导人，因向立法会议大厅投炸弹，于 1929 年 4 月被铺，后被英当局处以绞刑。

拉吉瓦利也会奏风琴？在哪儿学的？唱得不错，就是前面的两颗门牙大了点儿，一张开嘴，像个二齿挠钩一样。

印度的战鼓已经敲响，

英雄的贾瓦哈拉尔……

巴尔代沃先生哪儿去了？听说他正要出家，要佩戴串珠了。数念珠的时候他念谁的名字？是念圣雄甘地还是真师？

纺织站的女教师越发傲慢了，天啊，只有同加利杰兰说话她才有笑容。加利杰兰的口袋装的什么，鼓鼓囊囊的？社会党的大印？看见没有？加利杰兰如今是社会党里掌管大印的领导人了。巴尔代沃、巴文达斯和乡长老爷有大印吗？女教师在那里干什么？插花？真行。

别说话，听，大夫的用人来了。

“大夫先生叫加利杰兰先生去一下。”比亚鲁对曼格拉·黛薇说。

“乡长老爷和凯拉文等人都去法院了，大夫先生没去？哎，加利，大夫叫你去。”

什么事？一定有事，无线电哪儿去了？

迦利女神万岁！

圣雄甘地万岁！

社会党万岁！

革命万岁！

“加利杰兰先生！”

“什么事？”

“我说一句，你可别介意。哈尔高利他娘在哭，别的巷子也有女人哭。你们唱歌，似乎不大好。我觉得，今天的颂神曲连你们的主神听了也不会高兴的。”

“我们不相信主神。”巴苏代沃插嘴说。

“你算了，别什么场合都插嘴。”加利杰兰说。大伙都不说话了。

哈尔高利他娘还在哭：“啊，孩子，我的儿呀……”

加利杰兰的眼睛也湿了。他从小就和哈尔高利一起玩耍，不管是地主还是资本家，毕竟是小时候的伙伴啊。他现在不在人世了，可他娘在哭。这不是哈尔高利的娘在哭，是一个母亲在哭。

“巴苏代沃。”

“有。”

“去对大伙说，停止唱歌。明天到公馆花园里开追悼会。去宣布一下，明白吗？”

巴苏代沃想：明白是明白，可这个追悼会是什么玩意儿呢？不唱歌，不演讲，只是悄悄地站上几分钟，也算是会？

四十二

哈尔高利他娘在哭：“啊，我的儿啊！”

哈尔高利的媳妇还没有正式过门，十六岁，今天也来了。她哭的声音很小，可面纱后面泪水横流。

西沃辛卡从县里回来了。看见这个刚刚把儿子火化了的父亲回来，人们都很难过。他弯着腰，手插在腰间对着牛看。这两头牛两天没吃草饮水，眼睛总是泪汪汪的，惊恐地朝四下看着，不时地喘粗气。它俩相互用舌头舔着，好像在彼此安慰。哈尔高利多么爱惜这两头牛啊，在它们还很小的时候就跟哈尔高利一起玩耍，听到哈尔高利的声音就撒欢儿。

西沃辛卡的泪水模糊了视线……在还没有得到哈尔高利的尸体时，西沃辛卡一直担心自己会被捕。火化仪式完毕后，律师在半路上把拉摩格拉巴尔·沈克拦住了。当时，西沃辛卡只觉得脚下的桥在坍塌，大地直摇晃。

分局长拘留了拉摩格拉巴尔。西沃辛卡和其他人一起往回走，他们一口气跑到火车站。谁知分局长心里打的什么主意？在没到家之前，西沃辛卡一直提心吊胆，谁知道什么地方会钻出几个戴红头巾的警察来？

一到家，看见哈尔高利他娘捶胸顿足地哭，他也像小孩子一样伤心地哭了起来。东厢房门廊里，哈尔高利的寡妻掀掉了面纱在哭。正面墙上挂着哈尔高利的像，那是在罗德哈特庙会上照的，缠着头巾，手上拿着刀。

“儿呀，我的儿呀——”西沃辛卡抱着牛脖子在哭。

苏莫里达斯耳朵最灵：“噢，兴许是西沃辛卡老爷回来了。”

“西沃辛卡老爷，别哭了，挺住。你要是这么想不开，女人们会怎么样呢？唉，哈尔高利他娘伤心死了，你也该去劝劝她呀。别哭了。”无线电一边把西沃辛卡抱起来，一边对周围的人说，“兄弟，怎么劝？劝谁？还有比死了儿子更叫人伤心的吗？该怎么安慰他呢？俺自己都想痛哭一场。俺一共有四个儿子，一个接一个地死了，是俺亲手把他们送到莲花河边烧了的。俺的心都变成了石头。死了儿子伤心啊。老天爷保佑呀。”

西沃辛卡又大哭起来。人渐渐地多了。人们都想知道，以后还会发生什么事？哈尔高利死后，最令人震惊的事情就是拉摩格拉巴尔·沈克被捕。为什么被捕？还有哪些人要被捕？乡长老爷也……

“乡长老爷来了，快拿凳子。”

西沃辛卡一见到维西沃那特就坐在地上大哭："老哥，我的心都碎了，老哥啊……"

乡长老爷安慰说："西沃辛卡，别哭了，要哭是一辈子也哭不完的。现在不是哭的时候，看样子，案情很糟糕。沈克先生被捕，这意味着案情严重了。现在还不知道谁的头上会落下什么灾难，这可是血案啊。起来吧，我有话跟你私下说说。"

西沃辛卡立即站起来，跟老乡长走到大门口。无线电也跟了过去。这就对了，能立即听到实情。

"焦德克大叔来了。"

跟算命先生一起来的还有凯拉文。

算命先生对站在那里的人小声说："你们站在这里干什么？"他说话的风格就是这样，那意思好像是说："你们这些人有几条命？不赶快离开就来不及了。"

于是，大伙都溜之大吉。算命先生说："你们过来谈吧，那些人都走了。"

"……可是，问题是警察局长抓住了把柄，说哈尔高利为什么要带人到老乡长维西沃那特的田里去打架？"老乡长说。

"拉摩格拉巴尔大哥不在这里，我怎么对你说呢？不过，这官司是你的官司，需要开支打点的话，也应当由你来负担。"西沃辛卡说。

焦德克咳了咳，想说话，无线电却抢先说道："西沃辛卡老爷，这官司可不是乡长维西沃那特老爷的，这是哈尔高利的官司。为什么这么说呢？其实这全部事情的根子，夺佃和重新丈量土地都是哈尔高利开的头。谁比我更了解情况？你以为乡长这么好当？要是不夺佃和丈量土地，村里就不会发生流血事件。维西沃那特老爷帮了哈尔高利一把，于是桑塔尔人就先在他的地里动了手。你说说看，这官司到底该谁吃？我是最了解情况的。我看得给分局长大人一万卢比才行。”

凯拉文说：“不管怎么说，大家先想办法渡过难关才是。”

“沈克大哥不在，我能做主吗？”西沃辛卡老是咬住这句话不放。

过了好一阵子，算命先生说：“这样吧，最公平的做法是维西沃那特先生先把这个官司承担下来。”

最后决定：大伙共同把拉摩格拉巴尔·沈克保出来，然后再一起商量对策。所有的开支都要沈克先生负担。

算命先生笑着说：“今天社会党人在开追悼会，一个人也没去参加。开会，开会，事情过去了才开会。我早就说过了，村里总有一天要出大乱子。”

“焦德克大叔，别把罪过都归到开会头上。”加利杰兰不知什么时候来了。

“来呀，加利。”老乡长笑着说，“你们可得作证，知道多少就证明多少。还有巴尔代沃，全靠你们俩的证词了。”

加利杰兰说：“需要作证就作证，知道什么就说什么。不管是分局长、总局长，还是法院院长，说真话就什么也不怕。”

“对，对。”除了算命先生以外，其他人都点头表示赞成。

乡长老爷的仆人兰吉德气喘吁吁地跑来了，说：“老爷，葛玛莉又犯病了。”

“你上这儿来有什么用？快去找大夫。”乡长老爷生气了，“天知道大夫都给了些什么药，治了这么长时间也没治好。”

事情是明摆着的，打官司的全部关键都掌握在加利杰兰和巴尔代沃的手里。

“湿婆大神保佑！”焦德克站起来说，“加利，明天你让我看看手相，记得生辰八字吗？”

算命先生心里直嘀咕：什么东西都攥在加利杰兰和巴尔代沃手里，要是他俩把他焦德克的名字说出来，焦德克马上就会被逮捕？这个加利杰兰，还有巴尔代沃，向来对他有看法。他倒不怎么怕巴尔代沃，只是这个黑小子……湿婆大神保佑，大神保佑！

四十三

今天，罗其蜜的心灵大门将全部打开，十万大门！

“巴尔代沃先生。”

“哎。”

“拉摩达斯又犯病了，昨天他对潘达莉说：‘告诉罗其蜜，叫她给安排个女奴。’您说说，这该怎么办？”

巴尔代沃能说什么？安排女奴是违反教规的，这一点他不知道？他戴上念珠已经两个多月了，但对寺院的规矩却不好说什么。不过，原方丈赛瓦达斯倒也是安排过女奴的。

罗其蜜说：“您劝劝他，巴尔代沃先生，他迷了心窍，这几天老往德特马巷钻。昨天算了账，他给了罗米娅他娘十斤大米。我问他，他说：‘她家是寺院的老佃户，难道要叫他们饿死不成？整天坐在那里看圣书的人可以喝牛奶吃酥油……’”罗其蜜突然不说了。

巴尔代沃先生近来有些迟钝，话已经说得明明白白了，可他还是听不懂，多单纯多老实的人啊！

“您住在寺院里他不高兴。”

“那俺走好了。要是俺住在这里破坏了寺院的规矩，俺走好了。”

"往哪儿走？"

"金南巴蒂村。"

罗其蜜怦然心动：这许多日子里，巴尔代沃先生活得很灰心，饭量减少了许多，也不到外面去转转，老是躺在椅子上看圣书。乡长老爷说："这场官司胜败，全看巴尔代沃先生的证词如何。"可巴尔代沃却说："俺不能出庭做证，圣雄先生说，即使有争执也不要上法庭，那是违背天理良心的地方。"

今天，寺院里没有人，罗其蜜要把全部的心里话都说给巴尔代沃先生听。

"您去金南巴蒂，去好了。那我呢？"

"你？"

罗其蜜盯着巴尔代沃的眼睛。每当罗其蜜这样看他时，他就像丢了魂一样。销魂啊，一阵香气扑鼻而来，啊，圣洁的香气，就像圣书的香气一样。

"说呀，我上哪儿去？我怎么办？我成了方丈的女奴，可以住在寺院里……"罗其蜜的眼里涌出了泪水。

"不，罗其蜜，你，你不是拉摩达斯的女奴。俺……你，您……"

"巴尔代沃！"罗其蜜像疯了一样一下扑到巴尔代沃身上，"你收留我吧，巴尔代沃，你说，你不让我当拉摩达斯的女奴，你说你不去金南巴蒂，快说呀。别丢下我，我求求你。"

"罗其蜜，"巴尔代沃扶住她，"别人会看见的，罗其蜜。"

罗其蜜放开搂在巴尔代沃脖子上的手，坐下，低着头抽抽搭搭地哭。

巴尔代沃全身颤抖，耳轮火辣辣的，心怦怦直跳。刚才，罗其蜜的手臂正好贴在他的鼻子上，她周身都散发着圣洁的香气。像檀香一样爽人的香气。巴尔代沃的心沉浸在这香气中……他丢下罗其蜜到金南巴蒂去怎么能活得下去呢？长得好，心眼好，罗其蜜呀！

“巴尔代沃先生，不要放弃圣雄甘地的道路，圣雄是神的化身。最近你为什么打不起精神来？要相信圣雄，不要让你那见到过圣雄的眼睛蒙上尘埃，不要让你那聆听过圣雄教诲的耳朵钻进甜蜜柔弱的声音。圣雄甘地是真师的信徒。”罗其蜜闭着眼坐在神座上，黑黑的长发披在细布白纱丽上。她脸盘白皙，盘腿而坐。

坐在禅座上说法的罗其蜜完全是另外一个人！巴尔代沃先生的双手自动合十了。

罗其蜜圣洁灵魂的声音又传来了：“在看到人世善恶功过之前，先看到自己的躯体，心灵肮脏而身体洁净，这世界是真的颠倒了。首先要有洁净的心灵。心灵不洁，故有苦痛，故而精神不振。你为什么在前进路上灰心丧气？为什么瞻前顾后？”

途程中双腿疲惫，
目的地尚在千里；
歇脚凉亭吸引你，
你说是谁人过失？

巴尔代沃觉得，这是印度母亲在教导他。印度母亲就是这样。巴文达斯说过：“印度母亲哭得更伤心了。”不，印度母亲不是在哭，而是在给他指路，指出一条正确的路。巴文达斯迷了路，而巴尔代沃又在圣雄甘地的道路上精神不振，灰心丧气。

“印度母亲万岁！圣雄甘地万岁！”

方丈拉摩达斯长时间地躲在夹竹桃丛后偷看。罗其蜜坐在禅座上说法，巴尔代沃先生双手合十目不转睛地看着罗其蜜。突然，巴尔代沃先生扑到罗其蜜脚前，叫了起来：“印度母亲万岁！”

“潘达莉，潘达莉！”方丈一边往后院跑一边喊，“巴尔代沃疯了，快来。”

寺院里顷刻间聚集了很多人。有大夫先生，乡长老爷，加利杰兰和凯拉文等。巴尔代沃先生的老姨妈也似哭非哭地来了，许多人都责备她，她才闭上嘴。过了一会儿她又哭了起来：“我的天啊……”

“哎，老太太，别哭了！”

大夫先生把一条橡皮带子缠到巴尔代沃的手臂上，手里还拿着个小圆球在捏。噢，这个机器见过，上次乡长老爷的闺女病了，大夫先生也用它来检查来着。

巴尔代沃不时地晃动身子要起来：“你们以为俺病了，是不？没有，俺根本不会病。叫俺疯子？这个村子有什么了不起？原先谁知道玛丽村这个名字？是谁让这个村子闻名全印度的？放开，俺不能离开圣雄甘地的道路。”

人群中有人说：“他是在寺院里染上抽大麻烟的坏毛病的。”

“谁说俺抽大麻烟？俺去检查过买土酒和大麻烟的铺子，俺能抽大麻烟吗？笑话！圣雄甘地是真理，俺决不能离开圣雄甘地的道路。”

巴尔代沃的老姨妈这回可不干了，又哭又叫地说：“大夫把葛玛莉身上的病赶跑了，这回又把它安到巴尔代沃身上了。这不是好人干的事。乡长老爷的丫头病刚好，啊，天老爷啊，这回巴尔代沃结不成婚了，伤天害理啊。”

“巴尔代沃先生，你定定心。”罗其蜜说。

“罗其蜜，罗其蜜，你说得对。放心吧，圣雄甘地有时附在俺身上。”

“大夫先生，巴尔代沃先生最近一直精神不振。上个礼拜，他发烧了，退烧的黄药片他一次就吃了七片。”

“黄药片？一次吃七片？”

“是的。谁有工夫天天吃药，所以，一天吃了七天的药。”

大夫大笑，说：“巴尔代沃先生的账算得好。这样吧，喝十天凉果汁，一切都会好的。没关系，这是药力在作怪。”

拉摩格拉巴尔·沈克说：“杏汁、石榴汁都是凉的，能去火。坐牢那些天，我就靠水果过日子。”

官司全看巴尔代沃和加利杰兰的证词如何。这证词既能让村里人败诉，也能让他们得救。分局长自己就说过：“巴尔代沃先生的证词很值钱。”

凯拉文这几天一直跟在加利杰兰身后。加利杰兰要在社会党办公室后边盖一幢四间一套的房子，打算起名叫什么“同志招待所”，有同志来开会好住在里面。加利杰兰跟凯拉文一说，他立即答应着手准备。

焦德克大叔看了加利杰兰的手相，说：“加利，好手相，大福大贵，子女双全，不愁吃穿。只是手上有一点点地方不大好……”

沈克先生拿着水果劝巴尔代沃先生说：“吃吧，巴尔代沃，这东西有营养，能把药力压下去。”

做证人的事使巴尔代沃先生又恢复了已经丧失的威信。他说：“俺什么时候也不能离开圣雄甘地的道路。即使有纠纷也不能到法庭去，那是伤天害理的地方。”

其实，所谓出庭做证，并不需要巴尔代沃先生说什么话，只要在被问道“这是您的签名吗？”时，回答一句“是”就行了。签名自然是巴尔代沃的亲笔，假不了。加利杰兰也签了。

不管怎么说，必须让巴尔代沃先生同意出庭作证，不然全村就要遭殃。其实，这事不难，只要乡长老爷去找女司库罗其蜜说清楚，他肯定会同意。

四十四

近来，大夫时常到姨妈那里去。

只要坐在姨妈那里，他就觉得自己好像钻进了凉爽的树荫，没有心情工作了。好像他的全部干劲都像酒精一样挥发了。为人类造福又能怎样呢？不错，他成功地研制出治疗黑热病的特效药，可这药到手以后呢？该发生的还要发生。五安那一小瓶的药能被卖到五十卢比，人们如何买得起？再说，这里的人活着有什么用？就过这种生活？这些人的心眼比动物还直，也比动物还残忍。肚子，这是他们的极大弱点。现行的社会法规像千臂大神一样把他们紧紧抱住，连口大气都透不出，然而他们仍然活着。大夫想救助他们，可结果会是怎样的呢？

姨妈说："孩子，你不读《薄伽梵歌》？"

大夫奇怪地望着姨妈。在坐牢时，他曾经想试着读《薄伽梵歌》。马莫达也总是把《薄伽梵歌》和《罗摩黑天故事精选》装在提兜里到处走，也许她能读懂。马莫达说过多次："有空一定要读读《薄伽梵歌》，明白吗？哪怕翻一翻，只要你读，总会有收获。"

"大夫先生，您好。"

"来，加利杰兰，你好。你也去县里了，是吗？"

"对，刚刚回来。村里人有希望全部获释。律师盘问时，想把我们的证词推翻，但他没有成功。听说巴尔代沃也坚持住了。他们说我没读过书，不会签名，我说俺不仅读得了书，也会签名，当着分局长的面签过，需要的话可以当场签给他们看。法官叫我签名，我当场就给他签了。”

“那么，你们签名的那份材料上写的是什么？”大夫问。

“写的是什么？这，这倒没看。分局长先生是用英文写的，政府文件可不能造假。”

“哈哈哈，”大夫大笑起来，“巴尔代沃先生大概也是这么想的。”

“是啊，这有什么好笑的？”加利杰兰有些不高兴地问。

“是啊，老弟，没什么好笑的，反倒是该哭一场。加利杰兰，我似乎不应当说什么，不过，不要以为桑塔尔人被夺了佃地主们就满意了，现在该轮到村里的佃农倒霉了。你和巴尔代沃先生是被人家当枪使了。这还不该哭一场吗？”

“可是，您也写了，说桑塔尔人身上的伤是对方正当防卫所致。”加利杰兰生气了。

“这是谁说的？”大夫吃惊地张大了嘴巴，“哪个地方这样写的？我只是根据伤情写材料，是桑塔尔人还是非桑塔尔人我不知道，我只知道伤口的类型。”大夫说得很激动，“加利，你们做得不对，但也不能把过错全归到你们身上。”

“乡长老爷是很尊重你的。”加利杰兰想把话说明白，“葛玛莉大姐她……”

“什么意思？”大夫问。

“你想说什么？”姨妈说，“想说葛玛莉看中大夫了，她娘也看中大夫了，是不是？”

“对，”加利杰兰像得到了支持一样。

“那又怎么样？乡长老爷是村里的头面人物，又比我年长，因为葛玛莉有病，我到他们家多去了几次。他们都喜欢我，我也很尊重他们，但是，这并不意味着我支持乡长先生做不公正的事。”

葛玛莉站在姨妈的院子里听了很久，当听到这最后一句话时，她实在控制不住自己，便像演剧一样出场了。

“噢，我现在才知道，原来是这么回事。怪不得你这些日子不到我们家来！怪不得你那天托人带话，叫乡长老爷把葛玛莉送到省城治病，说当地治不了了。”

几个人都吃惊地看着葛玛莉。姨妈笑着说：“你今天是成心来吵架的？瞧你这架势，疯丫头，还不快给我坐下。”

大夫看着葛玛莉。她的脸涨得通红，大眼睛里充满了泪水，脖子两侧的青筋也在跳动。

大夫实在太不公平了。血压一定又升高了。葛玛莉的嘴唇在抖动，哭了：“姨妈！”

“葛玛莉，”大夫说，“你不听别人解释，一来到就发火。我本来是向加利杰兰做解释的。”

大夫极力想把气氛缓和下来。不过，如果葛玛莉真的动气了，爆发出来，这倒是好事。这说明葛玛莉的病是可以治愈的，他就盼着这一天。但现在他得耐心地劝解，要看劝解的结果如何。

大夫说话时，葛玛莉静静地听。渐渐地，蒙在她脸上的乌云散开了，一抹微笑慢慢地从她嘴唇上苏醒，嘴角两边的线条也慢慢地绽开了，就像缓缓绽开的荷花瓣。

姨妈瞧瞧葛玛莉又瞧瞧大夫，嘴唇也渐渐挂上了微笑。

“比亚鲁到我家去了两回，是不是今天又跑了兔子？”葛玛莉打破沉默，口气也显得柔和多了。

加利杰兰看着葛玛莉的脸，觉得奇怪。曼格拉在同他说话时，有时脸上也有这样的表情，也是这样娇滴滴的。他看了看大夫，站起身说：“好吧，大夫，您坐，我走了，明天见。”

姨妈也站起来说：“你们一定要喝了茶再走。”

两人沉默了一会儿。葛玛莉拿起身边的一只用藤条编成的花篮，欣赏着它的工艺。大夫笑着问：“葛玛莉，问你句话，你可别生气。一听到说你父亲的不是就发火，这是怎么回事？”

“你说，谁爱听别人说自己父亲的坏话？”

“我说不好，我，我连自己父亲是什么样子都不知道。”

葛玛莉笑了，说：“《结婚歌》里有一个地方唱的是湿婆大神对雪山女神的父亲有一大堆牢骚。”

那一回随你回娘家，
坐的是烂稻草，
吃的是淡饭和粗茶。

“哈哈哈……”

“哈哈哈……”两个人一起大笑，像是一对小鸟高兴地唱起了歌。男人和女人圣洁的吸引力像一根银线把双方拴在一起。男人在前边走，牵着女人的手……

她眯起那双如醉如痴的眼睛笑着说：“我发牢骚你受得了吗？”

“我每天都在忍受。”大夫的眼睛好像在顽皮地笑：葛玛莉不吃药，葛玛莉晚上看书看得很晚，葛玛莉是傻丫头，傻丫头是葛玛莉。葛玛莉，你是我的傻丫头。对，一对傻子……

你唇上的蜜糖，
我想尝一尝，
你心中的誓言，
我怎么听不见？

下卷

一

得到独立了吗？

“还没有，十五日才能得到[①]。快了，下个礼拜就得到了。德里已经在谈判了，印度教徒到印度斯坦来，穆斯林到巴基斯坦去。”巴文达斯又带来了一条消息，一条崭新的消息！

莫不是像上次第四十条法令那样，带回一张假表格，巴文达斯这次带回的消息又是假的吧？不，真的，大夫先生的无线电广播了，没听见？

“到那天，乡长老爷要请饭。”无线电苏莫里达斯把消息传到各家各户，“要花多少钱我都算好了，有各种甜食、奶酪和白糖。”

“万岁！万岁！……”

“圣雄甘地万岁！”

寺院方丈也要大请饭。村里要请三个戏班子，还要表演加利杰兰的社会主义歌曲。县里还要来英国乐队呢。什么？连英国乐队都不知道？就是罗德哈特庙会上跳露天舞时吹吹打打的那些玩意儿，嘣嚓嚓，嘣嚓嚓……

“独立以后穆斯林要到巴基斯坦去？整个割一半去？”

“对，既然印度教徒和穆斯林是兄弟，兄弟分家就是一家一半。”

“是巴文达斯亲眼看见把独立割成两半了，还是光听人这么说？走，问问去。”

巴文达斯说：“哎，独立又不是砍瓜切菜，怎么个割法？”

---

① 指英国政府被迫同意印度和巴基斯坦于 1947 年 8 月 15 日独立。

“那么，独立歌里怎么说‘只要独立的果实不到手，只要甘地先生还在摇纺车’？”

“别管歌里怎么唱，独立就是……”巴文达斯解释说，“独立就是自己掌权，印度人掌权。以后英国人不能在这里掌权了。甘地先生为什么要说‘英国人，放开印度吧’？就是因为这个。”

“这个村的权自然是由老乡长来掌喽，新乡长哈尔高利已经不在人世。”

巴尔代沃先生的头脑冷静了许多。自从那天他接受了入寺出家的仪式以后，他的头脑就清醒了。罗其蜜这三四天里一直同他坐而论道，最后，巴尔代沃先生失败了，他如今不再是居士，而是和尚。剃了头发，巴尔代沃的脸就像巴特那的土豆一样圆了。

“你好，巴尔代沃先生。”

“你好，印度万岁。”近来巴尔代沃先生把“你好”和“印度万岁”合起来说了。

“印度万岁，巴尔代沃同志。”加利杰兰握手称“同志”。

“不，俺可不是同志。”巴尔代沃先生缩着鼻子说，“干吗叫俺同志？”

“巴尔代沃，同志又不是什么骂人的话，同志的意思就是一伙，伙伴。只要你为国家做事，为百姓做事，就是同志。”加利杰兰笑着说。

“你知道什么？”巴尔代沃生气了，“这种事你才知道几天？俺从公元1930年就知道了。剃了胡子，去掉吉祥志，请吃鸡蛋，这就成了同志，俺在监狱里看见过多少同志？木扎法普尔有一个社会党领导人，他的名字俺不记得了，他专门剃别人的胡子，把别人的吉祥志抹掉，口袋里老是装着把剪子，他是婆罗门。什么是同志俺不知道？用你来开导？”

看样子，巴尔代沃先生又要神志不清了。

在场的人都说：“是啊，加利杰兰，这就是你的不是了。你今天当了领导是好事，可你到底还是巴尔代沃先生的学生，不管你承认不承认，事实就是这样。”

加利杰兰不好意思了。这原是听书记说的，“爸爸和儿子也可以是同志”，莫非是听错了？反正他承认自己的不是：“对，在《激昂之死》里，阿周那在德罗纳大师的面前射了花箭。[①]”

好样的，加利杰兰！现在能接受意见了，以前是不但不接受，还要跟你干架哩。

巴尔代沃先生也笑了，说：“为了庆祝独立，你们党里有什么指示没有？”

“当然，独立又不是国大党一家争来的。”

“你们庆祝不庆祝独立日？”巴尔代沃问。

“当然庆祝。到那天，要做一个印度母亲的塑像放在大象身上游行。”加利杰兰自豪地挺起胸脯，“村里的游行和地区的游行算不了什么，我们要在全印度争第一，做塑像的指示下达了。”

巴尔代沃眼前出现了印度母亲的各种形象：母亲、马叶吉、罗其蜜……

能不能让罗其蜜坐在大象上？印度母亲的样子会怎么样？这些日子罗其蜜穿起了土布衣服，还用手摇纺车纺线。

万岁！印度母亲！

---

①《激昂之死》是印度史诗《摩诃婆罗多》中的一段故事。阿周那是史诗中主要人物之一，以英勇善战著称。德罗纳曾是阿周那的老师。大战中两人各为其主，对阵时阿周那以花代箭，不愿伤师。

二

官司打赢了。

全部在押的桑塔尔人将被判处终身监禁，将隆重开庭审理。桑塔尔人一方从巴特那请来了高级律师，费用是桑塔尔人卖了首饰负担的。高级律师上头还有高级律师，天外有天啊。要不是精通法律的乡长老爷来打这场官司，西沃辛卡、拉摩格拉巴尔和凯拉文这些人是无论如何不会被放过的。费用？唉，老弟，有命就有一切，绞索都要套到脖子上了，还要地产钱财干什么？

拉摩格拉巴尔·沈克把从桑塔尔人手里搞来的土地一分为二，拿出十英亩给了老乡长维西沃那特·普拉萨德，又给了无线电苏莫里达斯一部分，自己还剩一小部分。凯拉文也拉了饥荒。你说，他怎么能不拉饥荒呢，老弟？手头的现钱都用来打点分局长大人了，从前的积蓄早就花光了。所以这次拉下了一千五百卢比的饥荒。老乡长说："不用写字据了，等卖了黄麻再还钱。"

"官司的最后判决和独立节是一天？嗯，独立节是白天，判决是在晚上进行。"

乡长老爷说了，请莫迪亚的戏班子要用多少钱，一百也好，二百也好，尽管去他那儿拿，不过一定要写字据。苏莫里达斯说："这里边有名堂，俺以后再说。"

莫迪亚戏班子正在做各种准备，从勒克瑙请了女歌手，预付了钱。戏班子的主人是尼特兰先生。

这个地区中等生活水平的农民，如果手头多少有点资金，一年当中烟草、稻子、黄麻和辣椒收成好，家里又没有红白喜事，立即就能富起来。要是当家人年轻，他会得意忘形失去控制，买风琴、地毯、五颜六色的幕布、帐篷、五色灯、桌椅和好车好马。这样做如果还嫌不够，那就要为购买枪支去给当官的送礼，逛庙会赶集市，整夜地听歌妓演唱，成天和官员们进出衙门。有了枪以后就开始办戏班子。如果脑子还凉不下来，那就一定要闹出人命官司才算完。莫迪亚的尼特兰先生就是这种戏班子的主人。老乡长说，莫迪亚的戏班子一定要写字据才能用钱。

“这里很有讲究！”苏莫里达斯的肚子里什么时候能存住话？“这可是私下说的。为什么要请莫迪亚的戏班子？不明白？那里边的女演员是摇钱树，这回多少明白点了吧？”

桑塔尔人要在独立节跳舞？不会跳着跳着就放箭吧？不会，不会，大夫先生说了，是桑塔尔妇女亲自来要求跳舞的。乡长老爷也不会反对。老弟，不管怎么样，桑塔尔人跳舞才叫迷人哩，辫子上扎着一串白花，身材苗条，一口整整齐齐的白牙齿，白裙子直飘，脚铃叮令令响，叫你恨不得下去跟她们一块儿跳。

她们从今天就开始练习了，不过，那手鼓和大鼓声还是叫人听了胆虚虚的。大武斗那天，真像是阎王爷敲鼓，无常鬼们在踏着鼓点跳舞放箭。

三

“留神，别吃热面圈！”

这几天是无线电苏莫里达斯的活跃期，总有新消息。最近，他一见到小青年就乐，开玩笑说：“留神，别吃热面圈！”

“什么意思？”

“你想知道什么意思？热面圈的特点就是吃了上火发热。天冷了，鼻子堵了，头疼，吃个热面圈，鼻子当场就能通气，真叫立竿见影。今天我上大夫那里去拿皮癣药，你听说了吗？大夫先生对蒲利娅，就是孟哈古达斯的闺女，说什么来着？大夫说他治不了她的病，叫她去县里的医院。这个蒲利娅欲火太盛，得了热症，脸上起了疱疹一样的疙瘩。所以我对年轻人说，留神，别吃热面圈。”

“不过，达斯先生，老年人可得比年轻人更留神。”

“去你的，嘘，到时候瞧吧。”

无线电扑哧一笑，他的红牙床也露了出来。尽管无线电一笑就“露红”，可他还是要笑，说：“知道吗？还有，寺院方丈拉摩达斯要把罗米娅当女奴收进庙里，女司库已经下令了……那个巴尔代沃跟在罗其蜜的屁股后边出了家。”

加利杰兰的脸一下子沉了下来：这个无线电莫非还要说曼格拉的坏话？

不过，他的担心是多余的，无线电知道在什么场合说什么话，要想在说话方面抓他的把柄可不容易。

纺织站的男女老师吵了架。顿顿先生辞职走了。另一个男老师也站不住脚，回老家去了。现在只剩下曼格拉·黛薇。她以纺织站的名义在村子里走家串户，谈论甘地先生、尼赫鲁和独立等问题。加利杰兰说：“应当让曼格拉坐到大象背上，在印度母亲塑像旁边挥拂尘。”

巴尔代沃先生对乡长老爷说：“如果我们村里没有女人，当然可以叫外乡女人做这件事。可现在村里还有女人，葛玛莉妹子为什么不坐？”

“不行，葛玛莉胆子太小，不知道什么时候就要犯病。”

“那就应当叫女司库去，她现在穿上布衣服，长相又好，而且每天洗完澡就给圣雄甘地像献花。”

曼格拉·黛薇很怕大象，一看见大象就浑身发抖，像风吹香蕉叶子一样唰唰地抖。不管加利杰兰怎么劝，她就是不干。最后她说什么：要是加利杰兰跟她一起上，她就上。加利杰兰怎么好意思呢？只说了句：“那就算了吧。”

杜利亚这小子真能说怪话，他两只眼睛这边瞧瞧那边瞧瞧，身子一扭一扭地说：“曼格拉穿上蓝上衣走在外边，就像一头母象一样一摇一晃的。”

“哈哈哈……”

“印度——独立！”

大夫先生的表针正指着半夜十二点，加利杰兰手上拿着个铁皮喇叭对着嘴喊：“印度——”一群青年跟着喊：“独立！”

寺院的小羯鼓也响起来了。巴尔代沃先生很激动，像更夫一样喊着：“噢——印度独立了！噢——圣雄甘地万岁！”

叮叮嗒叮叮嗒，

令嗒令嗒叮叮嗒……

桑塔尔人的手鼓和大鼓也响起来了。

呜——呜——

姨妈在吹螺号：“呜——呜——”

村南边七英里外，戈迪哈尔五家大工厂的汽笛一起响了起来：“呜——呜——”声音非常清脆嘹亮。

“德里的会上获得独立了！万岁，万岁！”

伊斯兰普尔在巴基斯坦那边还是在印度斯坦？在巴基斯坦？现在他们那边的人也许高兴得又要杀牛宰羊了。去他的，牛和羊碍他们什么事？幸亏咱们玛丽村没有划过去。玛丽村如果有十个穆斯林，恐怕也要划到巴基斯坦去。

四

印度独立了！

加利杰兰的嗓子哑了，喊口号时嗓子里发出的声音像大象叫一样。从早晨开始，由巴苏代沃同志和索马·查特同志轮流呼口号。口号不能停，要像唱颂神曲一样连绵不断。独立日不结束。口号就不能停。

叮叮嗒，叮叮嗒……装饰好了的大象在走。

叮叮当，叮叮当……唱颂歌的碰钟在响。

嘟——呜——法螺声。

嘣嚓嚓，嘟——笛笛嗒笛……是洋鼓洋号。

得克得克叮当叮当……当地的土乐器。

奏乐的妇女们在唱：

迎亲队打扮得像月亮一样，
打扮起二十万匹马十万头大象，
四十人步行簇拥着新郎新娘……

人们边跳舞边唱《迎亲歌》：

印度迎来了独立，
快走啊女友，
快去看庆祝节日……

独立赞歌的词是谁编的？真棒！真新鲜！听，听啊！

大象驮来了印度母亲，
大象驮来了印度独立。
走啊，女友们，去看吧，
大象驮来了英雄尼赫鲁，
大象驮来了圣雄甘地。
快看吧，女友们，
大象驮来了印度母亲，
大象驮来了印度独立。
女友们快去看，
英雄的尼赫鲁骑着骏马，
路上走来了圣雄甘地。
女友们快去看……

好，歌词编得真好！

瞧，大象真是踩着鼓点走来的。绝了！这大象打扮得多漂亮！头两边都用荷花瓣装饰着。印度母亲的塑像简直就跟杜尔加圣母一模一样。吉祥天女、文艺女神、雪山神女和印度母亲，这些都是亲姊妹，啊，我说哩！

巴尔代沃看见一个人，她身穿粗布纱丽，脖子上套着花环，长长的黑头发披在背后，像印度母亲一样微笑，这就是女司库罗其蜜，她在轻轻地挥动着拂尘。叮得克得克，叮嗒嗒……赞歌的前奏已经奏起来了：

哎呀嗬——
独立来得多么艰辛，
婆罗多[1]的子孙们啊，
千千万万的牧牛人，
为了她献出了青春。
哎呀嗬——

咚咚锵，咚咚锵！大鼓声把所有的乐器声都盖住了。

当当当，小鼓也跟着响起来了。

“印度独立了！”

“圣雄甘地万岁！”

“尼赫鲁万岁！”

“拉金德拉万岁！”

“独立是假的！”

“国民在挨饿！”

嗯？这口号是谁喊的？怎么不喊了？

“刚才明明听见了。”

“说独立是假的？小舅子，打他！谁说的？”

“肯定不是本村人，是外边的人喊的。”

“哎，停！先别敲鼓！”

“闪开，闪开！”

“哎，加利杰兰，巴尔代沃！”

---

① 印度古代传说中的国王。印度人自称“婆罗多的子孙”，犹如中国人所谓“炎黄子孙”。

“哎，巴尔代沃，静一静！”

“怎么回事？”

“怎么老是有人唱反调？”

“是这么回事，乡长老爷，”巴尔代沃先生的头晕病又犯了，“是这么回事，加利杰兰心里想的是一回事，嘴上说的是另一回事。俺在这以前就问过他，他说他们党下指示庆祝独立节，说独立又不是国大党一家争得的。您瞧瞧，我们大伙都高高兴兴地来庆祝，他们从外边拉了一些人来搞破坏。这叫什么事？喂，弟兄们，外村的社会党人应当回自己村去，干吗跑到这里来显能耐？谁没有嘴？谁不会喊独立是假的？”

“说得对，说得对！”群众一起说。

加利杰兰张着嘴沙沙沙地说了些什么，说也听不清。

“哎，出了问题了，有错误！”巴尔代沃同志开始大声解释，他是在代表加利杰兰说话，“出错了，他不知道，舌头不听使唤。加利杰兰同志跟这事没有关系，不能怪他。”

本村的社会党人也觉得这事不合适。为什么要叫外村人到我们村来呼口号？加利杰兰的嗓子哑了，还有巴尔代沃和索马嘛。让那些人来插一杠子，败兴！

“请大伙原谅！”

“算了，算了，今天是独立节。”

叮叮嗒嗒……大象又开始朝前走，游行在继续。所有的锣鼓又一齐敲起来了。

叮叮嗒嗒，得克得克叮嗒……

大象踩着鼓点在走……

巴尔代沃先生又犯病了？手里拿着旗子在大象前面跳舞，他挥旗子的样子就像火车站上挥旗子的人一样。是啊，老弟，独立的真正武器是三色旗。古代用刀作战，所以人们拿着刀跳舞。独立的战斗武器是旗子，所以巴尔代沃先生要拿着旗子跳舞，他没有犯病，那是他的武器。

叮令令，叮嗒嗒……鼓又敲起来了。

一整天不停地吃东西，都吃腻了。走吧，快走，去晚了就占不到前边的好位置了。

叮令令，叮嗒嗒……

节目马上就开始，
五领袖的故事数第一，
英雄的甘地和尼赫鲁，
永远为百姓谋福利。

叮令令嗒嗒叮……

表演什么？巴格特·辛格？好！刚刚化好妆。白天问他们演什么，他们还说是演《强盗女王》哩！

瞧那武器……巴格特·辛格由尼特兰先生亲自扮演，右手拿着手枪，左手握着个圆滚滚的家伙，那是什么？炸弹！天啊，对了，他的武器就是手枪和炸弹。

叮令令嗒嗒叮……

啊，孩子，
为印度母亲我们的祖国，
我们不怕绞架和绞索……

叮令令嗒嗒叮……

巴格特·辛格在跳舞，一手拿炸弹一手拿手枪。跳完后从舞台一角走到另一角。鼓手在急速地敲鼓，敲得真叫干净利落，在空拍子的时候格外令人惊心动魄。达——达——巴格特·辛格握炸弹的那只手两次向观众甩出，好像在扔炸弹。坐在前边的人都侧身朝别人身后躲闪。这可没准，要是扔到这边来，那可就……不管是真炸弹还是假炸弹，扔出来总是会碰伤人的。

哎，勒克瑙来的女歌手在哪儿？把她带到台上来！是不是还藏在轿子里？一鼓掌她就出来了。

“来了，瞧，勒克瑙的女歌手来了。”

“悄没声地站着干吗？”

“别急，总得先做个预备姿势。”

“这一涂油抹粉倒显得漂亮了，白天你没瞧见，她的脸简直像夜壶底一样。”

“哈哈哈，杜利亚这小子就是会说话。”

女歌手开始唱了：

染布的小伙子啊，
把披肩染成粉色吧，
俺的心早就惦着你，
染布的小伙子啊……

嗒嗒叮嗒嗒……

“要跳就跳，干吗龇着牙笑？”

“哎哟，我的天，牙和下巴全是黑的。”

“那不是牙，简直就是黑石榴籽儿。”

“哈哈！哈哈！说得好，杜利亚。”

女歌手在唱：

你怎么染都成，
圣雄甘地把纺车摇；
你怎么染都成，
英雄尼赫鲁坐了大牢；
裙子上印着三色旗，
好看得像起伏的浪潮。
染布的小伙子啊……

“啊，好！好！给她背心上也印个花！”

“好！唱得好！在她胸前挂块牌子！”

“对！当然要挂。”

“哎，不能说挂牌子，要说挂奖章，净说些外行话。那种银块块叫奖章，懂吗？”

“那个巴格特·辛格又上台来干吗？”

“亲爱的弟兄们，请大家安静！下一个节目是歌曲：《假如我们年轻的战士从战马上坠落》。”

“哎呀，谁愿意听你做报告？快敲鼓吧，一个晚上的合同，谁管你的战士怎么样，快表演吧！”

“这些人就想这样啰啰唆唆地把这个晚上磨过去。快演吧！”

“快，给汽灯打气，要灭了。”

“还打什么气，快起台风了，要下暴雨了。”

叮嗒叮嗒，咚咚锵……台上鼓声响了。

轰隆隆——空中的雷声响了。

啊，巴格特·辛格名声大，

我要把他来关押。

叮嗒嗒，咚锵锵……

“打这杂种！这小子是真正的敌人，叛国分子，认准他！”

“打，打这杂种！”

呼——呼——暴风雨好像就要来了。家里的牛也许会跑出来。灶里点着火，妇女们都睡觉了。这是个坏习惯，灶里的火是抽水烟袋用的。不行，快走吧。用竹子和稻草搭的房子，哪里经得起？一刮大风就会被掀走，一下大雨就漏水，一遇到火星子就着火……快走！还看什么节目？把戈迪哈尔的贱货带来了，还说是从勒克瑙请来的歌手。走！

轰隆——轰隆——

大夫用胳膊紧紧地抱着葛玛莉。葛玛莉从下午三点就在大夫的防疫站看桑塔尔人跳舞。舞跳完了，已经是傍晚了，那边戏班子什么时候开始演节目，什么时候散场的，也许这两个人谁也说不清。每当打雷打闪，大雨哗哗地下，大夫就把葛玛莉搂得紧紧的。

葛玛莉轻轻地动了一下，好像要挣脱开。

闪电！

轰隆隆——

叮嗒叮嗒令令嗒……

两个人的心仿佛还在随着桑塔尔人的鼓点突突地跳动着。今天，葛玛莉身上戴着这个地区流行的各种首饰和装饰物，有项圈、耳环、臂钏、手镯等，她的身子一动，那些首饰和装饰物就发出磬磬磬和簌簌簌的响声。

磬磬磬……

簌簌簌……

轰隆隆——

大夫，啊，普拉祥德大夫，我的太平洋！

葛玛莉，我的王莲！

五

巴文达斯现在连自己都不相信了。用巴尔代沃先生的话说：“巴文达斯心神不定，有点发迷。除了甘地先生，他谁也不相信。”

甘地先生要解救所有的人，他要独自承受许许多多艰难困苦的考验，保护所有的人。先生万岁！

不知道巴文达斯心里到底想些什么，对任何事情，他都首先去看它坏的一面，用怀疑的目光观察整个世界。先生来信说：

“巴格万，巴文达斯，如果连你自己都失掉了耐心，那么其他追随者会怎么样？……敬礼！”

巴文达斯苦笑着说：“甘古利先生，您瞧甘地先生说的。现在叫俺怎么办？心里有怀疑，劲头不足，这样的人怎么会对自己所做的事情有信心呢？写信问先生，先生就开玩笑似地给推了回来，说‘你把耐心丢掉吧’……唉，天啊，迷魔啊，生生世世受迷惑，一会儿是罗摩的化身，一会儿是黑天大神的化身，一会儿又……”

“一会儿又是巴文达斯的化身。”甘古利先生插嘴说。

“得了吧，您也来说笑话了。哈哈……”巴文达斯多少天以来第一次笑得这么痛快。

每当巴文达斯开心大笑时，他的眼睛就自动眯缝起来，仿佛是一个大赛璐珞不倒翁，一晃一晃的。这个巴文达斯的化身！

罗婆那[①]的化身！最近出了一个杰里特拉，他就是罗婆那的化身。听说没有，老弟？萨哈尔村哈库老板家里遭抢劫了。

啊？什么时候？独立节那天晚上？带枪的人？怎么没听说过？还杀了两个人？

无线电苏莫里达斯刚从戈迪哈尔回来。

“事情是这样的，萨哈尔村的哈库老板是有名的小气鬼。那个杰里特拉，天知道是谁，一天正午来到店门口，要水喝。老板娘说：‘在店铺里吃饱喝足了，一抹嘴就走可不行，要给钱。’那人说：‘在你这里喝口水也要钱吗？’老弟，我也是听来的，全部详情很快就会弄清楚。听说独立节那天晚上，他带着几个人骑着高头大马来了。一来就说：‘老板娘在哪儿？快煎油饼！’谁敢不煎？这些人手上都拿着枪。这时，有两个人站到了老板娘身边，哈库老板也被看管起来，还叫他念《罗摩衍那》。另外有两个人进了村子，对大伙说：‘我们是来相哈库老板的闺女的。’他们在天亮前把要干的事情都干完了，连埋在地下的罐子也被挖出来了。挖一个地方就数钱数，然后说：‘不对，还有。快说，老东西，不说就架到炉子上烤，从头到脚浇煤油。’老板娘被迫整夜煎油饼、做甜食。听说老板娘央求他们说：‘哎，孩子，行行好，给我留点钱去朝圣吧。’他们给了她一千卢比。他们对哈库老板说：‘你八年穿一条围裤，要钱有什么用？’这伙人没碰女人，不过，临走时打死了两个人。听说……”

---

① 史诗《罗摩衍那》中十首罗刹王的名字。

无线电边讲边朝四下看。怎么了？怎么不讲了？而且今天也不扑哧扑哧地笑了。怎么回事？

“达斯先生，有私房话吗？”

“没，没有私房话。正在闹乱子。听说德里、加尔各答、勒克瑙、巴特那，所有的地方，印度教徒和穆斯林都在打架，好多村庄被杀得一个不留，放火烧掉。”

说罢，苏莫里达斯手中提着小水罐到空场地[①]去了。

巴尔代沃先生要绝食了。为什么？巴尔代沃先生说：“亲爱的弟兄们！俺刚从大夫先生的收音机里听到新闻，天翻地覆了！好像所有的人都疯了。甘地先生从不合作运动时就说印度教徒和穆斯林是兄弟。代瓦利先生早在十五六年前就在歌里唱道：

啊，神庙里升起月亮，
清真寺里竹笛吹响。
印度教徒穆斯林团结起来，
荣辱与共，斗志昂扬。

一些人不听甘地先生的话，制造了这种黑暗，总有一天他们会知道这样做是错误的。也许甘地先生要绝食。”

算命先生焦德克大叔近来总是沉默不语。可是，要是连这样的大事都不发表意见，那怎么行呢？他的意见是：这一切都是独立的恶果，如果一个孩子一出生就把母亲搞得半身不遂，第二天又放火烧房子，那么往后会干出什么事来，这就难说了。如今是黑暗时代的末期，像这样打打杀杀的，大伙都要完蛋。

---

① 印度农村没有厕所，人们到村外空地大便，并以水代草纸。

现在人们也到社会党的办公室去诉苦求助。朱姆拉提·米扬哭着来了，说苏莫里达斯抢了他五卢比："加利杰兰，这是作孽啊……穷人怎么活下去呀？"

"好吧，今天下午你在我们党的办公室里等着，傍晚我就处理你的事。"

"巴苏代沃同志，去把苏莫里达斯叫来。"下午，加利杰兰一直保持着严肃的表情。

巴苏代沃昨天才从普尔尼亚回来，花了二十四卢比买了双皮鞋，走起路来咯吱咯吱响。他晚上也喜欢戴一副防晒茶镜，穿长裤短衫，在皮鞋咯吱咯吱响的同时，像喝醉酒似的走路。巴苏代沃像火车站上那些卖食品的小贩一样故意挤着嗓子叫道："苏莫里——达——斯！"

这个达斯先生住着一间小屋子，能躲到哪里去呢？巴苏代沃早就看见他了，抓住他的手把他拉了出来。苏莫里达斯哆哆嗦嗦地说："老爷，行行好，大人，开恩。"

"无线电，有人叫你。"巴苏代沃摘下茶镜笑着说。

"谁？你是巴苏代沃？嘿，俺还当是警察局的人呢。好家伙，可把我吓坏了。你学会法院传人的腔调了。你们这些人都是见过大世面闯过大码头的，就应当这样。谁叫我，加利杰兰？好，我去。不过，有句话早就想问你，后来忘了。你说，你们党里是不是有两个党？"

"怎么？"

"你先说对不对。"无线电扑哧一笑。

"不，你先说。"

"是这么回事，有一天，加利杰兰说书记大人对巴苏代沃不信任。俺说巴苏代沃有什么不好？他说：'达斯先生，您不知道，这都是内部的事。'所以我才问你。"

"噢，原来如此。达斯先生，我明白了。实际上，加利杰兰是达姆普里先生那个党的。达姆普里也是社会党里边的，可是他在我们书记面前什么也不是。这个人很特别，跟什么人说话都笑嘻嘻的，还跟国大党人一起坐在铺里吃吃喝喝。您想，这种人立场不坚定怎么能在革命党里？"

"噢，原来是这么回事，"苏莫里达斯严肃起来了，"说得对。"

"这个加利杰兰先生呢，也是他这个党的人。"他又进一步添油加醋，"他这些日子跟曼格拉·黛薇打得火热，怎么说呢？我把全部情况都向书记大人汇报了，书记批评了他，所以他才这么说的。您等着瞧吧，这回可有好戏看了，要开大会了。"

"噢，老弟，不管在什么地方，搞宗派主义都不对，得有个限度。照你的说法，达姆普里先生这种人是不配待在革命党里的。不过，听说你们书记克利希纳·康特先生倒很热情，讲起话来揎拳捋袖……好，上级命令你做什么来着？叫我去干什么？"

"也不知那个朱姆拉提·米扬去说了些什么，说是抢了他的钱？"巴苏代沃戴上茶镜说，"这些穆斯林是不可相信的。"

"说得对，"无线电扑哧一笑，"你这话通情达理。"

"我去告诉他，就说你不在家。他又不是什么大人物，背着手站在那里下命令！我可是谁的命令也不听的。"巴苏代沃从口袋里拿出香烟和火柴，"他整天给我们上课：不要抽香烟，不要吃鸡蛋，可是背后……"巴苏代沃划着了火柴。火光照在他的茶色镜片上。无线电心中一震。

"背后偷鸡摸狗，亲爸爸也发现不了。"无线电一语双关。

"哼！"巴苏代沃吐了一大团烟，咳嗽起来。

土酒的香味！苏莫里达斯的眼睛里闪着亮光："巴苏代沃，听说你弄来了尼泊尔货？叫俺也尝尝好不好？"

"好吧，明天叫你尝，再见！"说罢，他咯吱咯吱地走了。

六

今天，登特利马巷的五老会开得正热闹。

好几天以前就做了安排：谁在五老会上都不许说土话，要讲法庭用语[①]，会多少讲多少；谁也不准擅自离开会场。

年轻人对罗米娅去寺院当女奴表示了强烈的反对。

"是闹着玩吗？种姓问题可不能开玩笑！谁想当情妇就去，想当女奴就去，想当妓女就去？"今天，格尔布也愤怒了。

会上所有的人都有发言权，所以会开得非常热闹。

"罗米娅她娘在哪儿？"

大伙的目光都射向站在竹帘后边的妇女们身上。罗摩秋·达斯的女人咳嗽了一下，清了清嗓子说："找罗米娅她娘有什么话要说？"

"你别吭声。"

"大米没说话，稻壳先蹦出来了。"

"俺就说！"罗摩秋·达斯的女人站了起来，这架势，今天是非打一架不可了。

"吴吉德和诺凯在哪儿？你们这些执棍人是怎么当的？"

"要打？打吧，谁要是怕打谁是孬种。罗米娅她娘不会说话，你们就欺负她？罗米娅年轻，想做什么都可以。格尔布，你说，罗米

① 指乌尔都语。

娅跟你的亲侄女一样，你犯得上发这么大脾气吗？要说，咱们今天就说个痛快，戚登达斯是七个孩子的父亲，问问他，干吗一天到晚躺在罗米娅她娘的平台上？他要是年轻人不懂事还情有可原，都这么大岁数了，还这么干，你们怎么不主持公道？”

“住嘴！别说了。戚登达斯在哪儿？”

“满脑袋白头发，还有这么大的骚劲，戚登先生，你让罗米娅她娘怎么解释？”

戚登达斯口齿不清的儿子火了：“嗯？不许你胡说！”

“打，打他！”

“哎哟！哎哟！”

“用布把他的脸蒙起来，狠狠地打，看他还狂不狂！”

诺凯和吴吉德是执棍人，五老会开到热闹的时候，这两个人就拿起棍子摇晃。他俩把戚登达斯抓住，朝他的头上蒙了一块布。孟哈古达斯、杰太鲁等年岁大一些的连忙从中调解：“不要打，不要打。”

“你们这些上了年纪的人穿的是一条裤子。”

现在不像是审判罗米娅她娘，倒像是裁决戚登达斯的事。嗤！嗤！嗤！臊死人了，只罚他五卢比，太便宜他了。

戚登达斯被罚五卢比，他那个口齿不清的儿子被罚揪着耳朵站起来坐下去五次。诺凯在数：“一下，两下，三下……五下，好了。”

最后罚罗米娅她娘管全巷人一顿午饭。方丈大人既然要收罗米娅入寺，自然愿意出大米。

头人们一致认为：罗米娅可以去当寺院的女奴。

种姓的限制稍一放松，一切都会变坏。难道就这样不断地召开五老会？现在都不把罚管饭当回事了。

罗摩秋的女人正坐在罗米娅她娘的院子里劝说罗米娅："到时候你吃奶皮和大香蕉胖得抬不起眼皮，恐怕就不认识我这个姨妈了。你要去跟方丈说，捆着手脚没法做事情，一根桩子上拴不住两头叫驴。给件纱丽就算完事了？还得有首饰。"

罗米娅笑了："他倒是说到做到的，可那个女司库……"

"你怎么这么傻？女司库又怎么样？现在你是司库，别以为你比罗其蜜低一头。你要是不把她的毒牙拔了，你的方丈除了敲鼓念经还能干什么？傻丫头，用你的圆脸蛋儿去……"

"你好好听着，罗米娅，咦？上哪儿去？是不是方丈大人来了？"她娘叫着。

"方丈大人万福！还躲在后边干吗？这会儿都是自家人了，过这边来吧。"罗摩秋的女人眯着眼睛笑。

方丈大人和罗米娅从香蕉树后边走出，来到院子里。

"快拿凳子来，请坐。"

"族里人要管饭，俺同意了。"罗米娅她娘边点烟边说。

"我去问问罗其蜜。"方丈大人眼睛看着地说。罗米娅她娘现在算是他的岳母了，在岳母面前说话应当有礼貌。

"什么？"罗摩秋女人的破锣嗓子哇啦哇啦直叫，"问罗其蜜？罗米娅她娘，你倒是听听，俺说过了不是，罗其蜜把他变成了绵羊。哟，方丈大人，罗其蜜算什么？您干吗要去问她？"

"不，她说过……"

"方丈大人，您别见怪，您是一庙之主，"罗摩秋的女人站起身来要走，"您这是把罗米娅当成罗其蜜的奴才了，俺全明白。"

"不，不是，不能这么说。往后，往后就是罗米娅说了算……"

"往后就是罗米娅说了算。"方丈大人从那以后总是这样说。

“罗米娅知道什么？”罗其蜜恼怒了，“至少也得叫她在庙里学一年规矩。连手上有几根指头都数不清，能掌管工钱账目吗？真师保佑，真师保佑。”

自打罗米娅进庙当女奴那天起，罗其蜜的脸就阴沉得像锅底，方丈对此一清二楚。他让罗米娅去给雇工们量稻子顶工钱。“她不懂你就教她，向她解释，这有什么？空口说白话谁不会？”

“我空口说白话？真师在上，快把我召去吧，大神！你叫她用二十公斤肥皂洗身子也洗不掉她身上的臭蒜味。你告诉她早晨起来该干什么吧。从来不洗脸，抽土烟，从早祷告的仪式上回来不洗澡，用脏手摸圣书，你叫我怎么教她？除了腰里挂钥匙串，她什么也学不会。拿去吧，把库房的钥匙拿去。我对挂钥匙不感兴趣，真师在上。”罗其蜜啪的一声把一串钥匙摔了出去。

方丈看了看，只是库房的钥匙，箱子的钥匙呢？“干吗摔钥匙？动不动就发火，这怎么行？”方丈大人严肃地说，“你是我的师母，让罗米娅走上正道是你的责任。”

“洗她身上的脏泥也是我的责任？衣服也该我洗？十天不到，藏经房里的墙上吐满了痰，土烟蒂丢了一地，也得我打扫？现在这里不是寺院，变成猪圈了，猪圈！”

“谁叫你替她洗身上的泥？我们也不是傻瓜，你去洗巴尔代沃先生脖子上的泥好了。”方丈拉摩达斯怎肯让步？只要是事实就不怕，天王老子的事也敢说！

“干吗要提巴尔代沃先生？”

“干吗不提？是谁把庙变成了猪圈？”

“难道是我？”

“对，就是你。我早就憋了一肚子火，这话不必再往下说了。”

“你肚子里有火，把它打灭就是了。”

一听说“打”字，巴尔代沃先生再也沉不住气了，这不是又要搞暴力主义吗？“方丈大人，女司库，冷静，冷静下来好好地说。”

“啊哈！女司库，好一个女司库！”罗米娅在吵架方面一向训练有素。她从后门蹦出来，指手画脚地说，“你天天半夜把房门打开……箱子钥匙呢？在库房里？你非得把什么东西都折腾光了不可！”

罗其蜜震怒了，好像有人用竹条子啪地抽了她一下。天天半夜把房门打开？非得把什么东西折腾光了不可？真师在上，我这是造了什么孽，要受这样的惩罚？

“拉摩达斯，叫你的母狐狸把嘴巴闭上！不然可没有你的好！你们想干什么？要是想要箱子的钥匙，拿去好了。”罗其蜜把箱子的钥匙也摔了过去。

现在轮到罗米娅坐在垫子上喋喋不休了。她当然要说话，像辣椒一样的她，说出话来真叫人听了浑身发麻。

“出力的不讨好，讨好的不出力。他巴尔代沃整天坐在那里念叨圣雄，什么时候给树浇过一罐水？哼，从早到晚拿着木梳和镜子，像王后一样化妆打扮！这里谁也不是奴才，我身上脏，可我心里清白。你用香胰子擦身，用茉莉花油抹头又怎么样？心里怎么样？老天爷啊，整夜脸贴着脸睡觉！早晨洗脸有啥用？洗不掉！卖淫妇，婊子！”

“罗米娅，别胡说。胡说八道是要头疼的。”拉摩达斯说，“我要是知道这样，就……”

罗其蜜一言不发，两眼直直地望着柠檬树。罗米娅的每句话都像利箭一样射到她的心窝里。擦香胰子、擦茉莉花油，这都是老方丈赛瓦达斯让她染上的坏习惯，没有肥皂她就不能洗澡，没有肥皂心怎么会清白？头油最近倒不常抹，只是头疼时才抹抹。方丈大人每次去县衙门回来口袋里总是揣着油膏、胰子、葡萄干、小核桃等干鲜果品，总之，只要看见新鲜东西，一定要买给她。

罗其蜜曾跟赛瓦达斯一起朝拜了所有的圣地，她的命不好，如今在庙里受这地狱般的罪。唉，十天来，她对供品一点兴趣都没有，水里原先就有一股腥气，如今一喝就想呕吐。罗米娅入寺之前，她娘让她狠命地吃了一顿鱼。真师在上，给我指路吧，干什么都行。

她明天就要离开寺院。老方丈把十公顷地和一个杧果园归到了她的名下，寺院对这些地方无法染指。靠真师的恩惠，一切都会在一个星期内变好的。

在罗其蜜眼前，有一个像梦一样的世界：在杧果园里的那株孟买杧果树旁边盖两个漂亮的小草房，她摇纺车纺线，巴尔代沃读圣书……

巴尔代沃先生呆呆地望着罗其蜜的脸。每当他被罗其蜜的眼睛迷住时，总是这样失魂落魄，面无表情。

“床要不要拆？”

“对，拆了。这里再也没有真理了。”罗其蜜的眼睛湿了。

啊，出家人不要住到城里去，
近朱者赤，只能和出家人住在一起。

七

葛玛莉一天比一天好看了。

她脖子上如今有了两条纹路，这使她的脸蛋更加迷人。她的眼神已经不那么调皮，而是带着一种醉意。乍看上去，简直像涂了一层黑眼油。

“妈，瞧你的大夫先生，这回是他晕过去了，眼睛一动也不动地瞅着墙，足有半小时。”葛玛莉在自己房间里梳头。

她娘责备她道：“葛玛莉，大夫先生就坐在圆厅里。”

“那又怎么了？”

几天来娘就在想：是不是该对葛玛莉说，对大夫这么亲热不好。但是，一看到葛玛莉，她娘的勇气就不知不觉地像蜡一样熔化了。那白里带黄的长手臂，长长的头发，沉思似的大眼睛，匀称的身体……不对，体形变了！娘在发抖，这是怎么回事？不幸的孩子，千万别把纱丽襟弄脏了[①]，行行好！……不，不，弄脏了又怎么样？她的女儿不该当妈妈了吗？她想干什么就干什么好了。想到这儿，微笑又回到了娘的嘴唇上。

“看样子，大夫是把你身上的病取下来安到他自己身上了。”

“嘿嘿”，大夫忍不住想笑。葛玛莉从帘子后边探出脑袋小声说：“嘘，别说话，你是病人，懂吗？”

乡长老爷的木屐咔咔地响了。听到笑声他能干什么呢？

在大夫眼睛里，乡长老爷早就是一个双重形象。处理钱财问题，在外面打官司，或者行贿受贿、赚大钱时，他是一种形象。而当他闲坐在家谈天说地时，则又是一种形象，你看这位乡长老爷，他有说有笑，简直是幽默大师、文艺爱好者、家务能手，有时甚至是天真烂漫的小青年。

大夫憎恶他的第一个形象，而深受他的第二个形象的感染。

“怎么回事？”乡长老爷想凑热闹，问道，“葛玛莉她娘，怎么

① 指未婚先孕。

回事？他俩都不告诉我。”

“你的傻闺女净说傻话！刚才她说大夫先生晕过去了。”

“后来呢？”乡长老爷忍着笑，喝了一口茶，“后来呢？”

母亲说：“后来是我说大夫先生把她的病取下来安到自己身上去了。”

“哈哈哈！”乡长老爷大笑。葛玛莉听了，说：“爸爸来迟了，后拣了一个笑。”

乡长老爷也觉察到葛玛莉的性格发生了很大变化。这种时候，当父亲的只有沉默，没有法子。湿婆大神，可怜可怜葛玛莉吧。

大夫注意地看着乡长老爷脸上渐渐消失的笑容。这也许是他的第三种形象？看了以后连石头都要被感化，多么慈祥！

“大夫先生，”母亲端来两盘小吃，“葛玛莉那天跟无线电里的姐姐学会了豌豆炒饭。”

“这是全印广播电台的拿手戏。来，大夫先生，动手吃。瞧这豌豆瓣做的炒饭多好吃。”

“嗯，真没想到这么好吃。”大夫笑着朝葛玛莉那边看了一眼。

“哈哈哈！”

沉浸在欢乐中的大夫没有忘记自己的责任吧？葛玛莉不时地思索着。莫非他对自己做的事情感到后悔了？不，不要后悔，不管做什么，也不管是对是错，都是好的。

比亚鲁曾经说过多次：“朝院子这边的窗户应当有个帘子，不然光溜溜的不好看。”就为了这个，大夫很喜欢比亚鲁。现在，葛玛莉天天都到大夫这里来。

“姨妈说了：‘你做得不对，你们俩都不对。会有什么后果，想过没有？’大夫，你说会有什么后果？”葛玛莉睁着一对大眼睛甜甜地望着大夫，“说呀，大夫，会有什么后果？”

“不管什么后果，反正坏不了。”

“你不会永远跟我在一起吧？”

“傻劲又来了。”

“大夫，你不是吉恩吧？”

“什么是吉恩？”

“吉恩是穆斯林圣人。他时常想变成什么就变成什么，然后去迷大姑娘和小媳妇。他只要一弹指，就能把最穷的人变成有钱人。他要是讨厌谁就叫谁倒霉，他要是看上谁就叫谁幸福。”葛玛莉脖子上新出现的两条纹路在一动一动的，时隐时现。她是不是害怕？大夫把她搂住了。

“怎么，你害怕神道？你头脑里装的尽是迷信。”

“不，我不害怕。你就算是吉恩也罢，我已经把你征服了。”

“这么自信？”大夫从葛玛莉闪亮的眼睛里清楚地看到了她的自信。葛玛莉没有病了，是朵健康的莲花。

“你那天胳膊上戴的是什么东西？现在怎么不戴了？”

“臂钏。怎么，像卖牛奶的女人，是吗？”葛玛莉哈哈地笑起来。

这就叫罗曼蒂克，瞧见了吧？现在都半夜两点了，大夫的那个小个子仆人才提着灯，一闪一闪的，送乡长的闺女回家。什么不让他们结婚呢？多好的一对啊，简直像两个洋人。大夫先生真是了不得的人物啊。

“大夫先生是怎样的人？”警察分局新来的分局长在问更夫阿戈木。

“大人，他是好人，可就是……”

“怎么？你吞吞吐吐地跟我说半截子话？你小子可得留神，我不是外地人，我家就在这个县。懂吗？我看你小子有话敢瞒我，快说。”分局长大人生气时，对风也要骂几句：“混蛋，深更半夜的刮什么！哎，副官，我睡不着觉了，快把文件给我拿来，我要看看都写了些什么，有什么新党团，我他妈的要调查。”

新来的分局长年纪不大，据说是这个县从前的五个派出所所长之一。他说话时总忘不了说：“先生，我不是外地人，我是本县人。”这句话不管在什么场合都能被他用得很巧妙。“我要是多吃多占一分钱，在这个县里待得下去吗？”他硬是错误地以为，凡是外地来的人都是来多吃多占的，占去了本地人应当享受的部分，并为此而十分恼火。法比斯村的头目乔顿先生现在成了国大党县党部的一名书记，他写信说：这个大夫是共产党的人。

分局长大人带了一打人马把大夫的防疫站包围了。

“您的家到底在什么地方？”分局长好奇地问。

“尼拉特纳加尔。”

“尼拉特纳加尔在尼泊尔那边，这么说你是尼泊尔人？”

“不是。”

“那么……”

“这有什么奇怪的？分局长大人，我说什么您就写什么好了。”

“好，写，到底写什么？”

“写我说的话呀。”

乡长老爷满头冒汗，比亚鲁的脸上没有了血色。这是怎么回事？不知道。姨妈的心怦怦乱跳。奇怪的是，葛玛莉却什么反应也没有。“大夫不会有什么事的，没关系。”葛玛莉坚信。

只说两句话分局长大人就听出来了：这个大夫是个怪人。

今天连小孩子都问无线电苏莫里达斯：“苏莫里达斯，大夫先生做错了什么事？分局长为什么要来抓他？难道有人说他受贿？”

“瞧，这个世界坏得很，谁也不能相信了。《罗摩衍那》里说‘金罐子里装毒汁’，听说这个大夫是德国那边的人。还是焦德克先生说得对，这个德国大夫专给村里人打针，叫大伙没力气。他往井里撒药是为了传播霍乱病。德国人有个党，叫什么……对，就叫共产党，听说了吗？大夫就是那个党的人。”

大夫对这位分局长大人的言行很吃惊，他不断地说“我是本县人”，像傻瓜一样提问题：“您和许多姑娘都有关系吗？”

“有，至少曾经和四百个姑娘一起生活过。”大夫笑着说。

“四百个！”分局长大人表示吃惊时，两只眼睛总是瞪得像猫头鹰的眼睛一样圆，“天啊，上哪儿去弄这么多姑娘？”

“医学院里。”

“噢，不，我的意思是说好人家的姑娘。”

“怎么，医学院的姑娘不是好人家的？”

“我的意思……好，算了，不说这个。那么您同共产党有什么关系？”

“我的许多朋友是共产党员。”

“您当初曾鼓动桑塔尔人去抢地，他们在口供里已经招了。”

“桑塔尔人从前经常找我，让我给他们读文书、契约等。”

“能让我们看看您的书吗？”分局长起身走到书柜跟前。

妈的，怎么都是些医书？嗯，《苏联的儿童》《红色俄国》，作者是贝尼普里[①]，还有《红色中国》，作者也是贝尼普里。

“这些都是俄国书。”

---

① 贝尼普里，全名为拉姆沃里奇·贝尼普里（1899~1968），印地语进步作家。

“不是俄国书，是关于俄国的书。”

“反正是一回事。”分局长大人拿出一本，小心翼翼地翻着看，好像里边有炸弹似的。

大夫被捕了。真是造孽啊！罪有应得。桑塔尔人是他煽动起来的，村里的霍乱是他传播的。他把村民们搞得软弱无力，用的就是那种霍乱针，怪不得直到今天干活时还眼冒金星呢！看他那副样子，多么老实厚道，简直就像神仙，可谁知道他肚子里装了那么多坏水！人啊，谁能看透？还是焦德克大叔说得对。

戈诺利家来了一个法比斯村的客人。他说他们邻村有个大夫是强盗。那大夫走门串户，谁家有什么东西，谁家的钱盒子放在什么地方，他都看在眼里，回去告诉同伙。他给人家瞌睡药吃，同伙就到那家去偷去抢。村子附近的人都被他扎了针，变得有气无力的。谁要是不听他的话，他就让那伙强人把那家的牛杀了、烧死或者牵走。为这种事打了好几回官司，可每次都因为他使了钱而拿他没办法。他的名字很有趣，叫什么纳特克特①大夫。

“对了，老弟，谁都靠不住。”

“索马·查特在塔姆村的庙会上被捕了。”索曼·芒奇说，“刚从庙会上回来的人说的。这回好了，不用俺在摔跤场上为他打鼓助威了。”

八

焦德克大叔很得意。

近来，村里人一天好几次提到他的大名，焦德克大叔真不愧为

① 纳特克特，有“淘气包”“骗子”“演员”等含义。

婆罗门学者。在这个黑暗时代，如果说有什么人还有一点头脑的话，那就是婆罗门。算命、看相、观星座，是一门大学问，不是闹着玩的。婆罗门就是有头脑，金子在烂泥里也不会生锈。

“来，坐下，什么事？”

“焦德克大叔，俺没法活了。俺的小鹦鹉昨天飞走了，是笑着走的。”波利亚巷的希鲁跪在焦德克跟前哭诉。

“哎，希鲁，到底是怎么回事？”

“我儿子，我儿子吉瓦南，昨天发了一整天的烧，心碎了，走了。他是我训练出来的鹦鹉啊，飞了。”希鲁坐在地上抱头大哭。

“这么快？昨天是什么日子？星期一，嗯，是星期一死的对不？”

“对，就在太阳落山的时候。”

“奇迹，女妖的奇迹。懂吗，希鲁？星期五是朔日，你对谁有怀疑，就到谁家房后躲着，半夜十二点，女妖就出来了，你去跟着她。她会把你的孩子弄活，抱在怀里跳舞，这时，你就上前把孩子抢过来。那孩子以后就谁也弄不死了，连天神也杀不死他。”

“焦德克大叔，这事像镜子一样清楚。起先俺种帕瓦蒂她娘的地，实行第四十条法令时，帕瓦蒂她娘来要麦子，俺说：现在不能分给你麦子，按照第四十条法令，俺把庄稼换成现钱了。她听后当场就诅咒我，从此怀恨在心，昨天这女妖就来害俺了。”

“希鲁，别哭了，不要声张，要悄悄地干，朔日夜里，十二点，记住。”

朔日夜里。

帕瓦蒂她娘的房后长着一丛丛一人来高的大麻，希鲁躲在大麻丛里坐着，摘大麻籽吃，大麻籽的药性发作得很快。从阴历八月起天气就变凉了，希鲁身上冷，吃大麻籽取暖，心想："妈的，这女妖不出来，莫非在家里说悄悄话。会不会今天夜里就跳舞？要是她不出来怎么办？焦德克大叔又没有讲清楚。"

耿乃西从傍晚起就一直缠着姨妈不放，今天他一点也不困，不时地提出一些问题，姨妈得考虑半天才能回答。

"舅舅在狱里会挨打吗？"

"不，你舅舅又不是小偷强盗。"

"那为什么要抓他？为什么把他关起来？"

"这是政府的事。"

"政府的事？政府怎么不来问问你？"

"别说了，快睡吧。"

"姥姥。"

"嗯？"

"带我出去，我要撒尿。"

"走。"

吱！姨妈打开了门。房后的大麻丛在晃动。希鲁装了瓶土烧带在身上，飞快地喝了几口。嗯，这女妖终于出来了，正好半夜。酒劲冲到了他的头上，豺狗在叫，正好半夜。

啪！啪！

"啊——耿乃西！"

"姥姥！"

啪！啪！啪！

"啊，姥姥——"

一片寂静。

可是，希鲁的儿子在哪里呢？希鲁的醉意突然消失了。他看见姨妈身上血不停地向外流，不由地浑身瑟瑟发抖，棍子从手上滑落下来。血？警察局长、监狱、绞架、套索……希鲁跑了。

乡长老爷最先起来，拿出枪放了三枪。砰！砰！砰！

全村人都醒了，一片狗叫声，谁都弄不清到底什么地方出了事。“什么事？什么事？”大伙站在院子里问。

乡长老爷喊道：“哎，加利杰兰，听声音像是帕瓦蒂她娘，你们怎么还不赶快出来？难道全村人都死光了！”

帕瓦蒂她娘……天啊，全是血！看看还有气没有，还有气。还有，这是耿乃西，牙关紧闭，快拿水。这是谁干的？天啊，棍子？棍子先让乡长老爷保管好，看这棍子就能知道是谁干的。

“阿戈木，”乡长老爷说，“你快跑一趟警察分局，明天要是能把她及时送到县医院……”

“姥姥！姥姥！舅舅！”耿乃西在哭喊。葛玛莉擦着眼泪把耿乃西领进自己家。耿乃西要是完全不懂事倒也好了，葛玛莉现在该怎么劝他呢？她说：“老天爷把你姥姥叫去了，老天爷是我们大伙的保护人。”

“嗯……呜……”耿乃西忍不住又哭了起来，“姥姥……”

唉，多可怜的孩子，你的葛玛莉姐姐向谁哭去？“好耿乃西，别哭了，舅舅会回来的。”

希鲁被抓到了。老弟，你想，怎么会抓不到呢？村子里谁不认识谁的棍子？希鲁的棍子是有名的，每次村里打架的时候他的棍子都很引人注目。当天夜里大伙就认出来了，但谁也没敢说。除了棍子，还有他的两只带血的脚，也没来得及洗。好像在打过之后还拖过尸体。早晨，他已经像疯了一样，看了叫人害怕。他的眼睛说明，他现在还能再杀几个人。

分局长抓了他，可他就是不说话。分局长踢他，班长用鞭子抽他，当兵的打他嘴巴。“娘的，怎么不说话？你叫什么名字？谁是同伙？我看你说不说，混账东西！叫你下地狱都找不到地方。”

希鲁只是说：“是俺自己干的。”

“自己干的？她这么高大会是你一个人杀死的？叫你尝尝厉害。”

“哎，算了吧。”分局长大人是善心人，“这混蛋八成是疯了，即使不上绞架，要不了两天也就被打死了。”

乡长老爷已经安排妥当，将尸体盖好用担架抬走了。盖得严严实实的，上面还撒了一些花。耿乃西是不是也跟去送葬？比亚鲁跟着去了。耿乃西有个婶子就住在县城，如果她不肯收留，耿乃西就得送孤儿院了。

姨妈永远地走了。

葛玛莉失声大哭。

焦德克先生中风了，半身不遂，嘴歪了，一只眼也斜了，拉屎撒尿都在床上。拉摩・那罗衍不敢独自坐在他身边。因为拉摩・那罗衍知道全部的秘密，也就在帕瓦蒂她娘被打死的那天夜里，他爹的情况急转直下：拉稀、便血，而且全是新鲜血。当帕瓦蒂她娘的尸体从村里抬出去时，他爹的半边身子就动弹不得了。拉摩・那罗衍眼睁睁地看到了老天爷给的报应，真可怕。很少见到这么快就报应的。焦德克拉屎那么臭，周围几里的人闻了都恶心。没说的，进地狱也得受罪。

不过，焦德克的话还是对的。听说就在那天，分局长大人来办帕瓦蒂她娘的案子那天，他还说：“这算什么？后头还有热闹瞧呢。”

天知道还有什么热闹。

吉恩圣人保佑！圣雄甘地保佑全村吧！

九

女司库罗其蜜和巴尔代沃先生一起脱离了寺院。

杧果园里，用竹子和稻草建起了三座漂亮的房子。在这一地区，用竹子和稻草盖房子是一门很大的学问，虽然怕火，但仍很盛行。在拱形门上安好竹帘子，花是早就种下的，这使园子比先前漂亮了十倍。女司库真是好样的，用四百卢比从集上买了一对小牛，还叫人做了一辆轻快的牛车，用染上各种颜色的刮了皮的竹子做了一顶车篷。每一个牛套，尤其是粗缰绳，都用五色细绳编成。那些小小的流苏也是红绿黄蓝等颜色的。小牛头上装饰着铜牌，脖子底下是一串贝壳，用细绳穿起，上面还系着铃铛。叮令当……

巴尔代沃先生如今收拾得多么干净整洁！像白鹭翅膀一样洁白的土布围裤和短外衣，崭新崭新的。他自己固然比以前注意整洁，但更主要的是罗其蜜为他服务。

寺院里的情形就不同了。如今不仅是乌鸦到处拉屎，而且大人小孩也到处拉屎。罗米娅她娘整天躺在里面，还带了三四个孩子长住。那一天，潘达莉跑来诉苦：“女司库，人心不再是洁净的了。我每天晚上都做噩梦，喝的水里有鱼在跳……真师保佑吧。”

仅仅一个月，罗米娅的法术就把方丈拉摩达斯治得服服帖帖。拉摩达斯想挣脱她的罗网，可是罗网越收越紧。昨天骂了架，还动了手呢。早晨，方丈要大麻，罗米娅到晚上才说大麻没有弄来。方丈一听就火了：“啊？早晨就叫潘达莉取来了。”

罗米娅对方丈的那点本事已经摸透了，她怎能不还嘴？她并不是只喘气没有脑子的笨蛋。“整天叼个烟袋，像挂个马尾巴一样。”

“住嘴，贱货！你破坏了这个地方的清净……真师保佑，还是罗其蜜当初说得对。”

从这以后，罗米娅她娘和孩子们也一起跟着闹，好像他们一点不懂事。方丈拉摩达斯气得乱叫，把火钳摔得乱响。罗米娅则像唱歌一样哭泣：“啊……叫你手上生疮，生麻风病！啊……你找罗其蜜去好了……”

真师保佑，就到此为止吧。

自从帕瓦蒂她娘死后，巴尔代沃先生晚上很害怕，心整夜突突地跳。只要有一点响声，他就立即从床上坐起来。罗其蜜说：“清白的心上如果烙上坏印迹就会这样。”巴尔代沃先生的眼睛泄露了内心的隐秘。

当当当，今天，罗其蜜亲自敲羯鼓，巴尔代沃先生坐在蒲团上。房间有窗子，一束月光照射进来。墙上的烛光很暗淡，看不清罗其蜜的眼睛。

相思之火烧在心头，

情人的心思看不透。

巴尔代沃目不转睛地看着罗其蜜。她敲羯鼓唱歌的样子像是要翩翩起舞，戏里的仙女不就是这样吗？巴尔代沃先生的眼前不时地出现帕瓦蒂她娘满身血污的样子，他闭上了眼睛。罗其蜜身上的香气飘了过来，今天格外浓郁。罗其蜜的声音在颤抖，她哭了？嗯？脸上滚下了泪珠？罗其蜜！

“罗其蜜，罗其蜜，别哭。”巴尔代沃先生的胳膊也这么有劲？罗其蜜被搂得紧紧的。罗其蜜还在唱：

出家的圣贤啊，

房屋院落换了主人，

没有你，我是多么伤心。

当当当……

虽然和你在一起，
朝夕相伴仍孤单，
想看心上人的笑容，
叫我等待到何年！

当当……羯鼓滑落到地上了。巴尔代沃先生的嘴唇上今天第一次露出笑意，那麦黄色的脸，短短的胡子……罗其蜜头一次注意到。

罗其蜜的目光同他的目光相遇了："你真好！"

十

巴苏代沃和孙拉同志也被捕抓了。不抓他们才怪呢，老弟，一年前，谁见他们穿过洋汗衫？可今年夏天他们又是外衣又是衬衣，长裤、袜子、皮鞋，还架上了黑眼镜。这不都是从戈迪哈尔火车站的行李房里搞来的吗？大伙怎能不怀疑？

算命先生说得好："这算什么？后头还有热闹瞧呢。"

"听说了吗？巴苏代沃把加利杰兰的名字也供出来了。"

"啊？加利杰兰呢？"

"送曼格拉·黛薇去戈迪哈尔了。村里的纺织站停办了。她的一个远房妹夫住在戈迪哈尔，加利杰兰去送她。"在党的办事处，苏梅兰先生告诉加利杰兰说："听说你也在要逮捕的人之列。"

"逮捕我？"

“对，巴苏代沃和孙拉说出了你的名字。回家时要小心些。”

“巴苏代沃、孙拉，这两个坏蛋！”

加利杰兰摸着黑躲在公馆花园那边，想等天再黑一些回家。是索马把巴苏代沃和孙拉带坏了，走得这么远！在抢劫案发生三天之后，加利杰兰就知道了全部情况，他到县里去了，想找书记私下谈谈，可书记大人到巴特那去了。一定要向书记汇报，这都是他们同杰里特那伙人来往密切的结果。书记不信任我，反而让巴苏代沃有权直接同他联系，还给了巴苏代沃一把手枪。我加利杰兰不怕坐牢，但这给党带来了多么大的耻辱啊！天啊，怎么有脸去见巴特那的领导人呢？这回全完了。嗯？好像有人来了。

在公馆花园旁边，他见到了杰太鲁。杰太鲁是去挖草药的，他说：“警察局的人带着帐篷到村子里来了。”加利杰兰给杰太鲁两个卢比：“这个给我娘，这个给你。”

杰太鲁不挖草药了，向村里跑去。能抓住在逃的革命者会得很多奖赏哩！他立即到分局长大人那里偷偷地报了信：“俺在公馆的花园里见到了加利杰兰。”

分局长带着队伍赶到那里，加利杰兰早就无影无踪了。

杰太鲁说：“西边有马叫声，好像是骑马向西跑了。”

凯拉文这次又遇上了麻烦。由于他近来同加利杰兰来往较多，分局长问他：“抢来的东西肯定放在你这里，不然你为什么给他们盖房子？”

看样子，凯拉文的日子正在走下坡路。日子红火的时候，就是摸一下土也会变成黄金，要是倒了霉，四面八方传来的都是坏消息。上次借乡长老爷的一千五百卢比还没还，这次又借了一千卢比，只好用莲花河边的几十英亩地当利息。昨天有消息说，沙克尔迪布偷了他姥姥的金首饰不知跑到哪儿去了。据说马丹普尔的庙会上有个戏班子是从加尔各答来的，里边有个女演员，就是她把沙克尔迪布迷住了。其实沙克尔迪布家里还有个年轻漂亮的媳妇。他的老丈人阿森老爷是个大人物，说不定会找上门来。凯拉文的女人说：“圣人吉恩的陵墓上没有房子，我叫你在那儿盖个棚子，说了三年你也没盖。吉恩圣人行行好吧，饶了他的罪过。叫我儿子也清醒过来吧，我给你献甜食供果、吉祥带子和大麻。”

克拉西先生来到孟哈古达斯家。蒲利娅浑身是疮，她托人几次给扳道工送信。那天老头子去了才知道，扳道工已经调到尼泊尔边境。那些营具全都卖了，是政府调动工作，到了新地方还有新营具。那么连女人也不要了吗？克拉西听说后就跑来了。不管怎么说，克拉西先生是没有过错的，都是蒲利娅的不是。那个可怜的人花了那么多钱娶了你，能整天守着你不干活吗？不干活吃什么？克拉西整天在铁路线上干活，这边扳道工只管扳道岔，把火车引到旁边就没事了，然后跑到蒲利娅那里坐着。最后终于发生了争执，蒲利娅离开了克拉西。这里有克拉西的过错吗？罪过是掩藏不住的，所以蒲利娅浑身都生了疮，可是她到现在还执迷不悟。罗米娅天天来看她，她还小声地开导罗米娅，告诉她什么时候该向方丈要什么东西，应当怎么说，说什么等。

克拉西先生说：“俺能把全世界的热症病人都治好，还能让自己家的人受这份苦？吃三丸药就能治好。不过有一件，要想清火，身上总要有一个部分留下残疾，要么是眼睛、鼻子，要么是牙齿或手指。”

关于村子，克拉西先生说：“村子里有鬼，是猴子。有好些村子就是因为闹鬼给毁了的。这个村子里死过猴子吧？”

“对，一点不错。大夫养过三只猴子，他给它们扎针，不知是什么针，有两只猴子惨叫着死了，叫了一整夜，忘了吧？”

“对，对，这个大夫真狠心，把咱们村子毁了。”

“没关系，”克拉西先生说，“俺夜里拜法轮，再把这个法螺绑上，就不会有事了。”

克拉西在罗摩秋·达斯的牛棚里拜法轮。法轮是用红花编成的，还供有大米和牛奶，中间放一个陶碗，碗里点上一根粗灯芯。克拉西先生喝完一小瓶土烧酒坐下，不时地把灯芯往嘴里放。嗯，天啊，这个克拉西真是个大巫师。嗯？又把一根针扎在舌头上，从上透到下。

啊，圣母啊，
今夜黑得吓人，
左右两边都有说话的鬼魂。
行行好吧，
雪山神女和湿婆大神！
善女子双眼受迷惑，
一时糊涂忘记了诚信，
脓水流遍她的全身……

“现在大伙一起唱颂神曲。”

村里的虔诚之士开始随着鼓的节奏唱起了颂神曲。

叮叮嗒，叮叮嗒……

来呀，兄弟，
说说你的忧虑……

克拉西先生举起灯火指画着，当他把灯芯放进嘴里时，火苗就熄灭了，吹一口气又使火苗重新燃起来。接着他又生吃了一只鸽子……真正的大巫师，克拉西先生！

十一

“葛玛莉她爹，葛玛莉她爹！”

乡长老爷正在睡觉，鼻子里发出呼噜呼噜的声音。葛玛莉她娘来到床边，脸上笼罩着惊恐的阴影：“葛玛莉她爹！”

“嗯，什么事？”

她慢慢地坐到床上。乡长更加奇怪了：“怎么回事？”

“没什么，”母亲喃喃地说，“葛玛莉，她的纱丽脏了……”

“啊？”在乡长看来，这比用火烧葛玛莉还严重，“什么时候？”

“都四个月了。”

两个人长叹了一口气。

“啊，老天！”

“这该怎么办？”

“你是怎么知道的？”

“我上个月就有怀疑，今天问她，她不说话，这都是大夫治病治出来的好事。这回脸上抹了黑，看你怎么见人？”

乡长老爷张口结舌。他眼前出现了一幅幅可怕的景象：他的脸被抹黑了，所有的人都在拍手笑，一群人跟在他背后……

“我早就说了，这样来往密切不好，火和干草放在一起早晚要出事。可那个大夫对你的宝贝女儿像施了魔法，到现在她还说‘大夫说了……’。”

“大夫说什么？”乡长老爷急于找到一根救命稻草。

“她哪里会跟你好好说？她说：‘大夫说了，不管出什么事，都不会是坏事。’”

“不是坏事，哼，不是坏事！猪猡！杂种！混账王八蛋！用绳子吊死算了？”

“我敢保证，肯定不是咱闺女的错。”母亲哭着说，“葛玛莉肯定没有错，都是大夫起坏心害了她。”

葛玛莉躺在床上没有睡，今天她不断地在想大夫，想他的声音容貌、言谈举止，想他如何用手搂着她……她的眼睛湿了。但大夫说过了，不管怎么样，都不会是坏事。要是大夫被流放或者终身监禁怎么办？母亲为什么哭？《摩诃婆罗多》里的女人们，谁不是受了许多苦？大夫说：“谁也不能把我们俩分开。”

“大夫说什么了？”乡长老爷喝早茶时说，“去向葛玛莉问清楚，大夫到底说了什么？”

“她说大夫说谁也不能把他们俩分开。”母亲吞吞吐吐地说。

“这就得了。”乡长老爷的脸又一次沉了下来，“问题是他现在在监狱里，还不知怎么判。再说，男人的话怎么靠得住？葛玛莉有没有他的信或者纸条？”

乡长老爷真不愧为法律通，哪怕你在纸上写一个字母，他都能根据它整理出一份证明材料来，叫巴特那的法律专家们都无法辨认真假。

“就是有信她也不会给你。她叫你把她关到仓库里去，对外边就说她病了，大夫肯定会回来。我听了她的话心都碎了，她说：‘娘，有过错就要受罚，把我关起来吧。’”

“这，这，”乡长老爷心里也不是滋味，“葛玛莉她娘，闺女就不能到我跟前来吗？为什么？我想跟她说几句话，你看呢？”

噢，葛玛莉的脸色一天比一天有光彩，但今天她眼睛看着地面，蒙着面纱，一声不吭地来了。

“闺女。”

“……”

“过来，孩子，你一点过错也没有。”

“爹，别管我，把我关进仓库吧。”葛玛莉哭了。

也确实没有别的法子。

葛玛莉说：“大夫不是普通的大夫，是圣人吉恩。有一次，姨妈讲了吉恩的故事。”

“害怕吗？”

“妈，不，现在大夫老是跟我在一起，我不害怕，所以我想一个人待在黑屋子里。妈，大夫没有过错，他真是吉恩。”

据说吉恩喜欢谁，就能叫谁马上得到想得到的东西，像钱财、土地，等等。要是吉恩不高兴，谷仓里就到处都是老鼠，庄稼地里下雹子，你也就会陷进打不清的官司里。乡长老爷经过计算发现：自从大夫同他家来往密切以后，他家的额外收入越来越多。即使在全村人都受到了损失的时候，他家仍然得到了好处。那场官司把全村人都卷了进去，可是灾难却落到了别的人家，他家一分钱没花还不算，反倒得了将近五千卢比的好处。凯拉文和拉摩格拉巴尔等人的地白白地转到了他的手里。葛玛莉说得对，大夫真是吉恩。

头一个星期，葛玛莉过得不错，要书看：“《毒树》《英迪拉》《拉吉辛赫》《阿难陀寺院》[①]《德沃达斯》《斯里甘特》[②]《舞台》《戈丹》[③]，行了，先读这些。书就在大夫的柜子里，对，拿出来，去跟

---

① 这几部书是孟加拉语作家班吉姆·金德尔·查特吉（1838~1894）的长篇小说。
② 这两部书是孟加拉语作家沙拉特·金德尔·查特吉（1876~1938）的长篇小说。
③ 这两部书是印地语作家普列姆昌德（1880~1936）的长篇小说。

比亚鲁说。”

仓库的天窗透进了月光，秋天的月光……月亮躲到云彩后边去了。

十二

杜尔加圣母万岁！

金帕普尔的土邦王子这回又请来了不少有名的大力士。摔跤、打猎、歌舞、文学等各方面人士都要来参加大会演。

“老王公那会儿的事就别提了，现在也不比那时差。世界诗人拉宾德拉[①]在那次文学会上吟诵了自己的名诗《国王与王后》，他的诗在演唱会上唱了整整一星期。老王公还写过好几本关于打猎的书……”

这次，旁遮普邦的大力士穆斯塔克·阿里带着徒弟昌德来了。有好戏瞧了！

加利杰兰住在班孟奇附近的一个村子里，他的远房亲戚是个极精明的人，给他改名为鲁斯特姆汗，对村里人说，鲁斯特姆汗是贩烟叶的生意人，家住在东部地区。

昨天，昌德下场挑战，但听说什么对手也没遇到。加利杰兰不服气，他想去，而且非去不可。

金帕普尔的庙会上正在进行摔跤比赛，看的人像发疯一样前挤后拥。警察要是不及时加以阻止，每年都要有人被踩死。

今天昌德又下场叫阵。加利杰兰在人群当中看着：“好样的，身体棒，有力气！”

---

① 指诗人罗宾德罗纳特·泰戈尔。

怎么？昌德今天还没有对手？啊，万岁！杜尔加女神万岁！没有对手喽！万岁！

咚咚锵锵……

加利杰兰脱衣服下场了。

“这是个疯子，打，打这个疯子！”

“谁是疯子？俺是摔跤的。”

嗯？好，好，有对手了。大家的眼睛都亮了：这是谁？看样子是昌德的真正对手。

裁判员问完姓名便发令开始比赛。

全部鼓乐都停止了。怎么回事？还摔不摔？大力士穆斯塔克·阿里双手合十在跟王公大人说什么？什么名字？鲁斯特姆汗？哪儿的人？本地人还是外地人？好，真是棋逢对手。

咚咚锵锵……

“啊，师父见笑，这一招叫流星赶月。”昌德很得意，用的是旁遮普的招数。

鲁斯特姆汗笑嘻嘻的，心想：“师父啊，今天的比赛要是输了，就说明俺接触曼格拉是有罪过的。如果胜了，这是对俺的考验。”

昌德的老师教过他什么绝招，这么疯狂进攻有什么好处？鲁斯特姆汗微笑着轻轻闪过，昌德突然又扑了过来。

“老弟，这个鲁斯特姆汗可是个了不起的人物，是不是有什么法术？”

“哪里？旁遮普的人有旁遮普的高招，当地人有当地人的高招。”

警察分局长是不是也在这里看摔跤？没准儿。可不能这样僵持下去，应当赶快决出胜负。站在后边的人都踮起脚跟在瞧。旁边一棵树上的人把树枝压断了。怎么回事？胜了？谁胜了？鲁斯特姆汗转了个小圈子，昌德仰面朝天躺在地上。

“鲁斯特姆汗哪儿去了？”王公大人急切地叫着。祭司也在寻找：“鲁斯特姆汗！他拨开众人就不见了？鲁斯特姆汗！”

这样的身手可真难得。王公大人好像发现了宝贝，可是，刚要到手的宝贝却突然不见了。

鲁斯特姆汗失踪了！

许多人都说：“这是杰里特拉改名换姓下场摔跤，因为他有大神哈努曼的帮助，所以百战百胜。”

庙会上有人散发传单，上面写着：“高举共产党的红旗，反对逮捕高举共产党红旗的杰里特拉。”

加利杰兰离开他的亲戚向法比斯村的方向去了。书记大人不想见他，但他一定要见书记。听说书记大人说过：加利杰兰等人不是党员，是不值钱的农会会员。他见了书记要把全部情况说清楚。发生抢劫案的那天晚上，他在社会党的办公室里。上次他没能见到达姆普里先生，他上孟买去了。加利杰兰一定要把自己洗刷干净。

“嗯？是你，加利。”曼格拉镇静了一下，“怎么打扮成鼓手的模样了？快进来，没关系，就我自己。”

加利杰兰突然来见曼格拉。

曼格拉让加利杰兰进到铁路宿舍的里屋坐下，然后拿水罐和杯子去自来水龙头那里接水。加利杰兰看着屋里的纺车、白土布床单，眼睛有些发涩。他坐了一夜牛车，没敢合眼，上了火车又在车厢顶上。

凉水打来了，清凉的，里面还挤了柠檬汁。曼格拉把杯子递给他。加利杰兰端着杯子，目不转睛地望着曼格拉。她瘦多了，脸色也发黄。

“不许动！举起手来！”

分局长大人端着手枪站在那里，还有十来个警察也端着枪。他被包围了。

“分局长大人，让他把水喝完。”曼格拉才不怕警察呢。

“您，你是他什么人？干什么的？你也一起被捕了。”

“分局长大人，请让他把水喝了。”曼格拉把自己的身份证拿了出来。

“您是纺织站的。”分局长大人看完身份证，还给曼格拉。

“对，我在玛丽村工作过，都认识。”

“把这小子的假胡子扯下来！”

“啊！”曼格拉立即把门关上了。

枪托从半空落到加利杰兰的肩膀上。他喝了清凉柠檬水打着嗝被带到了警察所。阴历八月的柠檬汁，多香啊……血从头上流下，但他的整个身体是舒服的。

分局长大人用钳子撬他的嘴说：“这小子，死也不认罪，跟索马那家伙一样。哎，小子，杰里特拉是你妈的姘头吗？”

加利杰兰的手上戴着手铐，身上的伤口钻心的疼痛，眼睛也出了血。不过，他要忍受，因为他的党蒙受了耻辱。

“把他送走吧。巴苏代沃和孙拉是什么东西？两个嘴巴子就什么都说了，成了警方的证人，很快就会被释放。这小子和索马是抢劫的主谋，恐怕得死在牢里。”

清凉的柠檬水，加利杰兰现在还在打嗝，好香。

啊，原谅我，曼格拉！

十三

巴尔代沃先生好久没到拉摩克宋先生的净修院来了。净修院全变了，人也变了，原先的规矩都被破坏了。现在，人们坐在厨房里吃鱼和鸡蛋。阿敏先生当了书记，他说："鱼和肉不在净修院里剖洗，也不在灶上做，是从城里买现成的回来吃，有什么关系？"

"什么关系？"巴尔代沃先生惊奇地望着阿敏先生，"可是，这些荤腥食品从前连净修院的院子都不许进。"

"现在你也成了有地产的人，一定也学会看账本和契约了吧？走吧，到法院去看你的地契吧。"法比斯村新来的领导人乔顿说。

巴尔代沃先生不满意地看着他。乔顿，法比斯村的二流子，谁说话都要插嘴。就因为一天到晚拍阿敏先生的马屁，如今也变成个人物了。说谎吹牛是他的拿手好戏，这号人当了头头，法比斯村还怕不变成地狱！

"乔顿先生，账本契约看不看倒没有关系，拉摩克宋先生的时候……"

"拉摩克宋先生的时代和拉摩克宋先生一起过去了。"乔顿的贴身仆人摩特拉说，"这是国大党的办公室，不是出家人的寺院。"

巴尔代沃先生无话可说了。

摩特拉的牙因为吃槟榔包掉得差不多了，他眉飞色舞地说："巴尔代沃，寺院的财产都弄到手了吧？学会打羯鼓没有？"

"哈哈哈！"大家都笑了。

金南巴蒂村的古德鲁说："巴尔代沃，还是回咱们村吧，本族的饭可比外村的饭香。"

"巴尔代沃怎么会放弃玛丽村的舒服日子呢？瞎子中就属独眼龙霸道。"

"哈哈哈……"

巴尔代沃先生的眼睛里充满了泪水。要不是多利克·夏尔马来了，他真会大哭一场。夏尔马一来就说："怎么了？你们为什么要气巴尔代沃先生？"

"谁气他了？我们是跟他讨论圣书。"乔顿笑着说。

夏尔马让巴尔代沃先生坐到旁边的凳子上，说："巴尔代沃先生，坐下，我来对付他们。乔顿，你说讨论圣书？正因为巴尔代沃、我、巴文达斯、琼尼古桑伊等人讨论圣书才讨论出你这么个宝贝来的。如今你舒舒服服当上了领导，你知道各个村是怎样扯起国大党党旗的？从地主到警察，都把我们当仇敌。我们忍饥挨饿，步行几百英里，走过多少村多少户，你知道吗？那时，你爹爹是土酒铺的股东，他是怎么骂我们的，你知道吗？你在学校里撕贱民的照片，把校长关在办公室里，就变成领导了。要是领导这么容易当，我们就撕照片好了。"

古德鲁想缓和一下气氛，他也是国大党的老人了，参加过反对食盐法的运动，他说："夏尔马先生，那次在集市上……"

"住口，奸贼！"夏尔马先生骂道，"不要哪边有月亮就朝哪边敬礼，你们这些人为什么要合伙气巴尔代沃先生？巴尔代沃先生穿上干净衣服了，脸上的气色好了，身边有了钱，你们看着眼红，是吗？走，巴尔代沃，找甘古利先生去，我也好久没上他那儿去了。"

巴尔代沃先生和多利克·夏尔马一起走了。古德鲁嘟囔着说："哪里是去甘古利先生家，他们进甜食店了，要安慰巴尔代沃一下，先吃点甜团子。"

乔顿说："要向阿敏先生汇报，巴尔代沃在玛丽村根本不起作用。纺织站黄了，家家户户都成了社会党的人。现在又都卷进了抢劫案。那个村的大夫是个共产党，也被抓起来了。是我让人抓的，戈迪哈尔的分局长是我的老同学。"

“瞧，一个呆子刚走，又来了一个。这个人最近倒是更加精干了。”

巴文达斯来了。净修院的老狗“黑王子”老远就认出了巴文达斯。它总是躺在无忧树下，眼睛不时地看着来往行人。它一看见巴文达斯就竖起两只耳朵，伸长了脖子，摇起尾巴。是谢祥戈先生给它起的名，叫黑王子。黑王子没认错，巴文达斯也来到无忧树下坐下。黑王子多么渴望爱抚啊，高兴得一蹦一跳的。一会儿用嘴咬住巴文达斯的口袋，一会儿又咬他的棍子。

“啊哈，黑王子，正在掉毛。从前你连牛奶饭都不闻，听说近来你啃鸡骨头。你有什么错？受了伤……别胡闹，口袋里什么也没有。”

“汪汪！”黑王子仰卧在地上叫，咬住巴文达斯的口袋不放。

巴文达斯慢吞吞地拿出一个纸包，黑王子叫得更欢了。这是习惯。每次巴文达斯来，总是要为它买上一个安那的炸甜饼。十年来，黑王子经常吃炸甜饼，现在它老了。巴文达斯拿出一块炸甜饼，黑王子一口咬住吃了，眼睛还望着巴文达斯。

“还想吃什么？鸡蛋？”

十四

老乡长坐在自己两层楼的楼顶平台上四下观看：稻田，一片稻浪。穗子都耷拉下来了。印历八月[①]过了二十五天，收割的日子就要到了。四面八方都是乡长老爷的地。东边，直到能望见棕榈树的莲花河东岸。北边到老榕树。南边，在桑塔尔人抢庄稼之后，直到比

---

① 印历八月：相当于公历 11 月、12 月间。

卜拉村，都装进了乡长老爷的肚皮。西边，德特马巷附近的五十英亩地也一举到了手，只破费了十卢比。乡长老爷的父亲在世时，曾想弄这片地，多次努力都未如愿。乡长老爷在自己任职期间也曾在这上边动过脑子，可没想到如今不当乡长了反倒如愿以偿了。坐在这楼顶平台上，对土地的欲望更加强烈。可是，一下楼他的脸色就变了。在水槽里洗过澡之后，直到吃饭，不知他都念叨哪本经上的咒语："欧格米林格西瓦啊耶翁格米林格……"

乡长老爷每天吃饭时都小声地问："女儿怎么样？"

"你闺女今天很高兴。"

"真的？葛玛莉她娘，我夜里都没睡好觉。"只要乡长老爷高兴，给他做什么吃，不管咸淡，他都能吃个精光。

"刚才她说英迪拉找到丈夫了，很高兴。"

"傻丫头。"老乡长笑了。

夜里，葛玛莉屋里突然传来了哭声……是葛玛莉在哭。她娘就像打摆子一样浑身哆嗦起来。乡长老爷的眼睛里涌出了泪水。母亲好不容易地控制住自己，问："怎么了，孩子？说呀，葛玛莉，怎么了？"

"妈，我不是在哭自己，你看看，我是在哭英迪拉。"说着，她又哭了。

"英迪拉是谁？"

"你不知道，就是这本书里写的英迪拉。这个可怜人第一次坐轿子去婆家，轿子停在一个树林边上的池塘旁边。那地方很可怕，所以带了兵去。但是，还是大白天遭了抢，强盗把英迪拉连轿子一起抬走了。妈，不过英迪拉保住了她最宝贵的东西，就是她的贞节。现在她在那座树林里，多可怜。"

葛玛莉是读了班吉姆先生的《英迪拉》之后才哭的，可是她很快又高兴了，因为英迪拉找到了自己的丈夫了。

乡长老爷说："这不是疯了吗？葛玛莉她娘，我很了解咱们闺女，心肠软。大神保佑她吧。"

"昨天见到大夫没有？"

"对了，昨天晚上没对你说。真恼火，申请见面时，监狱里的人问：'大夫是你什么人？'我怎么说？只好说什么人也不是。得，不许见。值班员是个好人，说：'大夫在坐牢，只有父母妻子和姐妹能见，也可以写信。'这叫什么法律？姐妹可以写信，兄弟就不行。可以同女的见面，但不能有男的在场。我可怜巴巴的连女婿都见不到。"乡长老爷洗完脸，朝旁边的房间走去，说，"比亚鲁就住在县里，在一家客店吃饭。大夫在监狱里已经把耿乃西的事安排好了。寄养在梵社的慈善院，由大夫每月付钱。比亚鲁和耿乃西名下都有钱，有支票。不管怎么说，这个大夫是个好心人。比亚鲁说，有一天他同送奶的老板一起进去了，在大门口和大夫见了面。大夫在监狱传达室里看见比亚鲁，感到很突然。大夫问他来干什么，比亚鲁没吭声，大夫又问他是什么时候从玛丽村来的，葛玛莉怎么样。"

"啊，问了？比亚鲁是怎么说的？"母亲一个劲地问，"他都说了些什么？"

"不，比亚鲁可不是个笨人，他说葛玛莉很好，说她把大夫的照片拿去了，天天看。"

"是吗？他说了？这个比亚鲁，真是机灵鬼。大夫还说什么了？"

"说什么，笑着走了。"老爷往嘴里放了个槟榔包，话说到这里就打住了。

由于兴奋，葛玛莉她娘连饭都没能吃完。最近一直是母女俩一起吃饭，今天，葛玛莉一遍又一遍地催促："妈，再吃些。"

从今天起，母亲坐下听长篇小说了。葛玛莉从头读《英迪拉》给她听。葛玛莉说："妈，小说里的故事写得真好，像我们村发生的事一样。"

两天来，每当吃完饭，葛玛莉都觉得肚子里的孩子在动，她不好意思对母亲说。但是，当听到这个即将出世的孩子的脚步声时，葛玛莉的心就飞到了一个遥远的地方。她的眼前一下子出现了许多孩子的笑脸。孩子们在同她捉迷藏呢。那是谁？那么可爱，像初绽的荷花一样娇嫩，她抓住了谁的手？她把一个顽皮的孩子抓住抱在怀里，多么柔软的小手小脚啊，多么甜的笑，多么淘气啊！我心爱的小王子……葛玛莉的乳房开始出奶了。

"葛玛莉她娘，"乡长老爷在二楼的房间里喊，"快上来，葛玛莉她娘！"

一上到二楼，老爷的头脑和全部语言都变了，嘴巴不自觉地一张一张，好像在嚼什么东西。

"葛玛莉她娘，我可没法活了，夜里睡不着觉。你想过没有？怎么办？不能叫那些对头冤家看咱们的笑话。你一天到晚守着女儿，我一个人孤孤单单的。你那个毒蛇闺女害苦我了。"老爷冲动地站了起来。

"葛玛莉她爹，你这是什么话？"

"住嘴！你们俩想撇开我……"

"葛玛莉她爹，坐下，别叫女儿听见。"

"听见就听见！"

"葛玛莉她爹！"

“住嘴！”

老仆人来了，说：“闺女在下边喊，叫您去喝茶。”

“走。”

葛玛莉最近还是每天两次亲手为她爹煮奶茶。她说：“在一百杯奶茶中，爸爸只要看看颜色就知道哪一杯是我煮的。”

来到楼下的房间坐下，端起杯子喝茶，老爷原来的无名火就消了，脸色也平和了。

“给赛比娅絮床棉被，这么冷的天，这老太婆有风湿病，怎么受得了？”老爷说。

“你闺女在给你织毛衣，把书打开放在面前，两只手拿着毛衣针，边看边织，那双手真像是机器。”

“真的？可怜的孩子，生在我这个不幸的家里，从小就受苦。唉，葛玛莉她娘，你记得吧，葛玛莉刚满周岁的时候我就说过，闺女是我们的掌上明珠。”

赛比娅笑着把没织完的毛衣拿来。

“瞧这个，”母亲接过来说，“这就是你闺女的手艺。”乡长老爷笑眯眯地看着，比画着对赛比娅说：“我穿这件太大了，给我织这么大一件就够了。”他做了个小孩身体那么大的手势。

“哈嘀嘀……”赛比娅用手捂着嘴笑，“疯子。”

母亲说：“拿去吧，跟她说，织得真好看。”

赛比娅是他们家的老女仆，葛玛莉她娘幼年时代的女友，很小就守了寡[1]。她听说要守寡，一连哭了好几个礼拜，还跳河寻过死。后来葛玛莉她娘就把她一起带过来了，直到现在。由于有风湿病，她身体虚弱，还有一只耳朵不灵。葛玛莉叫她阿姨。

① 印人从前有童婚习俗，这里指儿童时即结婚，但未正式去婆家就守了寡。

老太婆每天都偷偷地从炉灶里弄下一块红土给葛玛莉[1]，那块红土多香啊。

乡长老爷站在楼顶平台上远望。正在落山的太阳把红光撒在田里。夕阳的颜色在渐渐地变，先是火红，然后暗淡，变成土黄色，现在又变成黑乎乎的了。乡长老爷的楼房和四周的院墙也沉入了黑暗。

十五

巴尔代沃先生对赶马车的小伙子说："要是能赶上火车，我就多给你八个安那。"

"好了，瞧着吧。驾！"赶马车的小伙子挥着鞭子唱道，"整个印度斯坦，开始了内部争端，印度教徒和穆斯林……"

巴尔代沃先生今天才知道，圣雄甘地两个月来一直在巴特那，每天在群众大会上做报告。这几天刚去德里。

"哎，是哪趟车在拉汽笛？"

"信号灯还没有亮，早着哩。"

火车站上，巴尔代沃先生多给了那个小伙子八个安那。小伙子啪的一个立正，敬礼："萨拉姆，先生！"

看到一个年轻妇女，巴尔代沃立即想起了自己的罗其蜜。他想：如果在甘古利先生那里再待一会儿，今天就赶不上火车了。临走时夏尔马先生还开了句玩笑："走吧，巴尔代沃，我们是通情达理的，不会挽留你。否则，你的女司库跟别人去讨论圣书怎么办？哈哈哈，好吧，再见！"

---

① 一种迷信活动，以为这样可以使丈夫早日归来。

“印度万岁，巴尔代沃先生。”

“嗯？克拉西先生，你好。”

“俺刚从玛丽村回来，去休假，住了十天。俺的女人中了邪风，俺给她驱了邪，把她带回来了。对了，上午十点钟俺去园子里找草药，还看见女司库哩。我问她好，她还给俺槟榔吃。有个新来的出家人在那里，圣书唱得可好哩，当时要不是有急事就坐下来听了。好，再见。”

新来的出家人？一定是加西来的那个闻道先生。赛瓦达斯方丈在世时他就常来，一两年来一次，临走时方丈给他围裤、床单、书钱和路费。他能写一笔漂亮的珍珠小字，罗其蜜给巴尔代沃的那本圣书就是他抄的。这次他不在寺院里，去找罗其蜜干吗？如今罗其蜜已经不管寺院里的事了，是一个正经人家的妻子了。俺不在家，他干吗去？外人会怎么议论？不，这不是好事，要向罗其蜜说清楚。

巴尔代沃先生的老姨妈几乎每天早晨到他们的园子里去，坐在房前数落着：“哟，猪猡，把你养成这么大，该杀！是罗其蜜用迷魂药把你迷住了吧，她把你当绵羊一样养着，不要脸的东西！叫这个胖圆脸给迷住了！”

罗其蜜总是给她几斤大米或豆子把她打发走。

傍晚，天气已经相当凉了。巴尔代沃在牛车上用被单把全身裹起来，只有耳朵热辣辣的：那个闻道先生……

“啊，小舅子！站住，一见生人就害怕。”赶牛车的呵斥牛，把车停下，“巴尔代沃先生，起来吧，到家了。”

巴尔代沃先生起来一看，远处有一个人从树影下走过，噢，原来闻道先生才走，怪不得那牛怕生人。

“你回来了？”罗其蜜上前行礼问候。

巴尔代沃先生不知哼了句什么，径直朝自己的床走去。

“谁用过我的毯子了？”巴尔代沃看着床上的毯子皱着眉说，“他为什么要盖我的毯子？”

“谁？”

“还有谁？你好像还没有睡醒。”巴尔代沃先生头脑发热。他使劲地掸着毯子说，“全世界的男人都到俺床上来了。”

罗其蜜最近发现，巴尔代沃先生事事都不满意，她过来站在门边说：“床是干净的，人家闻道先生坐在门廊里。”

“干吗坐在门廊里？为什么不坐在屋里？闻道先生！屋子不是空的吗？”巴尔代沃的话说得很刻薄。

“闻道先生是来讨论圣书的。”

“对，讨论圣书！俺懂，哼，讨论圣书！”巴尔代沃阴沉着脸。

不知为什么，他今天一听“讨论圣书”这个词就浑身不舒服。乔顿曾说跟他“讨论圣书”，夏尔马先生也说女司库跟别人“讨论圣书”。

“既然讨论圣书，就应当把床放在这里，白天晚上地讨论！”巴尔代沃的嘴一撇，显出一副奇怪的表情。

“巴尔代沃先生！”罗其蜜也生气了，“你怎么能这么说话？”

“你想瞒俺？俺什么都明白。”

“明白什么？”

为什么要撸胳膊，罗其蜜？要打架？

罗其蜜气得浑身打哆嗦：“说呀，明白什么？想骂我是婊子，对吗？对！就是养条狗，还知道摇摇尾巴，养了个活人连……”

“俺不是你养的狗，俺要回金南巴蒂村，马上走，这就走。”巴尔代沃先生站了起来。

“别生气，巴尔代沃先生，生气是罪恶的根子。别临走时气坏了身体，留下病根。”

巴尔代沃想了想，又坐下了。罗其蜜身上散发出一股香气，他默默地朝罗其蜜看去。罗其蜜靠在门边流泪，呜咽着说：“我的命不好。”

罗其蜜哭了。巴尔代沃先生的气也消了。他站起身，伸手去抚摸罗其蜜的头，说：“别哭了，俺怎么能怀疑你呢？别哭了。不过，你也该明白了，你现在不再是寺院的女司库，是我的妻子。外人看了会说闲话的。”

罗其蜜跪到巴尔代沃跟前：“原谅我，原谅女仆的罪过吧……”

“嗤嗤，罗其蜜，起来，走，俺饿了。”

十六

大夫被监禁了。

他被关在监狱医务所的一个房间里。每个星期都有当官的来打搅他几个钟头，提各种各样的问题。为了证明大夫与杰里特拉集团有关系，警方绞尽了脑汁。

“您知道杰里特拉是哪个党的？”

“不知道，我连这个名字都没听说过。”

“没听说过？全县小孩都知道。”

谁不知道杰里特拉呢？比哈尔邦政府悬赏一万五千卢比抓他，每个车站票房门口都贴着他的大照片，警察、刑事调查部和军队三方联合成立了一个特别机构，一年前就开始在全县四处巡察。新任警察局长宣了誓，说如果抓不到杰里特拉就辞职。家家户户都在谈论杰里特拉的事。

传说有一次，一个人来到分局长大人的办公室，两人见了面，谈了话，吃了槟榔包。临走时那人站起来，说：“俺就是杰里特拉。”分局长大人吓得牙关紧闭。还有一次，地方行政官兼税务官大人从大吉岭路上经过，船在丹格拉渡口被水冲走了。长官大人回来时，一个人来向他敬礼问好，说：“请，俺送你过河。”长官大人坐在汽车里，那个人只用一只手抓着汽车轮子就游到了对岸。长官大人很高兴，要给奖赏，掏出笔要记他的名字，他说叫杰里特拉。长官大人的笔从手上掉到了地上。还有，如果谁家的小孩哭，妈妈就会吓唬孩子说：“别哭，快闭嘴，杰里特拉骑马来了。”

可是这个大夫竟然说连杰里特拉的名字都不知道，这怎么能叫人相信呢？

尼泊尔方面来信了，说大夫不是尼泊尔人；孟加拉方面也回了信，说大夫与孟加拉方面没有任何关系。那么他到底是哪里人？翻查旧档案，问题显得更加复杂。实在难办。立法会议上，有人提出质问：为什么要监禁大夫？真是麻烦事。局长大人很严厉，他把戈迪哈尔的分局长狠狠地训斥了一顿。

进了监狱后，大夫觉得，蹲蹲监狱也是十分必要的。监狱医务所的这个房间，长官你来我往地审问……二十天过去了，审问也停止了。甘地先生天天在巴特那的群众大会上做报告，这些天的报纸将永远不会过时。不过，读了报又不能同别人讨论，只能自己坐在牢里研究。昨天，教派主义者们开了一个群众大会，说是由省里的一个著名人物主持的。看样子，谎言越来越猖狂了。甚至连圣雄甘地的话也被黑帽党人利用了，这可不是开玩笑。第三天事情就清楚了，甘地先生在发言中说：“这个组织的领导人向我隐瞒了他们组织的宗旨，这就意味着，他们的灵魂在说，他们正走在谬误的道路上。”真想念玛丽村，挂念葛玛莉，不过，听说她很好。一想起葛玛莉，监狱里的全部丑恶都来到了眼前。加利杰兰、巴苏代沃等人因抢劫案进了监狱。巴苏代沃、孙拉和索马入狱是应当的，可加利杰兰怎么也进来了？我可不相信他会干这种事，可惜不能同他谈话……老乡长维西沃那特现在是五个指头都插在黄油里[①]，这种不公平的现象什么时候能够结束？有一次，老乡长笑着说：“将来富人、工厂主、资本家、王公、地主被人们看作是麻风病、是疯子，到那一天独立就算是真正到来了。您说这样的时代会到来，如果真来了，我们的财产就要被剥夺了。而现在，聚集财富谁也不管，那我为什么要等待呢？”老乡长是个怪人。可是，他从监狱出来后只能到玛丽村，不然上哪儿去呢？尼泊尔？尼泊尔人建立了自己的国大党，不，他不投身于政治，他对政治不在行。一次马莫达在谈话中把政治比作女妖。女妖？姨妈被人打死了。姨妈。耿乃西、葛玛莉……他无论如何也无法使这些面孔从眼前消失。

“大夫先生，”助理典狱长来了，“梵社慈善院的秘书来了，说你外甥病了，他来听听你的意见，看怎么治疗。典狱长叫你去一下。”

“好，走吧。”

十七

加利杰兰入狱已经一个半月了。他和巴苏代沃、孙拉、索马等人都是一个案子的。有一天，他们到县法院出庭，士兵和犯人分乘两辆车到达法院。他们戴着手铐脚镣被带上法庭。那天，加利杰兰的目光越过警察的行列落到了书记大人的脸上。两人目光相遇，加

① 意思是全力以赴捞好处。

利杰兰顿时喜形于色，他三个月来就是要寻找这个面孔。“书记大人，克里希纳·康特先生！”加利杰兰叫了起来。书记大人立即转过脸去，好像被马蜂蜇了一下耳朵，只见他扭着脖子直朝前走。士兵骂加利杰兰道：“不许叫喊！混蛋！谁让你叫喊的？”那边，书记大人只要一答话，肯定也会被捕入狱。这边，士兵骂了加利杰兰，孙拉哈哈大笑。是的，书记大人有什么错？好人就应当离盗贼远一些。巴苏代沃、孙拉、索马和萨尼切尔等人确实都是盗贼，而书记大人把他也当成盗贼了，真是没法子……

没法子吗？可今天是吃肉日。冬季，犯人每周有一顿晚饭可以吃上肉。傍晚，等素食的毗湿奴派和性力派信徒吃完饭，天已经黑了。医务所后边的看守安排做肉食去了。今天应当试试看！

加利杰兰已经决定：如果有机会，他一定要试试，对，越狱，没别的办法。他已经打听清楚，越狱的惩罚只不过是加六个月的徒刑，上脚镣和戴红帽子。顶多被人叫作“戴红帽子的”，还能怎样？红色并不坏。无论如何也要见见书记大人和达姆普里先生，这以后就是上绞架他也心甘情愿。给党带来那么大耻辱，活着还有什么用？

巴苏代沃、孙拉、萨尼切尔等人已经和那些盗贼们亲密无间了，加利杰兰看了都觉得害臊。巴苏代沃还和纳特克特大夫交上了朋友。纳特克特大夫是法比斯村那边的人，因抢劫入狱。这个人一脸横肉，谁看了都不会相信，这种人除了杀人越货以外还会治病救人。巴苏代沃不跟加利杰兰讲话，他们不是同一个圈子里的人。有一天，由于吃饭晚了，他们遇上了。加利杰兰说：“巴苏代沃，你怎么能这样？”跟巴苏代沃在一起的还有个小扒手，他俩一起哈哈大笑。巴苏代沃说：“上次你收了七百卢比去送给书记大人，为什么不问问这钱是哪儿来的？”就在那天傍晚，纳特克特大夫在水塔旁边拉住他说：“加利杰兰，没有别的出路，只要你愿意，会有保人的，会让你无罪释放。想一想，什么党啊派呀，没有用！”

来到监狱后，加利杰兰染上了吃槟榔的习惯。大夫，他们村的大夫，那天在监狱门口笑着对看守班长说：“你们多关照关照加利杰兰。”这大夫真是神人，一定是神。班长不仅给加利杰兰送槟榔，有时还给他烟抽。

索马有一次试探他：“师父……”

“住嘴，谁是你的师父？”加利杰兰训斥说。

师父？当加利杰兰入狱前被追捕时，曾遇到过杰里特拉。谁说他是铁石心肠的人？当时是在库西亚港火车站附近的树丛里，杰里特拉发现加利杰兰后就与同伙一起用枪对准了他：“不许动！举起手来！”

加利杰兰随口说道：“噢，是我，师父，赤手空拳的社会党人加利杰兰。”

杰里特拉说：“待在赤手空拳的党里永远是两手空空。”

两个人争论了一番，最后杰里特拉说：“你叫俺师父，以后有难处可以找俺，别忘了。”

加利杰兰笑着说：“也许不需要。”

今天，杰里特拉的那句话还在他耳边响。

不过，今天必须让巴苏代沃和索马帮忙。得去见他们一次。

成了，见到索马和巴苏代沃了，在医务所后头。

一切都很顺利。他娘的，没站稳。这时，巴苏代沃和索马肩并肩站了起来。对，好，再起来一点，再来，好，还差一点点。加利杰兰在巴苏代沃和索马的肩上稍稍一跃，两个人立刻觉得轻松了：

“好，行了，快跑吧。”

“跑了，跑了！”

“嘟——嘟——”监狱医务所后头的士兵吹响了哨子。

“嘟——”许多哨子都吹响了。

当当！当当！监狱大门的大钟也响了。

加利杰兰在狱外的大墙下昏了过去，足足有五分钟，哨声和钟声使他醒了过来。还好，没受什么重伤，只是腰扭了一下。

当当当当！监狱的大钟直敲。他跑了。

呯呯……好几只枪同时开火。

什么也看不见，一只表在黑暗中丢失了。露水滴滴嗒嗒地落在地上，脚滑了一下。

咔咔咔咔……前面通往大吉岭的公路上有六七个士兵排队跑过。

加利杰兰躲在一个树丛里大口喘息。怎样才能越过马路？往哪边跑才对？右边也有人吵闹起来了。一些骑兵从旁边的巷子穿了过去。

嗯？后边好像有亮光，对，是手电。加利杰兰钻进了树林。好了，先在这里喘口气，等下次看见手电光再跑。白天他弄了一撮槟榔末放在衣兜里，现在正是时候，他把槟榔末放在嘴里吃起来。接着，他穿过荆棘丛，来到开阔地。那手电光哪儿去了？天啊，就在旁边！加利杰兰赶忙又朝前跑，那手电光在后边紧追，步枪声再一次打破树林里的寂静：呯！呯！

树丛、荆棘、沟沟坎坎，加利杰兰跑着。野藤缠住了脚，抖掉它……大腿好像被刮破了。

他来到社会党办事处后头的密林，觉得安全了。嗯，这里没挂破？天啊，这么多血！三寸长的肉被撕开了，莫非中弹了？血流不止。

“谁？加利杰兰！”办事处的秘书拉吉巴利同志打开门目瞪口呆地站着，舌头都僵了。

“谁？加利杰兰？”书记大人也嘟囔着从房里走出来，“嗯，加利杰兰，是你？城里乱成一团的，原来是你搞的鬼。你是从监狱跑出来的？”

“是的，好像大腿中了弹。”

“你心上中弹才好，强盗，土匪！”

“书记大人，我，我就是为这个才到您这儿来的。听我说，我对父母、对天发誓，那天晚上，发案那天晚上我就在这儿，就在办事处。”

“拉吉巴利同志，你脑子不好使了吗？快把门关上，叫他走开。加利杰兰先生，行行好，走吧，不然……”

加利杰兰像石头雕像一样站在那里。

不远的地方，呼呼直放枪。

拉吉巴利同志，向书记大人解释一下，我没有罪过……

加利杰兰身子有点摇晃，站立了一阵之后，现在走不动了。他的两条腿直发抖，有几片树叶簌簌落下。他慢慢地朝附近的树林走去。

现在怎么办？他把旧围裤的一角撕下来，想包扎一下伤口……现在怎么办？

杰里特拉说过：“以后有难处可以找俺，别忘了。”

啊，杰里特拉。

十八

“快跑，快跑，军队来了。”

啊，天啊，不是包红头巾的警察，是廓尔喀士兵！听说廓尔喀人比白人士兵还凶，打人往死里打。

“哎，什么事？”

“听，汽车声。”

“对，朝东家巷那边去了。”

“快跑。”

“往哪儿跑？车子已经开过来了。”

呼隆隆！当兵的都下了车，直奔老乡长家的方向去了。

“谁，无线电苏莫里达斯？”

“嘘，别说话。”苏莫里达斯神秘地说，“黑小子越狱跑了，所以军队来了。小心点，别提社会党的名字，要是问到你，就说我们都是国大党的。谁也别说和加利杰兰有关系，明白吗？要是谁有红旗，搜出来当场逮捕。”

别看无线电上了年纪，脑子还真灵。生姜老的辣，真不假。

黑小子是想把家里人和全村人都拖进去。什么，红布？小心，红布和红旗有什么区别？还有标语传单什么的，都烧掉，不然就要受牵连。

“留神！黑小子就躲在附近。无论如何也不要提到社会党和加利杰兰的名字，不然全村人都得倾家荡产。”

“哎，谁呀？”加利杰兰的瞎眼母亲抽着水烟袋问，“谁跑了，闺女？”

“还有谁？你那个败坏家族的儿子加利杰兰跑了。他跑了不要紧，全村人都跟着遭殃。”

“快跑，快跑，军队来了。”

廓尔喀士兵包围了加利杰兰的家。局长大人问加利杰兰的娘：“哎，瞎子，是不是假装的？听着，老太婆，你的黑小子越狱跑了。少说废话，他回来过没有？”

“我儿子？局长大人，他可没去抢劫，他得罪了人，老爷，老天有眼。”

“少废话，快说，他的同伙还有谁？把名字都说出来。”

“老爷，俺可不知道。”

“好，这就叫你知道。把老东西带走。”

加利杰兰他娘本来就打摆子发烧，当廓尔喀士兵拉她的手臂时，她就像牲口打烙印时那样大声地叫了起来。

“哎哟——啊……”

印历十一月[①]的傍晚，黄昏女神把冻僵了的村子慢慢地纳入自己的衣襟底下。家家户户的灯光一闪一闪的，像野兽的眼睛。今天没有人敢坐在炉灶边，都躲在墙角里……寂静。撕破这寂静的是加利杰兰他娘那撕心裂肺的惨叫，叫声传遍了全村各个角落。

“啊，天啊！”好像是有人用刀子宰老太婆一样，“啊！天啊！”

也许是加利杰兰母亲的叫声打动了局长大人的心。他说：“算了，放了这老太婆吧。”

老太婆突然不出声了。

躲在家里、园里、巷里或房前屋后连人气也不敢出的人们还以为老太婆真的被宰了呢。

“谁在说话？听出来了吗？把耳朵贴门上听听。”

---

① 印历十一月，相当于公历 1 月、2 月间。

“是更夫阿戈木，还有无线电。”

“老天保佑。”

“哎，帕戈曼·帕戈德，快开门！”苏莫里达斯咳嗽着，“帕戈曼·帕戈德，别怕。烟，拿烟来，军队的人……”

藏在箱子后面的帕戈曼又缩了回去：“我的妈，他怎么叫俺的名字？”

他老婆哆嗦着说：“又不是老虎，怕什么？”

“住嘴！”

“谁，达斯先生？”帕戈曼的老婆从门里边问，“什么事？”

“哎，帕戈曼家的，快开门，帕戈曼呢？”

女人把铁皮门打开：“达斯先生，进来吧，他老了，头疼。”

苏莫里达斯推开铁皮门进来：“局长大人召集大伙开会，在乡长老爷家大门口。谁不去，就是加利杰兰的同党。要带五盒好烟丝去。”

“达斯兄弟，”帕戈曼气喘吁吁地说，“有什么事？俺发烧，就不去了。”

“什么？”苏莫里达斯说，“带上五斤白糖，五盒香烟丝，立刻到乡长老爷家门口，局长大人要开会，全体都去。当兵的要抽烟。”

“好，俺服从命令，你先走吧，俺这就去。”帕戈曼挠着耳朵说。

廓尔喀士兵们说：“不，我们不能白要东西，我们给钱。这钱不是偷来的，拿着吧。我们不是外人，怎么能白要你们的东西？”

人们都集合在乡长老爷家的大门口。更夫阿戈木喊道：“往前站，别向后缩！”就像赶牲口下田一样。

人群里有巴尔代沃先生，还有拉摩格拉巴尔·沈克。沈克先生好久没有露面，连五老会都不参加，完全销声匿迹。几十公顷的土地，还有祖上留下的基业，都荡然无存了，如今他手上只剩下五千卢比。那么大的一份家业完了，他的心能不碎吗？凯拉文的心也碎了。土地和钱财在打官司时搭了进去，现在只剩下一头水牛，还被乡长老爷看中了。

局长大人喝了茶，站起来。

“亲爱的弟兄们！我把大伙请来，是有重要的事请大伙帮忙。大家不要怕，对那些坏蛋来说，我是最大的坏蛋，可是对老实人来说，我是你们的勤务员，对，是你们的仆人。”

几句话说得大伙身上有些发热。

局长大人说：“现在这个县里出现了非常严重的抢劫案件，那个强盗的名字你们一定都听说过……”

“没有，我们都是井里的蛤蟆。”

“瞧，不要说假话，孕妇的肚子还能瞒得过接生婆吗？难道杰里特拉从来没到这个村来过？”

“对，杰里特拉。”

“没，没来过。”

“把灯拿近点，瞧，这就是他的照片。”

“对，对，就是他。”

“那么，你们大伙为什么要说假话？要知道，比抢劫还严重的罪行就是窝藏和知情不报。”

“哪里，老爷，原先真的不知道。”

“好，算了。现在，杰里特拉跟国家没有关系，跟村子和社会也没有关系，他们的职业是抢劫、掠夺，他们是社会的公敌，是国家的公敌。最近，共产党的传单上写着：‘不许逮捕杰里特拉，杰里特拉同志是工农心爱的领袖。’你们大伙说说看，一个土匪、强盗、杀人狂，怎么能是心爱的领袖呢？好，我的名字叫巴杰伦基·辛赫，我已经处置了许多这样的杀人狂，把他们送上了绞架。这样的人谁都有权杀死他。”

“爹！甘地先生被害了[①]！”葛玛莉在后院像疯了一样大叫，“甘地先生……”

“怎么了？”

“怎么了？”

乡长老爷朝后院跑去。苏莫里达斯说：“大人，乡长的女儿神经有点不正常。”

“大事不好，大人！”乡长老爷跑出来，“甘地先生被害了。”

“啊？在哪儿？为什么？”

“收音机里说的。”

“收音机在哪儿？在后院？请您把它拿出来。”局长大人说。

“啊，快扶住巴尔代沃先生，他晕倒了。”

乡长老爷把收音机搬了出来：“大人，这上边的东西我不会用，这是大夫的收音机。”

“拿过来。”局长大人迅速地调好了波段。

“……我们大家的父亲，国父，被杀害了，四面八方都笼罩着黑暗……我们眼前一片漆黑，我们心里一片漆黑……在这种情况下，我们用什么话语，用什么言词来安慰大家呢？全国都沉浸在悲痛的阴云之中……一个杀人狂杀害了甘地先生，很明显，除了狂人谁也不会干这种事。现在，我们要节制自己的悲哀和愤怒……”

“可能是尼赫鲁先生在讲话。”

是尼赫鲁先生，贾瓦哈拉尔·尼赫鲁先生在讲话，他哽咽了，

---

① 1948 年 1 月 30 日，甘地先生遇刺身亡。

大概是在流泪。“听，这是帕台尔[①]先生在讲话。”局长大人的脸完全阴沉下来了。

收音机里说什么？杀害甘地先生的凶手捉住了？老兄，怎么会捉不住？这个罪大恶极的坏蛋一定是野人国来的。凶手是马拉塔人？这是个什么种姓？马拉塔，肯定不是婆罗门，这混蛋一定是个贱民。

局长大人双手合十说：“弟兄们，如果说错了，请大家原谅，你们觉得怎么好就怎么办。你们都听到了，如果一个人能杀害一个普通商人和孩子，那就一定能杀害甘地、尼赫鲁、帕特尔等所有伟人。我得回去了，你们明天傍晚在河边举行献祭哀悼吧，消息全靠听收音机了。乡长先生，放给大伙听吧。我走了，再见。”

汽车开走了。

巴尔代沃先生闭着眼睛开始唱祷告词：“大神啊，圣洁的灵魂……”

今天没有人跟他一起唱了，加利杰兰、巴苏代沃、孙拉和萨尼切尔等人都不在。冬天，巴尔代沃先生冷得发抖，要是能在这里生一堆火就好了。

“哎，女司库罗其蜜！”

罗其蜜来了，还拿来了火盆和灯。巴尔代沃先生闭着眼在唱：“天神的名字永远辉煌，赐给所有的人幸福吧。”

“罗摩大神永存，黑天大神永存。”罗其蜜接着唱下半段。

这次人群中有一半人跟着合唱：“天神啊，圣洁的灵魂……”

巴文达斯说得对，印度母亲哭得更伤心了。巴尔代沃先生的整个身体都僵化了，摇摇晃晃地摔倒在路上……

---

① 帕台尔（1875~1950），印度政治家，国大党领袖之一。

这就是1948年1月31日夜晚！葛玛莉在想：现在全世界都在为一个伟人哭泣。收音机在播放《薄伽梵歌》，好像《薄伽梵歌》的每一句都是一个阶梯，都在托着甘地先生的圣灵上升，上升。

阿周那啊，去作战吧，
躯体易毁，灵魂不灭。①

黑暗中一道光明，葛玛莉感到刺眼，仿佛圣灵在大笑，说：

"别哭了，孩子，"她娘在安慰她，"孩子，别哭了。"

她突然想起了大夫，大夫，有谁来安慰大夫呢？别哭了，大夫，别哭……

葛玛莉把收音机的音量放大了些：

如同人抛弃旧衣换上新衣，
灵魂抛弃旧躯体获取新躯体。
这灵魂刀剑不能破，烈火不能焚，
水浸不腐烂，风吹不枯干。②

十九

算命先生焦德克门前聚集了一群人。

焦德克大叔说得对："这算什么？后头还有热闹瞧呢。"一点不差，所有的话都应验了。违背？像这样洞察天机的人说的话谁敢违背？那恶果全村人都尝过了。

---

①《薄伽梵歌》第2章第18颂。

②《薄伽梵歌》第2章第22、23颂。

由于草药的效力，焦德克大叔的健康状况有所好转。他还起不了床，话也说不清楚，歪着嘴说什么“丹布匪密，丹布匪密”。

噢，对了，是“全部毁灭，全部毁灭”。

“焦德克大叔，今天有命令，大伙都要空着肚子去莲花河献祭哀悼。”

如今凯拉文可不敢再违背算命先生的话了。焦德克说过：“母亲，为什么要哭泣？母亲，为什么在哭泣？”

沙克尔迪布命中注定要在十八岁那年离开父母出走……果真应验了！沙克尔迪布像猫一样在加尔各答流浪了两个月。老丈人去把他抓了回来。他在那边饭店里洗盘子，大概也后悔了。

焦德克先生比画着，意思是：不，不要去，别去干献祭哀悼这一类的事。

焦德克大叔说什么？说“好了”？去他的，他的脑子已经坏了。

中午出去游行。用竹子做了一个灵床，装饰上红黄蓝三色纸花。一头是巴尔代沃先生抬在肩上，另一头是苏莫里达斯和沙克尔迪布。凯拉文没来，他也不让沙克尔迪布来，骂他，但沙克尔迪布还是来了。

当当！钟响了。

啊，青竹灵床啊……

村里的信徒们开始唱《送葬歌》，第一节歌词就让大伙流泪。

啊，青竹灵床啊，
用草绳捆绑。

亲朋好友啊，
抬在肩上。
走出村外啊，
走向圣河旁。
啊，大神罗摩啊……

现在谁也控制不住自己，个个泣不成声。队伍在行进，人越聚越多。人们边哭边走，老人、小孩、青年、妇女，都在哭。沙克尔迪布的年轻媳妇站在门里向外看，她的嘴唇在颤动，最后也控制不住悲痛心情，跑去跟在队伍的后头。凯拉文叫道："哎，媳妇，回来！"

啊，我们的好兄弟，
大家别着急，
停下来，再看上一眼，
母亲在哭泣……

母亲在哭泣，印度母亲在哭泣！

拉摩达斯方丈手中拿着羯鼓在默默地流泪。也许就是因为他的罪孽甘地先生才被杀害的。他使出家人的清洁受到破坏。前天，罗米娅她娘从村子里要了鱼来，拿进寺院，罗米娅夜里起来偷着吃。方丈当场捉到了她：偷吃鱼的狗东西！

罗摩秋·达斯的老婆捶着胸痛苦，提特拉十二岁的女儿也在哭。"先生啊，甘地先生……"

葛玛莉守在收音机旁坐着，眼睛里的泪水滴滴嗒嗒地落下。母亲用衣襟为女儿擦泪，她自己也在哭：“他是天神下凡，化身成男人，显灵以后就升天了。”

收音机里在播送现场实况：“现在，檀香木的火化柴堆已经准备好了。请看，尼赫鲁先生正在同圣雄甘地之子说话。人头，人头，拥挤得密不插针，（鼎沸的人声：甘地先生万岁！甘地先生永垂不朽！）一望无际的人群，像潮水一般。所有的人都想最后看一眼这伟大灵魂的圣洁柴堆。救护车把晕倒的人运走。现在，请看西方天际，夕阳撒下晚霞，落山了。这里，圣洁的柴堆上点起了圣火……太阳从地平线上消失……地、水、火……五大元素[①]化成的躯体……（此时响起了《薄伽梵歌》的声音）大灵魂摆脱了生死轮回的羁绊，永获解脱[②]……”

“母亲，母亲！”

葛玛莉清楚地听到有人在喊她“母亲”，谁？

“妈，妈！”

“怎么了，孩子？”母亲从外面跑进来。

“我的孩子，我的孩子……”

啊，平静，平静！

二十

“悉多罗摩，悉多罗摩！”

“噢，巴文达斯先生，来。”罗其蜜拿凳子给他坐。

“巴尔代沃先生呢？”

“来了，你好，印度万岁！”巴尔代沃先生来了。

---

① 印度古人以地水风火空为组成世界的五大元素，有如中国的五行。

②《薄伽梵歌》第 2 章第 51 颂。

“印度万岁！”

看了巴文达斯叫人害怕，他变成皮包骨头了。头发怎么那么白？噢，原来他今天没戴帽子。声音也变了。巴尔代沃先生说：“如今你不在这里，上次收音机里传来消息时，就俺一个人在村里，第二天又上河边去献祭哀悼。好不容易算是坚持过来了。追悼日那天，乡长老爷要大请客，婆罗门、拉吉普特人、亚德沃人和天民[①]要坐在一起吃饭了。这回可好了，你也回来了。俺一个人……”

“不，巴尔代沃先生，俺不能长住下去，俺还有要紧的事情要做。俺想和你们大伙见见面，马上就走。”

“说说那边的情况怎么样？”

“有什么好说的？现在甭提了。拉摩克宋的净修院也要请天民去吃饭……昨天黑王子也死了。西沃那特先生从巴特那回来了，谢祥戈先生当了议会主席，他也要住在巴特那。所有的人都到巴特那去了，议员们都住在那里。独立了，还有什么呢？县里如今是乔顿的天下。他是什么东西，做黑市买卖，在衙门里跟当官的混在一起，狐假虎威，搞得一团糟……”巴文达斯说着说着不说了。

“别提乔顿，现在他全家人都成了国大党党员。”

“不，巴尔代沃，乔顿是小人物，没什么了不起。病根子在上头，在巴特那。最近这个毛病还会扩大。各个种姓的人都在打架。听说下次选举要选出三倍的众议员，谁都想多选一些自己种姓的人，打架就是为这个。如果拉吉普特人的议员选得多，那么最大的部长就由拉吉普特人来当。前天在净修院里，有人通知乔顿和阿敏说，甘地先生的骨灰将由谢祥戈先生带来。乔顿说：‘分给县里的骨灰就应由县议会主席去拿，为什么叫谢祥戈先生拿呢？’这里有很大的

① 天民，意思是天之子民，是圣雄甘地对不可接触者的尊称。

秘密……哈哈哈！”巴文达斯怪笑起来，谁都没见他这样笑过，连巴尔代沃也没见过。

“怎么，笑什么？”

“哈哈哈！哎，那个阿敏立刻站起来跟乔顿一起去赶火车，火车没赶上，坐汽车走了。议会主席？哈哈哈，真是一对活宝。他俩走了，说是要去拿骨灰，哈哈……这些恶魔把国家都烧成灰了，恶魔！”

“听说有个社会党人对你说……”

“社会党？社会党人对俺说啥？所有的党都一样，头头们都在争着当部长。巴尔代沃，这些人也都想当部长。即使做一些国家的事、穷人的事和工农的事，也是为了个人。那个党里有个领袖叫贾亚·普拉卡什，哈哈哈，说不定也会被枪杀，然后由议会主席去拿骨灰，哈哈……”

罗其蜜端来了一个盘子，里边装着新做的米粉甜团子，还有红糖。“随便吃点吧。”

巴文达斯朝旁边的口袋努努嘴。罗其蜜说：“这是什么？这点小吃要装到口袋里？”

罗其蜜的眼睛不知为什么潮湿了。这么多日子来一次，又是毗湿奴派信徒，什么东西都不吃就要走？

“不行，您得吃点东西再走，”罗其蜜坚持说，“我求求您了。”

巴尔代沃发现，巴文达斯是有毛病了。说话有些疯癫，脸色也完全变了，眼睛红红的，衣服又脏又破，腰上只缠一块一尺来宽的布，还破得一条一条的。他的笑尤其奇怪，巴尔代沃从十六七岁起就跟巴文达斯在一起，从来没见他这样笑过。

吃完东西，巴文达斯边洗手边说：“巴尔代沃，现在俺要走了，去坐东线的火车，要走到科德利亚火车站上车。还有一件事要拜托你。”

巴文达斯从口袋里掏出一个红布包，解开，里面是一个纸包。“巴尔代沃，这些都是圣雄甘地的信。甘古利先生说过，在必要的时候把这些信交给他。俺来的时候忘了，你什么时候去县里？四五天以后？那好，请你保管一下，务必交给甘古利先生。”

巴文达斯怀着极大的虔诚，眼睛一眨都不眨地在看这些信件。风把一封信吹到了床下，巴文达斯赶忙拾起来，往头顶放了一下。他连一个字母都不认识，但他把每一封信都一字一字地用眼睛看了一遍，好像他真的在读信。看完最后一封信，他长长地叹了一口气。

巴文达斯把布包拿在手上用线捆，可怎么也捆不好，他又长叹一口气，突然站起身来：“给……”

巴尔代沃先生接过布包，交到罗其蜜手上：“放到箱子里。”

罗其蜜接过布包，在前额上放了一下，然后又贴在胸前。她目不转睛地看着巴文达斯。巴文达斯凭这块旧布单子怎么能够过冬？

“达斯先生，靠这块单子能过冬吗？等等，有条旧毯子，您带上吧。”罗其蜜用哀求的口吻说。

“不，”巴文达斯把口袋甩到肩上说，“不用了，用不着毯子。”

罗其蜜沉默了。巴文达斯现在不用毯子了，他现在什么也不需要了。罗其蜜似乎明白了些什么。

大地裂开有云水填满，
衣服破裂用线缝连，
身体破了有药医治，
人心破碎岂能复原！

“好吧，再见。印度万岁！”

“印度万岁。”

巴文达斯滚动着走了。苏瓦兰家的狗汪汪叫着向他扑去。可是巴文达斯连看都不看它一眼。那狗也惊奇地停下不叫了，意思是说：嗯，连哄都不哄我一下？这是什么样的人呢？狗在巴文达斯身后摇着尾巴，闻了闻地上的土便走开了。

“巴文达斯先生的心完全碎了。”罗其蜜说。

巴尔代沃先生说：“心碎了怎么样，他这是在演戏，要表现他自己。甘古利先生要这些信干什么？好人是不看别人的信的，那样做是不对的。”

在科德利亚火车站，巴文达斯坐在火车里，他觉得自己正在动身去朝拜一个圣地。许多年来，他一直渴望到圣地贾格那特去一次，另外两个有名的圣地他已经去过了。他眼前出现了贾格那特的画面，仿佛拿着手杖和雨伞的巴文达斯已经朝圣归来了……

巴文达斯从车窗向外望。田里人们正在割稻子，河里人们正在捕鱼，水牛在吃草。巴文达斯已经旅行过许多地方，去过加尔各答、勒克瑙、孟买，还有圣雄甘地的出生地卡提亚瓦尔……铁路两侧干活人的面孔，不同地区人们的面孔，一齐都聚集到他的眼前……他将在卡格拉车站下车，去那特先生家看看，可惜那特先生不在家，去加尔各答了。如果那特先生在家，今天巴文达斯一定会得到很大的支持。那特先生脾气倔强，性格刚烈，生起气来，谁劝都不听，脸红得像紫铆花。去年，那特先生、乔杜里先生和巴文达斯一起去孟买，在莫格萨顿火车站上，看见车里人很挤，叫人看了都头晕。他们从车头走到车尾，哪个门都不让上，乔杜里笑着说：“看样子是搭不上这班车了。”

那特先生刚抓住一节车厢门的把手，里面有一个人就气哼哼地说：“没看见这上边写的什么吗？这是国大党孟加拉委员会的包厢。”

那特先生急了：“看见了怎么样？你们孟加拉的党员有车坐，我们也是 A.I.C.C.① 的成员！”

车厢里有人开玩笑说：“好了，一家人不认一家人，请上来吧，让我们也有幸一睹三大神的尊容。”

当时所有的人都笑了。乔杜里先生也笑了。不可笑吗？乔杜里先生长得很高，一眼就能认出来，通常的高个子也只有他肩膀那么高。而那特先生的个子不算高，圆脸，常常是笑嘻嘻的。第三尊神像便是巴文达斯。想想看，这不可笑吗？乔杜里先生在上边的铺位上放下行李，那特先生和巴文达斯在下边……

“嗯？卡格拉到了？悉多罗摩，悉多罗摩。”

从卡格拉火车站出来，巴文达斯抬头望望天色，他是傍晚到达的……既然见不到那特先生，那就没有必要停留了。

巴文达斯朝卡里穆丁普尔走去。卡里穆丁普尔差一点被划到巴基斯坦②。第一次闹宗教纠纷时，它在印度斯坦这边，第二次闹纠纷时，它在巴基斯坦那边。听说巴基斯坦人认为，这个村的名字是伊斯兰名字，所以它应当……看，像小孩子打架一样。

悉多罗摩，悉多罗摩。巴文达斯大步朝前走，今天傍晚无论如何要到一个地方，这个地方的名字他现在还不知道。

他一面走，一面不时地停下来叹气，就像小孩在哭了很长时间之后要喘一口长气一样。他的口袋里有个手鼓，手鼓上装有金属叶

① 国大党全印委员会。

② 指当时的东巴基斯坦，今孟加拉国。下同。

片，一走路就发出有节奏的响声。无论是在田间小路，在平地，在街上，还是在高低不平的地方行走，手鼓上的叶片都随着他的脚步，罄罄地响……就要到目的地了，罄罄……再走一段，不远了，罄罄……

圣雄甘地万岁，母亲万岁！上天啊，你已经让俺经受一次考验了……好，就这儿，就在这树丛边，就在这条小土路上……心啊，镇定下来吧！

纳加尔河，两个国家的人都把纳加尔河当作重要的见证。这条河就是国境线，一边是印度斯坦，一边是巴基斯坦。纳加尔河一年流淌十二个月，从不干涸，也许就因为这个……真正的考验就要来了。

印历十一月[1]，寒气逼人，刮着西风，好像今天夜里要下雪。真正的考验就要来了……巴文达斯一点不灰心失望。只要太阳不升起，他决不离开半步。事情就是这样，如果这条路上不来车，那……他看见远处，很远的地方有个村子有灯光。他搓搓双手取暖，对，车子会来的，许多车子，拉着布匹、白糖和水泥的车子……他已经事先得到消息了，但他决不会把告密者的名字泄露出去，他凭甘地先生发过誓，否则那个可怜人的工作都会丢掉。

戈迪哈尔的卡普拉是个开赌场的，从前巴文达斯曾经在法比斯村检查过他们的赌场，他是用押宝的形式聚赌，连骰子都没有。此外，他还干贩卖尼泊尔姑娘、土酒和大麻烟的勾当。今天要来的车子是戈迪哈尔警察分局长的，分局长是这个地区的国大党书记。这是一笔几十万卢比的大买卖，分局长、地区供应官和边境巡逻站站长三人可以从中得到一半好处，另一半好处归卡普拉。

① 印历十一月，相当于公历 1 月、2 月间。

车子不走公路，而是从走私小路偷渡过来，国境那边的事由那边的商人负责，那边的官员也从中得到好处……来了，车子来了。小土路上能听到车子的声音了，对，就是车子。

上天万岁！圣雄万岁！悉多罗摩，悉多罗摩，给我力量吧，让我经受住考验吧。圣雄先生，先生，母亲，母亲！他在口袋里摸着什么。

他把口袋挎到肩上站好……河岸上有鸟在啾啾地叫。罄罄罄……手鼓的金属片在响。

上天啊，圣雄啊，先生！母亲！把我召去吧，让我待在这个世界上做什么？真理和正义已经不存在了。

车子来了，到了眼前。

“啊，妈呀，有鬼。”第一辆车的赶车人害怕了，压低嗓子对自己的伙伴说，“鬼！”

“哞——”牛害怕了，车子停了下来。

“悉多罗摩，悉多罗摩。”

卡里穆丁普尔巡逻站的士兵走上前，咳了一声，问道：“谁？”

巴文达斯从灌木丛旁走上前说：“俺是志愿人员巴文达斯。”

“巴文……达斯！”士兵的脸本来是露在外边的，一听面前这个人的名字，赶紧用马拉塔人的头巾把脸遮了起来。他从1930年起就听说过巴文达斯这个名字，响亮得很。

巴文达斯笑着说：“别遮脸了，兰布查·辛赫，今天应当公开地干，何必遮遮掩掩。”

“达斯先生，这可不是俺的错，您是知道的……”

“辛赫先生，不用解释了，车子应当到卡格拉去，赶回去吧。”

“车子不能往回赶。”

“不回去就站在这里好了。”

兰布查·辛赫得到了两千五百卢比的好处，有什么办法?

“达斯先生，等等，俺立刻就回来。”

“好吧，把躲在幕后的人带来，去吧。”

有一幢小洋楼，离村子比较远，但当官的时常来。洋楼院子里有竹子和各种花草，像一个庄园。

洋楼里，地区供应官、卡普拉和卡里穆丁普尔边境巡逻站站长正围着桌子享受从尼泊尔弄来的货物。吃了这洋楼里厨师亲手做的鸡，谁都会毫不吝啬地掏出钱来。

供应官喝一口杯中物，笑着说:“真他妈的，这鸡吃得不带劲。站长，再拿两只有腿的母鸡来。”

“你不知道？今天为悼念甘地先生，所有的好东西都拿去办大宴了。”

卡普拉说:“早知道这样，那就该从戈迪哈尔带些吃的来。真扫兴。”

地区供应官正在吧嗒吧嗒地嚼鸡肉。外面突然传来了自行车的声音。

“谁？”

“萨拉姆，俺是兰布查·辛赫。”

“怎么样？”

“坏事了，巴文达斯……”

“啊？巴文达斯？在哪儿？”

大家都不说话了。厨师在一边向站长做手势:“还有鸡，怎么样？不过得给……”他两只手的十个指头都伸了出来。

站长说:“好，别忙，你先出去一下。”

“怎么了？”几个人一起叹了口气。

“就他一个人还是……”

“就一个。”

“知道他的意图吗？”

“卡普拉先生，你看……”

几个人的目光都朝卡普拉看去。卡普拉拿起瓶子倒了些酒，咕嘟咕嘟地喝了。“我是旁遮普人，以后你们就会了解，我是敢作敢当的。”

西北风飕飕地吹。站长蹬着自行车说：“卡普拉先生，不用担心附近的村民。已经宣布过了，夜里要是有人到国境线附近去，就可以开枪打死他。”

巴文达斯正站在路中间，像尊石像。

卡普拉心想：没错，就是那个巴文达斯。

“谁，是卡普拉先生吧？别在车后探头探脑，上前边来。”巴文达斯笑着说。

“巴文，别挡路，让车子过去。”

“来吧，你来赶车吧。你是国大党员，俺也是国大党员，不过，现在是各做各的事，各记各的账。在今天这个神圣日子，俺不能沾上污点。”

卡普拉知道，跟巴文达斯费脑筋没用。他附耳对站长说了几句话，然后喊道：“阿司匹林·汗！过来！”

这个阿司匹林·汗是卡普拉的人，本名叫法齐。他从后面来到前边，在第一辆车上坐下。

“巴文达斯，让开！”

“……”

“阿司匹林·汗，赶车！”

拉车的牛不敢前进，呼哧呼哧喘粗气。卡普拉抓住一头牛的尾巴扭了一下，扭得骨头都响了。那牛不沿着大路走，反而把车子拉到一边去了。

第二辆车，站长和卡普拉每人抓住一头牛的尾巴扭，赶车人一声不吭地握着缰绳。

第二辆车过去了。巴文达斯站在路中间，牛不敢从正面通过，只能从旁边绕过去。

过去了四辆车，嗯？四辆？

巴文达斯来到两头牛的正对面站定，牛把他碰倒了。他摔在路上，正好在车轮下面。

咕噜噜……车子过去了。

甘地先生！母亲！

车子过去了，咕噜噜地过去了。

一辆又一辆，一共五十辆！

最后一辆车过去了。站长和兰布查·辛赫把巴文达斯被压得满是血和泥土的尸体抬走了，要扔到纳加尔河对岸的巴基斯坦去。这边不行，决不能留在这边。

卡普拉提着巴文达斯的口袋走在后边。

过纳加尔河时，巴文达斯脖子上的小串珠掉到水里冲走了……悉多罗摩！

凌晨两点，巴基斯坦警察在岸边巡逻时发现了尸体。

“啊？这是那边矮子的尸体，怎么到这儿来了？噢，明白了。走，抬走，抬到河对岸去。”

巴文达斯冰冷的尸体和那个像旗子一样的破口袋又都被抬起

来了。

两个独立的国家——印度和巴基斯坦的忠信和人道，巴文达斯只用两步就跨越了。

到纳加尔河中间，巴基斯坦警长说：“就扔到河里吧。把他的口袋挂到对岸那棵树上，快！”

纳加尔河水汩汩地流淌，警察把手鼓扔到水里，说：“去敲鼓唱颂神曲吧。”

扑通！

二十一

玛丽村唯一的大东家，独一无二的大地主乡长维西沃那特老爷的打谷场好不风光！

甘地先生追悼日那天，人们排成长队坐在大广场上，大吃了一顿。就是这个广场，现在围成了打谷场，足有两公顷半的面积。

拉摩格拉巴尔·沈克为了还债，把自己剩下的地连同地上的庄稼都交给了乡长老爷。他自己要去朝拜圣地，去加西、凯达尔纳特……走到哪儿算到哪儿。乡长老爷说：“你到一个地方就来一封信，我会不断地给你寄钱。”

凯拉文要整理库房，买过冬衣服，为沙克尔迪布赎罪还愿，还有其他开支，他向乡长老爷借二百卢比，乡长老爷明确地说：“我手上一个现钱也没有。”凯拉文家房后有块地，上面的稻子眼看就要收了，他只好用这块地作抵押，从乡长老爷那里拿来三百卢比。

这块地至少能收二百吨稻子。

可是，为刹帝利人干活的雇工们家里已经揭不开锅了。打谷场上的稻子虽然也有他们一份，但他们欠的债要比那些稻子多三倍。

凯拉文往年是五张犁耕地，今年就剩一张犁耕地了，还有一张犁半耕半歇。拉摩格拉巴尔·沈克根本不务农活了，领着老太婆去朝圣。西沃辛卡如今也只是用两张犁耕地。

这回乡长老爷要买拖拉机了，无线电说："拖拉机无所不能，能耕地、平地、收割、脱粒，还用人做什么？水泵也要来了，不用再求老天爷了。把水泵安到莲花河上，电门一开，就像大象鼻子一样把水吸上来灌到田里。"确实，乡长老爷连老天爷都用不着了，普通人根本不在他眼里。

戈迪哈尔又开了一家黄麻工厂，有三家黄麻工厂吧？走，走，一天有两卢比的工钱，干吗还待在村子里？

原先是指望圣雄甘地，如今他被杀害了。去问问巴尔代沃先生，现在由谁来顶替圣雄甘地的位置？贾瓦哈拉尔？可是，圣雄甘地先生只穿一条围裤……

维尔奇说："全村十二个种姓的人都像亲兄弟一样，一起在打谷场上吃饭，那景象该有多气派！今天乡长老爷说了，这回所有的人都要从自己的份额里拿出米来，一斤二斤都行，十斤二十斤也行，圣雄先生的纪念日快到了。"

"纪念日？追悼日不是刚过吗？"

"哎，那边谁在吵闹？"

"谁，罗米娅呗。"

罗米娅和她娘的嗓音传来了，寺院里正在骂架，今天似乎闹得很凶。

"拉摩达斯近来整天抽大麻叶子，总有一天他也要杀人。"

"妈的，就因为这些人的罪过，大地都要毁灭了。这寺院也堕落了。听说红园集市上开了窑子，连外地的地痞流氓都来了。"

这几天晚上，乡长老爷和苏莫里达斯一起在楼上的房间里看账目。苏莫里达斯每隔一会儿就要连滚带爬地从楼梯上下来一次。桑塔尔人酿的马桦树花酒真有劲。有时乡长老爷也从楼上下来大吵大闹，骂葛玛莉她娘、葛玛莉和老仆人赛比娅，还吓唬说要宰了她们。

一天晚上，乡长老爷喝醉了，葛玛莉她娘吓得直拍胸脯。她来到葛玛莉房间门口大声叫骂，葛玛莉把门打开，说："爹，我有什么不对你尽管处置，不要骂娘，她有什么不好？"

一瞧葛玛莉，乡长老爷的酒劲就退了，上楼去了。

从那天起，母亲从来不让葛玛莉单独待着。她担心乡长老爷会做出可怕的事来。因为一个星期以前，老爷在酒里掺了药，说："拿去叫葛玛莉喝，喝了就万事大吉了，好不容易配来的药。"

对他怎么能放心呢？谁知他什么时候会干什么呢？

村里家家户户叫苦连天。从早干到晚，工钱还不够还债的，连买条围裤或买双鞋的钱都没有。走，到戈迪哈尔去，工厂的汽笛天天响，没听见吗？那是在叫人去呢：来吧，来吧！

夜深人静时，焦德克大叔的咳嗽声叫人听了害怕。咳咳！就像白天杧果树上的乌鸦叫一样。

"提高警惕喽——"

为了看守打谷场，乡长老爷特地多雇了三个桑塔尔人，还雇了山区来的士兵守大门，配备了单筒枪。只要没抓到杰里特拉，有钱人夜里就睡不着觉。连打更人的声音都打战。最近公馆花园那边的树林里一到傍晚就出现亮光，很亮。

巴尔代沃先生没有睡，他傍晚刚从普尔尼亚回来，睡不着。去县里之前，罗其蜜把巴文达斯装甘地先生信件的布包交给了他。他在县里见到了甘古利先生，甘古利先生问："巴文达斯没有交给你什么东西吗？”

“没，没有啊。”这么冷的天，巴尔代沃竟出了一身汗。

巴尔代沃先生认为，不能把这些信交给别人。看到这些信，贾瓦哈拉尔·尼赫鲁先生会让巴文达斯当部长，至少也会叫他到德里去。就是现在，那些大领导人来了也是笑着同巴文达斯谈话。有一次，部长大人到这里来，一些很有地位的人联名请求吸收官方律师巴格瓦提先生为国大党员。但部长大人问巴文达斯：“巴文达斯先生，您看呢？”1942年，政府要绞死独立战士，巴格瓦提先生曾极力为独立战士辩护。尽管这样，部长大人还是同意了巴文达斯的意见，没有吸收巴格瓦提先生。

这些信件……不，他无论如何不能交出去。罗其蜜不知是怎么了，自从那天得到这个布包，一天两次把它拿出来放在头上顶一下，每天为这些信献花烧香，有时还把信打开来读，边读边哭。巴尔代沃从县里回来，她不先请安问好，而是张口就问：“信交给甘古利先生没有？”

“嗯，给了。干吗不相信俺还叫俺去送？”

巴尔代沃先生睡不着觉。他把布包藏在牛车上的稻草下边。

火堆呼呼地烧得正旺，巴尔代沃先生来到外面。

“提高警惕喽——”巡夜人在喊。

巴尔代沃先生来到火堆旁坐下，把火堆里的木头拨开，又斜眼朝罗其蜜的床那边看了看，然后轻轻地把布包取出来，打开。他全身一阵紧缩，口干舌燥……火堆的火越烧越旺，木柴劈劈啪啪地响。巴尔代沃拿出一封信……

“天啊，甘地先生！”罗其蜜从床上扑过来，“巴尔代沃，你这是干什么？真师在上，饶了这个罪人吧，饶了这个凶手吧。”

火堆的火烧着了罗其蜜的纱丽，“烧就烧吧，你把手放开！把布包给我！巴尔代沃，我就是烧死也不能……”

巴尔代沃抓着布包的手放开了，罗其蜜把布包贴在胸前。缠在腰间的纱丽落下了。巴尔代沃拿水罐往她身上泼水。

“啊，大神！真师啊！圣雄万岁！巴文达斯万岁！”罗其蜜哭了起来。

一丝不挂的罗其蜜在哭，她的腿和手臂都被烧伤了，起了许多大泡。

巴尔代沃先生钻到自己的蚊帐里不出来了。他躺在那里想：不行，这回待不下去了，还有什么脸待在这里？有什么脸见罗其蜜？得去县里，再从那儿回金南巴蒂村。他要住在自己的村子里，住在自己同种姓人中间，种姓这东西很重要，连那些大领导人都在自己种姓的党内……这是政治，罗其蜜不懂！对，要走……不行，不能败坏了罗其蜜的名声……

“巴尔代沃先生，起来吧，念经的时间到了。”罗其蜜呻吟着起了床，全身都火烧火燎地疼痛。

同每天一样，罗其蜜起床后就来到巴尔代沃先生的床边，撩起蚊帐望着他：“早安！”

巴尔代沃在哭，抽抽搭搭地说：“罗其蜜。”

“起来吧，出家人。”

二十二

三个月后，1948 年 4 月的一个早晨。

启明星闪闪亮，倒映在莲花河湾的水面上，好像蓝色的莲花在开放。

维尔奇肩上扛着犁，赶着有气无力的牛下地。高耶利巷的苏瓦兰有半公顷地，维尔奇包种，但今年要亏了。他的脸，就像火柴盒上印的庄稼人的脸一样，又黑又瘦，腰里围着一块遮羞布。

凯拉文如今亲自在放水牛。水牛夜里三点吃草，白天不吃草。他自己没有草场，要赶到村外边去放牧。这个凯拉文，亚德沃巷的头人，没想到会落到这步田地。

天空晴朗，人们的脸映着曙光，像刚出窑的红砖一样。

拖拉机手把乡长老爷的拖拉机驾出来了，突突突！

乡长老爷站在二层楼的楼顶平台上，倒背着手踱步。突突突！楼顶平台也跟着颤抖，随着这节奏，他的心也在突突地跳。“谁来了？赛比娅……”

“别说话，轻一点。”

“什么？”老爷问。

“傻子，有外孙了。”赛比娅笑着说。

“活的还是……”

“哟，两只眼睛滴溜溜地转。”

唉，天啊！乡长老爷浑身发抖。

莲花河对岸，半熟的春季作物那边，树林的背后，天空红了起来。南边，公馆花园里木棉树红红的树枝在闪光。

院子里，不断地传出孩子的哭声。得想法子处理，一定要处理……再这样没命地哭就掐死他，对，掐死！

德里，拉杰渡口，甘地先生墓前，每天都举行悼念活动，世界任何一个角落，任何一个国家来的人都把到那里去看作自己一生中有意义的大事。

卡里穆丁普尔，纳加尔河边的走私渡口旁，一棵树上挂着土布口袋，一个月以后卡普拉去看，口袋还挂在树枝上。县里任何一个国大党工作人员都会认出来，这是巴文达斯的口袋。卡普拉把口袋扯了下来，但带子还挂在那个树枝上。

有个妇女还以为这是棵神树，来求神许愿，又从自己的纱丽襟上撕下一条布绑在树上，说："要是我的心愿能满足，就来献一条新带子。"她怀着极大的希望和虔诚打了一个结。于是，那棵树上就有两条布带子了。

普尔尼亚监狱门前有株很老的榕树，树下的干叶子在风中乱飞。榕树旁搭的凉棚前站着一位年轻姑娘，跟她在一起的是比亚鲁。

一个只穿一条短裤、披着一块破布的看守一次次地钻出营房来看那位姑娘，嘴里唱着"你的纤纤细腰……"。他还问过一次："您是大夫的妻子吗？"

姑娘摇摇头："不是。"

看守朝比亚鲁看去。比亚鲁转过脸，他知道这个看守是个笨蛋，满嘴是不堪入耳的粗话。

监狱的大铁门吱呀一声开了，姑娘脸上焦急等待的神情消失了，她脸上新近出现的细细的皱纹也舒展开了。

大夫带着微笑大步地走向前，手里拿着个小皮包，好像刚刚从实验室下班一样。

比亚鲁的脸是值得一看的，他抑制着自己内心的兴奋，不自然地张着嘴巴。

"你也蹲过监狱吧？"

"没有，我没有这样的福气。弯下腰，这是，这是祭过大神的吉祥物。"姑娘从手绢里拿出鲜花和干藤叶触了触大夫的前额。

"比亚鲁，你怎么样？马莫达，你跟比亚鲁聊天没有？"

“如果不聊天，从早晨到现在不把我闷死了？”马莫达笑着说，“请去叫辆马车来，比亚鲁大人。”

比亚鲁乐呵呵地朝法院那边走去。

“我们夜里三点到普尔尼亚火车站，早晨起来就去找县行政官，取来了释放你的手令。不然还不知要拖多少日子哩。现在你打算去哪儿？”马莫达笑着说。

“你去玛丽村吗？”

“为什么不？我请了十五天假。”

局长大人的听差拿着信来了，局长大人邀大夫去他家做客。

二十三

乡长老爷这几天连楼都不下了，整天喝棕酒，晚上还喝桑塔尔人酿的马桦树花酒，总是醉醺醺的。他每天都要问无线电苏莫里达斯：“想出了什么办法没有？”

“我的脑子不管用了。”

“不管用？好，喝一杯，喝！妈的，你最好到外边去说，小心我的枪！”

葛玛莉她娘老是不开门，有时偶尔开一下通向井那边的门。黑暗的角落里点着盏小油灯。那个裹在襁褓中的小家伙睡在葛玛莉的怀里。葛玛莉正拿着眼油盒抹黑眼圈儿。

突突突，一辆客货两用车在普尔尼亚到玛丽村的路上行驶。

走的时候，比亚鲁趁马莫达不注意塞给大夫一封信。比亚鲁坐在司机旁边，不时地扭过脸来朝后看。大夫在看信，这是葛玛莉的信，一个星期前写的。

我的命根子：

不知这封信你能否及时收到。我相信，不管迟早，你总能收到。你会奔向我的身边。你知道，我现在害怕了。你的，你的，怎么说呢……母亲说，如果你能写封信给爸爸，或设法让他知道我出生的孩子是你的，那么我就可以活下去。母亲不相信，爸爸也完全疯了，不知什么时候会发生什么事。从你的书里我学到了不少东西，获得了很大的力量！但是，现在需要一本新书，里边每一页上都写着：“相信吧，别担心，不论发生什么事情，都不会是坏事。”……

大夫一口气读到这里，然后朝马莫达看了一眼。由于整夜没有睡觉，马莫达正在汽车的颠簸中打盹儿。不行，这样会撞伤的。

“还有多远？”马莫达问。

“还有一个小时的路。”比亚鲁说。

大夫又继续往下看：“……爸爸要把我们的孩子弄死。”

“不行，不行！”

“啊？”马莫达问，“什么不行？”

大夫把信塞到马莫达手上，朝车窗外望去。比亚鲁不时地回头看他。

马莫达揉揉眼睛开始看信：“我的命根子？这是谁写的？葛玛莉？”

大夫看了马莫达一眼，马莫达困倦的眼睛闪亮了。看完信，她又问：“还有多远？”

“还有一个小时的路，土路不好走。”

“耿乃西哪儿去了？”

“说起他来话就长了。把他送进梵社的慈善院后，不知又从哪儿冒出个叔叔来，闹得很凶，掀起了种姓义务的台风，我也只好同意，就让他带去了。”

“叫他去放牛。”比亚鲁说，“他们村常有人到县法院去。”

“我把你的报告给了《医学公报》，一个简明的报告，《草药与乡村巫术》，是我从你信中整理出来的。”

“可是，我已经决定宣布研究失败了。”

“任何研究都不会失败。你至少懂得了泥土和人的爱。这可不是小事。”

大夫注视着马莫达。马莫达望着车窗外面，辽阔的原野，贫瘠的土地，这就是那片著名的北起尼泊尔南到恒河之滨的平原，是大地母亲的满是尘土的裙裾。在平原的干灌木丛间，牧人们点起一堆堆火，远远望去，就像是盏盏烛灯……棕榈林的梢头，落日的残红渐渐暗淡了。

突突突……

“苏莫里达斯，现在怎么还开拖拉机？去问问司机，要上哪儿去？”乡长老爷在二楼走廊上叫道。

“不是拖拉机，是汽车。”

“汽车？谁？”

“大夫。”

“哪个大夫？”

苏莫里达斯跑到走廊上说：“就是你的那个大夫，还有一个女的和比亚鲁。”

还有个女的？乡长老爷伸手去拿枪，苏莫里达斯吓得浑身打战：“行行好，可别这么干。”

“不这么干怎么干？”

比亚鲁在喊："姨妈，姨妈！"

"谁？比亚鲁？"母亲从门缝里问道："什么事？"

"大夫先生。"

"哇——哇——"产妇房中，葛玛莉的小家伙在哭。

马莫达快步来到门边："阿姨，把门打开，我是马莫达，先开门再说。"

门开了，马莫达走进产房的房间。大夫一个人默默地站着。楼梯上传来木屐声，脚步很沉重，有人在跺着脚走路。

"谁？大夫？"老爷叫道。

"来，进来坐，大夫先生。"苏莫里达斯露着牙床笑着说。

"不，苏莫里达斯，问问他，从哪儿来？到谁家来？来干什么？来拿什么？问！"

无线电苏莫里达斯来到大夫跟前，斜着眼做了个手势，解释说："最近他心情不大好，所以……"

葛玛莉她娘从产妇房的门缝里说："葛玛莉她爹，你怎么了？让女婿……"

"让女婿干吗？你怎么不跟你女婿去说？他又不是来认我这个岳父的。"

大夫上前向乡长老爷行触脚礼。

乡长老爷突然哭了，与大夫拥抱在一起："啊，我的孩子，我的孩子……"

苏莫里达斯连夜把消息传到各家各户："葛玛莉早就跟大夫结婚了。你们不知道，这事通过五老会有困难，所以加西来的祭司让他们举行乾达婆婚[①]，这事谁也不让知道。如果有了孩子，最先让父亲

① 印度教规定的八种结婚形式之一，即男女自由结合。

看，然后才能让别人看。大夫先生回来了，现在我是来通知大伙的，明天请大伙去赴宴，一大早就开始庆祝。”

“这，这倒真像是故事里说的了，大伙谁都不知道。”

婆罗门巷的祭司德瓦南对人们说：“按照洋人的习惯，杀了七个人的杀人犯都能宽恕。”

消息传到算命先生焦德克的耳朵里，他厌恶地撇了撇嘴。

凯拉文说：“有钱人的两片嘴，说什么就是什么。”

一大早，村里的下等人就来敲锣打鼓地跳舞了。妇女们三五成群地来唱《祝福歌》。但人们的脸色阴沉沉的，好像画上了许多皱纹。心里不痛快嘛。

乡长老爷在自己的房间里坐着，他坐了好长时间，然后出来说：“苏莫里达斯，去对大伙说，我平均退给每户一公顷半地，今天下午就把地契都改过来。也到桑塔尔人那里去说一下，叫他们也来拿地契。一分钱的礼钱也不收，什么东西也不要。你说我为什么要把田还给他们？这是新主人[①]给的，是新主人的命令。你没听见？新主人在哭，他下命令了，归还，还给他们。把凯拉文的田和稻子也还给他。”

大夫普拉祥德和马莫达的目光碰到了一起。

“你们看什么？以为我疯了，是吗？以为我疯了吗？黑天大神施展了自己的全部才能，极力劝说，但难敌王还是说，‘连针尖上沾的那么一点点泥土也不给[②]’。土地啊土地！人们为了一寸土地也要去法院打官司，而我把几十公顷土地送了出去。不，傻的是你们。这些土地是那些农民的，是他们卖的，现在要归还他们。我说，去宣

---

① 指那个新出生的孩子。

② 史诗《摩诃婆罗多》中，黑天作为般度人的使者去同难敌王谈判，难敌王断然拒绝归还般度人应得的国土。

布，就说是新东家的命令。”

万岁！万岁！

圣雄甘地万岁！

叮叮当当……

咚咚锵锵……

叮令叮令……

对了，这回就对了。现在瞧着吧，每个人脸上的死皮都闪着朝霞。几百双眼睛都流露着喜悦，就像点燃了的灯炬。

今天是库马尔·尼洛帕尔出生的第十二天①。对了，马莫达给葛玛莉的儿子起名叫库马尔·尼洛帕尔。大夫今天第一次将自己的孩子抱在怀里，第一次看到他瘦瘦的、黄黄的血肉之躯。马莫达说：“把他带到巴特那去吧。一个月以后你的儿子就会变得更可爱了。”

大夫接生过好几百个孩子，可是，库马尔·尼洛帕尔……葛玛莉的黄脸因害臊而变红，当她把孩子送到大夫的怀里时，她的大眼睛的眼帘垂下来了，头发中间的红朱砂幸福线是那样显眼……站立在黑暗中像剪影一样的母亲伸出手把孩子送到一个可怕的黑影手中……黑暗，可怕的黑影！不，不，大夫的手指感到了尼洛帕尔心脏的跳动：“啊哈，小小的心脏在突突地跳哩。”

产妇的房间里，人们正为祝福小家伙长命百岁、健康美貌、才华横溢和富贵平安唱着《祝福歌》。

大夫没睡着觉……他的研究呢？马莫达说：“没有失败，泥土和人的这样深的爱，在任何实验室里都是研究不出来的。”

实验室，巨大的实验室，高大围墙围着的实验室……在梦想称霸的统治者们的刺刀阴影下，科学家们在探索着，试验着，红蓝光

---

① 印度习俗，孩子出生的第十二天举行命名仪式并庆祝。

线照在一个个秃脑壳上。于是，杀人的、破坏的、毁灭一切的力量被混合在一起，制成了一个炸弹，它能把整个地球顷刻间化为飞灰。原子加速器正在建造中，像一个大蜘蛛网。四周是一片漆黑，一片迷雾……一群泥土和人的关心者却在黑暗中摸索着，互相碰撞着。

吠檀多[①]、唯物主义、相对论、人道主义……由于暴力屠杀，古代的自然界在哭泣。像中箭的小鹿一样，人道从哪儿寻求庇护？哈哈，大笑，猎人们的笑声震天撼地，小鹿在苟延残喘。小小的心脏在有力地跳动，尼洛帕尔！不，不！这黑暗将不复存在，崇拜人道的人们已经联合起来，他们的声音在震响，神圣的声音！他们得到了光明，耀眼的光明！遍体鳞伤的地球的伤口上被涂上了清凉宜人的檀香膏，爱和非暴力的目标实现了，还有什么可怕的？造物主的创造物中，人是最有力量的，人是不可战胜的，即使是强有力的炸弹也不行。狂人们，人就是人，不是猪，人是最优秀最高尚的。

天就要亮了。旁边屋子里，乡长老爷在打呼噜。大夫起来打开窗子，昏暗的曙色中，公馆花园静静地伫立着，好像在等待什么人。木棉花、阿摩尔达斯花含苞欲放……宇宙的一切啊，无始无终。

“普拉祥德。”马莫达微笑着走进房间，就像早晨的轻风。突然，大夫摸了一下马莫达披散着的湿漉漉的头发。

“哎，去你的，不能随便摸女人的头发，这是罪过。我来问你，是不是要喝茶？小王子的奶煮好了。你好像一夜没睡。你先漱口吧，我这就把茶端来。”马莫达笑着走了。

可怜的马莫达，生活中唯一的享受就是喝茶。她的女友有一次说：“马莫达姐姐总是找借口喝茶，每天要喝十四五杯。”

马莫达把茶递给大夫：“读了吗？圣雄甘地的最后愿望？我认为，

---

① 印度古代重要的哲学体系和哲学派别。

这就是伟大的光芒，在这光芒中，世界可以无畏地运行数千年。”

“马莫达，我要重新开始工作，就在这儿，在这个村子里。我想耕耘爱的土地，让这片被泪水打湿了的土地上荡漾起爱的禾苗。我要努力，就在这片印度母亲的裙裾下。至少是使村里人干枯的嘴唇上恢复微笑，使他们的心里怀有希望和信心。”

马莫达笑着说：“我真想为你祈祷，祝你成功。我真想向一个刻苦修行的人行触脚礼。”说完，马莫达把手伸向大夫的脚。

“马莫达。”

“马莫达姐姐，你瞧他，向外吐奶。”葛玛莉怀里抱着孩子进来了。

“给我，你是怎么喂的？怎么会吐奶呢？把奶瓶给我。”马莫达盘腿坐下，把孩子抱在怀里，“葛玛莉，你吃药了吗？吃吧。”

大夫默默地看着马莫达，她真像萨拉特先生长篇小说里的女主人公，总是对自己满怀信心，坚定不移，只是样子变一下，名字变一下，时间和地点变一下，但她永远不会变。

葛玛莉问：“比亚鲁也去巴特那吗？”

“嗯。”马莫达简单明了地回答。

“哇——哇——”尼鲁[①]在哭。

“不哭，不哭，吃奶了，好宝宝，好尼鲁，我的王子，不哭了，宝贝，现在还有什么可哭的呢？”马莫达笑着说。

卡里穆丁普尔渡口旁的那株“神树”上，不知是谁许愿又系了一条布带子。

① 尼洛帕尔的爱称。

译后记

雷奴长篇小说《肮脏的边区》最初由先师刘国楠先生选题并开始翻译。1987 年 8 月，刘老师去印度贝拿勒斯印度大学讲学前，已经翻译出上卷的前十七章，并请北大东语系张光璘先生润色过。但不幸的是，刘老师于 1987 年 11 月 29 日突然仙逝于从鹿野苑返回大学的途中。师母山蕴先生一个多月后赶到印度处理后事，在刘老师的遗物中就有这部未译完的书稿。当时刘老师已经翻译到上卷的第二十五章前半部分。山蕴先生指着刘老师的手稿让我看，说：“他正好翻译到这里，‘我要这样的身体有什么用？为了印度母亲，我把它献给甘地先生算了！’好像是命中注定……”也就是说，刘老师翻译了全书的五分之二。从他的遗稿可知，当时帮助他解决问题的人中有一位摩海什·纳拉扬博士。面对刘老师的残稿，遵师母之托，我责无旁贷地担负起余下的工作。

当时我正在阿格拉印地语教研中心进修，参加完刘老师的葬礼，从瓦拉纳西返回阿格拉，我便把全部精力投入到这部小说的翻译当中。由于小说的语言复杂，既有当地土语、英文的变音，又有中世纪的俗语，还时常夹杂着孟加拉语、阿萨姆语以及当地少数民族桑塔尔族的语汇，而且，还有很多民歌民谣。连土生土长的印度人读起来也觉得吃力，我则更加困难重重。为解决小说中的疑难，我向印度指导老师塔库尔达斯先生求助，他非常支持，特地从图书馆借出这部小说，和我同步阅读。每读完一章，便为我讲解一次。有些问题他也解决不了，就特地找来雷奴的同乡帮忙。在他们的帮助下，我用三个月的时间通读了全书，并解决了书中后半部分的全部疑难。1988 年 5 月回国后，我的主要精力也放在翻译这部小说上。到 1989 年，译稿全部完成，并写出一篇评论文章，在当年的《南亚东南亚评论》上发表。译稿几经周折，终于在 1994 年由上海译文出版社以《肮脏的裙裾》为题出版。

此次出版前，我又对全文做了一些轻微的改动，修正了几处错误。

书中前面的五篇短篇小说，均为雷奴先生的中期创作，每篇后面都注有作者的写作年代。是印度学界公认的优秀篇章。其翻译难度不亚于《肮脏的边区》，因此，曾向印度友人卡马尔·希尔先生请教，并得到及时而准确的答复，特此致谢！

译文中的所有脚注都是译者加的。

由于水平有限，书中必有错误，敬请指正。

薛克翘

2015 年 7 月于京东太阳宫